這不是人家瞧不起我，

而是我得到一個展現度量的機會

悲報傳

西尾維新

HIHODEN
NISIOISIN

沒有守護對象的正義才是天下無敵

悲報傳
西尾維新
HIHODEN

目次
CONTENTS

地

第一回

英雄之地！

祕密兵器抵達

沒有守護對象的正義才是天下無敵。

0 1

回顧日本歷史，會意外發現其實沒幾個人物配得上『英雄』這個稱號——雖然有很多歷史人物名氣響亮又受大眾喜愛，但他們大多要不惡名昭彰、要不就是征服者，好一點的大概就是具有統治者風範，缺乏一點『英雄』的感覺。或許是這個國家曾經經歷過兩、三次顛覆價值觀的劇變——在這些歷史人物當中，唯一一個能夠稱得上『英雄』，甚至可以說這兩個字就是為他量身打造的人物，大概就只有坂本龍馬而已，相信不會有人對此有異議。

四國四縣中面積最大就數高知縣，這位『英雄』的銅像就豎立在高知縣的桂濱。而目前對地球鏖滅軍來說最了不起的『小英雄』——是真是假其實也很難說——十三歲的少年空空就在二〇一三年十月二十九日的傍晚來到此地。

從德島縣大步危峽到高知縣的桂濱，長達兩天的漫長旅途讓空空在到達的同時不禁感到有些疲憊。雖然空空的個性缺乏情感，但當然不代表他不會感到疲勞——要不是有別人在場的話，他真想把沙灘當床躺，一頭倒下去。

沒想到高知縣竟然這麼大……

照年紀來說，本應還在學校念書的空空感覺自己好像親身經驗了這一堂地理課。所謂讀萬卷書不如行萬里路，指的大概就是這麼一回事。就算沒有上學、就算原本就讀的學校付之一炬，人生本來就是一種學習。

不過現在四國的交通設施已經完全癱瘓，他們只花兩天時間就走完從大步危峽到桂濱這一大段距離，其實已經算很快了——這幾天空空才發現有一種神祕的力量『魔法』，這種力量有如不可思議的幻想一般，要是沒有『魔法』的幫忙，他的行動根本不可能迅速。

……只是對空空而言，魔法也是令他感到疲憊的另一個原因。

不是身體上的疲倦，而是精神上的勞心——因為為了要使用魔法，也就是說為了仰賴魔法的力量用飛行移動到桂濱這地方來，他必須穿上一件像小女生穿的可愛蓬鬆服裝才行。

對一個十三歲的少年來說，被迫穿上女裝心底可不好受——只是關於這套衣服，即便已經到達目的地，因為有別人在場的關係，他還是不能就此把女裝脫下。

空空明明穿著俏麗又類似歌德蘿莉風格的女裝，但因為有別人在場反而不能脫。不知情的人聽起來或許覺得有些不對勁。可是就空空的情況而言，所謂的別人是指一個六歲的幼童。真相就是空空為了取得她的信任，在她面前一直假扮成女孩子，所以沒辦法把這身女裝脫下。

順帶一提，這個幼童的名字叫作酒酒井缶詰。

她是空空在德島縣救出來的幼稚園幼童——他把這個小女生背在背上，從大步危峽一路飛到桂濱來。

空空空缺乏人心感情，把缶詰救出來當然不是為情為理。主要的理由是因為他的工作是查看四國，進行實地調查，而缶詰是『在四國的現狀之下還能存活超過一個禮拜的寶貴樣本』。可是空空現在已經知道她不是一般人物，知道她在四國倖存下來的成果並非只是偶然——甚至因為過度仰賴缶詰的特異之處，在德島縣還死過一次。

不過他還不算真正識破缶詰的真面目，甚至距離真相都還遠得很……總而言之，為了和缶詰保持現在的關係，空空在她面前必須假扮成女孩子，所以不能換下女裝，講話的時候也不能用男性口吻。

話說如此，就算不用扮成女生，這套服裝不只可以在高空飛行，而且還有很高的防禦力。穿著這套女裝在四國絕對是有利無害——不過這個問題其實和利害沒有關係。

而是情感上的問題——就算空空沒有情感。

而且如果還要講有什麼事讓空空勞心，對他來說原因也不是出在缶詰身上，而是另一位和他同行的人物。

讓他勞心的原因——地濃鑿現在神采奕奕。

「哇，我們到桂濱了耶。真是好久沒來，我都感動到眼淚快掉下來了。只要一到這裡來，就不禁讓人想要來一場革命。是不是我體內流淌著坂本龍馬的血，使我有這種雄心壯志呢？」

面對一望無際的大海，她似乎感動得無以復加。

順帶一提，實際上她當然不是坂本龍馬的後裔，說什麼流淌著坂本龍馬的血，單純只是因為空空雖然在德島縣遇見她，但她卻是高知縣人才會這麼說吧。

總之地濃明明飛的路程和空空一樣遠，現在卻還是精神百倍——空空平時對他人不太會感覺厭煩，可是就連他都覺得地濃有些煩人。

不過就某種角度上來看，地濃的精神比空空好也是理所當然——她也和空空一樣穿著特殊的服裝，用飛的一路飛到這裡來。雖然兩人條件一樣，可是她的技術更是爐火純青。

這是因為四國疑似有二十名『魔法少女』，而地濃就是這二十人當中的其中一人——她使用魔法少女服裝、那套魔法衣的技術理所當然比空空純熟。

雖然地濃的技術還比不上空空另一位現在不在場，同樣也是人數疑似有二十名的『魔法少女』當中的一分子，同時又是地濃自己的知心好友杵槻鋼矢……

「…………」

人數可能多達二十人的『魔法少女』。

空空一邊把缶詰從背上放下，一邊想到一件事。雖然說可能有二十人，但局勢演變至今，這個數字也需要修改了——光是空空所知，這陣子已經有七個人喪命了。

空空第一個遇上的魔法少女『Metaphor』登澱證。

第二個遇上的魔法少女『Pathos』祕祕木疏。

魔法少女『Collagen』則是在空空遇見的時候就已經是一具屍體……對了，空空到現在還不曉得她叫什麼名字。

然後還有地濃鑿的四名隊友聽說也已經死了——都是在進行四國遊戲的時候死的。

也就是說，剩下的魔法少女大概還有十三個人。

不過這場四國遊戲讓三百萬四國居民幾乎全數死光，二十人當中還有十三人活著，倖存率已經相當高了。

不，空空也不認為這十三個人全都還活著——就連魔法少女『Pumpkin』杵槻鋼矢也一樣，空空和她到現在都還沒辦法會合，如今她是不是還活著也很可疑。

搞不好地濃是最後一個倖存的魔法少女也說不定——一想到這裡，也就是一想到她多麼奇貨可居，只要空空仍把她視為『調查樣本』，那多少有些煩人的性格也能夠忍耐了。

不過他能忍耐的程度終究只是「有些煩人」……

當然說她是最後一個倖存魔法少女只是誇張的說法——依照空空的判斷，高知縣這地方以及愛媛線肯定還有魔法少女存活下來。就算都沒有，至少也還有『她』在。

沒錯，不屬於那『大約二十人』當中的魔法少女。

黑衣魔法少女……

「空空同學，雖然我們一時興奮降落在海岸邊，可是只要順著那道樓梯走上去，就能看到坂本先生的銅像喔。乾脆我們在銅像前拍張照留念好不好？」

「……現在的狀況不適合拍照留念，而且應該也沒這種心情吧。」

空空把想說的千言萬語全吞進肚裡去，只說了這麼兩句。結果地濃卻露出不可思議的表情說道：

「哪有，我很有拍照的心情啊。」

我又沒有問妳的心情。空空把這句話和那些千言萬語一同嚥下肚，開始動腦思考。雖然穿上魔法少女服裝，可是他當然不算是魔法少女，對四國來說只是一個外來客。對空空而言，動腦筋就是他的工作。不管周遭的環境與夥伴讓他多麼勞心勞神都一樣。

無論如何，絕對和平聯盟手下擁有魔法少女這種脫離現實的勢力存在，不查清楚他們在打什麼算盤，空空就不能離開四國。

調查絕對和平聯盟有什麼企圖。

絕對和平聯盟和空空所屬的地球鏖滅軍之間的關係類似競爭對手，可是他們應該已經因為這次的四國事件陷入半毀滅狀態了……當初——至少在空空收到調查命令當下，大家都認為四國遊戲是『地球』幹的好事。但現在看起來，這場遊戲的舉辦者似乎是絕對和平聯盟的人，而且可能性還不低。現在絕對和平聯盟已經半毀，可以說空空已經沒別的事可做了。

因此他們才會造訪高知縣。

他可不是來觀光，更不是來和坂本龍馬銅像一起拍照留念——原本在大步危峽要調查絕對和平聯盟的德島本部，卻因為有人妨礙，最後以失敗告終。

可是既然有人妨礙，就可以推測絕對和平聯盟果然有什麼祕密不能讓外人知道，所以昨天空空一行人決定這次前往高知本部——之後便不眠不休一路往桂濱飛來。

可是他們沒有把握絕對和平聯盟的高知本部一定就在桂濱——只是因為地濃鑿說有這種風言風語，所以姑且信之罷了。畢竟她只是組織最下層的魔法少女，但終究是絕對和平聯盟的人，又熟悉高知縣本地狀況。在沒有其他線索的情況下，總是值得去碰碰運氣。所以空空才會決定來桂濱走一趟……缶詰贊成往高知來也是另一個很重要的判斷因素。

空空先前因為太依賴缶詰那種神祕的洞察力，曾經因此死過一次，所以這部分的判斷他更謹慎拿捏。但是——

「看來這裡可能沒有我們要的東西。」

「咦？空空同學，我們現在根本還沒開始調查，你怎麼突然說這種話？你這麼拚命想打擊我的工作幹勁嗎？」

「先不管妳有沒有什麼工作幹勁——」

空空這種說法自然是繞著圈子諷刺地濃的性格，不過就現實來看，在積極幹勁這一點，地濃確實和空空有落差。因為空空還沒有透露四國遊戲的舉辦人可能就在她所屬的組織內部，所以地濃不清楚為什麼空空會想要調查絕對和平聯盟主要設施，而且還堅持非查不可。

雖然不清楚原因，她還是和空空一起行動並且協助調查。這完全是因為她的性格使然——不過她在名義上已經是落入空空手中的俘虜、調查樣本。而且她搞不好也有自己的打算，只要跟著空空到處跑，說不定總有一天能和自己好友魔法少女『Pumpkin』會合。

「妳也看到啦，這裡和大步危峽不一樣，一直都沒有人來礙事。不是嗎？」

「是啊，這趟旅程一路順暢，也沒有下雨，心情舒暢得很。」

「我原本還在想這裡要是真有什麼不能讓人知道的東西，應該會像大步危峽那時候有人會阻止我們，本來都已經嚴陣以待了……結果路上根本沒人阻礙，一路平安到達這裡，反過來說就代表這裡可能沒有任何東西可查。」

「喔，真是精彩的三段論。」

空空的說法沒有三段，也稱不上什麼理論。可是地濃好像完全照單全收，一點都沒有質疑。她之所以微露慍色，好像是以為空空責怪她帶路帶錯地方——既然知道就算來錯地方也不會受到責備，桂濱究竟有無情報可圖，對她來說好像也無關緊要了。

這個人的個性可好了。

空空一邊這樣想，一邊又暗思如果桂濱真的沒東西可看，之後該怎麼辦才好。想著想著，都覺得想要學人家左右為難了。因為他的個性不了解如何才能感到為難，所以充其量只是『想學人家為難一下』罷了……

他們為什麼沒有受到阻礙，這中間當然還有其他原因可想（如果要舉一個當中最樂觀的猜測，就是『敵方沒有想到他們會到桂濱』），接下來也還是要把桂濱調查一番……不過問題還是出在時間。

四國調查行動的時間限制。

一個禮拜的時間限制——要是過了這段時間，地球鏖滅軍就會……正確來說應該是地球鏖滅軍的其中一個單位不明室，就會不等空空回來或是等他帶回任何調查報告，對四國投下『新武器』。

空空的立場無權知道那個叫『新武器』的東西究竟是什麼玩意兒——但似乎可以確認那東西的破壞力足以讓四國整個陸沉。

四國的居民全體失蹤，趁這種『莫名其妙』的災害繼續擴大之前把四國毀掉。這種主意雖然很暴力，但空空不打算去議論這套戰略的是非對錯——空空老早就已經體會到地球鏖滅軍這種行事的『暴力傾向』，講白一點就是『行事隨便』也早已了然於心。只是心想他們當然會面不改色幹出這種事——所以這次任務真正重要的是如果不盡快完成上面交代的調查任務，那個『新武器』很可能會在自己尚未離開前就掉到四國上。

說什麼他都要避免這件事發生。

雖然空空少年對很多事都無關緊要，使他幾乎喪失人生所有的一切，但不代表連自己的命都不想要了——從空空那面無表情、淡然無波的態度或許看不太出來，但對活著這件事他可是有很強烈的貪念。

他從沒想過要自殺，做夢都沒想過。

可是距離『新武器』發動的時限已經剩不到一半的時間。沒想到高知縣竟然這麼大……桂濱竟然這麼遠。

照這樣來看，就算沒有受到任何阻礙，能夠好好調查，可是光是移動可能就會花掉一個禮拜的時間——空空忍不住想這麼抱怨兩句。

不過如果要問是誰訂下一個禮拜的時間，罪魁禍首就是空空自己。這種拿石頭砸自己腳的行為也很有他的風格。

空空是在十月二十五日登上四國。

而今天是十月二十九日，而且已經黃昏時分了。

距離時限大概還有兩天多一點吧——在這之前空空必須掌握四國遊戲的真相，想辦法回到地球鑒滅軍去。

不。嚴格說起來，只要把現在已經知道的調查內容報告回去，應該就能阻止地球鑒滅軍使用『新武器』，所以他曾經一度中斷調查行動，打算離開四國——可是卻受到阻礙。

阻礙他離開的人就是黑衣魔法少女『Space』——而她顯然和其他魔法少女不同。

所以空空才會暫時放棄嘗試離開四國，又回頭執行原本的調查任務——如果能在調查的時候找到方法，對抗那個使用異樣魔法的黑衣魔法少女當然是再好不過。

「順便問妳一件事，地濃同學……妳說傳聞絕對和平聯盟的高知本部位於桂濱，這項傳聞是哪裡可信？」

「哪裡可信啊。嗯——我不曉得你知不知道，我覺得這件事應該還滿有名的。高知其實是鬥犬的發源地。」

「刀劍（註1）？你是說長刀長劍之類的武器嗎？」

「不是，我是說狗狗。土佐犬與土佐犬互相低吼打鬥的那種。」

地濃擺出威嚇的姿勢向空空說明。

真是簡單明瞭。

不過在真正的鬥犬比賽當中叫出聲的狗就算輸，所以打鬥的時候不會發出『吼吼』的低吼聲——反正空空聽懂了。他對鬥犬當然不是那麼了解，但至少知道這個名稱……

註1　刀劍的日文發音與鬥犬相同。

「不曉得是不是模仿鬥犬賽的關係，在高知這個地方每年都會舉辦魔法少女之間的競賽。」

「競賽？」

「對啊，該說是魔法少女互相比拚魔法吧……啊哈哈，有點像少年漫畫那樣對吧。」

豈止是有點。

根本完全就是少年漫畫的劇情了。不，現在可能連少年漫畫都不太畫這麼直接的競賽劇情了——魔法少女和魔法少女戰鬥，互相較勁。難道這種競賽就在這個地方舉辦嗎？

「說是競賽，其實也只是玩票性質啦。就像是一年一度的慶典活動……因為老是和地球戰鬥，組織的氣氛總是會變得很沉悶嘛。」

「……」

玩票性質、慶典。

與其說是慶典，空空也覺得這種活動是實驗的一環。

這是實驗的一部分——這也是實驗的一部分。

空空來自外部的同類型組織，站在他的角度來看，絕對和平聯盟這個組織的員工福利制度恐怕還沒那麼完善，能夠為內部成員提供這種娛樂。

採用競賽的形式或許多半有點玩心，但這麼做可能只是為了讓內部互相競爭，藉此讓自己的獨家技術更加進步——空空強烈認為這次的四國遊戲，就是從這種競賽活動進一步衍生出來的。

聽說四國遊戲是絕對和平聯盟『實驗失敗』的結果——那些在遊戲中產生的各種『規則』最好視為魔法的產物，這樣比較解釋得過去。

所以使用魔法的魔法少女會比一般市民更容易倖存下來……

「不過因為我用的魔法類型根本沒辦法晉級。所以幾乎都只在場外參觀而已。」

地濃若無其事地這麼說道。

「我想也是……」

空空雖然表示同意，但自己的性命是被地濃的魔法『不死』救回來的，競賽機制設計得讓她的魔法沒辦法過關，他認為這種競賽一點意義也沒有。『不死』——空空完全認為這種能夠讓人死而復生的魔法，幾乎已經算是最終極的魔法了……

可是絕對和平聯盟想要的魔法……他們追求的終極好像不是這麼一回事。因為他們要的是能夠讓人類對抗地球這場漫長戰爭畫上休止符的魔法。

就是追求那種東西的實驗造成現在的結果。

實驗失敗的結果——就是現在的四國。

「那『Pumpkin』呢？」

「什麼？」

「魔法少女『Pumpkin』……我在想鋼矢她參加這場競賽有沒有打出什麼成績。」

「沒有啊，因為只有志願參加的人在比，『Pumpkin』自以為高人一等，所以沒下場。」

「…………」

自以為高人一等這句話真是多餘。

地濃講話就是管不住自己的嘴巴。

「而那個跟蹤我的黑衣人更是從沒在會場上看到，不曉得是不是新人。」

「還新人呢，那個人怎麼想都是組織的核心人物啊……妳說會場？意思是說至少競賽會場是設在桂濱囉？」

「啊，不是的。是包下這整片沙灘設置會場。競賽大會名副其實是在坂本龍馬的腳下舉辦的。」

「把觀光勝地包下來……崩潰前的絕對和平聯盟應該是有這種組織影響力吧。」

現在自己所在的這片沙灘上曾經有一群身穿花俏衣服的少女進行一場盛大的魔法競賽，一想就覺得那種光景很奇妙。

空空甚至認為，如果要比的話還不如穿上泳裝，像打沙灘排球那樣看起來更加自然——只不過穿泳裝大概就施展不出魔法了。

……空空碰上一個最根本的問題。

當他想到穿泳衣比較好的時候、聽地濃說起而想到這件事的時候，遇上一個最呆卻又最根本的問題——為什麼是『少女』？雖然魔法服裝看起來就是搭配少女這個年齡層去設計的——但追根究柢，與地球對抗的戰士有什麼理由非是『少女』不可？

雖然地球鏖滅軍也是一樣，在前線作戰的人都是童兵——姑且不論觀感上如何，就理論上來說，考慮到戰場上的人員耗損率，可想而知戰士年齡層會變低。可是至少地球鏖滅軍的男女比例上沒有偏差。

假使——

假使絕對和平聯盟有什麼理由，刻意重女輕男的話……

「空空同學，看樣子你好像沒有實際看過鬥犬吧？沒看過的話滿值得一看的喔。不只一看，你還會想一看再看呢。這附近就有鬥犬中心，不然回程的時候去看一看如何？」

「不，在這種情況下，鬥犬中心也不可能有營業……」

雖然空空也不是沒有興趣。

既然整個四國都變成這樣了，鬥犬傳統可能也會就此失傳。想到這裡，空空多多少少也覺得失去欣賞鬥犬的機會有些遺憾。但現在情況緊急，怎麼想都不適合去看鬥犬。

他又重新體會到地濃的腦袋真的和一般人不一樣，這種情況還建議空空去觀光。

「簡單來說，因為那場具有象徵性的競賽在這裡舉辦，所以才有傳言說高知本部在這一帶是嗎？」

空空問道。

「嗯，是啊。要不在這裡，要不就在離這裡不遠的地方。」

地濃點點頭。

「這只是那些不知道本部地點的小嘍囉之間的傳言，沒有什麼根據，也就是個人各自任意猜測推理而已。」

「的確是任意猜測而已。應該也會有人認為這種活動的場地要遠離本部才好。」

要是這樣的話，看來自己被那些『流言蜚語』耍弄得比想像中更厲害——當然冤有頭債有主，不能把錯都怪在地濃頭上。可是因為之前碰碰運氣跑去的大步危峽真的『中獎』，所以才會太仰賴新手運，沒有仔細考究這項傳言就直接跑來了。

要是這趟當真只是白跑，在這場有時間限制的遊戲當中可能會造成非常嚴重的損失……

「地濃同學，還有沒有其他傳言？」

「什麼？」

地濃好像聽不懂空空的意思，又回問了一句——空空心想他們兩人之間的對話應該已經夠多了，不至於連這種簡單的問題都聽不懂吧。然後又耐著性子，擺出客氣的口氣——

「還有沒有其他關於高知本部可能在哪裡的傳言？」

——這麼重新問道。

「唔——有是有啦……但如果要把這些傳聞地點全部看過一遍，等於要把整個高知跑一遍。」

「整個高知……」

現在空空已經知道高知有多大，地濃這句話真是令人絕望。不消說，他們現在當然沒有時間把整個高知跑透透。既然這樣，整個計畫就不得不全盤重新檢討了。

「當初搞不好應該直接去絕對和平聯盟的總本部還比較好……考慮到可能的風險，老實說我實在不想去那裡。」

「總本部明顯就在松山那裡嘛——要去嗎？」

「在去松山之前當然還是要把桂濱查看過一遍。今晚我們就休息一晚順便查看。如果還是一無所獲的話，就做好心理準備到愛媛去吧。」

空空說著，視線向酒酒井缶詰看去。打從剛才開始——到達桂濱之後，這個幼童就一直悶不吭聲。

空空原以為她是不是不曉得如何加入自己與地濃的對話，但好像不是那樣。那女童似乎對他們說的話一點興趣都沒有，只是凝望著大海的方向。

那道水平線。

她一直在看著太陽逐漸沒入水平線。

「……………？」

怎麼了？

因為夕陽太美，看得出神了嗎？

空空生長在內陸，大海對他來說當然很新鮮。要是情況允許的話，他也不反對空出一點時間欣賞風景……可是一想到時限快到了，可以的話他還是希望缶詰一起加入討論。

他想問問缶詰對這件事的看法。

徵詢一個幼稚園兒童的意見，一個弄不好會顯得自己很窩囊。不過縱使給人病急亂投醫的印象，空空也不會有任何猶豫去詢問她的意見——反而還得要求自己不可以太過依賴缶詰。

正因為他們到高知、到桂濱都是因為有缶詰的支持——所以在考慮下一步該怎麼做的時候，當然得參考缶詰的意見。

因為酒酒井缶詰還只是個幼童，有時候口齒不清、辭不達意，不能把她所有意見都照單全收。但是做為第二意見，她還是優秀到令人側目。

「呃……」

空空本想喊一聲缶詰妹妹，結果還是沒喊出來。就算他再怎麼遲鈍，也已經察覺這一路上缶詰似乎有意隱瞞自己的名字不讓地濃知道。

雖然還不知道原因是什麼——就幼兒的眼裡看來，空空與地濃兩人之間應該沒有什麼不同——但既然本人不願意表明，空空也沒必要刻意爆出來。

地濃這麼缺乏危機感又我行我素，連她也好像開始懷疑起缶詰的真實身分到底是誰，恐怕也沒辦法老是一直瞞下去。總之現在空空還是沒有呼喚缶詰——

「情況就是這樣，妳覺得呢？」

——直接這麼問她。

空空的問題問得很空泛，是因為他想要一個比較空泛的答案——他希望缶詰能對現在整體的情況提供一點全面性建議。可是缶詰看著夕陽，頭也不回。

「不用理會了。」

她這麼說道。

嗯？

她是說——不用理會嗎？

不用理會什麼？

「不用理會時限的事了。」

缶詰還是注視著夕陽，所以沒看到空空狐疑的表情。可是這時候她似乎也覺得自己辭不達意，於是又補上這麼一句話。

只是就算再多補一句話，空空也聽不明白──不明白她說這句話的意義。

已經不用理會時間限制了？

這是什麼意思──不，這句話表達的意思很明確。既然字面上說不用理會時間限制，意思應該就是指空空不用理會時間限制。

而缶詰所說的時間限制，當然就是指地球鏖滅軍向四國動用『新武器』的時限──她說不用理會時限是什麼意思？

空空不再繼續問她有什麼根據或理由。找缶詰問根據或理由根本就是白費力氣。這一點從過去的交談當中就很明白了。

缶詰只負責說話，要如何解釋這番話或者尋找理由根據都是聽者的責任──還包括要不要採信這些話語。

可是這次的情況下，她劈頭就說『不用在意時限』，空空當然不能真的照單全收──要是他是意志這麼散漫的人，這時候說什麼『那我們就在桂濱慢慢調查』的話，早在半年之前就沒命了。

「喔，已經不用再理會時間限制是嗎？空空同學，那我們就在桂濱慢慢調查吧。」

有個意志散漫的傢伙說話了。

空空心想，這女孩為什麼能活到現在。但對方又是自己的救命恩人，這時候可不能凶她。

「高知有很多名勝物產喔。難得都來了，要不要去玩一玩？」

「高知的名勝物產……有什麼呢？好像有一種麵粉製品叫作 NAGAYAKI？」

「NAGAYAKI 是土佐方言。」

「啊，這樣啊……那 IGGOZO 呢？」

「IGGOZO 也是方言——對了，空空同學，剛才提到難得來桂濱，既然我們都到這麼靠海的海岸來了，不能乾脆就這樣直接離開四國嗎？」

地濃鑿這麼說道。

連想都沒想就這麼說道。

2

這是什麼傻話，外行人就是這樣，什麼都不懂——可是想到一半，空空還是察覺到地濃這個好像是突發想到的主意其實是不錯的點子。

再說要說誰是外行人，在四國遊戲資歷比地濃更低的空空自己才是外行。地濃鑿可是打從遊戲一開始就參加的老玩家，照理來說，她說的話空空應該要洗耳恭聽才對。

什麼？

離開四國？

空空帶著與先前不同的眼光，重新看向眼前一望無際的大海——原來如此，這裡是大海，沒有任何東西擋路。

桂濱能夠一眼看到大海，水平線盡收眼底。

從這裡離開四國。

一般人根本不會想出這種點子——但經她這麼一提，空空才覺得自己應該也要想到才對。因為他們現在『可以在天上飛』——也就是說能夠在海上飛行。

現在沒有敵人來礙事，那麼從四國逃脫成功的可能性就很高——逃離四國的方法大致說來有兩種。

一種當然是把遊戲破關，要破關就得知道四國遊戲的所有規則。玩家只要把目前控制四國的八十八條規則全都蒐集齊全，遊戲就會結束。如果把四國遊戲的本質視為搜集遊戲的時候，就是用這種方式離開四國。而另一種則是把四國遊戲視為逃脫遊戲時的方法——也就是離開四國範圍的逃脫辦法。

嚴格來說還有另一種最簡單的方法，就是『一死了之』。但他們當然不能採用這種方法——而目前空空他們只收集到半數的規則，所以也沒辦法用收集所有規則的方法破關。最後一個方法本來就沒有任何限制條件。

當初遊戲剛開始的時候，應該有很少數的一般人脫離四國——一些一無所知就離開四國的人。

如果蒐集到所有規則就算遊戲破關的話，那麼逃離四國應該就算從遊戲中淘汰出局……

「不過這也要看所謂『四國』的範圍到底囊括多遠。」

就算不可能從海岸、海岸線就算『四國以外』，嚴格算起來應該也不至於大到領海區域都算進去吧。只要出海到一定距離，玩家應該就算淘汰出局了。就是因為這樣，所以之前空空和鋼矢想要離開的時候，黑衣魔法少女『Space』才會在陸地上逮住空空他們……

「…………」

不對。

如果要這樣講的話，當時黑衣魔法少女『Space』要擋下的人不是『空空他們』，只有杵槻鋼矢——魔法少女『Pumpkin』而已。

雖然空空不知道內情，但就他來看，『Space』好像不希望鋼矢用淘汰的方式離開四國遊戲，而是要她把遊戲破關。換句話說，『Space』似乎根本沒把空空放在眼裡。

無論空空是不是要離開四國，好像都和她沒關係似的——他們現在在桂濱沒有受到任何阻礙，很有可能是因為傳聞有錯，絕對和平聯盟的高知本部不在這裡。就算高知本部在這裡，裡面也沒有任何重要資料——假如桂濱真的什麼都沒有，不就代表這正是逃離四國、從四國遊戲淘汰出局的大好良機嗎？

空空覺得好像一語驚醒夢中人。

這種類似耍詭計般的點子應該是空空比較會想到，誰知道竟然被地濃捷足先登——不對，空空自己雖然覺得有些慚愧，但如果要解釋他為什麼這麼粗心，或許該說這是難免的狀況。

空空的賣點之一就是他的專注力，無論在任何情況之下都能努力達成目的。可是反過來講，同時也等於他常常忽略目的以外的事物，沒理會這麼多——或許也可以說他的態度太過堅定，反而看不見周遭的狀況。應該說這種事情常常發生。

空空現在全副心力都放在調查絕對和平聯盟這件事上，根本沒把眼前的大海——這條可供逃離的路徑放在腦海裡——關於這一點，地濃因為現在沒有明確的目的，只是跟著空空到處跑而已，所以能夠注意到形形色色的事物，也能夠想到不同的事情。

不管是為了轉換心情提議參觀高知或是建議從大海逃離四國，對她而言，兩者都大同小異。

無論如何，要說功勞的話，這的確是大功一件。

只是空空不知道地濃這番話是不是認真的，仔細檢討她突然心血來潮想到的點子——也就是動腦思考，當然就是空空的工作了。

如果地濃負責靈機一動，那麼空空就要負責深思熟慮。

把大海做為路徑，逃出四國。

主要的課題應該就是他們一行人能否承受那麼長時間的飛行——為了避免把情況弄得太複雜，就把黑衣魔法少女不會來礙事當作前提，如果要重新執行先前放棄的四國逃脫行動，當然不是逃出去就沒事了。

逃離四國之後，還必須和地球鏖滅軍接觸——雖然空空空是個感情如一灘死水，與其說他是個奇怪少年，不如說是異常少年，可是這不代表他沒有常識。他的神經還沒那麼大條，只顧自己保住性命就好，不在乎四國之後的結局——不在乎『新武器』讓四國變成什麼下場。好歹現在他在四國也有鋼矢這個合作夥伴——如果可以的話，他也想阻止四國遭到破壞。

這也是他的工作。

只要在空空工作的時候，一向對空空敬而遠之的上級也不能把他怎麼樣——成功逃脫之後，他就得向地球鏖滅軍報告現在的情況。

報告內容就是四國現在的狀況不是地球幹的好事，而是絕對和平聯盟一手造成，所以地球鏖滅軍完全沒必要插手介入。

這樣應該就能阻止組織動用『新武器』——一心想要使用『新武器』的不明室想必會又惱又恨。管他們怎麼想，空空才不想理會。

也就是空空往大海的方向離開四國之後，必須繞過四國走一大圈到本州的和歌山縣，或者走反方向到九州的大分縣一帶登陸，然後再與地球鏖滅軍聯絡……

不管向右轉還是向左轉，兩邊的距離都相當遠。

就算空空對地理常識沒有什麼天分，這點小事他還是知道。

自己這種魔法初學者有辦法飛這麼長距離嗎？光是從大步危峽到桂濱就已經這麼疲累了，這次的行程——不管往哪裡去——都不是先前那趟旅程能夠比的。

因為是用魔法飛行，所以幾乎不會消耗體力——不過背著一個人飛，當然不可能一點負擔都沒有，不可能毫無壓力。如果邊飛邊休息，可能會拖到時限耗盡。就算不休息一路飛下去，萬一飛行失敗，掉下去的時候沒有地面，那可是死路一條。

就是因為這樣，所以之前空空和鋼矢打算離開四國的時候，才會計畫從大鳴門橋的上空飛過去……只是現在他們能夠忽視這個風險——墜落摔死的風險嗎？

空空雖然還是初學者，但大致應該已經習慣飛行了……只要沒有在海上迷路，應該遲早到得了。萬一那個『遲早』拖太久的話，『新武器』就要扔到四國來，可是這麼繼續在四國調查下去，結果也還是一樣。

那麼一般來說，當然要選擇成功率比較高的戰略。

不過老實說，空空也不確定哪邊的成功率比較高——或許應該說哪邊的成功率不那麼低——可是就心情上而言，他想選擇不會有黑衣魔法少女礙事的那一方。

他們在德島縣大步危峽受到的攻擊，就印象來說，和魔法少女『Space』的魔法不太一樣，可是規模卻大同小異——要是屢屢遭受到那樣大規模的攻擊，空空不認為自己還有辦法保得住性命。

照這樣說的話——應該選擇離開嗎？

空空感覺自己好像被突然出現在眼前的主意盯上，免不了心生警戒（這主意是由地濃提出也是令空空躊躇的主要因素）。可是愈思考，愈覺得除了離開之外別無他法、應該要選擇離開才對。

就算從不同的角度一再檢討問題點，也找不到任何理由讓空空不這麼做——反正他本來就要在某個場合賭上一把。真要說的話，大概也只有要不要背著缶詰飛這一點還有選擇的餘地——讓飛行技術比空空更好的地濃負責背缶詰，或者暫時把缶詰留在四國再飛。可是兩種方式都令人不放心。撇開地濃的個性令人難以捉摸，空空覺得把缶詰交給她照顧好像不太安全（就算她本人毫無自覺，但地濃畢竟是讓四國變成這樣的組織一分子）。而說起把缶詰獨自留在現在的四國，是否會比空空背著她飛更安全，好像也不得不搖頭否定。當然酒酒井缶詰之前也靠自己獨力在四國存活下來，如果只是幾天的話，放她一個人應該也不會有問題……也就是說，這或許單純只是空空不願意讓缶詰離開自己，哪怕只是離開短短一段時間而已。

這不是因為空空在守護缶詰這段時間對她有了感情。

就算想對她產生感情，可是空空本來就沒有任何感情。

不是這麼一回事。應該說他已經深刻體會到就算真的離開四國，缶詰的存在還是會愈來愈重要。

為了能夠讓飛行舒適順暢，空空甚至覺得扔下地濃或許也不是不行。可是如果想要飛最短的距離著陸，應該還是需要她來帶路——要是這樣，原來的隊形就沒得變，還是由空空背著缶詰和地濃一起飛。

那麼一來……

「你怎麼了，空空同學。想這麼久。」

「沒有……我覺得這也行得通。」

「行得通？什麼行得通？」

地濃好像壓根兒沒想到自己隨便想到就說出來的主意，竟然會讓空空這麼煩惱。不只如此，她反而好像已經忘了自己說過什麼話，露出疑惑的表情。

「你是說高知觀光行程嗎？」

「我是指另一件事。妳說從這裡直接飛往海上離開四國的提議。」

「咦？那種方法不可能成功吧。」

明明是地濃自己提出來的主意，她反倒說這種臨陣退縮的話。這人真是前後不一。

「要是掉進海裡怎麼辦？」

「這我當然也想過，不過總比像現在這樣繼續束手無策下去好吧。」

「喔，可是和『Pumpkin』會合的事情又怎麼辦呢？」

本來地濃就是想和她會合——地濃沒能完成約定和鋼矢在燒山寺會面，對這個魔法少女來說想必會一直放在心上吧。當然空空也沒忘記這件事——當然會解釋清楚。

「鋼矢她自己應該也會想辦法離開四國……她真正重視的是如何離開四國，而不是如何和我會合。」

「這個嘛，你說的也對。」

「與其在試圖和她會合的時候 Game Over，倒不如把這件事擺一邊去，先離開四國還比較能夠確保雙方的安全。」

空空用這種說法，表示自己也有為了鋼矢的安全著想。相反的，他決定把『再說搞不好鋼矢早就已經死了』這項推論瞞著地濃。

地濃也沒對這件事多做思考——

「喔，是這樣啊。」

——就這麼頷首說道。

空空不曉得地濃的態度是信任鋼矢，不認為鋼矢已經 Game Over 了。還是說對她而言，真正重要的是見面的約定，鋼矢本身是死是活都無關緊要——他總覺得可能是後者。

早在空空剛遇見地濃的時候就了解她是個自我中心的人（她用固有魔法『不死』救空空一命，主要原因就是『不想被 Pumpkin 責罵』）。要論嚴重的話，空空設想鋼矢已經死掉，和地濃也是五十步笑百步。要是有人對空空說這句話，他可能不只覺得意外，還會覺得很遺憾——可是空空與地濃鑿兩人說不定是一對最佳拍檔。

可能是空空好夥伴的地濃又繼續說道：

「要是空空同學能夠離開四國，阻止地球鏖滅軍動用『新武器』的話，確實就不用在意時限的問題了嘛。」

「沒錯，時限的問題就沒有必要再……」

嗯。

這是剛才缶詰說過的話。

那麼她剛才說的就是指這件事囉？她之所以贊成到高知桂濱來，不是因為這裡有高知本部，而是設想到有這麼一條路徑可以離開四國嗎？空空都快信了這種解釋方法——不過他搞錯了。

酒酒井缶詰的先見洞察力。

雖然空空還不得而知，但絕對和平聯盟渴望尋求的那非常人般的才能——地位超越『魔法少女』之上的『魔女』具有的先見洞察力，可遠遠不只是這樣而已。

更加超乎想像。

現在空空察覺到的頂多就只是缶詰視線注視的前方——缶詰動也不動，雙眼直盯著前方往水平線沉下去的夕陽看，而空空頂多只察覺到那夕陽有異而已。

「………嗯？」

不過光是空空能夠察覺異狀就已經很了不起了——因為那最初只是一個點而已，讓人誤以為是那種不用設備，肉眼就能看到的太陽黑子——可是那個點卻愈來愈大。

過不多久空空就發現那個點不是變大，而是從水平線的彼端朝這片海岸靠近過來——可是他花了好一陣子才發現那東西其實不是點，而且有著人體的形狀。

就算視神經已經清楚看到那是人形物體。

可是空空卻沒想到那真的是個『人』。

這還用說嗎？別說是現在的四國，不管是哪時候的四國都不可能有人從水平線的彼端赤手空拳游過來。站在樓梯上那座坂本龍馬的銅像，應該也是第一次看到這種人存在。

與其說第一次看見。

應該說就算看到也會裝作沒看到吧。

就連對現實狀況有高度適應力的空空都覺得好像看到一個難以置信的畫面——就連飛行渡海的點子，他都要經過一番深思熟慮。

雖然出去與過來兩者有別，但對方竟還不是用飛行，而是游泳過來——『那個人類』到底是從哪裡游過來的？

那個方向應該只有一片太平洋而已才對……

空空也沒看到類似船隻的東西——不，奇怪的不只是那樣而已。雖然像那樣游泳過來已經相當奇怪，但另一樣奇怪的地方就是它的速度。

『那東西』原本只是一個點，曾幾何時變成『人形』——現在已經非常靠近，可以明顯看得出那是一名『女性』。

她的速度應該用節計算。

人類不可能游得那麼快——而且她還是用蛙式。如果是蝶式或者水面下的仰泳想必一定很美——但是超高速的蛙式泳姿看起來實在太詭異了。可是那名女性的泳姿就如同錄影帶快轉一般，離空空一行人所在的海岸愈來愈近。

雖然老話重提，這實在不是常人所能辦到。

那麼會是魔法嗎？

又有另一名魔法少女從海的另一頭出現嗎？空空原本還認定絕對不會有敵人出現，現在卻真的有敵襲嗎？那是倖存的魔法少女，還是隸屬於絕對和平聯盟核心的黑衣魔法少女呢……空空能夠想到的，會是那個在大步危峽攻擊他們的『水』魔法少女嗎？黑衣魔法少女又來阻礙他們嗎？難不成四國遊戲真的那麼嚴苛，不容許他們輕易就離開嗎——空空嚴陣以待。可是再過幾秒鐘，空空就會知道他對四國遊戲的推測——以及認為那個游泳靠近的『女性』是魔法少女的推測都搞錯了。

原因是因為那名『女性』的高速蛙泳讓雙方的距離更靠近，空空因此發現她不但是赤手空拳游泳，而且身上更是一絲不掛。

她是裸泳。

也就是說——她不像空空過去遇到的魔法少女，也不像空空本人，身上沒有穿魔法少女服飾。

也不是黑衣。

當然更沒有拿魔杖。

那麼說——完全是靠肉體機能。

撇開常人能不能辦到——她的蛙式完全是靠一身可怕的力氣。

腕力、腳力、筋力、機動力。

她就憑藉這些力量游泳，而且——

而且就在空空還沒反應過來的時候——雖然空空早在『她』還是個『點』的時候就察覺其存在，直到現在還在發愣，對一切還搞不清楚狀況。

『那名女性』。

那個渾身光溜溜的女孩子在四國桂濱上岸了——她縱身一躍跳出海面，在空中翻滾一陣之後兩腳穩穩踏在沙灘上。那個姿勢與其說是上岸，或許該用著陸來形容才正確。

「…………！」

空空開始思考——腦中瞬間閃過許多念頭。

看到這個從大海彼端游過來的赤裸女孩，原本停止思考的頭腦終於開始思考該如何應付她——空空應該擔心的搞不好不是那個女孩赤身裸體，而是現在他（反而是他自己）正穿著魔法少女的服裝……這件事暫且放一邊去，這個女孩到底是誰？

外貌看起來和空空差不多年紀，好像稍微年長一點……如果用魔法少女來形容的話，看起來大概和祕祕木疏一般年紀。實際上看不出來幾歲。

該說是看不出來嗎……空空覺得有點怪怪的。

不光是祕祕木疏，那個女孩和空空過去接觸的任何一個同年齡層少女相較……和他接觸過的任何女孩相較之下，不相似之處好像比相似之處更加鮮明，結果感覺變得完全不像。就是這種怪怪的感覺……

如果硬要形容的話，對了——

感覺似乎很像我……？

「……不對。」

我在說什麼。

怎麼可能會像我呢。

就算現在身上穿著魔法少女服裝，可是大概也只有幼稚園的幼童才會把現在的我誤認為女孩子——

「空空同學，你很沒禮貌喔。怎麼能這樣直盯著女孩子的裸體看。」

地濃從背後說道。

她好像還是完全一如往常——看到有個全裸的女孩子從海裡飛出來，她應該也有嚇了一跳才對。這女孩難道真的除了自己之外，對任何事都不在乎嗎？

「啊，不是。」

只是關於女孩子的裸體這一點，經地濃這麼一提，空空才發現自己真的看得目不轉睛，趕緊把視線移開。只是不知為何，看到那個從海裡飛出來的女孩赤身裸體，空空一點都沒有那類情色的感覺。老實說就是因為這樣，所以空空直到剛才都沒顧慮那方面的事情。

感覺好像在看著一個裸體的假人似的……如果這樣說不得體，也可以說好像在看著知名畫家筆下的裸女畫一般……總而言之沒有任何猥褻的感覺。雖然空空覺得那女孩的身軀是流線型的，線條柔和，很適合游泳。但是除此之外他沒有任何想法，也沒有任何感覺。

面對看著自己的空空——

以及地濃與缶詰——

那個全裸女孩的目光在他們身上依序掃過——一個接著一個照順序看過去，然後又重複一遍。這個動作如同檢驗工作一般，冷漠到甚至有些冒失，有一種令人神經緊繃的威嚴。

該用膽怯來形容嗎……

她的目光令人不知該做何反應。

「那、那個，妳是——」

空空終於忍耐不住現場的沉默，主動開口問道。

所謂船到橋頭自然直。

繼續這樣大眼瞪小眼，天都要黑了……不管她是什麼人，哪怕她是因為怕妨礙游泳，所以暫時把衣服脫掉的魔法少女（不曉得是不是黑色衣服）；哪怕她是從太平洋方面的什麼地方游過來的——如果不先溝通看看，事情也不會有任何進展。

快點回想起來香川縣的事情，那時候就是因為老是溝通失敗，所以自己才會和好幾名魔法少女展開各種可說是損人不利己又毫無意義的爭執。

「妳是……什麼東西？」

空空這麼問道。

問題內容不是『什麼人』，而是『什麼東西』——雖然空空不是在刻意挑選下使用這種措詞，可是既然這麼說出口了，或許代表他在內心深處其實已經明白這個女孩的真面目或是類似真面目的本質了。

對方回答了。

那個渾身一絲不掛的女孩回答了。

「我不是東西，也不是南北。」

真是答非所問。

問她是什麼東西——結果回答扯到方位去。

「初次見面，空空空室長——我叫作『悲戀』，是地球鏖滅軍不明室的左右左危博士開發出來的新型人造人。在十月二十九日一八〇〇成功登陸四國，任務是把四國徹底毀滅。今後我想加入您的麾下接受指揮，請多多指教。請您任意下令。」

3

空空也不是沒想到。

他不但有想到，而且認為可能性很大——也就是不明室會違背與空空的約定，提早動用『新武器』。

所以空空對不明室不守信用這件事本身並不感到驚訝——不，如果整個事態單獨只有不明室違約背信的話，或許多少還是會有點小驚訝。可是現在除此之外還有太多事情同時發生，好像反而錯失時機，來不及為『新武器』提早動用的事情感到吃驚了。

『新武器』——悲戀不是導彈也不是炸彈，而是一個人造人（人造人!?）。而且那個人造人的外型還是女孩子的造型（女孩子!?）——她還渾身赤裸地從人海的另一頭游泳登陸四國（渾身赤裸!?游泳過來!?）

外加她竟然——知道空空的事。

不，如果這女孩——空空不知道人造人有沒有分男性女性，不過既然是女孩子的造型，為了方便就用『女孩』來稱呼——這女孩是地球鏖滅軍開發出來的『新武器』，而空空又是地球鏖滅軍的人，那麼她有空空的資料應該也毫不稀奇。可是她說想要『想加入麾下接受指揮』，這又是什麼意思？

組織上頭一心想要動用『新武器』的其中一個理由，就是空空雖然對組織有益，可是得了一個不光采的惡名——殺害自己人比殺敵更多的戰士。這個稱號雖然不光采，但卻沒有冤枉他——所以他們當然有意想把空空連同四國一起消滅掉才對……難道這是空空誤會，是他有被害妄想症嗎？

不可能，這怎麼可能，莫非這個『新武器』其實是援軍，派來支援在四國進行調查的空空嗎——不對，空空可以打包票，地球鏖滅軍絕不是這麼和善的組織。

所以空空推測應該是發生了什麼意料之外的狀況。實際狀況不是空空所擔心的那樣，不明室沒有提早動用『新武器』，而是外界出了什麼差錯才對。

那邊究竟發生了什麼事？

雖然只能憑空猜測外界的狀況……但她雖然身懷任務要毀滅四國，但好歹沒有要殺死空空。非但沒有要殺他，反而還想接受空空的指揮——這對空空來說應該是好消息才對。這還用說嗎？對任何人來說，世上應該找不到比被殺害更壞的消息了。

說不定是『篝火』在外面行事有成——空空目前的立場根本沒辦法知道真相如何，也只能這樣隨意想像而已。不過他的想像實際上雖不中亦不遠矣。

即使他萬萬沒想到地球鏖滅軍第九機動室，也就是空空的直屬部下『篝火』冰上竝生竟然克服心結，與地球鏖滅軍不明室的室長左右左危勾結，試圖阻止組織動用『新武器』，結果造成悲戀連七個啟動階段當中的一半都沒完成，就直接『發射』出來了——

「…………」

就算不知道的事情也就罷了——但同時空空也發現了一些事情。從那個女孩——人造人悲戀身上，他感到有些不協調。

也就是所謂『恐怖谷理論』。

這種現象是指機器人製作的愈是像真人，一點小小的不協調感就會變得愈明顯，終至讓人覺得看起來『很噁心』——這種現象會讓互相矛盾的差異凸顯出來。因為太過相似，結果反而變得更不像。

或許是因為空空在進入地球鏖滅軍之前一直都在『假扮成人類』，所以更能強烈感受到那種差異——才會覺得那個女孩與自己相似，更勝於像人類。

雖然她身上沒有接縫、沒有螺絲，空空也沒辦法具體說出到底哪裡有什麼不一樣——可是看著她，總有一些用眼睛看也看不到、連細微都稱不上的些微不協調感撩撥空空的內心。只不過機器人和人造人之間兩者又不一樣——她雖然是個裸身女孩，但空空看到她就像看到沒有一絲情色感的裸女畫，可能是因為她悲戀是個『人工物體』。

當然這也是因為她本人已經先自稱是『人造人』，所以空空可以用這種理由解釋。如果她沒有說的話，不管是空空或是其他任何人，恐怕都不認為她『不是人類』。

就算親眼目睹她那不尋常的游泳能力也一樣。

『新武器』

兵器。

原本是以兵器之名稱之——空空當初聽『篝火』說起這個兵器，感覺好像是某種毀滅性武器。可是悲戀搞不好是間諜、搜查用的武器……至少空空不覺得她有那麼大的破壞力，能夠『讓四國陸沉』……看來她或許——應該說肯定有超凡的力量，能夠用那麼快的速度在海裡游。可是光是那樣就能夠『毀滅四國』嗎？空空心中有很大的問號。反過來說，如果地球鏖滅軍有什麼特殊動機把一件兵器製作成和人類一模一樣，比較可信的說法就是要讓她潛入調查——就像空空這次被委派的任務一樣。

要真是如此的話，之前自己還真傻，還那麼畏懼新武器砸到四國來……

不。

就是這件事。

悲戀的力量有多大目前還不能妄下判斷，可是她登陸四國讓空空了解到一些事情。要說當中最重要、對今後空空行動影響最大的事——就是那道從空空開始調查四國之後，一直壓在他心頭上，處處掣肘的時限這下等同取消了。

說等同取消可能有點言過其實——如果悲戀在四國登場，對地球鏖滅軍來說是一場意外的話，之後他們很有可能會有後續動作以彌補這場意外。但至少『一週之內若不結束調查，新武器就會砸過來』，這種原本和實地調查毫無關聯的限制已經排除。因為不管是不是意外所造成，新武器本身都已經出動了。

雖然這個時間限制就某種角度上來看，其實是空空自作自受的結果——但現在時間限制實質上已經排除，會對他今後的行動方針帶來很大的變化，他能夠考慮的選擇會更多——說得更明白一點，應該是戰略方向整個會改變。

首先就是他剛才還在考慮的『往海上逃離四國』的選項就廢棄了。現在空空已經不需要暫時脫離四國遊戲，趕著向地球鏖滅軍報告調查經過。他之所以不惜先從遊戲中淘汰出局也要報告調查經過，就是要阻止地球鏖滅軍動用『新武器』。

現在要是空空在這時候離開四國，就等於臨陣放棄四國調查的任務，搞不好反而會讓那些一向不喜歡他的高層人物抓到一個最好的藉口處理掉他——換句話說，從現在起空空行動的方向必須改為把四國遊戲破關才行。

因為舉辦四國遊戲的不是地球而是絕對和平聯盟，所以不需要再深入調查。這種理由雖然牽強，但也不是說不過去……可是一想到絕對和平聯盟的目的是什麼，空空就不能用這種理由搪塞了。

絕對和平聯盟的目的。

也就是取得足以消滅地球的終極魔法……

有這麼一項令人垂涎欲滴的情報就擺在眼前竟然還撤退，恐怕只會對空空的評價造成負面影響——如果能夠趁這個機會一舉立下大功，應該對今後空空在地球鏖滅軍的立場有益。想到這一點，或許他確實必須把四國遊戲破關才行。

雖然他確實掛念地球鏖滅軍接下來可能會有什麼行動——但撇開空空自己不談，不明室開發的『新武器』——悲戀現在就在四國，就算是地球鏖滅軍總也不可能想都不想就把四國整個徹底毀掉。

這樣一想，之前空空忌憚畏懼的『新武器』現在反而會變成他最好的護身符⋯⋯

「真是了不起耶，空空同學。竟然會有一個光溜溜的女生說要聽從你的指揮，而且還要你任意命令她。雖然我不知道事情的前因後果，這不就是男生最夢寐以求的幸福嗎？」

看來地濃完全搞不清楚現在是什麼狀況——她還是老樣子，明明有聽到悲戀怎麼介紹自己，卻好像還沒聯想到悲戀就是『新武器』，還講這種搞錯重點的話——

不對。

等一下。

因為空空之前告訴地濃的『新武器』印象和眼前的裸身女孩彼此無法聯想在一起，所以不怪她搞不清楚狀況。

但是她剛才說『男生最夢寐以求的幸福』。

這句話怎能公然說出來呢！

空空還在缶詰面前假裝成女生，這樣不就——

「！！」

就在空空的內心因為地濃不經大腦的一句話而稍起波瀾的同時。

就在他一反常態，感到狼狽的同時。

地球鏖滅軍不明室開發的『新武器』——悲戀有了動作。

突然開始行動。

突然開始運作。

如果把她從水平線彼端游向海岸的蛙式是以節的速度來衡量，那麼現在她在陸地上的行動速度就是馬赫級了。她用眼睛都捕捉不到的音速往空空的腹部衝過來。

空空認為這是攻擊動作。

這也是理所當然的。要是看到眼前的人突然像是擒抱似地往自己身軀衝過來，任誰都會以為這是攻擊行為——糟糕，真是太大意了。這個女孩、這個『新武器』果真是受命把四國連同我一起消滅掉才登陸的嗎——空空徹底了解自己是多麼好騙，這麼輕易就相信人家說的話。自己什麼時候變得這麼老實？如果悲戀真是潛入敵營專用的武器，當然會懂得騙人。機器人不會欺騙人類只不過是科幻片裡會有的幻想，空空從沒信奉過這種事，沒想到竟然——只不過。

這只是他的誤解。

悲戀並不是攻擊空空。

她之所以有動作，反而是要拯救空空——發動緊急回避行動。悲戀已經把空空當成『上司』，對現在的她來說是至高無上的人物——空空被她在腰間這麼一抱，用力摔在灘頭上之後才發現這件事。

「啊啊啊啊啊啊啊啊啊啊啊！」

先前講話不經大腦的地濃鑿發出驚叫聲，真看不出她也會發出這種充滿女人味的尖叫聲——先不管看不看得出來，難怪她要尖叫了。

這是因為她的靴子——也就是兩隻腳已經被桂濱的沙子給困住了。

「……………！」

不只到腳踝而已，她整個人已經齊腰——陷進沙子裡去。此時此刻都還正在下沉——沙子彷彿就像沼澤一般，把她一點一點吞沒進去。

幼童酒酒井缶詰雖然沒有發出尖叫，但也同樣正在下沉——因為她的身材矮小，已經連上半身都埋在沙子裡。

簡直就像是陷在沼澤裡一樣。

不對，那是……流沙嗎？

就像是蟻獅的沙坑那樣嗎？可是空空從沒聽說過桂濱海岸有流沙現象。發生得太突然，不像是自然現象。

用突然來形容還不夠，應該說急遽。

那就不是自然現象，已經不自然到變成超自然了——難道是魔法嗎？

「空、空空同學——」

慢慢往下沉的地濃，已經沉到腰間部位的地濃朝空空探出手。可是空空倒在灘頭，從她的位置就算伸出手來也摸不到空空。

「現、現在就是救我一命的大好機會喔，空空同學——快啊，趁現在回報我在大步危峽救你性命的恩情吧！」

……像她這種求助方式，真是會把別人的救難精神抹得一乾二淨。可是現在他確實不能對兩人見死不救。就在空空正要起身的時候，身子卻被按住。

是這個現在還抱著他腰間的赤裸女孩——

是悲戀按住他的。

「現在很危險，空空長官。在情況穩定下來之前，請留在這裡不要動。」

「妳、妳說等情況穩定下來——」

聽到悲戀這句無情冷漠的話之後，空空直到這時候終於發現她救了自己一命——剛才那一記擒抱是她為了讓空空在腳下變成『流沙』之前——變成流沙的一秒之前，讓他離開原本的所在位置。

原來如此，她這麼做確實很值得感謝——可是如果悲戀的動作速度那樣快速，她應該也可以一併救地濃和缶詰脫離險境才對。

可是悲戀卻只救了空空，而且沒有一絲猶豫。

地濃是絕對和平聯盟的人，而缶詰則是一般平民。站在地球鏖滅軍的角度來看，她們兩人確實都是外人——就悲戀來說，或許沒有什麼理由要救她們。與其說她沒有一絲猶豫，應該說可能打從一開始，悲戀就沒把兩人當成應該救助的對象。

「看起來只要待在這裡就不會有事，我們就在這裡觀察狀況吧。」

「不——」

來到這片灘頭似乎好像就在流沙的範圍之外——可是就算這樣，空空豈能就這樣坐視地濃與缶詰慢慢沉入沙子當中。

「——不行，那兩個人不能不救！」

雖然空空一反常態，說出這番有如人道主義者般的話來。可是假使未來他的行動目標要放在破關四國遊戲，就戰力上來說也萬萬不能失去她們倆人。

就算個性再怎麼煩人，地濃鑿——魔法少女『Giant Impact』使用的固有魔法『不死』還是很有用，酒酒井缶詰的洞見能力也是其他人無法取代的。

此時此刻，空空絕不能以這種形式忽然失去她們兩人的戰力。

「您要救那兩個人是嗎？我了解了，長官。現在立即執行您的命令。」

聽到空空脫口而出的呼喊，悲戀二話不說這麼答道。她不只是嘴巴上回答，就在說話的同時，人也早已經開始行動了。

悲戀放開空空的身子——一口氣往逐漸下沉的地濃與缶詰衝去。不，空空不確定身為人造人的悲戀會不會呼吸——總之她想都不想就衝到流沙中央，然後左右兩隻手各抓住地濃與缶詰的手腕。

那種果斷的行動能力。

悲戀那種冷靜的行動能力，有如捨下所有情感一般。空空覺得自己好像在看著一面鏡子——他心想，自己的行為舉止在別人的眼裡看來，大概就像現在的悲戀那樣無以名狀吧。要真是這樣的話，也難怪自己那麼不受歡迎了。

竟然像那樣連想都不想就衝進、切入那股流沙之中，這種行為實在太違反人性常理——

不過如果情況允許的話，空空認為自己肯定也會做出相同的舉動。想到這裡，他就覺得完全能夠了解上級為什麼這麼疏遠他。

見賢思齊，見不賢而內自省。

雖然這句成語也是老生常談了……但這時候需要加上兩條註釋。一條是悲戀本來就是為了執行這些人類不可能辦到的危險任務才製造出來的人造人，所以就算空空和她都會做出相同的行動，但她犯險和空空犯險，兩者的意涵卻不一樣。

而另一條註釋——

也就是現在的狀況其實不允許他們去救人——先前空空已經看到悲戀以超快的速度游蛙式，然後想都不想就往流沙裡衝去。之後他會目睹另一個從不同角度上來說，同樣令人感到不可思議的畫面。

不明室開發的『新武器』悲戀。

登場時掀起驚濤駭浪的她緊緊抓著地濃與缶詰的手腕，竟然也一起漸漸被流沙吞沒進去。

「……啊？」

空空一聲驚疑。

一起沉下去？

空空本來還在想她們要怎麼從那片流沙當中起來，可是看起來下沉的速度反而變得更快了。難道因為悲戀是機械生命，所以重量很重嗎？不，問題不是出在這裡……就在空空這麼想的同時——

不對，依照現在的情況而言，說『這麼想』其實不正確。應該說就在空空這麼發愣的同時——酒酒井缶詰的身體首先完全被流沙淹沒，接著是地濃鑿，最後連悲戀的身體都消失在流沙當中。

之後什麼都沒留下。

連一點流沙的痕跡都沒有。

彷彿什麼事都沒發生過一樣。

現場又變成一般的觀光景點——平靜祥和的桂濱。

「…………」

空空覺得背上竄過一陣寒氣。

讓他感到背脊發冷的不是流沙，也不是他們三人被流沙吞沒這件事——而是悲戀她這個人造人似乎沒有任何解決方法、沒有任何計畫，就只是『接受』了空空的命令，就這樣一股腦衝進流沙去。

如果把她的行為看做是為了助人而不惜犧牲自我的話，或許也算是很高尚——現在悲戀捨身飛撲去救的那兩個人，可是她前一秒鐘根本不把那兩人放在眼裡。這樣子不是行動原則不一，根本就是前後矛盾了。

不對，她的行為也沒有什麼矛盾。

悲戀是以空空的性命為重，也重視空空說的每一句話——只是這樣而已。她的行動原則一直都是前後一致的。

只是這樣而已。

兵器……

和手槍、匕首、導彈或是炸彈一樣……

兵器的性能好壞完全操之於使用它的人。就這一點來看，這次空空真是跌了一個大跟頭——不過他覺得這樣至少確定不明室開發的『新武器』功能不是當間諜或是潛入敵營。像悲戀那樣想都不想就行動的機械怎麼可能進行間諜活動。

畢竟原本風光登場的『新武器』不但沒能破壞四國，反而沉入四國之底去……

要說雷聲大雨點小，大概莫過於此了。

可是現在的狀況可不是用這一句話就能算了的——現在危機還沒解除。

「……先冷靜下來。」

他開口說道。

就空空自己來說，能夠說出這句話就代表他這時候已經冷靜下來了——空空覺得被海水浸濕的衣服有些沉重，然後起身思考。

「現在大家只是沉進沙子裡去，不代表已經死了。不對，就算她們被沙子壓到窒息，只要有魔法少女『Giant Impact』的固有魔法『不死』，應該可以再復甦過來。而且悲戀也不知道是不是需要呼吸……」

雖然『不死』魔法絕不是無所不能，但對於窒息而死的人應該有效——如果使用魔法的地濃自己也死了，就得空空自己來施法，應該還是可以用得出來。只要穿上魔法少女服裝，任誰都能飛上天。同理可證，只要揮動與服裝搭配的魔杖，應該誰都可以使出固有魔法才對。可是窒息而死的話還好，她們也有可能被沙子的重量壓死。考慮到這種可能性，空空還是不能太悠哉——但現在還不到慌張的時候。

還不算絕望。

在這種情況下還能認為『不算絕望』，古今中外大概也只有空空空一人而已了——明明現在不光只是同伴的生命有危險，就連他自己都仍未脫離險境。

「流沙突然出現……把他們三個人吞進去之後又突然消失不見……除了魔法之外也不做他想了，可是……」

可是為什麼會在這個時機點？

當他打算從鳴門大橋離開的時候，以及在大步危峽想要調查德島本部的時候，都各自遭遇有人阻礙，這次也是一樣的狀況嗎？雖然空空原本的確想過有可能會有人來礙事，但要真是有敵人出現，時間上好像有點太晚才出現——不對，應該說時間上太過巧合。在那個時機點發動攻擊，彷彿就像等著悲戀到達之後才出手一般。

可是悲戀到達四國應該是『提早行程』，即便同是地球鏖滅軍一分子的空空也是出乎他意料之外……

「…………」

總而言之，在這片灘頭好像不會有流沙發生，可是老是窩在這裡情況也不會有任何好轉。空空打定主意，於是移動到剛才發生流沙的位置——也就是地濃鑿、酒酒井缶詰與悲戀被流沙吞沒的位置。

當然他不會貿然靠近。

空空沒有重蹈悲戀的覆轍——講明白一點，他根本沒有踩上沙灘。他借用魔法的力量飄浮起來，移動的時候距離地面大約有五公分的高度。

在空空踏上四國土地的第一天，最初剛見識到魔法少女『Metaphor』登濺證用魔法飛行的那時候，曾經為這種未知的技術感到驚訝又戰慄。可是如今他已經習慣飛行這回事。如果要像『Pumpkin』那樣進行長途飛行、高速飛行與超高度飛行的話，當然是另當別論——回想起來，剛才一開始地濃即將陷入流沙的時候，要是她一發現有問題之後就立刻使出『飛行』魔法的話，是不是就不會被流沙吞噬了？

不過剛才她那麼恐慌，要是在那種情況下使出飛行魔法的話，搞不好反而更危險——說不定她會繞圈子直竄上天，然後從半天高的地方掉下來。

就這一點來說，魔法可能也和武器一樣，好壞完全操之於使用它的人——不，可是地濃的飛行技術應該有一定水準。為什麼那時候……果真是因為陷入恐慌的關係嗎？

要是她能保持冷靜的話……

要是有什麼理由讓她沒有使用飛行魔法的話……

「…………」

發生流沙的位置。

空空就站在正上方——不對，應該是飄浮在正上方。就在正當他要開始檢查的時候——

「……剛才遠遠的還看不出來。」

突然有一抹聲音傳來。

「原來你是個男孩子？」

空空朝聲音傳來的方向望去——看到眼前有一個魔法少女從樓梯上、從龍馬銅像那裡緩步走下沙灘。

4

「我是魔法少女『Verify』，隸屬於『SPRING』隊。」

回想起來，空空過去遇見的魔法少女大多在剛見面的時候就會說出自己的名號。這應該不是魔法少女個人的習慣，而是絕對和平聯盟的組織文化吧——地球鏖滅軍的戰士就沒有這種傾向。

空空心中這樣想著，與那個女孩互相對峙。

氣氛很不友善。

至少那女孩的態度很不友善——她看著空空的眼神中滿是戒心。這也難怪，看到一個男生穿著魔法少女的服裝，應該每個女孩都會提起十二萬分戒心。可是那女孩的眼神中不只有戒心而已，還帶著敵意。

魔法少女『Verify』。

Verify這句話是什麼意思……空空受到父親的薰陶，就他的年齡懂得的詞彙已經算很多了，可是對外來語卻不熟悉。他記得Verify好像是『證實』、『確認』的意思……不過魔法少女的代號名稱除了是一種記號之外，去研究是否另有他意應該也是白費工夫。如果要這樣講的話，地濃鑿的代號名稱還是『Giant Impact』，和她本人更是八竿子打不著關係——就本質上來說，魔法少女的代號名稱和取名叫『A』、『B』『C』應該都一樣。

這一點就和地球鏖滅軍不同了……

比起代號名稱，對空空而言，現在最重要的事情——最應該注意的事是魔法少女『Verify』身上那件衣服的顏色。

即使現在太陽已經沉入地平線底下，但她身上那件呈現出基本色的衣服仍然十分刺眼。可是不是黑衣這一點至少對精神上比較不那麼刺激。

這名魔法少女和黑衣魔法少女『Space』是不同類型的人——幾乎可以說再也找不到比這更好的消息。這時候出現的人如果是『Space』的話，老實說空空真是束手無策了。

只不過來的人如果不是『Space』的話，他就有辦法應付嗎？這也不見得——空空帶著試探的口吻問道：

「……妳就是操縱『沙子』的魔法少女嗎？」

他這麼問道。

他把問法改成『妳就是操縱沙子的魔法少女嗎』，並非『妳是操縱沙子的魔法少女嗎』，這種說話技巧其實很一般，也不算多巧妙了——假裝自己老早就已經知道她的事，盡可能強化自身的立場，簡單來說就是虛張聲勢。自己的同伴三個人（其中有一個不曉得算不算同伴，也不曉得算不算是人）都已經落入敵方手中，空空也不知道在這種情況下虛張聲勢還有多少作用。只是現在任何該盡的人事都應該要做才對。

為了不要留下憾事。

不管之後是敗還是亡。

也不曉得那女孩——魔法少女『Verify』是如何解釋空空這招根本稱不上是戰略的戰略，只見她沉默了一會兒之後——

「沒想到我也出名了啊——」

表現出這樣不曉得是含蓄還是傲慢的態度。

「上次大賽的時候實在不應該隨便留下不錯的戰績——魔法少女出名根本就是有百害而無一利。」

「…………？」

上次大賽？

空空差點沒脫口問出是什麼大賽，應該就是之前地濃提過的『重要競賽』吧。傳聞中就在桂濱這裡、這片沙灘上舉行的競賽……

留下不錯的成績。照這個說法來看，她好像沒有獲得最後的冠軍——但是空空意外得知這女孩是個強敵，感覺自己好像陷入絕境。原先以為遇到她至少比遇到魔法少女『Space』

還好，但現在空空覺得這個突破的機會好像愈來愈渺茫了……

『SPRING』隊？

她好像是這樣說的。

四國四縣各自都有一支魔法少女隊伍存在——香川縣是杵槻鋼矢隸屬的『Summer』隊。德島縣則是地濃鑿的隊伍『Winter』隊。那麼高知縣這裡的魔法少女團隊難道就是『SPRING』隊嗎？

「對了，你怎麼不報上名來？」

『Verify』說道。

「這應該是一種禮貌吧——要是不快點報上名來，我就隨便幫你取個外號算了。」

「………『醜惡』。」

過了一會兒之後，空空說出自己的名號。

他也考慮過乾脆瞞著不說，但如果『Verify』取了一個不但隨便，而且更是奇怪的外號的話他可吃不消。總之還是先讓這段對話繼續下去，不要中斷。

魔法少女當中，有些人本來就知道隸屬於地球鏖滅軍的空空這個人，也有人不知道——已經死去的登澱證與現在行蹤不明的杵槻鋼矢就知道他的身分。

『Verify』知道嗎？

空空之所以刻意不說出名字，而是報上代號名稱，就是為了要試探她知不知道自己是誰。

「『醜惡』——」
結果她只是把空空的代號名稱重念了一遍而已。
「魔法少女『醜惡』？我沒聽過這個名稱，你是新來的嗎……不對，我是說我根本不相信會有男性的魔法少女存在……你是什麼人？從你身上那套衣服的色調上來看，應該是『Summer』隊……」
「……這些事如果要解釋清楚的話可就說來話長了。」
空空模糊帶過。
就空空看來，這些服裝的顏色差異沒有什麼意義可言。可是照『Verify』說的話聽來，各支隊伍好像各自有基本隊伍色……算了，這件事一點都不重要。
空空指向正下方。
「可以請妳把我的同伴放出來嗎？這樣下去的話，我想她們可能全部都會窒息。」
「當然會，因為我就是要讓她們窒息——」
『Verify』說道。
語氣非常冷酷。
「——還是說我看起來像是來救你們的嗎？像是來和你們相親相愛的嗎？」
「要真是這樣的話，我會非常高興……」
雖然空空只是想讓對話延續下去，但姑且還是把心底的話說給對方聽——只是他也不能一直這樣閒扯淡個沒完。他那些被埋在沙子裡的同伴性命正一點一點流失。復甦魔法應該也不是拖多久都有效。

空空空沒有辦法把她們挖出來，也只能拜託——或是強迫『Verify』把她們放出來了。

「你還不明白嗎——為什麼我會出現在你眼前——」

她略帶得意的語氣——應該說略帶嗜虐的語氣說道。這個問題的正確答案應該是『為了要除掉空空。死人不會說話，就算給你看見也沒差』。可是空空回答的卻是不同的答案。

「不就是因為我現在正在飛嗎？」

「！」

「因為妳失敗了，流沙沒能把我吞進去——所以才不得不現身出來。就是這樣對吧？原本妳根本打算躲著不出來，偷偷摸摸殺掉我們。還說呢——」

「………」

空空用失敗這兩個字說她，可能讓『Verify』感到很不高興——她皺起眉頭。空空當然就是要惹她不高興才這樣說的。

「所以我不明白的是為什麼妳會挑那個時機點攻擊我們——攻擊我們的目的又是什麼？我們應該沒有什麼理由要交戰不可。」

「……如果你們要離開四國的話，我本來也可以放過你們。」

可能是中了空空的激將法，『Verify』回答了空空的疑問——同時舉起手中的魔杖。

「可是你們不但沒有離開，還和援兵會合。這種人叫我怎麼能放過——妨礙我們……妨礙『SPRING』隊的人我都要殺光！」

萬能魔杖『Mad Sand』。

語畢。

『Verify』把高舉的魔杖向下一揮——揮下的魔杖彷彿指揮棒一般，她的身邊突然開始躁動。周遭的沙子——開始蠢動。

沙子不斷旋轉、堆積隆起，然後逐漸呈現出形狀——轉眼之間，魔法少女『Verify』的身邊出現五具沙像。

五具沙像。

也可以這樣形容——五隻狗。

桂濱海岸的沙子匯聚起來，仿造出土佐犬的外型——而且這些沙像宛如真的一樣，對空空齜牙咧嘴。

露出獠牙——發出低吼聲。

「…………！」

「沒錯，我的能力就是『玩沙』——我不曉得你從何而來，又是何方神聖。但你應該不會不認得這種為了戰鬥而培育出來的犬種吧？」

『玩沙』。

這麼說的話，她在這場沙灘上舉辦的魔法少女競賽裡取得良好成績，就一點都不足為奇了——然後空空接下來就要和這麼一個對手戰鬥。

手上沒有可以施展魔法的魔杖。

也沒有『破壞丸』以及『切斷王』這類科學的產物。

空空幾乎是赤手空拳，而且同伴全都身陷沙陣當中——他在高知縣的戰鬥就在這種情況下開始了。

「你就活活被沙子咬死吧！」

隨著『Verify』這聲大喝——五具沙像同時向空空撲來。

雖然空空一直認為像自己這種人不管怎麼慘死都不奇怪，他也沒什麼好說的。可是他心想唯獨這種奇怪的死法，我可是敬謝不敏。

5

不明室開發的『新武器』——悲戀的登場真是太早，又太出乎人意料之外。

她的到來確實讓四國遊戲免除時間設限的枷鎖——但是這樣會給我們的英雄空空之後帶來一線曙光嗎，當然完全沒有。他對抗魔法少女的戰鬥——在四國的戰鬥反而現在才是重頭戲。而且最可怕的是，這只是人類與頭號大敵地球之間戰火的前哨戰而已。

（第一回）

（終）

第二回

堆起沙上樓閣！另一次邂逅是困境的開始

我不是被人看輕，而是得到一個機會展現自己的度量。

0

1

英雄『醜惡怪俠』ＶＳ魔法少女『Verify』。

這場在高知縣桂濱海岸開打的戰鬥，雖然是在現在人口密度幾乎等於零的四國進行，但並非沒有觀眾觀戰。

有一對眼睛。

雖然只有一對眼睛——卻目光灼灼地看著那場戰鬥。

雖然不知道這樣對誰比較好運，但那對眼睛的主人目前似乎還不打算涉入兩人的戰鬥——打定主意只做壁上觀。那個人既無意幫助任何一方，而且就算戰況再怎麼演變，好像也不打算出手阻戰。

只是看著而已。

不曉得那人從什麼時候出現在那裡——可是至少在戰鬥分出勝負之前，好像都不打算離開半步。

「……………」

那對眼睛的主人——

那個女孩身上穿著一套黑色的衣服。

2

土佐犬。

這種狗確實是為了戰鬥而培育出來的犬種——混合了各種不同犬種的血統，是一種根據精密計畫塑造出來的生物。要是碰上五頭土佐犬，人類根本不堪一擊。

可是那是指如果遇上真的土佐犬的情況——空空認為沙像終究只是沙像，看到『Verify』揮動魔杖，做出這些東西，他反而覺得放心不少。

對手用這種一眼就看出在玩什麼花樣的玄虛，虛張聲勢——再也找不到其他比這更能讓空空放心的事了。因為虛張聲勢反過來說就代表金玉其外、敗絮其中。

空空動作靈巧地閃過襲擊過來的五隻沙犬——不對，五隻沙犬之中只躲開了四隻。空空還是不夠熟悉飛行，沒辦法完全閃開從不同方向攻擊過來的沙犬。

不過一開始他還以為自己免不了會被兩隻狗撞到，所以現在反而覺得自己還挺能躲的。

「嗚……」

空空的身軀被一大團沙撞上，輕聲呻吟了一下。可是反過來說也只有呻吟一聲而已——頂多讓他唉了一聲而已。相較之下，咬上空空的沙像反而因此崩解——如同一團散沙。

與其說如同一團散沙，其實本來就是一團沙。

豈止像是沙上樓閣，而且還是用海岸的海沙做成的城堡——就算變成再怎麼強壯的土佐犬，恐怕也找不到其他這麼容易就散掉的東西了。

只要海浪一沖就無影無蹤。

更何況魔法少女服裝有絕佳的防禦力，就連『切斷王』都劈不出一點傷，沙子當然不可能咬穿。

「哼……倒是很會竄——可是你也只是白費力氣而已！下次就要一口咬上你的喉嚨！」

『Verify』不甘示弱地喊道。

仔細一想，她這種態度應該也是在虛張聲勢吧——就算喉嚨被咬到，沙子應該也不會造成多重的傷害。

空空料想得沒錯。

照理來說，面對這種沙像的多重攻擊，需要小心的就是避免眼球或是口腔內部受到這些沙子攻擊，或者不要被好幾具沙像壓到身上。只有這兩件事而已。

如果她的魔法是那種能夠讓沙子本身增加攻擊力、破壞力或是速度的魔法，根本沒必要把沙子塑造成外型嚇人的土佐犬——只要簡單地用一般沙塊或是沙粒痛擊空空就好了。

既然『Verify』沒這麼做、不能這麼做的話，就代表她的『玩沙能力』用法很有限——比方說像製造流沙那樣，只能改變沙子的『形狀』或是『流動』而已。

那麼只要保護好眼睛與嘴巴，一邊小心注意至少不要同時被大群沙像打到——然後還有一點，戰鬥當中不要著地，避免被沙子纏住腳。這樣魔法少女『Verify』的攻擊就一點都不足為懼。

「……沒錯，她的攻擊是不足為懼。」

空空一邊靈巧地閃躲沙像犬的攻擊，一邊低聲喃喃自語——攻擊不足為懼。然後又低聲說道：也就是說她這個人並非『不足為懼』。

這樣一來反而更恐怖了。

值得戒慎恐懼。

安心要素裡潛藏的不安要素。

空空過去和好幾名魔法少女戰鬥或是一同行動之時，明白了一件事——魔法少女與本人所使用魔法之間的相關性。

魔法少女本人——或許該說是本體——的戰士能力愈優秀、腦袋愈聰明，相對地絕對和平聯盟賦予那名魔法少女的萬能魔杖能力就愈低劣。反之亦然。

當然也有像黑衣魔法少女——『呼風』，魔法少女『Space』那樣的例外存在——比方說像杵槻鋼矢具有敏捷的頭腦，能夠看穿絕對和平聯盟的企圖，得到的是『自然體』這種一點都不適合戰鬥的魔法。可是對地濃鑿那種做事大而化之人，卻給了她『不死』這種怎麼想都遠超出人類可以斟酌定奪的魔法。

一開始空空還以為絕對和平聯盟分配魔杖的時候，沒有經過深思熟慮就亂給一通。但現在他已經改變看法，覺得應該是他們有通盤考慮，不讓魔法少女過度強大——如果根據這個更新過後的看法去思考……

仔細一想，『Verify』得到的這套魔法只能控制沙子的形態與流動，在沙灘之外的地方好像根本很難發揮效用。如果是這樣的話，那魔法少女『Verify』本人的才幹就不可能差到哪裡去。

雖然空空自己在決策的時候也有失誤，但不可以忘記一件事，『Verify』只憑一己之力就把同是魔法少女的地濃鑿、擁有不明洞見能力的年幼倖存者酒酒井缶詰，還有地球鑿滅軍的調停者、『新武器』悲戀的戰力全都癱瘓了——雖然空空成功毀掉一具沙像，但剩下還有四具，他也沒辦法一直這樣閃躲下去。

不，如果只是要一直閃躲的話，或許還真的能一直躲下去——但要是這麼做的話，空空那些埋在沙子裡的同伴就會窒息而死。她們陷進去到現在已經過多久了？

如果以五分鐘就會窒息來算——用一般急救方式復甦的時間是十五分鐘嗎？如果是地濃的萬能魔杖『Living Dead』來復甦，應該會比一般急救有更多時間吧？還是一樣也是十五分鐘？空空好不容易才擺脫動用『新武器』的時間限制，為什麼現在又要給時間限制追著跑。無論如何，現在的狀況肯定是愈早解決問題愈好。

「我有話要說！」

空空大聲喊道。

在說話的同時，他當然還在繼續閃躲攻擊——只要拖成長期戰，未必找不到其他求勝的機會。但既然現在不能打長期戰，那就退而求其次。

「有話要說？」

『Verify』果然這麼重複一遍。

空空猜測對方是一個優秀的戰士，應該就有機會可以坐下來好好談，所以才開口。總之對方至少應聲了——能夠說話和能夠商量完全是兩回事，但空空也暫時不管，繼續說道：

「我——我們無意妨礙妳們進行遊戲！如果妳們想要把遊戲破關得到終極魔法的話，那就儘管去進行吧！我們不想和妳搶，不然還可以幫妳們忙！所以不要做這種無謂的爭執了吧！」

「哼……你以為有誰會相信這種話？」

空空得到的就只有一聲冷笑。

這段停戰交涉確實連空空自己說出來都覺得很虛假。可是就算這樣——他心想，她也太未免拒人於千里之外了。

這種過度的攻擊性讓空空想起之前在香川遇到過的魔法少女『Pathos』。但那時候主要是空空不對——至少當時先動手的人是空空。

這次情況不同。

剛才她在大老遠的距離之外，連空空的性別都還看不清楚就發動攻擊。仔細一想好像也滿奇怪的。就算彼此屬於不同隊伍，但是魔法少女為什麼要攻擊魔法少女呢？大家不都是同一個組織的夥伴嗎——而且現在還是非常時期。

……如果要找一個合理的理由解釋這個狀況——

「妳這樣說——」

空空決定來試探一下。

「——好像之前已經相信別人之後被騙過了，而且不只一次。」

「…………！」

『Verify』的表情一變，好像被空空一語道破。

當然光憑這點表情變化還不足以知道真相究竟是什麼——可是空空那句話好像的確激怒了她。

「萬能魔杖『Mad Sand』！」

她咆哮一聲，舉起魔杖，又塑造出兩隻土佐犬沙像。算算這下就有六隻土佐犬了。

想到如果是真狗的話，真令人毛骨悚然。

可是這些土佐犬只不過是沙子而已——只要沉著以對就能一直閃避，而且如果有什麼萬一，只要拉高飛行高度，它們的獠牙就碰不到空空的衣角了。

可是空空不會用這種戰術。

空空要維持現狀——他一邊維持現狀，一邊繼續思考。

空空之所以一直假裝應付地左支右絀，遲遲不出手反擊，主要原因是因為他沒有什麼攻擊手段能夠有效打擊敵人。另一個原因也是因為他還沒想到要如何讓這場戰鬥善了。

和人打鬥的同時還在思考如何才能善了，實在不像是十三歲少年會有的想法。但這也是環境逼出來的。倘若不是這樣，空空也不可能活過這半年——光是打贏是不行的。

比如就算這時候空空能夠破解魔法少女『Verify』的攻勢，成功癱瘓她的戰鬥能力，但如果不能藉此救出受困沙中的三人，也就大大失去戰勝的意義。

也就是說讓她失去戰鬥能力——用極端一點的說法就是用殺傷對手的方式獲得勝利，對空空沒什麼好處。最好能夠以活捉她的方式打贏戰鬥——為了要她使用魔法把三人挖出來，這場戰鬥的勝利必須不能見紅。

如果要獅子大開口，說什麼才是最完美的勝利，最好希望能夠贏得夠漂亮，戰後能夠和那個女孩——魔法少女『Verify』還有她的團隊一起合作——不過這真的是奢望，最基本的努力目標應該就是『救出她們三人』。

其實還有最後一個方法，那就是剝奪『Verify』的戰鬥能力之後，把她的萬能魔杖『Mad Sand』搶過來給空空自己用——可是『Verify』的魔法好像不像『Living Dead』那麼單純，恐怕沒那麼簡單。

最糟糕的狀況當然就是缶詰三人窒息而死或是被沙子壓死，然後空空也敗給魔法少女『Verify』……這種情況的可能性也不低。

「…………」

六具沙像、六隻狗。

加減計算是嗎？

一邊躲避攻擊一邊思考，空空好不容易想到一套戰略——不，這個計畫終究還沒堪用到能夠以戰略兩字來形容，反而就像細沙一般脆弱，只是把希望寄託在一碰即斷的細絲上……

可是——

這個選擇應該也很有『可行性』才對——空空決定要相信那個不明室開發的『新武器』悲戀。

「這是最後一次交涉！」

空空盡可能大聲喊道——雖然使用魔法飛行飄浮不會感到疲勞，但是要不斷閃躲來自六個方向的攻擊還是會讓神經緊繃，所以空空的聲音其實也沒真的很大聲。只是這樣的音量『Verify』應該聽得很清楚才對。

「和我們結盟吧——我們一起把遊戲破關！我只求四國遊戲能夠結束就好，遊戲破關之後能夠得到的東西全都給妳們拿去都無所謂！」

站在地球鑒滅軍的立場，空空的『交涉』條件退讓太多。可是站在空空的角度，只是把自己本來就不要的東西讓給對方而已——如果『Verify』接受交涉，他也沒有打算毀約。

雖然空空少年和誠實兩個字無緣，但他的個性也沒惡劣到平白無故翻臉不認帳——只有在有必要的時候他才會毀約。

可是魔法少女『Verify』她——

「既然你這麼慷慨，就先把你的小命交出來！」

這麼答道——然後另外又做出兩隻土佐犬。這兩隻狗也立即加入攻擊，一共有八隻土佐犬對著空空少年露出獠牙。

ＯＫ。

空空已經善盡義務了。

他已經表現出人與人戰鬥的時候最基本……說不定是最大限度的禮貌了——接下來就是照他自己的希望放手去幹。

雖然他心中沒有什麼希望的事。

空空依照自身的意識冷靜、客觀又冷酷地做出判斷，然後展開行動——他的行動和之前不同，不再『閃躲』沙像的攻擊。

反而自己主動撞上去。

空空主動朝著向自己攻來的土佐犬撞過去——雙方正面衝撞。可是對方是沙團，空空則是穿著號稱防禦力如銅牆鐵壁般的衣服。如果比喻起來，他的動作就是一種『打擊』。

粉碎的當然是沙像，而空空幾乎毫髮無傷——緊接著他又藉由飛行，整個人往最鄰近的土佐犬側腹部撞上去。

轉眼之間，剛才多出來的兩隻土佐犬就化為細沙了——因為所有狗都混雜在一起，已經不知道剛才多出來的土佐犬是哪兩隻，只是數量計算的問題而已。

「什麼……」

『Verify』好像很驚訝。

原先一直被自己玩弄在股掌間的敵人忽然轉守為攻，她當然會吃驚——而且敵人的攻擊還說不出地精準確實，對她而言實在是意外之極。

可是『Verify』立刻肅容。

她應該也承認空空是個非比尋常的對手——就在她轉換情緒的短暫時間之內，空空已經也解決三隻沙犬了。

剩下五隻。

又回到最初的數字。

「你很慣於戰鬥啊，小子——」

「我不習慣戰鬥。」

空空這麼答道。

他的飛行路線轉向『Verify』。

「但很習慣殺人。」

「…………！」

『Verify』察覺空空攻擊的對象轉向自己，立刻命令五隻沙犬去追他——空空早就知道她會這麼做，也不去看那些如飛機纏鬥般銜尾追來的五隻沙犬，一口氣一百八十度轉向。

然後就這樣直線前進。

他的前進軌跡勢如破竹，接二連三把沙像撞個粉碎——五隻沙犬排列成直線隊形，當中的四隻已經回歸沙塵。

「剩下一隻——」

空空朝隊伍最尾端那隻唯一倖免於難的沙犬進行最後一次攻擊——依照他的計畫，這樣就能把所有土佐犬擊碎。

也就是說他的計畫非常簡單，就是把好幾具沙像一具一具解決。可是空空的這項計策有一個很大的漏洞。

與其說是漏洞，其實是最基本的缺陷——他的前提搞錯了。就某種意義上來說，他太過小看魔法少女『Verify』使用的魔法。但換個意義上來說又太過高估了。

『玩沙』。

操縱沙子型態與流動的魔法。

創造出沙像，然後命令它攻擊敵人——空空認為如果只是閃避的話，他能一直閃躲下去，也認為要是他主動衝撞過去，就可以把沙像撞破，來個出其不意——這就是他太過小看『Verify』的魔法。

就像實際狀況一樣，在沙像數量很多的時候確實這套是行得通——可是當沙像只剩下一具的時候——

換句話說。

空空沒有想到，當『Verify』需要操縱的沙像只剩下一具的時候——操作性就會大幅改善。

這是理所當然的。不光只是沙像，不管是任何東西、不管是任何人，無論是不是魔法少女，集中精神做一件事當然比同時做好幾件事更有效率。

空空就是這一點太高估『Verify』——他認為不管是五隻土佐犬、八隻土佐犬或是一隻土佐犬，魔法少女『Verify』都能以相同的行動成本操縱。

事實並非如此——唯一剩下的土佐犬展現出之前沒有的機動性，躲過空空的身軀衝撞。而且它還展現出脫胎換骨般的精密動作，不再攻擊空空受到衣服保護的身體，而是看準眾多要害集中的臉部咬來——發出雷霆一擊。

「贏了！」

魔法少女『Verify』擺出勝利姿勢。

嬌俏的魔法少女服裝實在很不適合勝利姿勢，但也不是不能想像為什麼她會興奮到擺姿勢——站在她的角度來看，用眾多沙像同時攻擊已經是經過驗證的勝利方程式，雖然空空是中途才開始反擊，卻能打破她的勝利方程式。所以空空早已不是應該打倒的礙事者，而是不能留下的威脅。

可是現在擺出勝利姿勢還太早。

應該說還操之過急——不過也不能怪她，因為她不認識空空。不只之前從未聽過『醜惡』這個名號，當然連過去空空起伏跌宕的人生，又是如何在這個風波不斷的四國倖存下來之類的事情也都不知道——也不知道空空那連本人都不想要的狗屎運有多麼強。

他不會這麼容易就在這裡死掉。

『Verify』不知道空空沒那種幸運能夠死在坂本龍馬的腳下——一整隻土佐犬分量的沙團咬住空空臉龐，照理說應該已經鑽進他的眼睛與嘴裡，可是現在卻分崩離析，一塊一塊崩落下來。

彷彿失去控制一般——不對。

彷彿失去動力一般。

這隻土佐犬崩解的方式與先前粉碎的沙犬——被空空撞碎的沙犬不同，讓確信自己已經勝券在握的『Verify』相當震驚。因為她曾經認為自己已經『贏了』，因此更是感到動搖。

要是在一般情況下，她應該立刻就會回想起來。

她應該會想起來，當空空躲避最初的流沙攻擊倒在灘頭的時候，全身都浸到海水了——然後也會想起來，雖然同樣是沙子，但灘頭的沙子無法做流沙。同樣的道理，只要沙子沾濕了，就算用『玩沙能力』也無法控制。

要攻擊全身濕淋淋的空空——

一隻土佐犬分量的沙子是不夠的。

「噗哇！」

不過空空的嘴裡多少還是吃了一些沙子，趕緊把沙子吐出來——他閉著眼睛可能是因為眼睛免不了沾到一些沙子。但就算『眼裡容下了沙』，他也不會中止戰鬥行為。

他肯定會閉著眼睛，不再使假動作，就這樣不要命地直接對魔法少女『Verify』殺過來。

「唔……那就再攻擊一次！」

現在的情況下，空空與『Verify』雙方都不得不使出吃奶的力氣——就這個意義來看，目前決勝之前的戰況可說是五五波。可是空空還是和之前一樣，要用飛行使出身體衝撞，好像沒有其他攻擊手段可用。相較之下，具有『玩沙能力』的魔法少女『Verify』還有另一招壓箱底的王牌。

王牌。

老實說就她的美學而言，實在不想使出這一招王牌——她就是不喜歡做這種像是比拳頭大小般一點都不優雅的事，所以才要製作沙像，不單純只是為了虛張聲勢而已。

可是——現在已經顧不得了。

王牌就是要在該用的時候打出去。

「『Mad Dog』——能量全開！」

『Verify』的動作早已經不是像『揮動指揮棒』那樣。

她揮得非常用力，彷彿在揮動棍棒一樣。隨著她完成揮舞的動作，桂濱的海岸動了起來。整座海岸都動起來——海岸如同大蛇蠢動般隆起如小山。

沙灘沒有變成土佐犬的型態。

就只是一座粗獷的沙山——只是這座沙山異常巨大。

「…………！」

就算閉著眼睛，空空還是能從氣息感覺得到這座巨大的沙山，驚訝地說不出話來。玩沙的魔法少女『Verify』也不理會——

「用大量沙子的重量與分量壓死對手——逼我使出這種粗俗的戰略，你就到另一個世界去炫耀吧！」

『Verify』撂下一句狠話，又再次揮動魔杖。

沙山開始轟轟移動，動作相當沉重又遲緩。要操縱這麼大量的沙子，『Verify』也沒有餘力發揮操縱的精密度了吧——可是如果能夠操控這麼大量的沙，可能也不需要什麼精密度了。

就算用飛的逃開也已經來不及——在空空飛到足夠跨越沙山的高度之前就會被壓扁。

「如果一開始我就這麼做的話，這場戰鬥應該早就已經分出勝負了！」

「……說得沒錯。」

空空並沒有反駁對手說的話。

他的手臂頹然下垂，一副已經放棄掙扎的姿勢——好像看到這壓倒性的戰力落差，讓他的鬥志戰意盡失了。

可是。

空空失去戰鬥意志不見得是因為被敵方嚇到——只是因為已經不需要再打下去，所以空空才會突然收起戰意、鳴金收鼓。事實上，要是『Verify』一開始就這麼做的話——戰鬥應該老早就能分出勝負了。

由空空獲得勝利。

以這樣的結局分出勝負。

「我會在這個世界大肆炫耀，魔法少女『Verify』。向別人炫耀我是如何讓妳像現在這樣胡亂浪費沙子。」

「胡亂浪費——!?」

『Verify』聽不懂空空這句話的意思——也就是說她一直到死都不明白自己為什麼會

輸。

魔法少女服裝。

有一隻手從魔法少女『Verify』身上那件如銅牆鐵壁般堅韌的衣服貫胸而出。那正是從變淺的沙堆中爬出來的地球鏖滅軍『新武器』——悲戀的手。

3

雖然空空缺少能夠致勝的攻擊手段，在戰鬥中一直重複單調的攻擊——但這不代表他沒有王牌。應該說打從一開始，他就是為了這個目的才會和魔法少女交戰的。

也就是說讓『玩沙』的魔法少女『浪費沙子』的戰略——當空空看見她做出一座巨大的沙山，那座沙山真是大到出乎意料，讓空空不知該如何反應。可是空空的目的就是要讓桂濱有限的沙量都用來攻擊他，讓其他三名陷入流沙的夥伴受困的壓力減輕。

也就是說，空空讓魔法少女『Verify』間接把其他三人從沙裡挖出來。

對魔法少女『Verify』，她應該認為那三個被流沙吞沒的人的事情『已經結束』了，所以似乎沒太注意她們——海岸的沙子平常讓人以為好像無窮無盡，但既然沙子是物質，當然也是有限的。如果是沙漠或是沙丘的話就算了，但這裡只不過是沙灘而已。

要是做出一座沙山，當然等同把她好不容易才埋進去的那三個人又親手挖出來一樣——這套作戰計畫一舉兩得，既能打倒敵對的魔法少女，同時又能達成救她們三人脫困的目的。

不過這套戰略也不是很靠得住，還要看對手的戰士素質夠不夠好。他是猜想『玩沙』的魔法少女，不可能想不到最有效率的攻擊就是用『大量的沙壓死空空』。

相較之下，空空其實不太擔心埋在沙中的悲戀能不能第一時間開始行動。不明室開發——由那個不明室開發出來的『新武器』怎麼可能那麼簡單就被打倒，被流沙吞掉之後就這樣玩完了。

絕對值得空空的信賴。

那些不正常的人絕對值得空空的信賴。

只不過——

悲戀的性能竟然能夠瞬間殺掉一個魔法少女。與其說是出乎預料，用不符期待來形容應該更貼切。

不，不符期待這句話說得太重了——應該說悲戀百分之百發揮了自己的性能，在沒有指示的情況下還能察覺空空的意圖，從沙子裡脫身之後又悄悄摸到『Verify』身後給予她致命的一擊。她之所以會像那樣傻不隆咚地陷入流沙裡去，只是因為空空的命令就很傻不隆咚而已。反而在沒有人下令的情況下，悲戀才能臨機應變配合空空的行動，所以其實不應該抱怨她——可是不說抱怨，如果說空空的期待，他本來希望盡可能不要殺『Verify』，把她活捉起來。

既然已經像那樣精準地刺穿心臟，要讓她復甦也很難——這就是空空在高知遇見的第一名魔法少女。包括她為什麼會那樣好戰、那樣充滿敵意，其實空空有很多話想問、很多事情想從她身上打探——可是說不定他能夠保住性命就已經很走運了。

人造人悲戀用一隻手臂刺穿魔法少女，另一隻手臂則是抱著地濃以及缶詰。在殺人的同時還救人，這一點應該也值得讚許。地濃與缶詰好像都失去意識，但都還活著。空空感覺好像花了很長的時間才救她們出來，看來似乎即時趕上，沒讓她們窒息而死。

不需要進行復甦的動作——可是空空不能因此就放心。

在四國沒有機會沉浸在勝利的餘韻當中——有一件事必須立刻就辦，來不及等地濃或缶詰醒來。

也就是檢驗魔法少女『Verify』的屍身。四國有一條規矩是『不准死亡』，所以死亡一段時間之後屍體就會爆炸消失——空空必須動作快。

已經被打穿一個大洞的魔法少女服裝只能放棄，但空空想要把萬能魔杖『Mad Sand』以及『Verify』收集到的規則拿走。只是魔杖和服裝是連動的，就算只拿走魔杖也沒辦法操控『沙子』……反正拿著也沒什麼壞處。而且如果『SPRING』隊的魔法少女的目標是要把遊戲破關的話，手上應該也會有便箋冊子之類的東西，記錄破關用的『規則』。

可是整件衣服裡裡外外都搜遍了，就是找不到類似的東西。難道她藏得這麼巧妙嗎——或者說根本沒有帶在身上呢？

後者的可能性好像比較高。空空還是繼續找，一邊心裡這麼想。要把八十八條規則全部背下來不是困難而已，可以說一般人類的記憶能力根本記不住。因為這是『破關條件』，空空認為理所當然需要做紀錄——如果用電玩的說法形容就是『儲存進度』。但是空空也能想到一種情況，她會刻意不留下紀錄。

破關用的規則記錄在便箋冊子可能會被盜走或是搶走，為了防備情報落到競爭對手的手上，所以不留下任何紀錄。這種思考也有一定的合理性。當然如果不是對記憶力相當有自信的話，用這種方法搞不好會造成相當搞笑的結局……

實際上如果魔法少女『Verify』真的有這層防備的話，空空現在就是要搶走她收集的規則，而這套預防措施正好就防到他。

可是她之所以沒有把規則記錄在便箋，防範的對象當然不會是空空——她認定的應該是其他『競爭對手』。

她之前對空空的態度充滿敵意。

既不接受和解的提議，甚至連交涉都不願意交涉。空空說她那種態度是『好像騙過不只一次』——實際的情形搞不好更糟糕。

要是過去她為了破關遊戲，在不斷奮戰的同時又和其他玩家互相競爭、爾虞我詐、你爭我奪、彼此背叛的話——也難怪她對空空會是那種態度，而且身上又沒有紀錄收集到規格的本子。

「…………」

這麼一想，空空頗感絕望。

不是單純因為收集不到新的規則感到絕望——而是因為他被迫認識到自己剛到的高知縣在不同的意義上和之前去過的香川縣與德島縣一樣，也是可怕的戰場。

雖然仰賴意外登場的『新武器』，這次總算擺脫困境，贏得最後的勝利——可是這種一失足就會千古恨的情況究竟要持續到什麼時候？

他還活到現在已經夠不可思議了，之後能不能保命也說不準——空空不得不心想，要是這種情況再碰上一次、二次，自己終究可能也躲不了死神的召喚。

空空心想要是能從魔法少女『Verify』衣服的某處，發現之前遺漏沒發現的便箋冊子，或許多少還能沖淡這種絕望的心情。於是執意繼續找下去，差點沒把布料扯破。可是最後的結果只是證明他的絕望並非只是杞人憂天。

「你在找東西嗎？空空長官？」

悲戀從背後喚了空空一聲——剛才她一隻手臂抱著的地濃與缶詰，現在已經換成兩手各抱一人。從悲戀完全把人當成行李這一點來看，她果然是沒有人心的人造人。可是現在空空對她的行為除了由恐怖谷理論生出的異樣感之外，慢慢也生出一股更強烈的心理共鳴。

和一個人造的東西互有共鳴，自己終於也踏出人類的倫常世界了啊……

「如果有什麼我可以幫忙的話請儘管吩咐，長官。我一定可以幫得上忙。」

「悲戀。」

空空叫了她的名字。

雖然難以判斷要怎麼稱呼她才恰當（悲戀小姐？悲戀妹妹？），可是她是兵器，空空覺得加上稱謂稱呼她好像反而失禮，所以決定用名字直呼她。從造型來看，她的樣子感覺比空空大個幾歲，是個比較年長的女孩子。奇怪的是，空空用名字直接稱呼她一點都不覺得心裡不舒服——這也是心理共鳴的一部分嗎？

悲戀似乎也不在乎別人怎麼稱呼她，對空空直呼自己也沒表示任何意見（再說人造人有『在乎』這種心態嗎）。

「什麼事情？空空長官。請您儘管問。」

她只是這麼回答。

空空感覺好像什麼事都難不倒她。

「妳對四國——來四國之前，對四國發生的事情了解多少？」

「我什麼都不了解，一件事都不了解。給我的資料只輸入了我的目的是毀滅四國而已。所以我想按照基本原則，依現場的指示行動，聽從現場的指揮。」

「……這樣啊。」

空空聽了這句話，心中感到很失望。

悲戀一方面要他儘管問，到頭來好像什麼都不知道——空空本來也沒有什麼期待，但她表現得好像什麼事都難不倒，實際上卻沒啥實學，當然令人失望。

他盡量避免讓內心的失望表現在臉上，但是不曉得對一個武器來說，這麼做有沒有意義。

空空之前就在思考為什麼悲戀會提前派到四國來——因為『玩沙』魔法少女出現打斷他的思緒，但如果要決定今後的行事方針，關於這件事他想要知道更多情報。

聽說地球鏖滅軍——也就是外界之所以不知道四國的情況，是因為什麼『防護罩』的關係。所以空空當然也不知道自己登陸四國之後，外界發生了什麼事——這次外面到底是出了什麼狀況？

悲戀被提前派出來的理由是不明室擅自行動嗎，或者有別的原因呢——講得誇張一點，搞不好地球鏖滅軍內部發生了類似政變這類空空做夢都想不到的狀況也說不定。

要是以為只有自己在冒險，那就大錯特錯了——任何人都在自己的立場努力奮戰。比方說空空聯絡不上的『篝火』，不曉得她現在在做什麼……

他原本還在想，要是能夠對話——也就是能夠彼此溝通的話，是不是就能從悲戀口中打聽外界的狀況……

可是悲戀不曉得是不是察覺到空空這個想法——

「長官，如果你嘗試和我溝通，可能只是白費工夫。」

她這麼向空空報告。

「因為我沒有意志。我只是行為舉止像人類，做出的反應像人類罷了，我並沒有任何思考。有人問問題，我會回答，但也只是回答問題而已，沒有任何深層意義。」

我只是在模仿人類而已——悲戀說道。

只是在模仿人類……

這種說法真是露骨……如果是一般人類用這種說法說話的話，空空想必會認為這個人怎麼這麼自虐，但實際上好像也不會。

只是空空仍然覺得和這個講話很冷酷的女孩有一份親近感——愈是和她交談就愈有一種

錯覺，彷彿自己和她就像是一對交心好友似的。
雖然不能溝通，但彷彿能夠交流。
感覺很像我──是嗎？
她模仿人類的行為，結果變得和最不像人類的空空相似。這何止是諷刺而已，好像根本就是『失敗』了，可是不明室的字典裡大概沒有『失敗』兩個字吧。
左在存就是最好的例子。
「找到你要找的東西了嗎？長官。」
悲戀再一次這麼問道。
真要說的話，應該說她又重複播放一次吧。
「找不到。」
空空答道。
「還是不行，時間到了──我們閃遠一點吧。」
雖然空空手上沒有正確的數字，不知道從死亡之後到屍體爆炸之間時間有多久，但他早早就放棄繼續尋找。雖然最後就只是徒然在女孩子的屍體上亂翻亂找而已，但總比堅持找到有東西，結果被爆炸波及還好。
「閃遠一點。閃到哪裡去比較好呢？」
「總之先到灘頭那裡去……」
應該不會是很大的爆炸才對──這裡又不是室內，也用不著躲在岩石後方。既然這樣，空空想盡量把這次的爆炸從頭看到尾，好當作樣本。之前他一直沒有機會注意觀察屍體爆炸是什麼情況，所以無論這次的觀察會看到什麼，應該都能夠拿來當作下次機會的參考。

下次機會。

……空空發現自己很自然地在檢討下次翻找某人屍體時要注意的事情，心裡覺得有些不舒服。但他又轉念一想，這有什麼辦法呢？

這就是四國遊戲，這就是我啊。

總之空空與抱著昏迷不醒的地濃與缶詰的悲戀，離開魔法少女『Verify』屍首，來到海岸的灘頭處——然後在那裡等著少女屍體爆炸——

「報告長官，我有一事請教。」

「什麼事？」

悲戀那種軍人口吻聽起來雖然有些滑稽（這樣根本不像『新武器』，而是『新兵』了——雖然地球鏖滅軍也稱作『軍隊』，但畢竟不是正規軍隊，沒有人會用這種口吻說話），但空空心想這應該也是人類模仿行為的一部分，所以也就沒有多做表示。

「我們為什麼要遠離屍體呢？你說時間快到，是指什麼意思？」

「啊……對喔。還必須向妳說明清楚才行。因為現在的四國有八十八種奇怪的規則……」

說正常倒也很正常，悲戀對這方面的事也完全『不了解』啊——那之後還得把空空知道的規則告訴她才行，不然她搞不好會無意間觸反規則。

嗯……

不，先等一等。

悲戀是機械生命，是人造人，四國遊戲的規則對她也有效嗎……？

「……總之待會妳看了就知道為什麼要離屍體遠一點。」

這些規則適用在人造人身上嗎，還是不適用呢——這一點之後得好好深思熟慮，現在不能妄下判斷。空空這麼心想，這時候先只回答悲戀的問題。

空空認為只要悲戀看到『Verify』的屍體爆炸，就算不必回答，她應該也能了解為什麼要離屍體遠一點，於是指著『Verify』的屍身說道——可是這時候他的主意卻意外落空。

不只是這樣，空空這次想好好觀察屍體爆炸，當作下次機會參考的計畫也一併落空——雖然魔法少女『Verify』觸犯『不准死亡』的規定，可是空空他們沒有機會深入觀察觸犯規定之後的爆炸懲罰，甚至連看都沒得看。

沙子。

原因是因為『Verify』周圍的沙子。

『玩沙』的魔法少女『Verify』死後，受她操縱而堆起來的巨大沙山也隨之崩散，桂濱海岸又恢復原狀，看不出任何異狀——可是現在這些沙子又再度開始活動。

少女周圍的沙子又開始活動——原本還在微微蠢動的沙子忽然像龍捲風一般捲起，把胸口被貫穿的『Verify』身體籠罩在其中。

宛如像是一方大餐巾似地包裹起來——更正確的說法是等到沙龍捲散去之後，魔法少女『Verify』的身體已經當場被掩埋了，就像是土葬一樣。她的身體就這樣沉入沙底，比流沙更急遽、更急速。然後下一秒鐘——

碰。

從沙中傳來一陣悶響——看來『Verify』的屍體肯定是在沙子當中爆得四散紛飛了……

「不好意思，長官。我看了還是不懂，剛才的現象是怎麼一回事？」

悲戀說她搞不懂狀況，可是這個情況連空空自己都不懂——完全是一頭霧水。看起來好像是沙子動起來，在魔法少女『Verify』屍體爆散的時候掩蓋住。可是『玩沙』魔法少女本人都已經死了啊，為什麼沙子會動起來？

難道是她生前使用的魔法還有殘餘效力嗎——可是魔杖明明已經被空空拿走了。

「再說為什麼沙子會像那樣活動？是絕對和平聯盟研發的新技術嗎？」

悲戀又繼續問道——對了，她才剛從外界來到四國，別說規則的事了，就連魔法的存在都不知道。完全不知道對方是魔法少女的情況下就刺穿人家的胸膛殺死她，這種小插曲真是太嚇人了……看來在解釋四國遊戲之前，還有很多事得向她說明清楚。

要是不解釋清楚，她可能就會被灌輸錯誤的情報，以為『死後的人會被沙子包起來』——不，這也不算錯誤情報，而是發生在眼前的事實……到底是怎麼一回事？當然不可能是什麼自然現象。那可能想到的就是——

「地球鏖滅軍第九機動室室長——空空空。」

忽然有人叫了空空的名字——就從上空。

而且還是正上方。

「竟然在沙灘打贏『玩沙』，你的本事很厲害嘛——老實說真是可怕耶。難怪『Space』那麼防備你。」

仔細一看——正上方有一個少女飄浮在半空中。

那是一個黑衣魔法少女。

「…………！」

「咱是魔法少女『Scrap』。你們的戰鬥我全都看得一清二楚了喔——『醜惡』。」

那女孩嘴角一彎，笑著這麼說道——因為她就在正上方，從空空的位置可以把她的裙底風光一覽無遺，但是她似乎一點都不在意。

突然跑出一個黑衣魔法少女，讓空空由不得感到有些退縮——不過別的先不提，空空了解到原來黑衣魔法少女並不是連內褲都是黑色的。

4

「對於像咱這樣的人來說，四國遊戲既刺激又好玩，但也不是百分之百滿意——」

那個女孩——魔法少女『Scrap』一邊說，一邊降落下來。她著地的位置就是剛才埋葬魔法少女『Verify』的地點——埋葬之後爆散的地點。

不，如果是在地底下爆炸，屍首應該不會四散吧。

「——人如果死了，應該說如果觸犯規則就會爆炸的那條處罰，咱總覺得應該改一改比較好——咱最討厭那些喧鬧吵人的東西了。所以我才會像這樣把她給埋了。在地面裡爆炸也比較安靜，你說對吧？」

「…………」

照她這麼說，『埋葬』魔法少女『Verify』屍首的人好像就是她了——不對，這個黑衣魔法少女突然冒出來，她說的話不能照單全收。

雖然不能照單全收，可是……

「妳也是……」

空空主動開口。

當然他也可以保持沉默，看對方怎麼說。可是就算空空心如鐵石，也很難在這種情形下一直沉默不說話。

之前德島縣上空遇上黑衣魔法少女『Space』的時候，因為空空引發黑視症狀的關係，幾乎沒能和她有任何溝通機會（一部分原因也是因為『Space』不把空空放在眼裡，應該說她根本對空空視若無睹）……

而現在雖說才剛剛打完一場仗，但空空的身心狀態幾乎沒有任何問題，他是否能夠和眼前的黑衣魔法少女好好溝通呢？

可是空空原本就不擅長溝通……

「妳也是……會『玩沙』嗎？」

「嗯？嗯——」

黑衣魔法少女『Scrap』只是曖昧不明地微笑著，沒有回答空空的問題——難道認為這個問題不需要回答嗎？

如果從固有魔法這個名詞上來看，空空不太能接受相同的魔法——相同魔法的魔杖超過兩根以上。可是仔細想想，有誰規定同樣的魔法不能有好幾個。

如果絕對和平聯盟開發魔法的目的是為了要對抗地球，反而必須要讓魔法『大量生產』才對——可是撇開這件事不談，如果她又是另一個具有『玩沙能力』的人，換一個角度來看的時候就會有另一個問題產生。

這個問題就是，普通的——這樣說好像有點矛盾，總之就是標準規格的魔法少女『Verify』和黑衣魔法少女『Scrap』所使用的魔法會『相同』嗎？

「長官。」

悲戀說道。

一看之下，她已經把原本兩手抱著的缶詰與地濃放在地上——也就是說把兩隻手都空出來。

或許這就是——

這就是她身為兵器的備戰狀態。

「要不要殺了她。」

「…………」

真是火藥味十足。

可是面對現在這種情況，悲戀的行為也不算那麼危險——應該說現在這情況已經夠危險了，自然她說的話也會帶一點火藥味。

不過——

「別說這種充滿火藥味的話嘛。」

結果反倒是營造出這種危險狀況的魔法少女『Scrap』主動開口說道。

「咱剛才不是說不喜歡喧鬧吵人嗎——咱不想和你們開打的。」

「不想和我們開打——」

「一點都不想。」

她的語氣很斬釘截鐵。

當然就算語氣很斬釘截鐵，說得再怎麼斬釘截鐵，也不代表她說的話值得相信——空空往自己的腳邊瞄了一眼，確認一下。

嚴格來說，他是在確認自己現在的位置在灘頭上——魔法少女沒辦法使用沾濕的沙子，所以空空才能撿回一條命——流沙發生的時候，因為空空人在灘頭上，也沒被波及到。

就算『Scrap』也有『玩沙能力』，只要待在這裡應該就不會有事……空空心裡打著這樣的算盤。

「悲戀，目前暫時不必有動作。」

他這麼說道——終究只是『暫時』不必有動作而已。流沙發生的時候，悲戀完全聽從空空的命令，自己衝進流沙當中——下命令的方法要是不注意一點，搞不好之後無論情況再怎麼天翻地覆，她都不會動一動也說不定。

「我明白了，長官。暫時不會有動作。」

悲戀很規矩地回答道——黑衣魔法少女『Scrap』嘴角含笑，看著兩人的對話。

「……有什麼好笑嗎？『Scrap』小姐。」

「沒什麼，我只是覺得你們真可愛而已。」

她說道。

「看來你們很喜歡這場遊戲，身為主辦單位的一員，我也覺得很高興。」

「主辦單位的一員——」

「你不是已經見過『Space』了嗎？這些事沒聽她說過嗎？不過空空小弟看起來就很聰明，就算沒聽人家說，自己應該也知道吧？」

「如果要說我知道還是不知道……」

空空一邊搭腔，一邊思考——現在這時候首先該思考的不是對方的意圖或是為什麼在這時候現身，而是對方對自己有什麼想法。這個女孩對空空——對空空一行人有什麼認知？從空空察言觀色看來，她先前似乎一直在觀察自己與魔法少女『Verify』之間的戰鬥——是從什麼時候開始看的？從悲戀游泳登上四國的時候就在觀察了嗎？

或是她就像『呼風』魔法少女『Space』追蹤杵槻鋼矢的時候一樣，一直都在追著空空跑嗎？空空還以為黑衣魔法少女只看重鋼矢一個人而已……不，如果她一路都在跟蹤的話，為什麼要選在這時候現身？應該不會真的只是為了掩蓋屍體爆炸的聲音才出現的吧。

所以——

就目前來說，如果要說他知道還是不知道的話……

「……我不知道。雖然到四國之後今天已經第五天了，可是現在到底發生什麼事、妳在說些什麼，我一點都不明白——如果妳願意說明的話，我會很高興。」

「說明？要咱說明嗎？唉呀，最好還是不要問咱喔，只會讓你更搞不清楚狀況而已——真要說的話，咱是那種很調皮搗蛋的人嘛。」

黑衣魔法少女說完，露出一抹著實調皮——或者該說輕佻的笑意。

「咱只是覺得打亂遊戲很好玩而已、藉此取樂而已。『Space』也老罵我這個毛病。不過這也算是一種工作喔。你想想嘛，要在現實世界創造出類似遊戲一般的狀況，是不是很容易就會陷入平衡狀態？該說是平衡還是停滯比較好呢？總之咱的工作就是要打亂這種理論性的僵局。」

「…………」

空空還是聽不懂她在說什麼。

他原本就對電動玩具不熟，所以『Scrap』的解釋方式對他來說有點言不及義。不過『Scrap』自己也沒有意思要解釋，空空當然聽不懂。

如果要找一件空空勉強算了解的事情——大概也只有知道『Scrap』和遊戲主辦人同夥，屬於遊戲主辦人那一方的魔法少女。

『SUMMER』隊與『WINTER』隊那些人都是以玩家的身分參加四國遊戲，可是這個魔法少女的地位和她們不同。

「『Space』的工作是管理所有玩家——可是她期待最深的『Pumpkin』目前行蹤完全成謎。這件事要重新挽救回來可能得費一番工夫——不對不對，咱來可不是為了說這些的。」

『Scrap』說著說著，當場坐了下來。她明明穿著裙子，卻還是很不端莊地盤起雙腿。

坐下來是代表她打算長談一番嗎——空空一想到這樣的氣氛要拖下去，覺得心情很沉重。可是想到要和黑衣魔法少女交戰，或許就這樣永遠一直談下去還比較好。

魔法少女『Scrap』的實力如果和那個『Space』一樣的話——應該說幾乎百分之百肯定一樣——這次空空可沒有自信打起來的話能保住性命。

講白了，就算是對付剛才的『玩沙』魔法少女『Verify』，空空也是打到快去掉半條命——假如『Scrap』和她都會『玩沙』的話，剛才的戰鬥經驗或許可以派得上用場。

無論如何，現在已經沒有時間限制綁住他了——正因為沒有時間限制，所以空空才應該比之前更有效利用時間，用這種態度解決四國的問題。

「如果妳來不是為了說這些話，那是為了說什麼話呢？『Scrap』小姐。那個……」

空空這時候決定開口問一個他一開始就很想問的問題。

「妳知道我的名字對吧？」

「嗯？」

「妳剛才叫我空空空，而且連我的所屬單位地球鑿滅軍第九機動室都說出來了。」

就算『Scrap』從空空和『Verify』剛開始打的時候就在一旁觀戰，可是空空對

『Verify』只用代號名稱『醜惡』自稱。再更進一步假設她一直都在跟蹤空空，他上次自我介紹時有提到所屬單位等細節，也已經是很久之前的事了——操著一口土佐方言的她總不可能從德島縣的地下室那時候就開始追蹤空空……

「那當然啊。說到地球鏖滅軍的空空空，那可是鼎鼎有名的——『Space』不也認識你嗎？」

「……她認識嗎？」

老實說那時候因為陷入黑視狀態，所以『Space』說了什麼，空空有部分記憶不是很清楚——唯一可以確定的是她沒把自己放在眼裡。

『Scrap』也是一樣。不管是當場席地而坐的行為，還有那種嘻皮笑臉的態度，她肯定也不認為空空能造成什麼威脅。可是她對空空的『輕視方式』好像又和『Space』不同。

「你不是來調查四國的嗎？來調查四國遊戲的真相。你旁邊那個女孩是增援的人手嗎？」

怎麼光溜溜的？『Scrap』指著悲戀說道。

看來『Scrap』不知道悲戀是人造人——或者只是裝作不知道想混淆空空嗎？不過悲戀的力量能夠用拳頭打穿防禦力如銅牆鐵壁的魔法少女服裝，無論如何『Scrap』不可能會等閒視之，恐怕不容易利用這一點想個計畫引她放鬆戒心。

「增援人手——妳要這樣說也沒錯。是啊，這個女孩也是地球鏖滅軍的同伴。」

空空一面說，一面也直接坐下——和『Scrap』對壘。除了表現出從容的態度之外，還有一個更重要的目的，就是在灘頭坐下，除了腳踝之外也把身體用海水沾濕。這是對抗『玩沙』的計策——可是『Scrap』看著空空坐下來，眼眸裡好像沒有什麼特別思潮變化。看來這麼一點細微的調整好像沒有什麼意義。

空空覺得自己只是白費工夫。

「可是妳別誤會，我們到四國來不是為了妨礙妳們絕對和平聯盟——只是來調查情況而已。」

「只是來調查情況而已？哈哈，都已經殺掉我們好幾位同伴，還敢說只是來調查情況。」

『Scrap』說著大笑起來。空空的話好像真的讓她覺得很好笑，她放聲大笑——空空也認為她笑得有理，他剛剛才在『Scrap』眼前殺了『Verify』——就算不是死在空空手中，但他確實目睹許多絕對和平聯盟的魔法少女死在自己眼前。如果當時空空表現得宜，有幾個人或許就不用死了。

所以空空只能默不作聲，可是這時候他發現一件事。

『Scrap』自稱是主辦者那一方的人，但她尚且還是把那些在絕對和平聯盟中最低階的魔法少女當成同伴——可是這句話她是邊笑邊說，當然也有可能只是在開玩笑而已。

然後『Scrap』的下一句話又帶給空空新的發現。

「你甚至還殺了一名『白夜』隊的魔法少女，這下嚴重了。雖然當時情況緊急，但這種暴行搞不好會引起地球鏖滅軍與絕對和平聯盟之間的全面戰爭喔。」

「『白夜』隊……？」

空空忍不住對這個第一次聽說的隊名產生反應——但至少沒有對「殺了一個」這句話有

任何反應。因為空空已經猜出黑衣魔法少女應該就是『白夜』隊的人，但是關於『殺了白夜隊一個人』這件事卻是毫無頭緒——正因為他毫無頭緒，才覺得萬不能讓『Scrap』察覺自己什麼都不知道。

所以——

「妳說的『白夜』隊是什麼？」

所以他問了一個求證似的問題。

只問了答案淺而易見的這件事。

「嗯？喔，『白夜』隊就是咱們啦……這樣啊，你連這件事都沒聽說過。看來『Space』那時候真的把你看得很扁。不過她好像也在深刻反省這件事。」

這時候『Scrap』不知為何往昏迷不醒的酒酒井缶詰瞥了一眼——因為只是一瞬間的事，所以空空沒有注意到她的視線。

「這可能是魔法少女特有的傲慢心態吧——因為魔法少女常常把魔法當成家常便飯那樣，容易瞧不起一般人。其實魔法只不是一種道具而已。」

「道具……」

「應該用武器來稱呼吧。」

『Scrap』帶著意味深長的語氣說道。

武器——新武器？

不，這應該只是碰巧而已。

空空沒有回頭看悲戀——

「難道妳不一樣嗎？」

——他向『Scrap』問道。

「咱的性子比較古怪，反而比較瞧不起魔法少女——咱問你，空空小弟。你知道魔法師與魔法少女有什麼不同嗎？」

「啊……我不知道。」

「魔法師控制魔法，魔法少女則是受制於魔法——也罷，這些事不重要。話題講偏了……剛才我們是不是提到地球鏖滅軍與絕對和平聯盟之間的全面戰爭？」

「不知道……妳有提到這件事嗎？」

空空當然記得她提起過這件事，可是他完全看不出來『Scrap』到底真正想講的事情是什麼。

空空自己的意思是如果眼前這個女孩——好像是『白夜』隊是嗎——是遊戲主辦方的人，希望藉由這次接觸的機會盡可能多問出一些情報，但行不行他也沒把握……最少希望能夠避免演變成和她開打的局面。

全面戰爭更是萬不可能讓它發生。

「雖然你只是來調查真相的，但要是讓你把調查結果帶回去，我們可就有一點傷腦筋了——」

『Scrap』不理會裝傻的空空，繼續說道——也不曉得這是不是她真的要說的話題。

「畢竟四國遊戲是絕對和平聯盟的實驗、實驗失敗的結果。要是這種事情公諸於世，我們可能會被你們的組織併吞掉呢。」

「這種事情應該是雙方的高層去談吧？像我這樣的小嘍囉……」

「小嘍囉？哈哈，室長等級的人還說這種客氣話。」

「…………」

如果光看立場的話，空空或許確實是地球鏖滅軍幹部群的其中一人，不是什麼小嘍囉——可是空空不知道室長這個頭銜在組織的層級架構裡屬於哪裡。他認為自己被派到這麼危險的地方來，至少顯示出自己不屬於『高層』的一分子。

「那妳是屬於哪裡呢？」

空空不做正面回應，對『Scrap』問道。

「不只是妳，『白夜』這支隊伍在絕對和平聯盟裡究竟是什麼樣的立場——如果情況允許的話，我認為或許可以幫妳們和地球鏖滅軍的高層牽線……」

「那真要謝謝你了。不過現在把你這個調查員收拾掉不是更簡單嗎？」

「……就算收拾掉我，也只會招來下一名調查員而已。」

要是早一點之前的話，『只會招來下一名調查員而已』這部分，就是『只會讓組織動用新武器，把整個四國毀掉而已』。但現在新武器已經提前啟動了，拿來威脅人家感覺也沒什麼效用。

實際上『Scrap』好像一點都不認為悲戀有什麼威脅性。

「如果收拾掉你能夠爭取一點時間，這樣就已經足夠了。」

她這麼說道。

「只要在這段時間內把遊戲破關，整個情況就會改觀。」

「…………」

她的意思是——得到最終魔法是嗎？

先撇開這件事的真實性，如果絕對和平聯盟還有什麼希望能夠一改現況——甚至是一口氣逆轉劣勢的話，恐怕也只能靠那個終極魔法了。

眼前的少女與空空先前在德島縣上空遇到的『Space』都表現出一副大膽從容的態度。可是相對的，她們的組織現在已經走到窮途末路了。

「那妳要——收拾掉我嗎？」

收拾掉空空。

雖然改用這種比較委婉的措詞，簡單來說就是要殺他——空空不由得覺得這一切真是太荒謬了。

說到底，地球鏖滅軍與絕對和平聯盟這兩個組織，存在的目的應該是為了打倒地球這個大敵，可是無論對內還是對外，他們現在在幹的卻都是『殺人勾當』。從空空這種沒什麼同儕意識的人來看，他們只是走在一條自我毀滅的道路上而已。

空空這種想法可以說完全忽視自己的所作所為，但先不管他的想法是不是真知灼見，至少現在這個時間點、人就在這裡的『Scrap』，似乎不想走上空空所說的這條毀滅之路。

「不會啊。」

她的回答很簡短。

這種說法也令人覺得因為她占有絕對有利的立場，所以刻意用搖擺不定的言詞玩弄空空。

「依照『Space』個人的意見，她是很想把你做掉。就組織的立場來看，他們也想把你這個礙眼的石頭拿掉——可是我剛才不是說過了嗎？我的脾氣很古怪，所以不打算和你戰鬥。」

『Scrap』這句話似乎懷著某種程度的自負。如果她對自己的人生態度與定位引以為傲的話，應該不會在重複自己說過的話之後還動手殺害空空。

「反正我本來就和『Shuttle』水火不容——根本也不想要幫她報仇。」

「『Shuttle』……」

空空一時之間還不曉得那是誰，不過馬上明白過來。應該就是剛才『Scrap』說過『白夜』隊的其中一員，她似乎認為『Shuttle』是死在空空他們手裡的。

當然空空不曉得那名魔法少女——黑衣魔法少女『Shuttle』就是先前在德島縣大步危峽，曾經讓空空喪命一次的元凶。當然更不知道那名危險的『戲水』魔法少女竟是死在空空的合作對象、目前行蹤不明的『SUMMER』隊魔法少女『Pumpkin』的手中。

不管怎麼樣，空空遭到誤解也不是一天兩天的事了——況且這次的誤解好像不要解釋清楚對他來說比較有益。

「反正你就小心別碰上『Space』吧——那傢伙肯定會來把你狠狠宰掉。不過現在她又跑去找『Pumpkin』了。」

「妳倒說了不少事情……既然這樣我就順便問問吧。妳可以告訴我『白夜』隊有幾個人嗎？」

空空故作厚臉皮地問道。不，事實上這個問題也真的很厚臉皮。雖說他想盡可能多問出一點情報，這個問題也太直接了。看來在得知『Scrap』不想和自己交戰之後，讓空空無意識間放鬆了戒心也說不定。

「哼哼。」

『Scrap』輕笑兩聲。

說得更具體一點，她是從鼻子冷哼兩聲。

「要咱告訴你也不是不行……不過咱找你可不是為了告訴你這些事。」

「……這樣啊。」

空空沒有執意問下去──他以為『Scrap』是那種很愛說的人，但她似乎管得住自己的嘴巴。

不過從『咱找你可不是為了告訴你這些事』這句話來看，也可以推測她找空空是有其他事情要告訴他。

所以現在最好不要死纏爛打下去。這就是空空的想法。

「那我就恭敬不如從命，盡量小心別碰上『Space』──可是難道我就不用小心妳嗎？」

「那當然囉──咱剛才不是說過了嗎？攪和遊戲才是咱的工作……為了讓遊戲進行下

去——空空小弟，看來最好是讓你自由行動比較好。」

「…………」

照她這樣說，『白夜』隊雖說是一支隊伍，但成員身為主辦單位，好像各自負責不同的工作。說不定稱作隊伍只是為了方便行事而已。

「妳願意讓我自由行動，我當然很感謝……既然這樣，來找我又是為了什麼事？有什麼問題要問的話，我願意盡量回答——如果沒什麼事的話，可以讓我繼續調查嗎？」

「別這麼冷淡嘛，夜晚還長得很……你就陪咱聊聊天吧。搞不好聊著聊著，咱會不小心回答你想問的事情喔。」

空空假意要結束對話，結果『Scrap』主動出言挽留他——這樣來看，她找空空果然不是因為一時興起，而是真的有事要談。她選在這個時候來找空空的理由……這個時候？

直到上一秒鐘，空空還認為『這個時候』是指他和魔法少女『Verify』戰鬥結束的時間點——但真的是這樣嗎？不，雖然就現象來說，實際發生的狀況確實是這樣沒錯——但應該可以考慮有其他可能性吧？

沒錯，好比方說——

現在這個時機點，先前陷入流沙的地濃鑿與酒酒井缶詰都還沒醒過來——黑衣魔法少女『Scrap』是不是刻意選擇用這種方式找空空攀談，避免被她們兩人或是之間其中一人聽到呢？

「…………」

其中一人嗎……如果是這樣的話，『Scrap』應該是不想讓缶詰聽到，而不是地濃。空空直覺地這麼認為。

就黑衣魔法少女來看，『Giant Impact』不過是一般玩家，比不上酒酒井缶詰這個具有奇異先見能力的小孩──話雖這麼說，可是她應該也只是一個一般人而已啊……

雖然這個想法有點牽強，但如果照這樣繼續推測下去也未必說不通。黑衣魔法少女『Scrap』老早就想和空空接觸，但顧忌到酒酒井缶詰，所以一直找不到機會──好不容易現在缶詰昏睡，她才找上空空。

要是這樣的話，那又如何？

她要告訴空空什麼事，必須要瞞著缶詰──瞞著她的洞見能力。

……不，這種推理會不會太隨便了？會不會太多假設？會不會把缶詰看得太重要了？不要管這些，說不定她就是挑戰鬥結束之後才來找空空，這樣想會不會比較實際？

看來自己似乎有一種傾向，把缶詰看得太重了……可是一旦有了這樣的想法，空空甚至覺得先前他們在德島縣大步危峽遭受到的攻擊，可能不是為了破壞德島本部，單純只是為了殺害一個幼童、殺害酒酒井缶詰而已？

可是到頭來每一件推理都沒有證據可以證明──與其繼續給『Scrap』唬弄下去，或許該賭一賭看看比較好；要是只在乎自身安全的話，既然『Scrap』表明無意動手，又或許沒必要和對方賭什麼……如果是空空的賭博師傅左在存的話，她可能會說現在他只是不知道什麼時候該賭這一把而已。

可是空空還是決定現在要賭賭看。

他做出了決定。

「如果妳有話想對我說的話，我覺得還是盡早說出來比較好喔——要不然的話，這孩子可能就會醒來了。」

空空說著，指一指睡在他身旁的缶詰——這句話的效果沒有想像中那麼顯著。

黑衣魔法少女『Scrap』的臉頰只是微微歪了歪而已——但原本她臉上一直掛著從容的微笑，現在那股笑意確實產生了變化。空空沒有忽略這一點變化。

如果有必要的話，我會把昏迷不醒的缶詰搖醒——空空這句言下之意語帶威脅的話說出來至少不是毫無意義——即使這樣還不足以證明空空的推理；即使『Scrap』笑容扭曲的理由根本和空空所想的不一樣。

總而言之——

「……你這樣說也沒錯。」

『Scrap』說著，聳了聳肩膀。

就算空空剛才說的話讓她心生動搖，看來這麼一個動作就已經讓她恢復冷靜了。

「那咱們就長話短說吧。其實咱本來想不著痕跡地把事情告訴你——想慢慢誘導你的。沒想到反倒被你用這種方式打亂了方寸……空空小弟，你是不是討厭聽別人的話去做事。」

「也不是那樣……因為我這個人不太能體會別人的感情。不曉得為什麼，我每次總是無法滿足眾人的期待，讓大家失望。」

「所以我們都很古怪囉，看來大家可以很混得來嘛。」

雖然『Scrap』這麼說，遺憾的是空空卻不這樣想——『Scrap』確實是個怪人，可是她說的每一句話與她的態度都充滿著感情。

這些是空空沒有的。

能夠讓空空產生心理共鳴的，反而是對他說的話唯命是從，說別動就完全文風不動的人造人悲戀。

「既然這樣，你也不見得非得要滿足我的期待……可是空空小弟，我有一件小事要拜託你。」

「有事拜託我？」

「嗯，對啊。」

『Scrap』雖然點頭，但感覺起來多少不是很甘願——可能真的不是很甘願吧。如果她想要空空去做什麼事，肯定不會用『拜託』的方式，而是讓空空自己自動自發去做這件事——所以她才會坐下來，盡是說些不知道重不重要的話。

可是現在她好像不打算再多廢話，也不再把重點事項藏在閒聊當中，只簡單扼要地陳述要點——看起來空空這一次好像賭贏了，可是老實說，不到後來也不知道這麼做究竟是好還是壞。

雖然是閒聊或是不必要的情報，但這些訊息說不定之後還能派上用場——依照四國的現狀，這些資訊日後說不定能夠成為某種解決問題的提示。但空空決定把這些訊息全都拋棄掉，搞不好太操之過急。說不定是因為空空忍受不了和黑衣魔法少女面對面的緊張感，忍不住選擇了比較安逸的路子。

可是現在已經沒辦法回頭了。

即使對『Scrap』來說不是很甘願、即使對空空來說不是很幸運——頭都已經洗下去了，現在也不能反悔。所以空空不發一語，等她繼續說下去。

「話雖如此，咱也不打算單方面拜託你做事——空空小弟，如果你願意答應咱的請求，咱會安排要『白夜』隊在這段期間不要對你們動手。」

『Scrap』主動先向空空提出好處。

從這一點看得出來她已經和剛才不一樣，想要快點談下去——雖然是空空自己說要叫醒缶詰的，但是難道她真的這麼不希望缶詰這時候被吵醒嗎？甚至主動示好？就算缶詰多少有些小聰明，但她終究只是一個幼稚園孩童啊……

空空心中湧起一陣類似懊悔的心情，說不定自己在毫無心理準備的情況下使出一招出乎意料驚人的威脅手段來。

「『白夜』隊……不是妳個人而已嗎？這就代表——那個『Space』也不會對我們不利的意思是嗎？」

「只要不是有什麼萬一的話。」

「……」

有了這個但書，這項約定好像就變得不怎麼可信。不過光是有她這句話也算是大有收穫，只是還要看接下來她的『請求』是什麼事。
「你們剛才殺掉的『Verify』——鈴賀井緣度是『SPRING』隊的人，這你也聽她說過吧？」
鈴賀井緣度。
這就是那個控制沙子的魔法少女的本名嗎？
如果只聽代號名稱，空空對她的認識終究只是一名魔法少女而已。可是一旦像這樣知道了她的本名，不由得血淋淋地體會到這世上失去了一條人命、自己奪走了一條人命。
空空感覺充斥在四國的遊戲感好像硬生生被剝奪——可是把魔法少女本名告訴她的人接下來反而說了一件充滿遊戲風格的事情。
「在四國的左半邊，現在『SPRING』隊與『AUTUMN』隊正在互相對抗，雙方彼此正拚得你死我活——為了爭奪遊戲破關的權力，掀起一場春秋戰爭。」
「春秋戰爭？」
那是什麼？
這個名詞以前在上社會課的時候依稀好像似曾聽過——中國的歷史好像曾經有這麼一段時代？春秋戰爭這種表現方式是仿效那段歷史時代嗎？
「爭奪遊戲破關的權力……原來如此，所以那時候——」
先不管名稱如何，空空聽了之後才終於明白——魔法少女『Verify』，本名鈴賀井緣度為什麼態度那麼充滿敵意，為什麼堅決不接受空空的和平交涉，還有為什麼她身上沒有帶個人抄寫的規則書——原來都是因為她正在和其他隊伍對抗，所以才會那麼充滿敵意、那麼拒人於千里之外。

如果當時她們正在互相爭戰，也難怪她會提防像空空這樣來路不明的人——雖然空空這麼想，但實際情況好像還更加複雜一些。

「『AUTUMN』隊隸屬保守色彩比較重的愛媛總本部，而高知派本部旗下的『SPRING』隊則是屬於改革派，就遊戲破關這個目標來說，兩隊之間的心結……不對，競爭意識一開始還算有正面的作用。這場戰爭到如今已經失去意義了。」

「失去意義是什麼意思？」

「因為雙方都太想破關，結果現在都把目標放在妨礙對方上，破關反而變成其次了——也就是陷入平衡狀態。」

「……平衡狀態。」

空空多少明白她的意思。

如果把四國遊戲視為搜集遊戲，而不是逃脫遊戲的話，破關的權利就只限於一個人或是一隊的名額了。要是這樣，在遊戲進行當中除了收集八十八條規則之外，還有一件事要做。

那就是妨礙他人。

阻止其他玩家。

「『AUTUMN』隊與『SPRING』隊就是太專注在妨礙他人——導致四國的左半邊陷入勢力平衡狀態是嗎？

可是黑衣魔法少女的工作不就是為了打破平衡狀態，在遊戲裡攪和嗎？那她把這件事告訴別人，還說得好像事不關己似的，就代表──

「妳該不會說要我去想辦法解決這個狀況吧？」

「我當然就是要說這件事啊。我剛才也提到了，要是沒有人盡快把遊戲破關，絕對和平聯盟就沒有機會逆轉劣勢。」

「那妳自己去──」

空空本來想說『那妳自己去破關不就得了』，但後來又察覺這麼做應該行不通。就像與她同隊的『Space』一心想要讓杵槻鋼矢去破關那樣──主辦者方面的人如果參加遊戲的話，或許就算是觸犯規則。

犯規。

要是這樣的話，說不定這也是八十八條規則當中的一項……可是就算這樣。

「那妳自己去調停這場對抗不就得了？就告訴她們現在沒時間吵吵鬧鬧了。」

空空硬是換個問題。

「你接受還是不接受呢？」

『Scrap』不理會空空的問題，只要求他回答願不願意接受請託。

「要是空空小弟不答應的話，當然就是咱自己去處理囉。」

「…………」

因為身穿黑衣，所以她盡量不希望走出臺前嗎？或者是說這也是四國遊戲的規則之一呢？無論原因是什麼，現在的情況下空空又怎會有選擇的餘地？

「我接受。」

雖然沒有第一時間立刻回答，但空空還是毫不猶豫地這麼答道——『Scrap』好像也早就知道空空會這麼說，露出滿意的笑容。雖然中間的發展不盡人意，但要是能夠達到出面和空空交涉的目的，這個結果對她而言應該也算是及格了。

對這個答覆感到驚訝的或許反而是空空自己。

以前——其實也不過是幾天前而已，當時魔法少女『Space』向空空的合作對象杵槻鋼矢提出一件類似交換條件的事情，空空認為她提的條件根本不能信——他甚至使盡渾身解數、拚了命擋下這門交易。

那為什麼現在卻答應『Scrap』的條件交換？

空空當然不是信任『Scrap』，而且前後兩件事此一時彼一時——但他還是很驚訝，『Scrap』與『Space』同是『白夜』隊的魔法少女，沒想到自己竟然不怎麼反感，就這樣接受她提出的『請求』。

這樣的話，之前他感覺到的那種近乎生理厭惡的反感究竟是怎麼一回事？自己應該沒有什麼理由那麼討厭魔法少女『Space』這個人……

「只要讓那場春秋戰爭停戰就可以是嗎？」

先不管內心的糾葛，空空繼續聊下去。

「只要把這件事放在心上，不管我怎麼調查四國，『白夜』隊都不會來妨礙——我這樣想對嗎？」

「是啊……不過你可不能把遊戲破關喔。就我個人的意見，老實說不管是『AUTUMN』隊、『SPRING』隊或是『Space』期待的明星、和你合作的『SUMMER』隊員『Pumpkin』……甚至是大家都不看好，躺在那邊睡大頭覺的『WINTER』隊唯一個倖存者都無所謂。只要是絕對和平聯盟的魔法少女，任誰破關都好——所以囉，空空空小弟，你可不要從旁爭搶漁翁之利喔。」

空空被迫參加這場四國遊戲，現在卻要他不要破關，這種要求感覺真是蠻不講理。可是不管身為地球鏖滅軍的調查員應該有什麼反應，空空自己對這項條件並沒有什麼意見。

不管地球鏖滅軍是不是要併吞絕對和平聯盟，這件事根本不重要——只要自己能夠活著離開四國就好了。

活命。

空空空現在的目標就只有這件事——對許許多多的人來說，要活著絲毫不用費吹灰之力。可是對空空來說，活著卻是他必須付出努力去實現的夢想。

「假如——」

空空最後問道。

「假如我拒絕妳這項請求的話會怎麼樣？」

「啊？咱不是說過了嗎？要是你不接受的話，那就由咱出面，或是找其他適合的人選，拜託他去辦啊。」

「不，我問的不是這件事……要是拒絕的話，我會怎麼樣？」

「哈哈。」

黑衣魔法少女笑了笑——就像扭轉開關似地動動手指。空空不曉得那個動作是否是必要的程序，至少空空四周彷彿因為她這個動作而產生了變化。

引起了變化——掀起了變化。

空空屁股下灘頭的沙粒一顆一顆好像突然活過來似的，往空空的身體上爬——一顆一顆都陷進空空的皮膚裡。

根本用不著進入眼睛或是口腔。

彷彿要穿破皮膚似的。

「………！」

「說不定——會變成這樣喔。」

『Scrap』的能力和魔法少女『Verify』一樣都是『玩沙』——空空這種猜測根本就是一大錯誤，完全錯了。她們根本就不一樣。不曉得是質量的問題還是本質的問題，『Verify』沒辦法控制沾濕的沙子，就算是能夠操縱的沙子，也無法讓沙子的強度變得比原本更強。

可是黑衣魔法少女『Scrap』她呢？

無論沙子是乾的還是濕的，她都能夠操控——而且每一顆沙子本身的強度也變得更強，無法隨隨便便就擊破粉碎。

「咱是『操土』的魔法少女——待在地面上的時候最好不要違逆咱喔。」

她做了一個把開關轉回去的動作，爬滿空空身上的大量沙子又好像磁鐵同性相斥一般，一口氣全部掉光——原本被沙子重量壓得無法動彈的空空忽然又重獲自由。可是空空重獲自由之後不但沒有覺得安心，反而更感到背脊發冷。

要是『Scrap』有意，隨時都可以殺了他。

就算空空沒有這麼蠢，自以為她應該只能操控沒沾水的沙子，自己只要待在灘頭上多少就能安全——在這場會談當中，她早就可以殺掉空空五百次了。

自己真是太愚蠢了，竟然自認這次和人談交易鬥心機占了上風——空空現在還能像這樣好好活著，根本完全只是因為『Scrap』心情好而已。

不。

被對手的魄力嚇到，搞得太過自卑也不好——因為當他把缶詰拿來當作交涉籌碼的時候，『Scrap』確實有所動搖。

可是『操土』啊……

那個魔法少女『Space』的能力好像是『呼風』……如果之前在大步危峽，空空受到的大規模攻擊是其他黑衣魔法少女造成的話，可以猜想得出來應該是『操控水』的能力——他好像漸漸有概念了。

『白夜』隊固有魔法的傾向……

「那就掰囉，空空空小弟。」

說完之後，『Scrap』站了起來。

事後覺得兩人其實沒有講多久，根本沒必要坐下來談。可是她好像已經沒有其他事要談了。

『Scrap』一下子就飄浮到伸手無法觸及的高度，離開桂濱。

臨去之前還留下這麼一句話：

「等魔女醒來之後，幫咱向她問聲好。」

5

等魔女醒來之後——

魔女。

黑衣魔法少女『Scrap』離開之前留下這句話，是因為她萬萬也想不到空空竟然不明就裡就帶著一個可能會成為累贅的幼稚園孩童到處跑——她以為空空當然知道這件事，才會把這個小孩拿來當作威脅她的工具，所以才想對缶詰嘲諷兩句——這件事無可厚非。

的確無可厚非，可是——

此時此刻空空得知四國倖存者酒酒井缶詰真實面目的部分情報，之後將會大大左右他的命運。

但這是之後的事情，接下來他應該做的就是調停『SPRING』隊與『AUTUMN』隊之間的春秋戰爭。

調解戰事。

我們這位英雄殺害的同伴比敵人多，總是成為紛爭的火種。要他執行這種調解任務，實在是太強人所難了。

（第二回）

（終）

第三回

『Pumpkin』立於愛媛！

秋日風暴肆虐

秋

雖然放不開，但還可以選擇遺忘。

01

如果要簡短形容絕對和平聯盟所屬的魔法少女，『AUTUMN』隊的領隊『Cleanup』現在的心境——

「真是受夠了……」

就只有這句話最貼切了。

現在她已經身心俱疲。

心中的懊悔始終揮之不去，一直在想早在情況還沒演變到這麼糟糕之前，是否有其他辦法可以解決問題——可是事實擺在眼前，過去她無能為力，未來恐怕同樣也是束手無策。她認為自己無能為力又束手無策。走到這一步，她真恨自己的頭腦為什麼能夠把現況分析得這麼透徹。

如果能像自己的隊友魔法少女『Lobby』擺出一副傻呼呼的模樣，不知道該有多輕鬆——又或者能像去年在桂濱進行魔法少女對抗賽時，自己的對手魔法少女『Giant Impact』那樣一心只想到自己，對周遭一概不理的話——

十多年來的交情、一點一滴培育，她當然知道自己的人格不是這樣——既然知道，自然也深有體會。無論是好是壞，自己都是當領隊的個性。

無論是好是壞。

如果只論現在的話，這句話當中『壞』的意義比較多——身處在四國遊戲，與死亡近在咫尺。在這種情況下要統領一支隊伍和一般訓練的情況大不相同，若沒有堅定的覺悟根本不可能撐得過去。

更別提在這種情況下——

絕對和平聯盟的魔法少女之間、同伴之間還隔著一條縣境發生不必要的內鬥——

「要是稱高知的『SPRING』隊為同伴，我們隊上可能有三個人都會氣到跳起來——」

不曉得『Lobby』她是怎麼想的——其實也不光是這件事，『Cleanup』一點都不知道她腦袋裡在想些什麼東西，只知道她習慣贊同多數派。所以在這件事情上，不管身為領隊的『Cleanup』說什麼，她都會把票投給掌握三票的『視「SPRING」隊為敵』的派系吧。

這樣說好像『Cleanup』與其他眾人意見相左，但要是問她是不是打從心裡把目前正在與己方對立的『SPRING』隊當成同伴，她也很難表示同意。

代表保守派系的愛媛總本部原本就和改革派互有對立，『Cleanup』成長的時候照樣也被灌輸這樣的想法，所以理性上明知這只是『無謂的內鬥』，但是深植在感覺內的偏見還是難以完全改過來。

最重要的是四國遊戲剛開始的時候，『SPRING』隊與『AUTUMN』隊之間直接的摩擦更是徹底撕裂兩隊的關係——這都是因為她們兩隊都對四國遊戲的系統很熟悉，『競爭』也由此而生。

如果她們像四國右半部——香川、德島那邊的魔法少女那樣所知情報受到限制的話，在不明就裡的情況下或許還有可能互相合作……

高知縣的『SPRING』隊。

愛媛縣的『AUTUMN』隊。

『SPRING』隊與『AUTUMN』隊之間的春秋戰爭——隊上有些人用這種方式來形容兩隊之間的對立，真不曉得哪裡有趣了。

真是別鬧了。

絕對和平聯盟應該是對抗地球、和地球作戰的組織。照理來說除了地球之外，應該不會有其他交戰對象才對——可是現在竟然偏偏和自己人開戰？而且還是在這種緊急狀況之下？

回想起來，四國遊戲本身本來應該只是一場實驗、為了得到對抗地球的手段的過程而已——雖然最後的結果是一場令人慘不忍睹的大失敗，但不代表不能再力圖振作。

雖然影響波及三百萬人，組織也陷入半崩潰狀態——即是如此、就算即使如此也還是能夠再圖振作。

只要把遊戲破關，得到終極魔法——這些犧牲就不會是輕如鴻毛，而是重於泰山了。

絕不能讓三百萬條人命白白犧牲。

也或許是因為這個原因——

哪一隊能先一步把四國遊戲破關、哪一隊能夠拯救半毀狀態的組織——雖然彼此打從心底都知道『現在沒有時間搞內鬨』——但就是因為剛才那個原因，所以兩隊之間的對抗已經白熱化到無法回頭的地步。

如果單純只是出於功利心態的話，只要想到整體大局、想到地球，或許還有可能留點空間給對方隊伍或是互相合作也說不定——無奈現在兩隊彼此都不相信對方。

現在大家的想法已經不是『應該由自己來破關』，而是逐漸改變成『不能讓那些傢伙破關』——走到這一步已經是病入膏肓了。

更麻煩的是兩隊實力相若。

兩支隊伍在各個方面都很相似，但是在各種意義上都完全相反，結果變成一種平衡狀態——這件事雖然也令人惱火，但無論如何，春秋戰爭現在呈現兩隊相持的局面。

……照一般情形來看，這種類型的遊戲要是發生相持狀態的話，就和『卡關』差不多了。

『Cleanup』的立場一直都是隊伍的領導者，在她的眼裡看來，眼前也只有兩隊互相綁死對方，雙方一起同歸於盡的未來。

不。

至少『Cleanup』還沒有放棄和解的可能性，她還沒放棄和解——和談的可能性。如果只是互相比拚搶規則的話倒還好，現在的狀況是雙方互扯後腿、互相妨礙，真的是名副其實的泥巴戰。但就算是這種局面，『Cleanup』認為雙方至少還沒跨過那條最糟糕的界線。

那條所謂最糟糕的界線，指的就是兩支隊伍都還沒有人喪命——還沒有哪個玩家GAME OVER。

雙方對抗的時候雖然有過令人捏一把冷汗的狀況，曾經有人身受重傷差點死掉。可是目前還沒發生無法挽回的憾事。

所以和解這條路還沒完全封閉——但如果進一步思考，要如何才能讓這種美夢成真，『Cleanup』又是毫無頭緒。雙方的對立與日俱增，如今根本沒辦法坐下來好好談，她完全想不到有什麼機會，可以讓兩隊止息干戈。

這算什麼魔法少女。

這算什麼魔法。

她自嘲地想著——因為就算擁有的力量再怎麼玄幻、再怎麼異樣、與異常現象相同、比異常現象有過之而無不及，可是她們甚至沒辦法和同年齡層的女孩子『修好』。

……另外就在『Cleanup』想著這些事的時候，『SPRING』隊的其中一人——魔法少女『Verify』已經遭到地球鏖滅軍的調查員空空空以及地球鏖滅軍嘔心瀝血打造的『新武器』悲戀之毒手，以『死於他人之手』的方式喪命，因此要實現她心中描繪的和平景象更是難上加難——但是目前她獨自在愛媛縣松山市一帶巡邏，當然不知道高知縣桂濱發生的事情。

她應該不會想要平白增加絕望的因素，所以不知道也好——當然不久之後她還是會知道。

順帶一提，巡邏只是藉口，『Cleanup』只是想一個人靜一靜，所以才會從現在隊伍當作根據地的道後溫泉，漫無目的飛到鬧區來——松山市車站的站前地帶雖然是鬧區，但這也已經是幾個禮拜前的事了。

雖然同隊的隊友『Curtain Rail』說一個人行動可能會有危險。可是在現在的四國，真正遇到危險的時候不管有幾個人都一樣。『Cleanup』說她想好好研擬今後的戰略，便半堅持己見地離開根據地。

雖然『Curtain Rail』討厭『SPRING』隊，不過連她都知道現在的狀況不能長久繼續下去，所以也沒有硬要『Cleanup』不要離開太遠——可是『Cleanup』哪有什麼戰略能想。回顧過去進行遊戲的狀況，她心中最坦白的感想就是任何能想的主意老早都已經想光了。

所以她才會覺得『真是受夠了』。

四國遊戲。

如果四國遊戲真的只是遊戲的話，現在這個時候她肯定會按下重啟按鈕——要不然就是接受『卡關』的結果，然後直接放棄這款遊戲。

可是現實世界沒有重啟按鈕可按，GAME OVER 之後也只有死路一條——就算明知已經卡關，她們還是必須得繼續遊戲。

仔細一想，天底下還找得到這麼可笑的事嗎？

這樣和消化比賽有什麼兩樣——而且自己隊伍還在拚了命妨礙其他隊伍勝出，豈止是可笑而已，根本就是丟人現眼。

『SPRING』隊——『Cleanup』不曉得對方是怎麼想，可是局勢演變成這樣，她以甚至覺得好像只能期待四國的右半邊，香川或是德島那些人有什麼成果了。

自己這群人沒辦法破關雖然很惋惜，可是與其讓『SPRING』隊破關，不如讓『SUMMER』隊或是『WINTER』隊她們捷足先登……

可是『Cleanup』現在開始思考這些事情，也可以代表她現在已經是窮途末路了——『SPRING』隊與『AUTUMN』隊一開始就知道造成四國遊戲的實驗到底在做什麼，她們或許還有機會破關。『SUMMER』隊或『WINTER』隊事前根本沒有得到任何情報。不但如此，她們還得到假的情報，把蒐集遊戲當成逃脫遊戲，這樣根本不可能用正確的方式進行遊戲。如果用比較悲觀的角度去猜想，『SUMMER』隊與『WINTER』隊肯定已經全軍覆沒了。

逃脫遊戲……

『Cleanup』覺得最壞的情況下，可能也只能逃出四國了——『AUTUMN』隊現在收集到的規則雖然距離八十八項還差得遠。可是如果要逃離四國，也就是淘汰出局的話，這些規則也已經綽綽有餘了。

與其繼續在無人的四國虛耗下去，好歹帶著規則離開四國，用這種方式打破兩隊相持的狀態……

雖然這個計畫好像在刻意找麻煩，可是因為愛媛縣的位置靠近本州，所以撤退這招是負責愛媛縣的隊伍『AUTUMN』才有的特權。光就這一點——也就是光就『能夠逃跑』這一點來說，『AUTUMN』隊是比『SPRING』隊更有利的。

『Curtain Rail』一定會說這種事根本不算什麼有利條件——『Cleanup』自己也沒有信心能夠說服包括她之內的四名夥伴（實際上只有三個人）——確實沒錯。因為『Cleanup』已經對戰鬥（相持）感到疲倦，所以她會認為『能夠逃跑』就是一種優勢。如果從『SPRING』隊的角度來看，她們可能會認為『那些人因為有退路，所以欠缺決心——要是現在這個狀態持續下去的話，她們遲早會捲著尾巴逃掉』。

如果『AUTUMN』隊帶著幾條規則從四國離開，『SPRING』隊當然會遇上麻煩——攻略遊戲的難度會更高，但還不能說這樣她們就絕對沒辦法破關。

一想到這裡——一想到對手正引頸等待己方撤出四國——『Cleanup』就沒辦法選擇這一招『明智的方法』。

不是沒辦法，而是不想這麼做——情感凌駕於理論之上。

她沒辦法那麼成熟。

她不想稱了那些討厭傢伙的意——即便這麼做根本有害而無利。

「真希望有點什麼突發狀況……」

『Cleanup』一邊在無人的街道上低空飛過，一邊低聲說道。

「希望有點什麼突發狀況，一口氣改變現在這種相持狀態……希望能發生什麼意外的事情，舒緩這種沉重的氣氛……」

真希望會發生。

她這麼想著。

這時候她根本沒有具體希望發生什麼樣的事——這也是當然的，因為她就是希望一些令人意想不到的突發狀況發生。就連前幾天襲擊四國的大豪雨都沒能改變兩隊相持的狀態，要她想像一個足以打破這種狀態的突發狀況，她哪想得出來？

如果真要說的話。

大概就像——『巨聲悲鳴』那種程度。

要是那種大規模的傷害要是進一步襲擊現在殘破的四國，大家恐怕也沒心情管什麼春秋戰爭了吧——但『Cleanup』也沒忘記自己是什麼人，當然不會當真在這時候希望發生這種事。

絕對和平聯盟。

她是一個和地球作戰的組織的成員。

雖然接下來發生的事並不是為了獎勵她與地球奮戰不懈——但她的願望、這幾天下來內心不斷渴求的希望將會在這一天的這個時候成真。

只要看看空空空就會知道，願望成真不一定是一種幸福——總之事情就發生在『Cleanup』差不多要結束巡邏，打算回到同伴身邊的這個時候。

魔法少女『Cleanup』真的遇上了。

遇上了突發狀況。

2

那好像是——有人倒在路旁。

就在商店街的拱廊裡，有一個女人趴伏在地上——如果只看她其中一只高跟鞋從腳上脫落的樣子，倒也像是絆到腳跌跤的模樣。

要是平時看到這個狀況，『Cleanup』或許會認為只是一個喝醉酒的女人醉倒在人群當中，可是現在不是平時。

有人倒在路上。

竟然有人。

在現在的四國，這是多麼異常的狀況。

「…………」

魔法少女『Cleanup』一邊思考各種可能性，一邊謹慎小心降落在地上。因為拱廊的屋頂礙事，她沒辦法直接用飛的靠近過來。要是這女人倒地的位置再深一點的話，或許『Cleanup』根本不會發現，直接就這麼通過了。

那女人一動也不動，還活著嗎……？

『Cleanup』這樣心想，然後發現這種念頭真是傻——不管這個女人是誰，她都不可能是一具屍體。

現在的四國當中最基本的一項規則。

『不准死亡』。

如果觸犯這項嚴規，處罰的方式就是屍體會爆開，消失得無影無蹤——如果這女的不是現在正好斷氣，理論上她必定還活著。

可是雖然沒死，但看起來好像沒有意識，也不像是睡著的樣子……

聽說過去道路鋪設還不夠完善的時候，好像真的有很多人在進行四國巡禮的時候倒在路上……現在四國的交通設施都已經癱瘓，『路倒』會是最現實的可能性嗎？

倖存者——

倖存的平民百姓？

一想到有倖存的平民百姓，『Cleanup』就忍不住想咂舌——心裡愈來愈覺得『真是受夠了』。為什麼事情要搞得愈來愈複雜？

確實『Cleanup』自己前一秒鐘還在迫切渴望有什麼異常狀況發生，可是一旦異常狀況真的出現在眼前，她免不了感到厭煩。

因為這樣她就得動腦了。

她自己的想法是既然發現有女人倒在路上，當然就要幫助人家——可是站在組織的角度來看，這麼做真的好嗎？

站在絕對和平聯盟的角度，應該會想要盡量掩蓋這次的事件——也就是實驗失敗的事件。不，這次事件的規模太大，受害者也太多。就算組織的力量再強大也掩蓋不住，但就算這樣，他們應該會認為證詞愈少愈好。

倖存的一般民眾。

如果可以的話，一般民眾當然是全都死光最好——就算『Cleanup』這時候救了那個女人，等著她的可能不會是什麼美好的未來。

「……可是總不能見死不救，還是得把她帶回去才行。」

不曉得隊友們會怎麼說。她們可能會疑神疑鬼，懷疑這個女的可能是『SPRING』隊派來的刺客或是間諜——『Cleanup』當然也有想到這種可能。

如果是刺客間諜的話也好。『Cleanup』懷著半放棄的心情，往那個女人走去——只要現況能夠有什麼改變就好。

她不認為派間諜這套戰略有什麼意義，但要是對方真的用這招，『Cleanup』反而會張開雙手歡迎。如果來的是個間諜，應付起來至少比單純一般倖存者更不耗心力。

……可能在哪裡有一群避難民眾，因為糧食全都吃完，所以這個女的才會獨自到處徘徊求助——如果情況是這樣的話該怎麼辦？

『Cleanup』心裡這麼想像，但隨即轉念又覺得要真是這樣的話倒值得好好想一想。向一般民眾施恩，然後靠人群的力量對付『SPRING』隊。這個手段還滿可行的——問題是一般民眾會不會聽從一個穿著蓬蓬裙的魔法少女。

『Cleanup』知道為了避免那件事，所以魔法少女的服裝都設計得很可愛，換句話說，就是缺乏威嚴。

總之組織就是不願意讓低階的實驗體獲得一定程度的力量、無法管理的力量——

『Cleanup』也是帶隊的人，雖然只是小規模的團體，但那種心情她也不是不了解。

可是呢……自己又沒這種興趣，卻還得穿上這種小丑一般的衣服，她到現在還是難以接受——魔法是很方便沒錯，但是對女孩子來說，能穿的衣服受到限制的代價實在太大了。自己未來是不是也有機會像這個女人一樣足蹬高跟鞋呢——可是看起來好像不太好走路——魔法少女『Cleanup』一邊想著這些事，一邊在趴倒地上的女性身旁蹲下。

事後回想起來，這麼做真是太不小心了。

太心不在焉了。

因為她沒有任何準備，連魔杖都沒拿出來——就在一個完全不知來歷的女人旁邊蹲下。

一部分的原因固然是因為最近精神上的疲勞讓她粗心大意。不過真正的原因應該是每個老練的戰士身經百戰，所以免不了都會粗心大意。

魔法少女個個都被賦予固有魔法。

除了那支只存在於傳聞中的隊伍『白夜』之外，『Cleanup』自認絕對是頂級的魔法少女——她沒有理由去防備一個呈現趴伏姿勢的平民女性。

不能說她這種態度傲慢或是自大。

實際上如果現在倒在這裡的果真是一般平民女性的話——要是在這裡設下陷阱的果真是一般平民女性的話，無論是任何陷阱，『Cleanup』都能夠躲得開。

可是——

如果對方同樣也是魔法少女的話——如果對方是一個早已知道魔法存在的人，那就不見得了。

「!?」

手腳極快。

那個倒在地上的女性首先一把抓住『Cleanup』的左手腕——把手腕上的手錶，也就是魔杖一把抓住。

那名女性用最低限度的動作像這樣讓『Cleanup』無法使用魔法，說時遲那時快，另一隻手握著的水果刀接著就抵在她的喉嚨上。說是抵在喉嚨上還算是客氣了，實際上已經稍稍刺破了皮膚。看來這個人還不慣用刀，沒辦法適時停止動作。

「妳、妳是——」

被人先聲奪人——不，被人一瞬間就制伏的事實雖然令『Cleanup』難掩震驚，但她不愧是經驗老到，在這種情況下還不忘要看清楚對方是誰。

對方是她見過的人。

可是——

「魔……魔法少女『Pumpkin』？」

「喔，妳認得我啊？」

那名女性——魔法少女『Pumpkin』杵槻鋼矢抬起身子，嫣然一笑。

「我真是榮幸，而且又很幸運——Very Lucky。沒想到竟然能夠有機會像這樣和『AUTUMN』隊的領隊魔法少女『Cleanup』一對一說話。」

「…………！」

現在的狀態可不允許『Cleanup』回答『彼此彼此』——但若不是現在這種狀況的話，有機會她確實很想和『Pumpkin』見個面促膝長談一番。

『SUMMER』隊的魔法少女『Pumpkin』。

因為『Pumpkin』雖然在那群邊緣人……應該說怪人團體當中，好像也算是最特立獨行的一個——但卻是組織高層也不敢小覷的戰士。

就實力來看，她本來就算歸在『SPRING』隊或是『AUTTUMN』隊之下，也沒有人會懷疑——好像是因為什麼原因，所以她才會被派到四國的右半邊去。

簡單來說，就是『Cleanup』完全被假扮成路倒行人的『Pumpkin』騙到，但如果是栽在她的手裡，『Cleanup』也就認了。應該說除了她之外，根本不會有人真的做出這種事。

身為魔法少女——

一個魔法少女竟然脫下魔法少女服裝，扮成一般女性的模樣，然後假裝倒在路上，設下陷阱釣自己上鉤——把戲內容是很簡單，但哪會有人放棄自己的魔法之後，還敢把一個身懷魔法的人誘騙到自己身邊來？

哪會有人想到要用一把水果刀制伏身懷固有魔法的人？

就算尋常衣服與高跟鞋在如今的四國到處都找得到——光是在這條商店街翻一翻就能找到一整套——可是『Cleanup』壓根兒都沒想過，照理來說魔法少女應該都會穿著魔法少女服裝的。但也不能怪她太死腦筋——在如今的四國裡，這套服裝與其說是護身鎧甲，應該更像是一張保命符。

說真的，哪怕只是一時半刻，應該都不會有人想把魔法少女衣服脫下來——因為誰都不想死。

想到她身為魔法少女的身分，『Pumpkin』用的這套陷阱計畫，根本等於在山裡脫光衣服在熊的面前裝死一樣——不，要比喻的話應該更誇張。地點是在北極，欺騙的對象則是北極熊。現在成功也就罷了，萬一失敗的話下場可就慘不忍睹。

不。

既然她已經成功騙到『Cleanup』，現在比較慘不忍睹的人反倒是『Cleanup』自己了……

「因為我看到妳在天上飛……所以想說能不能騙妳過來。」

聽她這麼說，她躺在飛起來比較不方便的拱廊入口處好像也是計畫的一部分，誘騙魔法少女降落在地面上。看來先被她發現的時候就已經註定大勢已去了——如果要巡邏的話，應該得更打起精神來巡邏才對。

可是……這時候『Cleanup』並不會對自己的粗心大意感到懊悔，反而忍不住就要佩服『Pumpkin』的機智。她一發現『Cleanup』在天上飛，第一時間就即興設下這種陷阱。只是抵在喉嚨上的小刀由不得她感到佩服——她一心只感到恐懼而已。

她要死了。

她馬上就要喪失性命，然後爆炸消失。

在四國遊戲剛開始的時候，這種景象她看得太多太多——難道自己也會變成那樣嗎？

『Cleanup』只能盡量不讓對方發覺自己內心滿是恐懼，同時開口說道：

「我……我妳應該很清楚吧？應該沒那麼傻吧？怕妳不懂，我話先說清楚。就算殺了我，對妳也沒有任何好處。」

「我這個人不會因為利益得失去殺人。」

魔法少女『Pumpkin』說道。

「不過既然妳都主動提起了，不殺妳對我又有什麼好處呢……？」

「………！」

『Pumpkin』是個有名的『獨行俠』，所以『Cleanup』常常聽說關於她品行作為的傳聞，但還是第一次像現在這樣一對一交談——『Cleanup』看不出『Pumpkin』的人格優劣。不，如果要論『像現在這樣』的話，她也是第一次在被人用刀抵著、隨時有生命危險的狀態下和人交談——她不覺得現在自己能夠冷靜判斷。

雖然不認為自己能夠冷靜判斷，但總不能什麼都不想、也不能閉口不談。

「如果……妳的目標是遊戲破關的話，就算威脅我也沒用。不管受到何種威脅，我都不會把之前收集到的規則說出來。」

「喔，不管何種威脅啊？就像這種嗎？」

『Pumpkin』故意動動刀子。

她的動作與其說是恫嚇，感覺更像是在捉弄人似的。

「看妳這樣子好像的確沒有把記錄規則的本子隨身攜帶——看來現在的愛媛縣不是很和平喔。」

「……………」

「可是被刀子割上幾刀之後妳還能不開口嗎？我們魔法少女應該沒受過那種軍事訓練喔。」

「……我被拷問之後說出來的規則到底是真是假，妳根本沒辦法分辨。到頭來妳還是只能把我割到死——反正都要挨刀子，我又怎麼可能說真話？」

「了不起，聰明喔。」

雖然『Pumpkin』大讚『Cleanup』，但還是沒有把抵在喉嚨上的刀子收回——表面上雖然擺出從容不迫的態度，但她並沒有忘記，要是露出破綻的話就有可能被翻盤。

要是自己也有她這種謹慎的心思的話，現在就不會落得這種下場了吧——如果還有什麼機會能夠突破困境，就只能等待隊友來救了。

隊友明明已經提出忠告，她還堅持要單獨行動。錯的是自己，還要別人來救未免也太任性。可是萬一自己太晚回去，『Curtain Rail』擔心之下追出來的話——應該不可能吧。

這樣反而會讓情況更難解決。

無論是何種魔法、何種魔法少女用的固有魔法，都沒辦法比刀子推進一公分的速度更快。就算真的有人——就算隊上其他四個人全部出動來救，她們也是無能為力。

沒想到隊伍的團結心在這種情況下竟然適得其反——真是一大笑話。

五個魔法少女全員出動還敵不過一柄小刀——

「……『Pumpkin』，妳怎麼會在愛媛？妳負責的區域應該是香川縣吧？」

「唉呦，脖子上有一把刀子抵著還想質問我嗎？妳還挺勇敢的嘛——」

『Pumpkin』說道，好像覺得很可笑似的。

隨妳愛怎麼說吧。『Cleanup』乾脆豁出去了——結果她發現兩人這樣子也算是一種相持狀態。

『Cleanup』認為『Pumpkin』沒有要殺害自己的意思——要是她有意殺人的話，應該早就動手了。她肯定有什麼目的，具體來說就是有什麼要求，才會像這樣布下陷阱設計『Cleanup』——可是從她不用溫和的手段和『Cleanup』交涉這一點來看，她打算的要求絕對不是自己樂意接受的事情。

手上有刀的『Pumpkin』當然占有優勢，而『Cleanup』現在的立場也只能乖乖聽話。但就這方面來說，應該還有討價還價的餘地可以要她放寬交易條件——這種充滿變數的相持狀態。

可是『Cleanup』早就已經受夠兩方相持的事了——也怪不得她會什麼都豁出去。

『Pumpkin』可能把『Cleanup』這種態度當成是她勇不畏死，反而面露喜色。

「當然有很多原因啦。」

她這麼說道。

「我的隊伍『SUMMER』幾乎已經解體了。死了三個人，還有一個行蹤不明——現在就是這種狀況。所以我也沒必要被綁在香川縣啦。」

「…………」

『Cleanup』思考『Pumpkin』說的話到底有幾分是真。

她的手上有刀，這時候根本沒必要把真正的情報告訴『Cleanup』——編造一些假情報以強化自己在對話中的立場也是理所當然。

『Cleanup』聽說過的『Pumpkin』就是一個能夠面不改色耍這點小心機的人，而且這個人能夠即興設計出這種陷阱，她說的話又怎麼能信？

可是她剛才說的事情也不見得一定就是假的。

如果『Pumpkin』認為說實話可以讓自己在這場對話中的立場更有優勢，她應該就會這麼做。

『SUMMER』隊解體……

包括『Pumpkin』這個獨行俠在內，『Collagen』、『Stroke』的個性都有問題，那支隊伍感覺就像是集合了一群問題人物一般。但就是因為這樣，她們之間應該反而有一種莫名的團結心——就算面臨現在這艱辛又絕望的局勢，但『Cleanup』不認為她們這麼簡單就會分崩離析……到底發生了什麼事？

「妳說有一個人行蹤不明……是『Pathos』嗎？」

「猜得不錯喔。沒錯，『Pathos』可以說是維繫整個隊伍的關鍵，因為她出了事，所以隊伍才會解體。妳會這樣想是正確的——可是妳說錯了。『SUMMER』隊會變成這種慘狀，原因完全出在一個男孩子身上——」

「……男孩子？」

「啊，不小心說溜嘴。談一談偏離主題可就糟了——要是一個不留神，妳的同伴可能就要來救人了。」

『Pumpkin』自己好像也有想到這種可能性。她當然也知道自己有人質在手，『Cleanup』的隊友就沒辦法出手，但絕對有考慮到萬一……機率應該比萬一還高一點……的狀況。撇開倫理道德不談，捨棄成為人質的夥伴在戰略上是很一般的選擇。

「好了——不過妳可別誤會，『Cleanup』。雖然我用這麼刺激想像力的方式出現，讓妳有多餘的期待，不過很抱歉，我這裡能夠向妳說明的事情不多——特別是關於四國左半邊的事，我可以說根本就是踏入城市的鄉巴佬一樣，什麼都不知道。妳是在絕對和平聯盟的主場愛媛縣活動的魔法少女，對四國遊戲應該比我還懂才對吧。」

「…………」

「老實說我希望妳能把四國遊戲的情報告訴我——不，說得更坦白一點。『Cleanup』，讓我加入妳們好不好？」

這句話真是出乎意料之外。

這就是她的要求嗎？

『Cleanup』本來都已經做好心理準備，『Pumpkin』可能會開口要她說出四國遊戲的情報……不是規則而是情報——她還認為要是這點程度的話，就算洩漏出來也還在可接受範圍。如果這樣就能脫身的話——可是她竟然要求加入自己的隊伍？

當自己的夥伴？

「妳的意思是……想加入『AUTUMN』隊嗎？」

「我說的話應該沒那麼奇怪吧？要在四國遊戲裡生存，就必須和其他人一起合作進行遊戲。所謂人類是無法一個人生存嘛……」

雖然嘴巴上說自己說的話沒那麼奇怪，可是『Pumpkin』完全就像在開玩笑一樣——明明要拜託別人收容，卻感覺不到一絲誠心或誠意。如果這是面試的話，她這種嘻皮笑臉肯定會被刷下來。

感覺起來就很可疑。如果對她的要求表示有興趣的話，她搞不好還會翻臉不認帳，當作只是一場玩笑，還說『妳該不會當真了吧』。

因為『SUMMER』隊解體（被一個『男孩子』搞到解體？），所以就想加入其他隊伍。這個想法本身確實沒什麼奇怪，可是……

「為什麼妳會選擇我們隊？如果只是想要夥伴的話，也可以找『WINTER』隊或是『SPRING』隊啊？」

「『WINTER』隊已經全軍覆沒了。」

『Pumpkin』立刻這麼回答。

雖然『Cleanup』是第一次聽說這件事，但就算是真的也沒什麼好驚訝——就算是魔法少女，要在現在的四國活下來也很困難，只是這樣而已。反而是『SUMMER』隊比較奇怪，變成『幾乎解體』這種不算大好、也不算大壞的狀況，令人搞不清楚究竟是怎麼一回事。

順帶一提，真相是『WINTER』隊成員中的魔法少女『Giant Impact』還活著，而且她還和那個最終導致『SUMMER』隊解體的『男孩子』一起行動。可是遠在愛媛縣的她們當然也還不曉得這項情報。

「所以我能接觸的選擇必然就是『AUTUMN』隊或是『SPRING』隊了……不過妳也知道，『SPRING』隊是一群喜歡動手動腳的武鬥派，我覺得那群人可能不太好親近。照這一點來看的話，『AUTUMN』隊感覺比較可以商量。畢竟領隊的品格可是眾人公認的高尚啊。」

『Pumpkin』吹捧『Cleanup』兩句，可是她當然不會當真。她認為如果是面對『SPRING』隊的話，『Pumpkin』搞不好還會聲稱『「AUTUMN」隊是保守派，傲慢的態度讓人難以親近』——如果有什麼原因讓這個少女選擇和『AUTUMN』隊接觸，那一定是另有其他原因。

可是如果『Pumpkin』還不打算把原因說出來，喉嚨上抵著一把刀的『Cleanup』也問不出來……

「老實說呢，我現在麻煩挺大的。」

『Pumpkin』說道。

她皺著眉頭，至少做出來的表情看起來好像真的遇上大麻煩——不是假笑，而是一張假苦瓜臉。

「我現在被逼得走投無路——需要有人幫助，或者說混入人群當中——」

「混入人群之中？」

「唉呦，這該是我說錯話了。」

看她這樣故意裝傻，想必應該不是說錯話——『Cleanup』認為她只是從不同的角度提出不同的事情，用這種方式試探自己的反應。

「總之我的要求只有一件事，讓我成為妳的夥伴——領隊當然還是妳，我會聽從妳說的話。我壓根兒沒有想過要取而代之，竊占隊伍——而且也不打算久留。」

她主動開口，先把自己擔憂的問題先說出來——也就是說先把這些不安要素，講白一點就是危險要素、讓她加入隊伍會產生的不安要素先說出來。

「事情辦完之後我就會離開——不打算一直賴在妳的隊裡，擾亂團隊的和氣。遊戲破關的權力也會讓給妳們。我根本沒有好好進行遊戲，照理來說，我知道的規則沒理由妳們不知道，但這些規則我也會提供給妳們。」

……她的退讓可真是慷慨。

至少一個拿刀抵著別人脖子的人不會退讓這麼多——這下『Cleanup』反而愈來愈不了解對方到底在想什麼了。

讓出破關的權力。

就是因為沒辦法讓出破關的權力，『AUTUMN』隊與『SUMMER』隊才會這樣鬧得不可開交，可是『Pumpkin』卻說讓就讓——不，還不知道她說的話到底幾分可信。

該怎麼辦才好？

不，『Cleanup』根本沒有選擇的餘地。

因為對方都已經表示盡可能退讓了，應該要答應才對——如果有什麼問題的話，『Pumpkin』這些讓步都是她主動提起，『Cleanup』根本連提都沒還沒提，還是不能否認她可能另有所圖。可是現在這種情形，不知道人家什麼時候會手滑一下，繼續煩惱下去已經不只是危險，根本就是愚蠢了。

「我——」

『Cleanup』開口說道。

「我、我明白了。」

「妳明白了？明白了什麼？說得完整具體一點。」

「我願意讓妳成為我們的夥伴——請妳當我的夥伴，拜託妳。」

『Cleanup』用比較低姿態的語氣重說一次。既然已經決定，打腫臉充胖子也沒什麼意義。

「一個能讓我這麼輕易中計的人如果願意成為夥伴，讓我更有信心能打贏這場春秋戰爭了。」

她期盼已久的異常狀況。

萬萬沒想到竟然會是一個越境而來的魔法少女——要是順利的話，或許就能打破愛媛與高知之間的相持抗衡狀態。當然如果不順利的話，可能就會讓事情更加錯綜複雜……

「春秋戰爭？」

什麼意思？

『Pumpkin』把這句話重複一遍，好像覺得很匪夷所思。

看來她好像不知道兩隊相爭的事情——她剛才說對四國左半邊的事就是踏入城市的鄉巴佬一樣，看來至少這句話是真的。

「意思就是說這一邊的戰況比妳想的還更糟糕——該說糟糕還是用愚蠢至極來形容呢。我不曉得妳到四國左邊來有什麼目的，可是我認為事情應該沒辦法如妳所願。」

「人生從來不會如誰所願的。」

說完之後，魔法少女『Pumpkin』這才把水果刀放下。

「可是有一個男生教會我人生是從失敗之後才開始，所以決定要努力掙扎。」

「喔……」

『AUTUMN』隊的領隊魔法少女『Cleanup』，怎麼也沒想到教會『Pumpkin』這個道理的男孩子，和造成『SUMMER』隊解體的男孩子竟然是同一個人，只是點點頭而已。

3

魔法少女『Pumpkin』杵槻鋼矢之所以會在愛媛縣假裝路倒，讓原本就為了困境而百般煩惱的『AUTUMN』隊的領隊魔法少女『Cleanup』更是丈二金剛摸不著頭腦，原因當然不是鬧著玩，而是有她自己的理由——從某些角度來看，她那種難以捉摸的態度看起來也像活著就在睥睨每一個人似的，有時候令人窺探不出內心真正的想法。可是別看她這樣，鋼矢其實對組織也滿忠心的。

不，說對組織忠心也不是很正確——她並沒有把絕對和平聯盟看作至高無上。從她的價值觀來看，對組織的忠誠心這次就表露在『做錯了事就該負起責任』的態度上。從人的眼光看起來可能會覺得她『拋棄了半毀的組織』。

而且這種看法或許也是事實。

雖然『打倒地球』這個最終目的不會改變，但除此之外的事情她可是非常懂得臨機應變的——或許就是因為這種個性，也就是說她懂得變通，能夠適時做出轉讓或是妥協的動作，所以和空空空這種欠缺主觀性的人合作還能保住性命。熟悉他的人要是知道的話肯定會認為是一種奇蹟。

不過她畢竟是為了整個四國，甚或是為了所有人類而戰。雖然算不上犧牲自我，但也可以說相當奮不顧身了。至少這一點和她那個只為了自己保命而戰的合作對象空空空不同——她和『AUTUMN』隊接觸，空空空在黑衣魔法少女『Scrap』的要求下才和『SPRING』隊接觸，兩者就是有點不一樣。

就結果來看，他們的行為當然很類似——如果只看表面的話，中間的過程可能也差不多。可是如果單論面臨困境時的解決方法，『Pumpkin』採取的立場可能反而和魔法少女

『Cleanup』比較接近也說不定。

困境。

雖然遭遇困境，杵槻鋼矢也不會停下腳步。

考慮到『AUTUMN』隊與『SPRING』隊已經進入對峙相持狀態、『WINTER』隊的『Giant Impact』在名義上已經成為外人空空的俘虜，而『SUMMER』隊的『Stroke』則是下落不明，現在她魔法少女『Pumpkin』已經是目前整個四國動作最積極的魔法少女了。

原本鋼矢想要從德島縣的鳴門海峽一帶離開四國——暫時退出遊戲，結果被黑衣魔法少女『Space』攔路而不得其門而出。當時對方提出一個條件不錯的交易，依照她自己的判斷覺得可以接受，但因為空空空強烈反對，兩人不得不各走各的路，以逃避黑衣魔法少女的追擊——之後她好一段時間都躲在遙遠的上空隱藏。

她已經從空空那兒聽說地球鏖滅軍有『新武器』，只要時間到了就會發射出來。為了阻止這件事發生，必須離開四國到外界去才行——原本和地球鏖滅軍接觸的時候要請空空從中斡旋，可是他們兩人卻各自分散。既然不曉得空空現在是生是死，鋼矢也必須思考如何才能獨自離開四國了。

就這一點——就逃亡這一點來看，鋼矢有一點較空空不利，就是那個『呼風』魔法少女『Space』重視她更勝於空空——顯然如果鋼矢想要離開四國的話，一定又會被她擋下。

不過這時候空空他那不知道該說是狗屎運還是噩運又開始作怪，他在墜落的地點撿到酒井缶詰——也就是絕對和平聯盟所稱的『魔女』，這件事對魔法少女『Space』來說更是嚴重，所以有一段時間沒有監視『Pumpkin』……但『Pumpkin』不是魔女，只是普通的魔法少女，也無從得知這些事。

但就是因為有這段空窗期，她才能辦到一件事——去香川縣拿回留在當地的萬能魔杖。這是空空想到的主意。因為他來自四國之外的地方，又不是魔法少女，所以會有這種魔法少女壓根兒沒想過的想法——只要交換魔杖與衣服或許就能夠使用不同的固有魔法。當鋼矢從空空口中聽過他這個想法之後，就想實際試試看是否行得通。

真的可以用。

魔法少女『Stroke』留在香川縣國中學校的固有魔法『光束砲』……那項連同伴之間都認為極為危險的魔法在她手上也能用得出來。

『Pumpkin』就是用這道魔法把那個從吉野川下游往上游發動攻擊——攻擊目標很有可能是空空的黑衣魔法少女『Shuttle』從這世界上消滅掉的，所以絕對沒錯。不對，因為『Pumpkin』是在雨中偷襲對方，所以沒有機會知道人家的代號名稱叫什麼……

杵槻鋼矢先是得到『光束砲』這強力無比的魔法，只要用這項魔法就能超越黑衣魔法少女。再加上因為打贏那場仗，讓她得到黑色服裝還有那柄魔力能夠讓吉野川氾濫的萬能魔杖——雖然手中有這麼多好牌，她的心情還是沒有好轉。

不但沒有好轉，反而更加陰鬱。

黑衣魔法少女『Shuttle』——不管站在什麼立場，親手殺害自己人讓鋼矢很有罪惡感。而且還有更實際的問題，這下子她完全與絕對和平聯盟撕破臉了。那支傳聞中……甚至可以說是『傳說』中聽說的『白夜』隊想必不會放過自己——可想而知要逃離四國愈來愈困難。

只要那個行蹤不明的魔法少女『Stroke』還活著，就算得到再厲害的魔法，『Pumpkin』也不認為把魔法當作『配件』使用的可能性有什麼好處——老實說，她對這件事的危機意識原本還不如空空那麼深，但等到自己實際體驗過之後，想法才稍微有了改變。

魔法少女『Collagen』那招可說是專剋魔法少女的固有魔法『複製』——那種能夠使用任何魔法的萬能魔杖，現在就在整個絕對和平聯盟中精神狀態最不穩定的魔法少女『Stroke』手中……

情況還是一樣糟糕。

諷刺的是因為『Pumpkin』現在擁有三柄萬能魔杖，自己的力量愈是強大，愈是覺得必須暫時退出四國遊戲——這種想法雖然很消極，但她本來就不是什麼強勢的人。

反而個性很膽小。

也可以換個角度來說，就因為她膽小才能活這麼久，久到變成在隊伍裡——應該說在魔法少女當中特別與眾不同的大姊姊——總之她是這麼認為。

雖然離開四國的目的照舊，但不應該單獨行動——如果不容易和空空會合的話，就應該和四國左半邊的『AUTUMN』隊或是『SPRING』隊接觸。

在她背叛組織的事情還沒東窗事發之前——

應該要徹底利用組織的力量。

她是這麼認為。

『Pumpkin』雖然沒想到四國左半邊會演變成『春秋戰爭』這種莫名其妙的局勢，但她早就預料到這裡一定是激戰區域，如果可以的話實在不想靠近這裡——之前她一直希望能夠不靠近左半邊直接把遊戲破關，但現在已經不容許她這麼想了。

因為萬一地球鏖滅軍動用『新武器』的話，不管是左半邊還是右半邊都一樣會被夷為平地——當然這時候的『Pumpkin』萬萬也想不到那個『新武器』竟然會是個裸泳來到四國的人造人。她的想法很一般，以為是導彈或是無人飛機——但是因為她認為地球鏖滅軍很可能會提早動用『新武器』，所以下定決心之後就迅速展開行動。

這時候如果她選擇和高知縣那邊的隊伍『SPRING』隊接觸的話，接下來的發展應該會完全不一樣——她應該會在意想不到的情況下，在那裡和空空以及『Giant Impact』會合，也能和組織尋找已久的『魔女』酒酒井缶詰接觸，還會碰到那個令人意想不到的『新武器』悲戀——雖然這種情況也是一團亂，但比起她選擇加入『AUTUMN』隊之後的發展，也就是今後實際上會發生的狀況比起來，應該還是好多了。

既然她完全看不出四國左半邊的局勢發展又沒時間調查，要選擇『AUTUMN』隊還是『SPRING』隊就完全得靠棋運了。

因為『AUTUMN』隊的領隊魔法少女『Cleanup』是個『明理』的人，所以她覺得可能比較好應付。但如果要這樣說的話，『Pumpkin』覺得『SPRING』隊的領隊魔法少女『Asphalt』同樣也很有領袖魅力，如果能和她合作的話，恐怕也找不到比她更可靠的女孩子了——兩支隊伍在這一點上的條件，或者該說性價比都是差不多的。

真正影響『Pumpkin』決定的因素單純只是地理條件而已——她的最終目的雖然是拯救四國，但眼前的目標是退出四國遊戲，好阻止地球鏖滅軍動用『新武器』。因為愛媛縣比較靠近本州，她認為和愛媛縣那邊接觸比較有利於今後的行動。

她這麼想很正確。

非常正確。

就理論上來說非常正確——眾人都知道『AUTUMN』隊與『SPRING』隊呈現相持狀態，地理條件可以說是兩隊唯一的差別，而魔法少女『Pumpkin』果真也不簡單，敏銳地抓住這一點差別。

空空空則是和『Pumpkin』相反，他暫時放棄退出遊戲之後再回來的計畫，展開行動調查黑衣魔法少女與絕對和平聯盟的祕密，因此必然會選擇距離自己比較近的高知縣，而不是總本部所在地愛媛縣。可以說雙方的選擇明顯表現出他們個性上的差異。

空空空與『SPRING』隊接觸。

而杵槻鋼矢則是和『AUTUMN』隊接觸——就這麼來看，兩者做這樣選擇好像是必然的結果——可是也不能否認情報的落差與複雜性，還有偶然性也占了很大一部分。

考慮到『新武器』的真相，鋼矢的行動確實有些太過衝動，但既然她是根據這時候既有的情報去做判斷，仍然是最適當的選擇。至少要是她繼續單獨行動的話，可能沒多久之後就會被黑衣魔法少女『Space』獵捕到——就算不至於丟掉性命，之後的立場可能也會被迫受到控制。

因此杵槻鋼矢——『SUMMER』隊的獨行俠、魔法少女『Pumpkin』就這樣成為『AUTUMN』隊的一分子。不，事情還沒真正定下來。無論何時何地都無法融入團隊可說是她與生俱來的資質——只有在先前和空空同行兩人的那段時間，這項特質才沒有顯現出來。

「希望空空小弟現在過得好——」

她這麼盼望道。

雖然空空這個人不太值得她去操這個心，可是因為某件事情——因為人世的情義，讓她忍不住會這麼掛念空空。

4

「什麼……那妳是從德島縣一路騎自行車過來的嗎？」

『Cleanup』一聽之下不禁大吃一驚——她還以為『Pumpkin』是用飛的過來的（應該說她根本想不到有其他可能性），當事人則是悠悠哉哉地把停放商店街裡頭的自行車牽出來。

雖然這輛自行車的造型很奇怪（好像叫作空氣力學自行車——不過看起來真的很怪），但它還是一輛自行車。

雖然『Pumpkin』已經把那柄抵在『Cleanup』脖子上的刀子收起來了，但她現在一點也不會想要動手反擊，還以顏色——現在回想起來，剛才那個壓制動作可能也有另一個作用，刻意表現給『Cleanup』甚至是整個『AUTUMN』隊看，好說服她們讓自己加入。

要是這樣的話，那她這一場表現可真是大成功。

「是啊，嗯。要是我會開車的話，開車過來也不錯——很可惜的是我沒有駕照。」

『Pumpkin』說道。

「妳不覺得很好笑嗎？我們都會在天上飛，但說會不會開車，卻都一竅不通——軍事訓練根本一點都不全面。不，我想他們應該是刻意只偏重某一方面吧……」

「開……開車這種小事我也會。」

『Cleanup』不甘示弱地說道（其實只是『自排車或許可以開一小段』的程度）。

「我多多少少也會一點，但要是開車出事的話可能會沒命啊。」

『Pumpkin』這麼說道。

「而且我不知道怎麼加油，也不知道自助式加油站要怎麼弄——到頭來還是用自行車舒舒服服地騎最有效率。」

「……不是，我能了解妳為什麼不想開車，可是……」

考慮到現在四國的交通狀況，既然不熟悉如何開車，不如用小巧敏捷的自行車比較行動自如。『Cleanup』也明白這一點，可是她還是懂為什麼不用飛的。

她不曉得『Pumpkin』花多久時間從德島騎到這裡來，可是總不會比飛得更快——這輛自行車的造型專門就是為了速度而設計，或許能夠騎到時速六十或八十公里的速度，可是應該還是比不上在空中沒有任何障礙物的飛行魔法。

「哈哈，這件事我之後會解釋，反正現在我是被人追著跑——行事不能太張揚，所以才努力想當個一般人。」

「那……那妳是穿著高跟鞋騎自行車嗎!?」

『Cleanup』驚訝地嗓門都變大了，不過當然沒這回事——就如之前『Cleanup』所料想的，『Pumpkin』現在身上穿的衣服是她在這條商店街得來的。

可是她好像在德島縣內就已經換下魔法少女服裝，聽說她是沒多久前才穿著運動服騎自行車到這裡的。

運動服。

不過比起蓬鬆的魔法少女服裝，至少機能性比較好——

「假扮成倖存的一般民眾，然後騎自行車騎到這裡來……光聽這些實在令人費解，可是應該有什麼理由妳才會這麼做吧。之後妳當然也會向我們解釋清楚，對不對？」

「那當然囉，今後我們就是肝膽相照的夥伴了嘛。」

『Pumpkin』昂然回答道。不過『Cleanup』可沒那麼天真，沒有當真相信她這句話。

『Pumpkin』的能力是很優秀，讓她加入確實有好處。可是『Cleanup』判斷目前還沒辦法和她建立互信關係。『Cleanup』之所以不顧信任問題也要讓她加入團隊，一部分的原因也是因為萬一自己拒絕了『Pumpkin』，她很有可能揮揮衣袖，轉頭就去找『SPRING』隊——『Cleanup』不想把她這種人才奉送給敵隊。

也罷。

就算雙方無法建立信賴關係，只要利害關係一致，短期間之內還是可以合作得來——想必『Pumpkin』應該也沒有要自己信任她，都用刀抵著人了——

「運動服就脫在這裡好了——都騎得滿頭大汗了。而且接下來還要和『AUTUMN』隊的各位朋友們見面，穿運動服可能有點失禮。」

「她們不太會講究什麼禮貌禮節的……」

『Cleanup』說著，這時候忽然發現一件事。

她發現『Pumpkin』一身輕裝簡從，幾乎是兩手空空——魔法少女服裝要是當作行李帶著走很占空間，她藏到哪裡去了？『Cleanup』還在懷疑，最糟的可能性就是她把魔法少女服裝和想要扔掉的運動服放在一起。可是真正的位置卻更糟糕，至少就『Cleanup』的判斷來說真是糟糕到不行。

「魔法少女服裝嗎？那套衣服我留在德島縣了……因為我覺得太礙事。」

「什……什麼？」

『Cleanup』不只是驚訝，更感到憤怒。

光是魔法少女脫掉服裝扮成普通人這一點，她就覺得已經違反規矩了——可是因為自己也受騙上當，所以這一點她多少不好表示意見。

或許可以說這是思考的盲點。

可是沒想到她竟然把魔法少女的服裝丟在遠方……

「怎麼？妳覺得一個有尊嚴的魔法少女不應該做出這種惡行是嗎？不應該把衣服扔掉。」

「才……我才——」

內心的想法被一語道破，『Cleanup』下意識想要否認——可是她又覺得這時候應該講清楚說明白，結果變得支吾其詞。

『Pumpkin』好像乘勝追擊一般，又繼續說道：

「哪有什麼尊嚴……魔法少女只不過是組織裡的小嘍囉而已，就像是用完就扔的棋子一樣——被人強迫穿上那種東西，還自以為覺得有尊嚴，那種人腦袋一定有問題。」

「這……」

聽她這麼一說，『Cleanup』一句話都回不出來。

『Pumpkin』口中所說的那種東西——那件輕飄飄的衣服現在就穿在『Cleanup』的身上。想必只有相當少數的魔法少女會喜歡這衣服的款式——所有隊伍加起來大概也找不到兩個。

不說別人，『Cleanup』自己就曾經在隊內發過牢騷，抱怨不斷，說那些高層把我們當成白痴耍。可是抱怨歸抱怨，把衣服扔掉又是另一回事。

怎麼能把組織配給的軍備品丟掉……

「哈哈哈，因為組織已經不會再保護我了嘛。」

『Pumpkin』帶著有些自虐的口吻說道。『Cleanup』不了解這句話是什麼意義——她認為『Pumpkin』大概是在怨懟組織讓她身陷四國遊戲這種危險的狀況。『Cleanup』自以為是這個理由，心想她會這麼想也難怪，也就沒有多問了。

反正就算再怎麼堅持，如果魔法少女服裝對『Pumpkin』來說一點都不值得崇敬的話，兩人再爭也只是各說各話而已。而且既然她真的已經把衣服留在德島縣，說什麼都沒意義了。

現在也不能回去拿——她們現在和『SPRING』隊正鬥得如火如荼，哪有這種時間。

「我先講清楚……我們這裡可沒有多餘的衣服可以用喔。」

魔法少女『Cleanup』收起脾氣，先把話講白了。

「沒有任何防禦力，接下來妳要怎麼在四國遊戲生存下去？」

就算不提尊嚴或是崇敬，『Cleanup』還是不明白為什麼『Pumpkin』要放棄魔法少女服裝的絕佳防禦能力，所以損了她一句。

「就算穿著那勞什子服裝，要是裸露在外的身體被傷到的話還不是照樣玩完？」

關於這件事，『Pumpkin』又損回來一句。

事實上魔法少女『Cleanup』就是裸露在外的喉嚨被針對才會被制伏——她的意思是說如果太過依賴衣服的防禦力，就會發生那種狀況嗎？

她這樣一說，『Cleanup』也無話可反駁。

「就算這樣也不用扔掉吧。如果妳不想帶著走，那就應該穿來啊？明明穿著魔法少女服裝也可以騎自行車——妳可別告訴我不希望穿裙子騎車把裙子弄縐喔。」

「我是不希望太明目張膽。剛才不是說了嗎？我現在正被人追著跑——要是穿著那種像孔雀一樣的衣服騎自行車，就算從空中也會馬上被發現，不是嗎？」

『Cleanup』覺得『像孔雀一樣的衣服』這句話說得真好——不管是誇張的外型、蓬鬆寬大的裙子或是蓬袖，真的就像是孔雀一般。

可是會開屏的應該是雄鳥才對，而不是雌鳥——

「就算扮平民扮得再像，要是身上帶著大型行李，要是有人大老遠看到，也會覺得『這個人很可疑』。如果穿輕裝騎腳踏車，就不會被當成是魔法少女……希望如此。」

「還希望如此……」

人們應該會把她這種叫作樂觀猜測。

「妳真的很怕耶——我不知道是誰在追妳，但魔法少女『Pumpkin』是何等人物，妳這樣會不會太害怕了。」

「當然會害怕啊。我現在能活著和妳見面已經算是奇蹟了——放心吧，我還是有把魔杖帶來，不怕固有魔法被第三者拿去亂用。」

『Cleanup』始終嚥不下這口氣，忍不住說那些話刺激她。但『Pumpkin』看起來一點都不以為意，捲起袖子露出變成可攜手錶狀態的魔杖——她這個動作讓『Cleanup』鬆了一口氣。

要是她說魔杖連同衣服一起都留在德島縣，那『Cleanup』可就真的頭大了——那根本不叫作粗心大意，這種行為和嫌槍枝『太重拿不起來』就扔掉有什麼兩樣。

如果有把彈匣拔掉的話，至少還不算太糟糕——就算有第三者拿去『亂用』，也只能當成移動工具還有防禦護具。對絕對和平聯盟來說，這就算是很嚴重的技術外流了，但固有魔法的技術外流更是嚴重一百倍。

所以『Cleanup』才會覺得鬆了一口氣——可是看到『Pumpkin』捲起的袖子下那隻手腕上綁著的手錶數量，她又忍不住倒抽一口氣。

那個女孩——

魔法少女『Pumpkin』的手上綁著三支手錶——每一支都是可攜狀態的萬能魔杖。

三支？

真是傻耶。一個人應該只有一種固有魔法才對——

「嗯，啊，手錶的數量啊。別太在意，這就像是我那些同伴留下來的遺物。」

她的語氣顯然只是在隨便敷衍而已——似乎故意使用這種隨便敷衍的方式，避免『Cleanup』繼續追問下去。

如果真是同伴的遺物，數量又不對，而且——雖然手錶的款式設計都一樣，但是戴在最前面的黑色手錶卻有一種不祥的感覺，好像不是一般的萬能魔杖……不，會不會是自己太多心了？可能不應該光憑感覺妄下判斷。

無論如何，眼前的魔法少女『Pumpkin』在四國的右半邊好像也展開過一場自己無法想像的大冒險——把魔法少女服裝扔下恐怕也是她認為有這個必要吧。她遭遇到某種困境，不是因為『害怕』，單純只是依照每個遇到的狀況做出最恰當的判斷……她歷經過的戰場就是這麼嚴峻，不得不把希望放在那種樂觀的猜測……

「……好吧。我了解了。那就算了，我不會再多問什麼。」

因為自己一群人面臨春秋戰爭這種愚不可及，但是又過度擦槍走火到一觸即發的局面，所以多少認為四國的右半邊遊戲進行得比較輕鬆——看來她們那邊也發生過不少事。

『Cleanup』當然不知道那些『不少事』全都是一名少年造成的——總之她決定不要再拿衣服的事情指責『Pumpkin』了。

只不過——

「我是能夠接受妳的說法，可是這樣一來就不確定我的隊友們會不會接納妳了——要是平常的話還好，現在她們有一點點不太信任他人。突然出現一個把魔法少女服裝扔掉的可疑人士，不曉得那些女孩子會怎麼想……」

「我也不打算真的把衣服扔掉。等到事情告一段落之後，還是會去拿回來——現在只是藏起來，別讓人隨隨便便就發現而已。」

「就算是平常，用那種方式解釋，她們恐怕也不會放行的。」

「……妳那樣說反倒讓我覺得有些好奇了。」

這次換『Pumpkin』狐疑地發問了——她這種態度讓『Cleanup』心裡有些舒暢，但自己現在的立場當然得意不起來。

擺出洋洋得意的態度大談左半邊的現況，感覺好像在說天下有誰比我慘一樣——可是『Pumpkin』好像也有點懷疑，為什麼『Cleanup』會這麼輕易、還滿乾脆就答應讓她加入。

這一點也不能不說明清楚。

「……妳希望哪件事先，哪件事後？」

所以『Cleanup』這麼問道。

「妳要等我先引見我那些同伴之後再聽聽目前左半邊的現況嗎？還是先聽了之後再去見那些隊友呢？」

「這兩件事有什麼不一樣？」

「也還好，要說一樣的話也的確沒什麼差——只是我已經受夠現在這種狀況，就算聽我說明，妳可能也聽不出所以然來……」

「……也就是現在的狀況會讓人很厭煩是嗎？希望我能夠幫上什麼忙。」

『Pumpkin』這番話真是有心，也不知道她是不是隨便說說。也罷，不管是真心話還是玩笑話，既然她要當自己的隊友，就必須要為隊伍貢獻一份心力。

「好了，妳要怎麼辦？」

「這個嘛，我還是想聽妳說。」

「喔……這是為什麼？」

「等到和同伴見了面之後，總不能因為說『真麻煩，我還是走人算了』。但是現在的話，還能當成只是我們兩人之間的事而已。」

豈有此理。

等到她知道內情之後就不能白白放她離開了——特別是她還有可能跑到『SPRING』隊那裡去。

……站在『Cleanup』的立場，想到這一點之後，她也覺得應該先講清楚比較好。

就算不用全盤托出，但只要把內情詳細說個八、九成，『AUTUMN』隊的夥伴就算再怎麼不情願，恐怕也只能讓她加入了——因為如果還是堅持『不能讓這種人當我們的夥伴』，那她可能就會帶著我方的內部情報去投靠『SPRING』隊。

當然她們也能選擇動武讓『Pumpkin』閉嘴——要把她綁起來限制行動嗎？或者一不做二不休，也能把『死人不會說話』這一套列入考慮——可是自己隊裡沒有這麼激進的強硬派。怨言當然會有，但憑自己的聲望，這點程度還是安撫得了。

「那我們就在附近找個咖啡店坐坐吧——因為會講很久。」

「不了，就直接站在這裡講吧，我不想進入密閉空間——隨時隨地都要確保有路可逃。」

「……好吧。」

這個人看起來吊兒郎當，可是戒心還挺重的。她身上現在已經沒有那件可以算得上是防護鎧甲的魔法少女服裝，可能的確需要多注意一點。

『Cleanup』接受『Pumpkin』的理由，開始向她說明一切——這件事聽起來想必很愚蠢，『Pumpkin』十之八九會覺得很不可思議，認為『妳們到底這是在幹什麼？』。但『Cleanup』還是決定盡量用正經八百的口吻講述。

春秋戰爭。

她講述了『AUTUMN』隊與『SPRING』隊之間的對立——以及兩隊相持的狀態。

『Cleanup』覺得要是把『SPRING』隊說得太壞，說不定反而會傷害到『Pumpkin』對自己隊伍的印象，所以從頭到尾盡可能保持公正中立的說法敘述。但她對『SPRING』隊的偏見已經深植心中，言語還是掩飾不住。

「……原來如此。」

『Pumpkin』聽完之後表現出來的反應並不如『Cleanup』所想——雖然她在陳述時，語氣中不帶任何感情，但不認為對方也用這麼冷漠的方式回應算是一種禮貌。

「……如果可以的話，我想聽聽您的高見。」

『Cleanup』半開玩笑地用相當客氣的口吻問道。她的自尊心不低，如果不這麼說，接下來的臺詞絕對說不出口。

「然後如果對我們的現狀有什麼建議的話，還請指教。」

「建議……是嗎？如果要讓我這個置身局外的人表達意見，我會覺得妳們快點和解，然後一起同心協力把遊戲破關不就好了。不過這種事我想妳早就自問自答上百次了吧。」

「何只上百次，根本想過上億次、上兆次了。」

「這樣的話，最好的答案就只有一個了。」

『Pumpkin』說道。

「那就是打贏戰爭，把遊戲破關。」

「…………」

這點小事我也明白——『Cleanup』反駁到一半，這時候又自問自答起來，我們真的明白這件事的意義嗎？

聽『Pumpkin』這麼說，她當然也覺得『這哪還要妳講』——但『Cleanup』覺得不知曾幾何時，她們的思考重點已經從打贏戰爭變成維持現狀了。不只是『AUTUMN』隊如此，就連『SPRING』隊也一樣。

她們內心深處似乎都在逃避如何才能戰勝敵人這個難題——明明只要戰勝對方之後，四國遊戲破關的終點就在眼前了。

「可是要打贏『SPRING』隊和兩隊和解一樣都是不可能的……絕對無法避免有人犧牲。」

「為什麼一定要避免有人犧牲？」

「？」

『Cleanup』一時之間還聽不懂『Pumpkin』說的話是什麼意思，但立刻就會意過來——她的意思就是說只要有決心拚著失去幾名隊友，應該就能終結這場戰爭。

「……這種想法真是冷血。難怪妳在隊伍裡和其他人處不來。」

『Cleanup』也只能說出這句話。

她對這件事連氣都氣不起來。

「『AUTUMN』隊裡沒有哪一個人會為了打贏敵人、保命或是遊戲破關而犧牲同伴，『SPRING』隊裡也不會有這種人。」

「是嗎，『SUMMER』隊裡倒是有兩、三個。」

「…………」

那到底是一支什麼樣的隊伍。

「如果這個提議太過激進而讓妳有誤解的話，我必須要修正一下。妳也可以把我當成可犧牲的人選之一。因為我也是隊上的一員——比方說妳可以考慮是否要選擇犧牲我一個人，讓妳們五個人脫身啊，領隊。」

她這是在開玩笑嗎？應該不是。

當然如果真的演變成這種局面，她這個人應該也不會願意白白犧牲吧……

「這不是我的思考方式。」

『Cleanup』說道。

「就連假設或是想像都不會去想。妳也一樣，就算只是暫時性的隊友，但既然成為我隊上的一分子，就要請妳遵守這套原則——在行動或是發言的時候都要想到妳是『AUTUMN』隊的一員。」

「妳真是個大好人——」

「妳現在覺得去『SPRING』隊比較好嗎？」

雖然『Cleanup』這句話帶有試探的口吻，但『Pumpkin』聽了之後——

「不，我很慶幸能夠遇見妳。」

——她這麼回答。

「我覺得在四國好像是第一次遇見像妳這樣的人——老實說，我曾經想過不管去高知還是到愛媛來，兩邊大概都是半斤八兩。但我來這裡是來對了。」

「…………」

『Pumpkin』這句話充滿戲謔的語氣，『Cleanup』認為她言不由衷——但至少她沒有否定『Cleanup』打從心裡的真心話。

「無論如何，現在我能給妳的建議，也只有這樣了——讓妳覺得失望了嗎？可是『Cleanup』，現在的狀況其實已經不需要任何建議作參考了吧？」

「唔……這句話是什麼意思？」

「因為現在的相持狀態是因為『AUTUMN』隊與『SPRING』隊戰力相仿的關係吧？既然我已經加入妳們，光算人頭也已經從五比五變成六比五了啊——這樣已經可以稱得上打破平衡狀態了吧？也就是說可能根本不需要什麼建議或是策略——只要憑拳頭大小就可以把『SPRING』隊輾過去了。」

不對。

不是比拳頭，應該是比魔法才對——『Pumpkin』說道。

當然兩隊相爭有一部分確實是比人數多寡，但她自己應該也知道事情沒那麼單純——現在的狀況不是那麼簡單，不是光靠人數對抗就能打破平衡，就能推翻一切。

『Cleanup』反駁之後，『Pumpkin』她的反應是——

「我想也是。」

果然毫不爭辯就表示同意。

「而且『SPRING』隊的人數也不見得永遠都是五個人嘛——」

「這是……什麼意思？」

「那當然啊，對方的人數應該也會增增減減吧？」
『Pumpkin』說這話的時候並非有什麼事實根據，單純只是在講述一種可能性而已——
可是姑且不論事實如何，她說的的確沒錯。
『SPRING』隊裡有一名令『AUTUMN』隊吃盡苦頭的『玩沙』魔法少女『Verify』已經死了。
其實也沒什麼大不了。
『AUTUMN』隊與『SPRING』隊的相持局面，已經同時從兩邊開始崩潰了——沒錯，現在早已不是相持的局勢了。
就像此時此刻即將要發生的事情一般——
「……那現在我就帶妳到我們的根據地。我們把總本部的遺址直接當作根據地，糧食也很充足，至少這一點妳不用擔心。」
「哦？唉呀呀？我才剛剛成為夥伴而已，妳這麼快就要把根據地的位置告訴我嗎？」
「無所謂啊。反正本來就沒有刻意隱瞞，而且防禦方面——」
啪。
這時候突然有一道聲音。
什麼東西裂開的聲音——從上空傳來這麼一道聲音。
上空？不對，這裡是有拱廊的商店街，看不見天空的——就算抬頭看，也只能看到拱廊而已。

所以——

根本用不著抬頭確認就知道——上頭的拱廊發生異狀了。

啪。

啪啪啪啪。

啪——

「嘖……糟了——」

聽到那聲音接連響起，魔法少女『Cleanup』大叫一聲，可是就連這聲喊叫都慢了一步。拱廊突然破得粉碎，如一陣豪雨般掉落下來——

5

杵槻鋼矢雖然沒有喊出聲，但也暗自感到『糟了』。沒想到竟然有哪個人這麼不分青紅皂白就動手攻擊，把整條商店街全都壓垮。

雖然說是哪個人，但這顯然是來自魔法少女的攻擊——不曉得是『SPRING』隊還是『白夜』隊幹的好事。

鋼矢對任何事都留上一份心，所以也不得不考慮這搞不好是『AUTUMN』隊的隊員不希望鋼矢加入隊伍才這麼做——可是她馬上就打消這個想法。

這是因為她看到魔法少女『Cleanup』整個人壓過來，保護她不被掉落下來的拱廊傷到。

「妳……妳在做什麼啊。」

鋼矢放下心防，不禁開口問道。

被崩倒的商店街壓在底下，她實在不該拿這個問題去問一個挺身當肉盾保護自己的人。

可是——

「這有什麼辦法，因為妳沒有穿魔法少女的衣服啊……」

『Cleanup』這麼回答道。

雖然她身上穿的衣服確實擁有銅牆鐵壁般的防禦力，可是裸露在外的肌膚和一般少女一樣脆弱，這件事剛才鋼矢自己才用水果刀證明過而已。

她不是下意識地突然挺身保護。

她是依照自己的意識保護了鋼矢。

「不、不是這個意思。我們才剛見面沒多久，妳為什麼——」

「這我也沒辦法啊，誰叫妳已經是我的夥伴了——不管是不是短時間、不管能不能相信妳，現在妳已經是我的夥伴了。而且妳不是說領隊還是我嗎？」

「我、我是這樣說沒錯——」

「那就對啦！」

『Cleanup』叫道。

「領隊不就是要保護同伴嗎？」

她這聲吶喊真的讓杵槻鋼矢無言以對——雖然她自己剛剛才說在四國好像是第一次遇見

像『Cleanup』這樣的人。

現在她又重新體會到——

她真的是第一次遇見這種人——這種傻瓜大概也找不到第二個了。

再也找不到第二個——但卻還是遇到了一個。

「嘖……怎麼想我這種人都不適合這麼熱血啊。」

雖然多少有點硬撐，但杵槻鋼矢努力表現得不讓同伴看到自己脆弱的一面，同時抱住自己身上那個掩飾不住傷勢的少女。

管他那個魔法是誰幹的好事；管他那個魔法有什麼效果。

她都一定要保住這個女孩的性命，她要讓這個女孩打贏春秋戰爭，然後——

「『Cleanup』，我現在愈來愈想讓妳打破四國遊戲了——」

妳可別誤會了，不是因為妳保護我，我才這麼想——是因為妳這個人真是傻到無藥可救了。就在這個瞬間——

鋼矢不再把『AUTUMN』隊當成暫時的避風港，而是打從心裡成為『AUTUMN』隊的一員——換句話說，她和自己的合作對象、有塵緣糾纏牽連的人、此時在高知縣已經與『SPRING』隊狼狽為奸的空空空成為了敵人。

（第三回）

（終）

崩壞

第四回

震動的魔法！

決戰荒城

10

雖然血濃於水，但水清於血。

距離愛媛縣松山市商店街不太遠，但也絕對不算近的地方有一名魔法少女正看著商店街的拱廊崩塌下去。

「好像……失手了。」

她喃喃自語說道。

她當作攻擊目標的物體乍看之下已經完全破壞，應該已經有不錯的成果了。可是拱廊崩垮的速度沒有她想像得那麼快。

大概有一秒鐘左右吧。

這段時間就算來不及逃出來，還是來得及準備防身——她完全不覺得那樣就能把魔法少女『Cleanup』做掉，沒辦法那麼自以為是。

想到魔法少女『Cleanup』使用的固有魔法，如果可以的話希望能夠一招就殺了她——可是既然失敗也無可奈何，只好怪自己算盤打得太簡單了。

無論如何，既然自己運氣這麼好，恰巧碰見她獨自一人行動，這個天上掉下來的機會可不能白白放掉——她的夥伴都在遠處，應該聽不見剛才崩垮的聲音。但既然已經下定決心動了手，就必須盡快速戰速決。

「……可是『Cleanup』為什麼會飛進拱廊商店街裡面？難道看到裡面有什麼東西嗎？」

這個疑問並沒有在心頭停留多久，這名魔法少女認定就算真有什麼東西，現在的情形也不會有什麼改變，於是準備發動第二次攻擊。她舉起萬能魔杖，施展魔杖的固有魔法——這是單方面的攻擊，絕不讓對方有反擊的機會。

她很冷靜，判斷如果要用自己的魔法殺死『AUTUMN』隊的領隊，只能靠這種方式。這個判斷恐怕是正確的——只可惜為此她攻擊的時候必須保持中長程距離，所以沒有發現一件事。

她沒有發現魔法少女『Cleanup』在拱廊商店街裡遇見了另一個來自香川縣的魔法少女。

她沒有發現『Cleanup』已經不是單獨行動——而是與另一位新隊友在一起。

『Cleanup』遭受近乎是偷襲的攻擊，連敵人在哪裡都沒看到。如果她還有什麼機會獲勝的話，那就是敵人不知道她和新的同伴在一起。究竟戰況會如何演變呢——

2

「『Cleanup』……妳有什麼頭緒嗎？」

「啊？什麼？什麼頭緒？」

「我在問妳知不知道發動這種攻擊的人是誰，有沒有頭緒……」

雖然現在的情況有如天翻地覆一般，但崩垮平息下來之後仔細一看，垮掉的只有拱廊而已，兩人身上的瓦礫殘塊其實沒有很多。

『Cleanup』與『Pumpkin』兩位少女沒有依靠魔法，單純只靠物理的槓桿原理把身邊的殘骸依序一塊一塊搬開，嘗試脫離現在的困境。

『Cleanup』因為挺身保護鋼矢，直接被掉下來的天花板砸中，當然有受傷。受到保護的杵槻鋼矢也不是毫髮無傷，可是腳沒有被夾住，也沒有骨折、內傷等危及性命的傷勢，也算是不幸中的大幸了。

與其說是幸運，其實應該是敵人的攻擊很隨便。

鋼矢這麼心想。

攻擊方式隨便又草率——只是要殺一個人，這種攻擊手法可以說太過粗糙。這也是當然的，魔法少女被賦予的魔法都是為了對抗地球，沒有把人類設定為作戰對象。根據使用者的能力優劣，有時候的確會有這樣的狀況——可是就算這樣，剛才的攻擊仍然稍嫌粗劣。

剛才的攻擊給鋼矢的印象就是對方也不管準頭，總之先打再說。也就是說使用魔法的人就是這種的個性——

「我也不是很確定……大概是『SPRING』隊的『Decimation』吧。」

『Cleanup』說道。

身上的傷讓她痛得皺起眉頭。

「『Decimation』……我沒聽說過這個人。」

雖然『SUMMER』隊的『Pumpkin』一向自認是情報高手、包打聽，可是當然不代表她對絕對和平聯盟的一切都瞭若指掌——她會盡全力收集需要的情報好保住性命，但人力有時而盡。要是任意行動、挖得太深而被盯上的話，反而是本末倒置了。特別是魔法少女是組織的最低階層，她所知的情報不包括所有魔法少女的個資。

可是對方是『SPRING』隊的人啊……

「會是因為對方很敏感察覺到我參與其中，打破兩隊原先的平衡狀態，所以才動手攻擊嗎？」

雖然鋼矢試著提出解釋，但這種可能性未免太低了。要是真的有人擁有這種類似千里眼的魔法，怎麼可能會讓兩隊相持到現在。

預知、先見的能力——

那都是屬於『魔女』的領域——鋼矢排除這種可能性。

可是『Cleanup』身為相持狀態之下的當事者，親身參與春秋戰爭。就她的角度來看，看法似乎和鋼矢不同。

「有可能——」

她這麼說道。

「因為『SPRING』隊真的很久沒有做出這種深具敵意的攻擊行為了。應該說打從四國遊戲以來第一次發動這麼大規模的攻勢。她們明知如果做出這種行為，只會害我們兩隊全面開戰——」

「…………」

鋼矢聞言，更不認為對方是察覺平衡狀態即將崩潰才會出手攻擊的。她換個角度思考，可能想到的原因就是——兩隊相持的狀態早已經被打破了，所以她們才會發動攻擊。如果是這種假設，前提也有可能導向是因為鋼矢參與抗爭的關係，但也可以想到有另一個的原因。

也就是說高知縣那一邊——『SPRING』隊那一邊發生了什麼事，打破兩隊的實力平衡。『AUTUMN』隊與『SPRING』隊之間相持已經持續很長一段時間，鋼矢不知道這種兩邊同時打破實力平衡的事情有沒有可能發生——但如果真的發生了，就能解釋為什麼『SPRING』隊會主動攻擊。

「……四國遊戲真的真的難度太高了吧！」

鋼矢一邊說，一邊把最後一塊原本還是拱廊一部分的碎塊，用槓桿從魔法少女『Cleanup』——她的領隊身上挪開。

身上沒有重物壓著，兩人終於重獲自由——可是她們現在心中感覺到的不是解放感，而是覺得一陣奇怪，這段期間為什麼對方沒有進一步繼續攻擊。

「會不會是誤以為殺死我們……已經撤退了？那個……叫作『Decimation』的魔法少女有這種粗心的毛病嗎？」

「與其說粗心，應該說她有點呆呆傻傻的——可是她沒有進一步攻擊，應該不是因為已經撤退了。」

因為那傢伙的攻擊需要花一點時間——『Cleanup』說道。就在鋼矢正打算開口問這句話是什麼意思的時候。

進一步攻擊來了。

這次攻擊的規模更大，剛才的崩垮相形之下只是小意思而已。彷彿上一次攻擊只是牛刀小試，現在才是真正好戲上演。

剛才是有東西從上方垮下來——這次是從左右兩邊。

商店街左右的商店同時發生炸開——爆炸？就像是觸犯四國遊戲規則時一樣的爆炸？

可是那條處罰規則只對生物有效，『店鋪』、建築物、人造物品怎麼可能會爆炸——除非事前有人安裝了炸藥。

「嗚……」

所謂的左右不只是在鋼矢左右的店鋪而已——幾乎商店街裡所有店鋪全都炸得碎片四散紛飛。

如果還有心情去描述的話，也可以形容道路好像變成三明治，從左右兩邊擠壓過來一般。

但是就鋼矢的眼裡來看，完全就是一場致命危機。

因為沒有路可逃。

先前『Cleanup』要向她說明春秋戰爭的概況時，鋼矢還為了要確保逃生路線，婉拒到咖啡店裡去談，現在她覺得光是那一點用心根本不夠。

只不過——

剛才說無路可逃只是站在人類角度來看的說法——可是換作是魔法少女的話就不一樣了。

原本這條商店街上面還架著一條拱廊——那條拱廊已經被剛才的攻擊毀掉了。

魔法少女『Cleanup』沒有任何指示，立刻就有了動作。而鋼矢這次也猜到她會有什麼動作——所以高舉雙手，好讓『Cleanup』比較容易抱緊自己的身軀。

『AUTUMN』隊的領隊一把抱住新加入的夥伴，然後往正上方飄去——如果說『飄』還不夠形容她的速度，那就應該改為飛升。

雖然兩人動作俐落，還是在命懸一線的時候勉強躲過左右店鋪爆出來的碎片殘骸——這一場在夜晚發生於松山的災害讓整條商店街全毀。兩人雖然待在商店街裡，但還是躲過一劫，沒有觸犯不得死亡的規則。

「………！」

鋼矢往正下方一看，不禁寒毛直豎——到底用什麼樣的魔法才能造成那種程度的破壞？城市的一角好像完全被踏碎似的。

如果要拿她的隊友打比方，現在行蹤不明的『Stroke』使用的『光束砲』破壞力大致就是這種程度，但『光束砲』是針對單點的直線型攻擊。這種大範圍而且威力還這麼強的攻擊究竟是……

破壞力足以匹敵那個讓吉野川氾濫的黑衣魔法少女所使用的『水』魔法——雖然『Cleanup』說這是『SPRING』隊的魔法少女施展的魔法，應該是搞錯了吧？結果她假扮成一般人從德島騎自行車過來還是白費心機，這應該是黑衣魔法少女『白夜』隊的某個人追過來幹的好事吧？可能是為了替『水』魔法少女報仇而來的……

如果打比方的話，這個例子可能有點太誇大，如果是黑衣魔法少女『Space』的『風』魔法，或許就有可能把商店街破壞成這個樣子——

「………」

鋼矢不想再像這樣光憑自己的知識胡亂臆測——這時候還是尊重連續救了自己兩次的領隊『Cleanup』的意見吧。

當然她不會囫圇吞棗——還是會問問『Cleanup』的意見有什麼根據。

「魔法少女『Decimation』的固有魔法是什麼類型？妳剛才說需要花一點時間……那是什麼意思？」

「需要花一點時間，也需要花一點工夫，老實說她的魔法用起來很不方便。她雖然對這魔法牢騷滿腹，卻還是用得有聲有色。應該找不到其他女孩比她用那個魔法用得更好了吧——」

『Cleanup』抱著鋼矢，一邊尋找降落地點一邊回答道——兩人躲過第一次攻擊，然後在千鈞一髮之際又躲過接下來的第二次攻擊。但她們像這樣往上飛，在上空飛行的時候就等於公然告訴敵人自己在這裡、人就在這裡。雖然是迫不得已，但也不能一直飛下去。

「魔法少女『Decimation』的固有魔法——那就是『振動』。」

「振、振動？」

「沒錯，也就是搖晃物體的魔法——」

杵槻鋼矢——魔法少女『Pumpkin』不需要更多說明。也就是利用振動頻率產生的共振效果破壞玻璃或是金屬之類的物品——不需要炸彈、『光束砲』、『風』，甚至連一點聲音都沒有就能把遠處的物體震得粉碎是嗎？

那也難怪『Cleanup』說需要花一點時間，也需要花一點工夫。可是光用『搖晃物體』的力量竟然就能造成底下那片斷垣殘壁的慘狀——

「…………」

那個魔法少女、『SPRING』隊的『Decimation』把那麼微小的力量鍛鍊到這種驚天動地的程度。說實在的，鋼矢頗有同病相憐之感。絕對和平聯盟也給了她『自然體』這種不知該用在哪裡才好的魔法。就是因為這個原因，所以她才會把『飛行』這種所有魔法少女都會、根本不是固有魔法的技能練到爐火純青的境界，藉此鍛鍊自己——雖然方式不一樣，但她覺得彼此的思考方向很類似。

如果鋼矢先去找『SPRING』隊、先去了高知縣，有機會和『Decimation』聊天的話，說不定能夠建立起不錯的友誼——她心裡也有這種想法，只可惜——

「現在的我可是『AUTUMN』隊的『Pumpkin』——」

她這麼低聲說道。

鋼矢看向抱著自己在附近大樓屋頂上降落的魔法少女『Cleanup』，心想——誰叫我先遇上了這個女孩呢。

「好痛……」

降落時的衝擊力大到好像讓魔法少女『Cleanup』又想起剛才第一次攻擊時，因為保護鋼矢所受的傷，讓她跪了下來。她制止正要上前攙扶的鋼矢——

「沒什麼大礙。」

——硬是要逞強。

「我的傷不重要。我們在這裡降落，對手應該看得一清二楚——必須得盡快離開這裡才行。」

「是啊，欸，妳打算怎麼做？」

被鋼矢突然這麼一問，『Cleanup』好像有些摸不著頭緒——狐疑地看著她。

什麼叫作打算怎麼辦？

「我的意思是說——妳要如何擬定戰略。要這樣一路躲下去，還是要和她交手？如果要打的話——要打到什麼程度？對方好像不打算讓我們活著回去，那我們也要殺她嗎？還是說活捉她呢？」

「…………」

『Pumpkin』接連丟出好幾個問題，『Cleanup』一時之間陷入沉默。

這時候——

「應該還是有可能用對話的方式解決問題——」

這時候『Pumpkin』姑且還是把這個選項提出來講。

鋼矢已經從『Cleanup』口中得知春秋戰爭是『AUTUMN』隊與『SPRING』隊之間的鬥爭，想到兩隊之間的嫌隙之深，她內心其實認為雙方絕不可能談和。

如果是『Pumpkin』一個人的時候遇到這種狀況，能夠進行這種大規模攻擊的魔法少女，她絕對會想和對方結交……可惜的是現在她已經不是單獨一個人。再說要是只有她一人的話，第一次受到攻擊的時候就已經死了。

當然如果要認真考慮這種可能性的話，當初如果不是要誘騙『Cleanup』上當，她根本不會進入這條拱廊內……可是無論如何，事實上她就是把魔法少女服裝留在德島縣沒帶來，然後被『Cleanup』救了性命。

雖然她的個性不是那麼有情有義，滴水之恩就要湧泉以報；但也不是那麼冷漠無情，對自己內心的這份感情毫無反應。

「……我是隊伍的頭頭，是想和同伴會合。可是對方已經發動這麼猛烈的攻勢，我還是忍不住擔心根據地那裡是不是也出了什麼狀況。」

「我想……應該不會。」

鋼矢心想這個領隊真的是把同伴放在第一，然後講出自己的看法。

「剛才一連串的攻勢感覺不太像事先計畫好的行動……比較像偶發、臨時起意的感覺，就像『既然都看見妳了，總之先打了再說』。」

「先打了再說……」

我怎麼會因為這種理由就受到攻擊──『Cleanup』把這句差點問出口的話又吞回去，那是『Pumpkin』的感覺，問她理由大概也回答不出來。

但是鋼矢自己也是因為看到『Cleanup』獨自行動，認為『機不可失』才會假扮成路倒行人設下陷阱。追根究柢，都是因為『Cleanup』讓對方有機可趁，或者該說有名正言順的理由可以出手。

所以鋼矢認為其他四個在根據地保持警戒狀態的夥伴，應該還沒什麼狀況發生才對──因為這裡遇上危險，所以那一邊應該沒事。這就是她大致的猜測。

「而且剛才妳話只說到一半，根據地那裡有什麼防禦措施對吧？這時候就相信妳的夥伴吧。」

「也是……」

說得沒錯。『Cleanup』點頭說道，也接受鋼矢的看法。雖然鋼矢不清楚她們的根據地有什麼防禦措施，現在也沒空問，但想必很堅固才對，『Cleanup』似乎已經放棄和隊員會合的主意了。

然後鋼矢又對願意相信夥伴的『Cleanup』補充一句──

「而且妳也可以相信眼前的夥伴啊。」

她這麼說道──內心想著這種臺詞真不像自己會說的話。

「我們現在雖然只能一個勁挨打，但還是有優勢。那就是對手不知道我的存在。她以為妳只是一個人，所以才會發動攻擊，而且還是在大老遠的地方。」

「……剛才我們飛起來的時候她應該看到有兩個人了吧？」

「妳把我抱得很緊，我想遠遠看起來應該就像是一個人而已。」

鋼矢口氣很確定。

『Cleanup』好像不懂為什麼她能夠這樣一口咬定，但也只能說這就是『自然體』魔法，而她則是一直很在乎他人眼中自己是什麼樣子的魔法少女『Pumpkin』。

「妳考慮下一步該怎麼辦的時候，可不可以把這項優勢也一併列入考量呢？」

「…………」

「我認為我們沒有多少時間可以煩惱了。就像妳剛才說的，雖然對方還沒察覺我們有兩個人，但她應該已經看見我們降落在這裡——如果她的魔法真是『振動』的話，接下來就會把這棟建築……」

話說到一半，鋼矢覺得腳下一晃——搖晃？為什麼？難道自己不知不覺之間在什麼時候傷到腳了嗎？不對——是地板被踏穿了。

是因為鋪在屋頂上的磁磚全都碎開了嗎？鋼矢只是站著而已，腳下卻陷進磁磚裡。

「！！」

不是只有鋼矢的腳陷下去而已——『Cleanup』的靴子也陷進建築物裡。乍看之下甚至像是她們兩人踩穿屋頂似的，實際上當然不是這樣——是整棟建築物都變軟了。

對方讓整棟大樓都在搖晃——

想要把大樓晃垮。

「這和剛才的共振模式好像又不一樣了……『Decimation』的魔法也能用這種方式進行破壞嗎？」

讓整棟大樓彷彿融化般的攻擊使得鋼矢吃了一驚，向『Cleanup』問道。

「可能是因為魔法的運作機制很單純，所以有很多不同的應用方式吧——」

『Cleanup』一邊說，一邊向鋼矢伸出手。

她大概又想抱著鋼矢飛到上空去——現在這種狀況也不得不承認要起飛也難。她們的腳被變成液體般稠軟的大樓卡住，沒辦法輕易飛起來。不，就算她們能夠飛起來，在這種情況下——

「『Cleanup』。」

鋼矢說道。

「這次我們乾脆和大樓一起垮下去好了。」

「啊……妳說什麼？這樣不就白白正中敵人的下懷——」

「我是說假裝中了敵人的計策，暫時先躲起來——總之現在我們只能不斷挨打，要是不改變這種被動的局面，我們只會一直挨打到死。」

「……妳、妳的意思是——」

鋼矢這種『為了藏身故意往險境裡闖』的想法讓『Cleanup』有些措手不及。但她畢竟是一隊之首，馬上又打起精神，回問鋼矢道：

「妳的意思是暫且裝作落敗嗎？」

「不，乾脆也不用裝了，這次我們就真的乖乖認輸也行——就讓對方享受勝利的快感，先結束這場戰鬥。這也是一個辦法。」

這是鋼矢現在能想到最恰當的戰略——我方對這場戰鬥毫無準備，愈快收場愈好。

鋼矢過去在四國遊戲以及絕對和平聯盟都成功保住性命，她的想法就是與其利用『對方不知道其實現在是二打一』的優勢，不如現在先認輸一回比較保險。

鋼矢過去心裡想的一直都是如何存活而不是如何取勝，這就是她的行事風格——可是她不能把自己的想法強加在『Cleanup』身上。

她不能這麼做，而且做抉擇也是『Cleanup』這個領隊的工作。

「……就算只是暫時、只是一時性的——」

雖然身子一點一點沉入建築物裡——整棟大樓就像逐漸融化的捏麵人似地慢慢傾斜，卡住她的雙腳，但魔法少女『Cleanup』的眼眸還是帶著堅定的意志，想都沒想就做下這個決定。

「但我絕不能輸給『SPRING』隊的人。要是輸了，我也沒有臉去見那些同伴——我寧可一死。」

「我知道了。」

杵槻鋼矢雖然心裡覺得這個決定真是荒唐，但臉上絲毫沒有任何變化，聽從領隊的決定。因為她已經充分了解到對『Cleanup』來說，能夠坦然面對隊友是一件多麼重要的事。

就在一瞬間之後——

原本就已經傾斜的大樓終於支撐不住本身的重量，一口氣崩垮下來——

3

『SPRING』隊旗下的魔法少女『Decimation』看著自己魔法的成果造成大樓倒塌——看著自己的攻擊奏效，臉上卻忍不住露出懷疑的神色。

「………？」

攻擊成功了。

自己確實打出了成果。

可是真奇怪——『Decimation』本來完全沒想過要以這次攻擊分出輸贏的。她當然希望速戰速決，但是第一次攻擊沒能奏效，她也不認為第二次、第三次攻擊就能殺死敵人——所以她本來打算要等魔法少女『Cleanup』再次飛起來，等她在另一棟建築物或是馬路上落地之後再同樣用『振動』破壞——她本來打算像這樣好好耍『Cleanup』一番的。

她不是要刻意要玩弄對方。

就算敵人再怎麼可恨，『Decimation』也沒有這種興趣——她不是要玩弄敵人，而是因為她的固有魔法只有這種攻擊方式。

攻擊時只能瞄準一個大概，既花時間又費工——精密度也很差，最要命的是她的魔法只對物體有效——比方說她的魔法就沒辦法讓人類體內的水分『振動』，使血液沸騰。這裡所謂的生物也包括植物在內——她能『振動』的對象只有玻璃、金屬或是水泥之類的無機物而已。

雖然不曉得運作機制，但組織給她的萬能魔杖性能就是這樣——能夠讓巨大的物體炸開、融成濃稠狀或是震個粉碎，只有結果看起來震撼力十足，所以有些人會羨慕她有這種魔法，也會稱讚這種魔法好用。可是『Decimation』本人卻認為自己分到一柄『爛籤』魔杖。

不過所謂外國的月亮比較圓，就她所知，大部分的魔法少女好像都認為自己拿到的萬能魔杖是很難用的『爛籤』……

到頭來魔法這項科技仍是有待研究，對人類來說仍然無法掌握嗎？所以組織才會舉辦這場叫作四國遊戲的活動……

可是就算把四國遊戲破關了又會如何？聽說破關之後的獎勵就是某種可以打倒地球的終極魔法。有哪個魔法少女有能力運用那種魔法嗎？

她不禁這麼想。

自己連『振動』魔法都搞得焦頭爛額，至少對她來說，那種破關獎勵是她承擔不起的——所以如果『SPRING』隊真的能夠把四國遊戲破關，她也打算把這項權力讓給其他隊友。

就是因為她是這麼一個謙虛含蓄的人，所以才不由得感到奇怪——那樣的攻擊就能一舉定勝負嗎？

「我們視為最強勁爭對手的『AUTUMN』隊領隊會這麼容易就死嗎……連固有魔法都沒用上……」

不。

魔法少女『Cleanup』的固有魔法和『Decimation』的固有魔法不一樣，攻擊距離很短、只適用於近身戰，效果也很一般——近距離面對面戰鬥的話就算了，如果是從遠距離輕戳兩下的話，她的魔法可以說應該沒什麼威脅性。

所以就算此時她被崩垮的大樓壓死或是活埋在底下，照理來說應該也沒什麼好奇怪的……

「……嘖，不知道為什麼，感覺真是不舒服——」

她的個性也很麻煩，因為太過謙虛含蓄，如果『一帆風順』的話反而覺得不高興——講得好聽一點，就是她的人格能夠把困難或是逆境當作吃補。就算不刻意講得難聽一點，這種個性有疑似偏好挫折與失敗的危險傾向，既不適合當一名戰士，也不是當魔法少女的料。

所以就比例上來說，其實她單獨行動的機會比『Cleanup』單獨行動的機會還少見——本來正常狀況來講，她使用的魔法『振動』都是和同隊的魔法少女『Verify』的魔法『沙』搭配使用的。

先由『Decimation』用振動把建築物震垮，就連坍塌下來的碎塊都震成碎末，最後變成『沙粒狀』——然後再給『Verify』來控制這些『沙子』。這就是她們的搭檔方式。雖然『Verify』只能在『沙地』戰鬥，但如果有『Decimation』幫忙的話，大致在任何場地都能讓她充分發揮才能。

魔法少女『Decimation』與魔法少女『Verify』的搭檔。在『SPRING』隊當中，她們是敵人最忌憚的雙人組。

如果『Verify』在這裡的話，她會怎麼做呢？『Decimation』不禁這樣想。

「…………」

可是現實就是現在『Verify』不在。

不在這裡，也已經不在這世上了。

只有『Decimation』獨自一人奮戰。

接下來要怎麼辦，也得由她自己一個人決定。

「……如果那傢伙真被壓死的話倒還好，萬一她隱身在瓦礫堆裡伺機反擊的話——」

如果『Cleanup』用飛行逃離的話，自己絕不會沒看到，所以真躲藏起來的話，一定是躲在地面上——自己破壞大樓、破壞商店街，大肆製造出一大堆斷垣殘壁，那傢伙不怕沒地方躲。

「速戰速決的前提還是不變……既然這樣，也只好放手去幹了。」

她不希望繼續這樣下去拖成持久戰或是守城戰。就算認為自己已經占盡優勢——就算現在的位置能讓她單方面攻擊，但不能忘記自己現在正處在敵營當中。

但有些作戰計畫就要身處敵地才能使用。

如果這裡是高知縣內的話，或許就不能用這麼狠毒的作戰計畫了——這種作戰計畫已經不只是隨便，根本就是暴力了，對自己深愛的土地實在狠不下這種心。

「萬能魔杖——『Commission』。」

『Decimation』揮舞魔杖。

向著眼前這片城鎮——毫不容情地揮動魔杖。

朝著所有建築物，包括所有她一手造成的殘骸——發送出『振動』。

她施展魔力，讓物體震動起來。

『Decimation』的魔力很花時間又很費工夫，可是之所以會花時間又費工夫，是因為這魔法乍看之下很粗暴，但她其實還是有在『調整』的關係。

如果不用調整，能夠完全發揮魔杖的性能——或者照她的感覺來說，應該叫作『釋放』魔杖的性能——效果一瞬之間就會顯現出來。

一瞬間。

就會有驚人的效果。

在眼前的一切光景——不只是灰飛煙滅，而且還變成細沙。

一棟又一棟的大樓、車站、商店街、車輛、電燈、道路、標記號誌，所有東西——一切的一切。

全部都變成細沙。

愛媛縣松山市的市中心用一種地球再怎麼暖化都比不上的速度，瞬間化作一片沙漠。

「呵……」

施展魔法的成果讓她發笑。

眼前的光景確實令人除了笑之外也不知道該如何是好，但她不是為此而笑——她是笑隱藏起來的獵物又再次映入眼簾。

「找到妳了。」

魔法少女『Cleanup』。

而且還是全身赤裸裸的樣子。

這也是當然的。『振動』魔法就連建築物或是汽車都能震碎，絕對和平聯盟配給的魔法少女制服也不能倖免。就算防禦力再怎麼強也派不上用場。

看起來真是不堪啊。

忝為『AUTUMN』隊領隊的魔法少女竟然赤身裸體，獨自一人在沙漠中徬徨無助、不知所措——

「…………？」

她看起來……很冷靜？

不只冷靜——而且還看著這邊？

眼神非常凌厲——這是為什麼？

這片沙漠裡沒有其他人，就算不會因為赤身裸體而感到羞恥，但為什麼她的眼神會那麼凌厲？還有她雙眼注視的方向又是怎麼回事？為什麼會看向這裡？她為什麼知道是這裡？直到剛才，她都只能不斷挨打而已，為什麼在這種困境當中還能鎖定自己的位置？

不，不對。就是因為在這種困境中，她才能知道的。

糟了，我真傻。魔法少女『Decimation』深刻感覺自己犯下了大錯——這時候會不自覺地認為『我果然又犯錯了』就是她不適合戰鬥的因素……總之她這種為了找出一個潛藏在地上的敵人，把所有障礙物全都排除的想法有重大的疏失。

作戰計畫本身或許很恰當——只是因為她先前優勢太大，忘了自己其實也是藏身在某處。

她疏忽了。

沒錯——她釋放出『振動』把眼前的所有光景都化為『細沙』，但是她設置有一處例外。

或許這算是必然的例外……其實魔法少女『Decimation』根本沒想到這算是例外——此時此刻自己所在的地方。

唯有這棟建築物——沒有變成沙子。

毫髮無傷。

那當然，有哪個人會把自己所在的地方震垮？下意識之間當然會避開這裡——可是這種當然的結果使得這棟建築物如綠洲般，矗立在這片突然出現在愛媛縣的沙漠中——她藏身的所在地，現在也變成魔法少女『Cleanup』的『攻擊目標』。

這世上再也找不到比這更簡單的消去法了。

雖然『Cleanup』的眼露凶光，但『Decimation』人在建築物當中，她應該還沒發現……可是藏身的地點的的確確暴露了。

真是失策。

至少該留下兩、三棟建築物當作障眼法——難就是難在這種精細的微調。該怎麼辦？仔細一看，『Cleanup』已經開始行動了。

朝向這裡跑來。

她那殺氣騰騰的舉動讓『Decimation』一陣慌亂——可是仔細一想，她沒有魔法少女服裝，魔杖肯定也被破壞了。現在的『Cleanup』何止是赤手空拳，就算她裸體赤腳地跑到這裡來又能怎樣。可是『Decimation』不擅長打近身戰，攻擊手法又粗糙，還是不想和『Cleanup』打照面。

現在只能暫時撤退，從這棟建築物撤離之後她也會把這裡化作塵沙，好預防任何萬一。等回到高知之後再重整旗鼓——觀察情勢。沒錯，她這次本來只是要觀察情勢。

自己的任務——

原本不就是觀察情勢嗎？

她發現『Cleanup』獨自一人行動之後忍不住出手攻擊，可是追根究柢這件事本身就已經是一大失策了。

就在『Decimation』的視線由一路往這裡跑來的裸女『Cleanup』移開，正打算由窗邊離開的時候，她的大腿感到一陣劇痛。

發生什麼事了。

難道是因為突然動作，拉傷筋骨了嗎？

以結果論來看，這種誤會實在太小意思了。但這也不能怪她。

當感覺到腳上一陣劇痛的時候——

究竟有誰會想到竟然有一把刀插在大腿上呢？

「……………………!?……啊啊啊啊啊啊啊啊啊啊啊啊啊！」

驚慌與困惑讓『Decimation』心旌動搖，發出一聲慘叫——她看見一柄水果刀深深插進自己的大腿中央處。

下手的人好像覺得她的尖叫聲很刺耳，也沒把刺進去的刀拔出來，就這麼向後飛退，遠離魔法少女『Decimation』。遠離？不對，『她』是什麼時候跑到自己身後，近到能夠把這柄幾公分長的水果刀刺在自己身上？

「『拿刀刺人』這回事——」

那女孩開口說道。

她自顧自地露出厭惡的表情，看著『Decimation』的鮮血染紅房間地板。

「——果然會讓人感到不舒服啊。用魔法傷人時都沒有這種感覺——妳應該也是一樣吧，『Decimation』。雖然沒辦法親手丟炸彈摧毀城鎮，但是妳使用的魔法卻足以破壞一座城鎮……」

「…………！」

一開始『Decimation』還心想『Cleanup』怎麼會出現在這裡——這是因為那個女人身上穿著『Cleanup』的魔法少女服裝。可是她不是『Cleanup』。魔法少女『Cleanup』現在正全身赤裸地往這裡急奔。

那這個穿著『Cleanup』衣服的女人又是誰？

仔細一看，她身上的衣服看起來很緊——好像是把S號的衣服硬是撐大到L號的樣子……而且這件衣服不是應該被剛才的『振動』震成齏粉了嗎？

「啊，我勸妳最好不要把刀子拔出來喔——因為大腿那一帶應該有很粗的動脈經過。要是把防止出血的刀子拔出來，妳可能會因為大量出血，失血過多而死喔。」

「妳、妳。」

『Decimation』痛得渾身發抖。

她倒在地上，正如字面上形容的一般，親身體會到自己已經逃不了，開口問刺傷自己的人究竟是誰。

「妳是什麼人……？」

「我原本屬於『SUMMER』隊，現在則是『AUTUMN』隊的魔法少女。」

那個女人不疾不徐地回答道。

「魔法少女『Pumpkin』。」

4

這根本算不上是什麼策略。

只是活用人數的優勢而已——當一個人在地上吸引狙擊手的注意力時，另一個人從上空推測出狙擊手的位置，然後進行反擊。簡單來說『AUTUMN』隊的兩名魔法少女——魔法少女『Pumpkin』與『Cleanup』採用的策略大致上就是這樣。

她們當然沒想到『Decimation』竟然會發動那麼大規模的攻擊，把整座城鎮都化作沙漠。可是她們很清楚只要躲藏在地上，敵人一定會逐一破壞建築物，所以便兵分二路。

就是在那棟逐漸傾塌的大樓上——

兩人討論一番之後互相交換衣服——魔法少女『Pumpkin』穿上魔法少女『Cleanup』的衣服，然後把自己穿的一般服裝換給她。

嚴格來說『Cleanup』根本沒有必要穿上『Pumpkin』的衣服，但她說要是不穿衣服的話會缺乏安全感。雖然『Pumpkin』心想不管穿還是不穿，反正最後還是會變成裸體，但她沒有說出口。

沒想到自己會這麼尊重團隊的領袖。

不，或許因為領隊是她的關係吧。

就這樣，離開德島縣之後就沒有穿過魔法少女服裝的『Pumpkin』又再披戰袍，看準城鎮化為沙漠的那一瞬間——

當她感覺到對方發動『振動』魔法的異狀的那一瞬間——那一瞬間的前一刻，立即飛往上空處，用最快的速度飛起來。

也難怪『Decimation』沒發現她飛上天空——因為『Pumpkin』長久以來一直磨練自己

的飛行技術，在絕對和平聯盟當中也很少像她這樣的魔法少女。

比速度能超越她的人，就只有用『風力』加速的黑衣魔法少女『Space』而已——當真是眨眼即逝。

不。

就算『Decimation』稍微瞄到『Pumpkin』，但之後她又親眼發現在地上的裸身魔法少女『Cleanup』——身為狙擊手，她的注意力肯定會被拉過去。

而『AUTUMN』隊的領隊之後就算被剝光衣服，仍然沒有忘記自己扮演的角色。使用『振動』魔法的狙擊手意外輕易就暴露出自己藏身的位置，她便往那個地方拔腿奔去——這都是要防止『Decimation』注意到天上。

誘餌。

全身赤裸的『Cleanup』當然沒有辦法攻擊，但她深知『Decimation』的固有魔法『振動』對生物無效，而且這座城市的一切都已經被破壞光了，已經沒有什麼東西可震，當然不會發生爆炸或是崩塌——所以她能夠放心當誘餌。

唯一比較擔心的是可能不是只有『Decimation』一人，而是有兩個人以上的團隊在攻擊己方……可是如果她和『玩沙』魔法少女『Verify』之流在一起的話，第二次與第三次攻擊應該不會是像那樣才對。所以她們認定『Decimation』應該沒有同夥。

因為某種原因，所以『Decimation』才會孤身向她們發動攻擊——這項猜測果然沒錯。

而且正如『Pumpkin』所說的，『Decimation』不曉得現場有『Pumpkin』這位飛行高手在，這優勢直接影響了最終的勝負。

查明『Decimation』的藏身地之後，杵槻鋼矢從高空急速降落，在建築物裡尋找一番之後，發現『Decimation』正靠在窗邊不動，所以把水果刀毫不留情地往她的大腿上插下去。

鋼矢的魔法是『自然體』，對她來說『從後方偷偷靠近』就像是接近他人時應守的禮儀，根本不算什麼擅長的技能。

「嗚……啊……什……什麼，『Pumpkin』？」

魔法少女『Decimation』痛苦難忍地在地上滾，回想起這個名號——她聽說過這個名字。

這個名字的印象並不好。

她還記得『Pumpkin』好像是『SUMMER』隊的獨行俠、絕對和平聯盟的問題人物之類的……在魔法少女當中提及這個名字時，常常把她當成是學姊級的人物……總之大多被視為『體系外』的一個人。

為什麼這麼一號問題人物，會去幫助『Cleanup』呢？而且她剛才好像還說自己是『AUTUMN』隊的一員……

「放心吧，我不會殺妳的……我個人是覺得一口氣宰掉妳，之後省得麻煩。可是總要尊重領隊的意思。」

「領隊……」

『AUTUMN』隊的領隊。

魔法少女『Cleanup』。

一想到自己受到那傢伙的憐憫，『Decimation』感覺連血液都快要沸騰起來——可是大腿劇痛之下，連這陣怒火都顯得微不足道。

「妳想想嘛。我自己曾經在許多逆境下一舉翻身，就我看來最不能留的就是那些垂死的敵人——妳很幸運喔。」

「…………」

「不過妳當然會變成我們的俘虜……」

先前退開的『Pumpkin』說著，又邁開步伐一步步往『Decimation』走過來——雖然『Decimation』舉起萬能魔杖直直對著她，但這番架勢似乎對『Pumpkin』沒有任何影響，她的步伐與表情都沒有改變。

「不、不要過來！」

『Decimation』扯開嗓子大喊。

已經幾乎發不出來的聲音。

「再靠近的話，我就讓妳吃不完兜著走……用、用我的魔法『振動』——」

「妳這種恐嚇是嚇不了人的。我知道妳的魔法對生物無效，也知道沒辦法單點射擊——這些我剛才都聽說了。在近距離毫無用武之地。唯一可行的方法應該就是把這棟建築物整個震垮，把一切搞個一塌糊塗——可是受了這種傷，真這樣做的話妳認為逃得掉嗎？」

「……嗚。」

所以才冷不防拿刀就刺嗎？

對魔法少女來說，衣服就是護身的鎧甲，所以她才會刺裸露衣服之外的大腿……不行，思緒開始渙散了，腦袋很遲鈍。意識也愈來愈模糊——沒想到痛楚竟會這麼狂暴地控制一個人。

好痛、好痛、好痛、好痛、好痛。好痛、好痛、好痛、好痛、好痛。

「妳打算把我……怎麼辦？」

「什麼怎麼辦……剛才不是說了嗎？妳會成為我們的俘虜。為了終結『AUTUMN』隊與『SPRING』隊之間的戰爭，我們會把妳這個俘虜做最大限度的利用——我還滿懂得如何利用人的喔。」

因為過去我就是這樣活過來的。

『Pumpkin』說道。

「……妳怎麼會——」

「嗯？」

「妳這個世界第一邊緣人……怎麼會和『AUTUMN』隊勾結……」

「世界第一太誇張了吧，說我是四國第一邊緣人還差不多——」

雖然『Pumpkin』說得逗趣，但『Decimation』現在可笑不出來，再說她的立場也不容許發笑。她的視線明明沒有離開過『Pumpkin』，可是『Pumpkin』卻在不知不覺之間走到身旁。

接下來，她就像沒收小孩子的玩具似地，把『Decimation』手中的魔杖——萬能魔杖『Commission』搶走。

得來如此輕而易舉。

她駕輕就熟地把魔杖恢復為手錶型態——魔杖原本的主人『Decimation』卻只能眼睜睜看著。

「該說是塵世人情還是一時興起呢——總之我在春秋戰爭中選擇投靠『秋天』這一方參戰了。比起萬物蠢蠢欲動的春天，我比較喜歡清寂的秋天，也覺得這樣選擇不錯。」

她說得好像一切都只是臨時起意一般。

這麼一來，是不是有可能說服她？

現在立刻遊說她加入『SPRING』隊——來得及在『Cleanup』到達之前說服她嗎？

不可能……雖然頭腦已經變得昏沉，但『Decimation』還是知道不可能。

不是因為時間不夠——如果『Pumpkin』真的只是一時興起才加入『AUTUMN』隊的話，她還是有足夠的時間遊說。因為『Cleanup』把魔法少女服裝借給『Pumpkin』，光著身子往這裡跑來，應該還要好一段時間才跑得到。

可是她聽說過『Pumpkin』的傳聞，正因為『Pumpkin』這麼有名，她不認為這女人只因為臨時起意就隨便改弦易轍——其中一定有什麼理由以及關聯性讓她決定這麼做。

這麼說來……

我只能……就這樣……變成階下囚……了嗎？

「妳……妳自己的衣服哪兒去了？」

頭腦一片混亂的『Decimation』對『Pumpkin』問道。

現在哪是問這種問題的時候。不對，她應該有其他更重要的事情該問，可是想不起來——腦袋亂糟糟的。

她的問話彷彿只是為了不讓對話中斷而已。

「為什麼『Cleanup』的衣服會在妳身上？是要保護她的衣服不被我的『振動』破壞嗎……？」

「嗯？也不是啦。保住這套衣服只是結果而已，比較重要的是衣服的飛行機能……順便告訴妳，我的裝備離這裡非常遠，存放在一個可以讓人放心的地方喔。」

「…………」

非常遠、可以讓人放心的地方。

會是哪裡？

難道是她的家鄉香川縣嗎？『Decimation』覺得自己的思考方向好像完全被她牽著走……不，這件事根本不重要。

自己想問的事情……

可是就算問了也沒用，已經沒辦法把這些情報告訴同伴了。

魔杖也被收走……

之後身上的魔法少女服裝肯定也會被脫掉，渾身都會被剝光吧。

她當然沒有傻到把以前收集到的四國遊戲規則隨身攜帶，可是被當作俘虜拷問的話，自己搞不好會忍不住說出什麼事情來。

因為這樣——

可能會因為這樣，害得『SPRING』隊戰敗也說不定——

「…………」

她不能讓這種事發生。

絕對不能。

打輸的人是她，受苦挨痛也是理所當然，毫無怨言——她甚至願意接受這種結果。可是如果因為自己落敗使得同伴一併受害——

唯有這件事——

「沒事的，不用擺出這麼痛心的表情。我們領隊人好像還滿好的，我想她應該不會太糟蹋妳。說不定妳也會像我一樣改變心意，想改投『AUTUMN』隊喔——」

『Pumpkin』這句話或許單純只是在說笑——但是對『Decimation』來說，這比任何拷問、任何糟蹋更令她害怕。

變心。

見風轉舵。

她和那些同伴一起在四國遊戲裡求生存、一起在絕對和平聯盟裡求生存——想到可能會失去這份為同伴著想的同儕心，她就覺得這世上沒有比這更可怕的事了。

痛楚——

哀苦——

光是想像自己因為這種事而變心，她就覺得難以忍受——光是想像就覺得比死還難過。

因為太難過了——

所以她決定一死。

「要等領隊到達之後才會正式開始盤問妳啦。不過有件事我實在很好奇，還是先問問好了。高知縣究竟發生什麼事了？原本兩隊一直保持相持的狀態，在某種層面上也算滿平和的，為什麼妳會這麼積極想要打破——等等！妳想做什麼!?」

5

這時候發生的事讓魔法少女『Pumpkin』杵槻鋼矢到之後都一直很後悔——不過她身經百戰又是老江湖，這種事情當然不是第一次遇到。

這不是第一次有人死在眼前。

也不是第一次和他人的死扯上瓜葛。

這種事既不是第一次，而且也不希罕——在香川縣的時候原本只要她願意出手，也可以避免幾名隊友死亡、救下幾條性命，而她全都見死不救。

可是像這種形式——

一個人像這樣死亡，她還是第一次看到——對她這種個性的人而言，更是一大衝擊。

『SPRING』隊的魔法少女『Decimation』突然把刺在大腿上的水果刀拔了出來——事情就發生在鋼矢還在發問的時候。她的臉上的表情充滿決心，彷彿根本不把鋼矢放在眼裡似的。

鋼矢還以為劇痛讓她神智錯亂了——自己早就對她說過，拔出刀子很可能會造成大量失血。

明知如此卻還是伸手拔刀，無疑是等同於自殺——可是這時候鋼矢反而覺得很緊張。還以為失去魔杖的『Decimation』會用這把水果刀對自己反擊。

她沒想到『Decimation』會做出這種自棄的行為，當然覺得動搖。可是『Decimation』的行為不是自暴自棄。

而是有意識的——自盡。

不是等同於自殺，而是真的自殺。

她拔出水果刀後直接揮刀割破自己的喉嚨。不，不是割破喉嚨這種說法這麼簡單。

不是血染房間這麼簡單——魔法少女『Decimation』幾乎用水果刀把自己的首級斬斷。

她斬斷自己的腦袋——只留下一層皮還連著。

當然這不像平時用的慣用語，雖然頭懸一皮，但可沒辦法命懸一線。鋼矢根本不想去測脈搏或施行心肺復甦。

她死得這般悽慘，就算那個會用固有魔法『不死』的魔法少女『Giant Impact』此時在場也挽救不了她的性命……

「為什麼這麼傻，竟然自殺——」

話說到一半，鋼矢覺得這個問題才真是傻——就是因為不願意淪為敵隊的俘虜、不願意給隊友添麻煩、不願意變成背叛者，所以『Decimation』才會自斷性命的。

光是把刀子從大腿上拔出來就已經死定了，可是她覺得這樣不夠，還用刀子自殺。她尋死的意志這麼強烈，甚至不給人施救的機會嗎……！

「竟、竟然在現在的四國自盡——」

在這片分分秒秒都與死神為伍的土地上，為什麼還故意……我們玩四國遊戲不就是為了要活下來嗎？春秋戰爭不也是一場為了求生存的戰爭……

就算能夠得到和地球對抗的終極魔法，也要活著才有價值啊。她已經把目的和方法顛倒了——這樣根本就像是為了四國遊戲付出性命、捨棄性命一樣。

她根本分不清楚現實與遊戲——

鋼矢希望能用這種念頭把她的死放下。

但魔法少女『Decimation』的死實在太過悽慘，沒辦法這麼容易就放下，就連杵槻鋼矢都茫然了——可是現在的四國沒時間讓少女茫然。

她已經死了。

無論如何，她都已經死了。

她死了——就代表觸犯規則。

換句話說，不久之後她的屍體就會爆炸。

炸得屍骨不存，連一點形跡都不會留下。

還會波及四周——

「……不行了嗎，來不及了嗎？」

鋼矢終於回過神想到這件事。她不曉得自己呆了多久，唯一的選擇只剩下離開這間房間。

『Decimation』是敵對小隊的人，身上應該不會有記錄規則的本子。可是她本來打算查看屍體，最少應該把衣服拿走——如果能夠拿走她的魔法少女服裝，『Pumpkin』就有魔杖與衣服給自己用了——『Decimation』之所以選擇用這種淒厲的方式尋死，可能就是為了讓自己的血弄髒衣服，避免被鋼矢拿走。這麼想會不會是鋼矢自己想太多了？

可是鋼矢不由得這麼想。

因為到頭來，她在這場戰鬥除了勝利之外沒有得到任何好處——她要如何向之後到達的『Cleanup』解釋這一切？

老實說她連向自己都無法解釋，根本整理不出個頭緒——『Decimation』為了同伴、為了隊伍的勝利選擇一死。對鋼矢來說，她根本不懂『Decimation』的心情。

那是一種她既無法理解，也無法分解的感情。

『Cleanup』挺身保護自己，這種行為她雖然不會幹，但好歹能夠了解。可是自斷性命……

鋼矢自己嘗試推測，或許這一點就是『AUTUMN』隊與『SPRING』隊對立結構的主要理由，雙方彼此水火不容的部分。不過不管猜得對不對，她的心情也不會因此比較平靜。

可是這下她多少明白為什麼兩隊會僵持不下——如果她們的對立是這樣子，掀起戰火之後動輒就走到這一步，那麼兩隊當然不敢輕舉妄動了。

現在麻煩的是如果『Decimation』的死訊傳到『SPRING』隊——傳到高知那邊去的話，對方當然會為同伴的死哀悼，會很憤怒——當然應該不會因為隊上的尖兵被打敗就此灰心喪志吧。

「…………」

一想像之後將會展開的春秋戰爭決戰是什麼情況……原來如此，的確令人心煩意亂——沒想到自己這麼快就體會到『Cleanup』所說的『厭煩』感受。

她原本所屬的『SUMMER』隊，以及經由『Giant Impact』的關係而有些交情的『WINTER』隊也都是各有問題的隊伍……四國左半部的隊伍戰鬥的背景好像又更誇張。

現在當然已經無法回頭了。

魔法少女『Pumpkin』將要以『AUTUMN』隊一員的身分與『SPRING』隊戰鬥——剩下的魔法少女還有四個人嗎？

不管怎麼樣，為了避免在魔法少女『Decimation』的屍體爆炸時受到波及，鋼矢想盡可能遠離這間她當作狙擊點使用的房間——雖然精神狀態不佳，但為了求生，身體還是會自己採取最適當的行動。看來我的身體是絕對不可能自己選擇死亡了——她這麼心想。

簡直就和空空小弟一個樣。

她這麼心想。

為了保險起見，最好還是到其他樓層去——鋼矢踏上階梯。這時候她感覺好像有人從樓下走上來。

看來『Cleanup』已經到了——鋼矢心想『Cleanup』不用飛行還能現在就到達，看來腳力也挺快的。鋼矢這麼心想。她沒穿衣服，得把魔法少女服裝還給她才行。自己把那套騎自行車時穿來之後就脫下來的運動服換給她穿，可是現在當然已經被『Decimation』的固有魔法『振動』給震成微塵……不對，是震成沙塵了。

就算想從附近找衣服來穿，但不管是購物中心或是商店也都變成沙子——啊，這樣一想，連空空小弟那輛空力自行車、鋼矢騎到愛媛縣來的『戀風號』現在是不是也變成沙子了？

算了，反正那輛車他本來騎完之後就扔了，應該也不用多介意……

這也是『Cleanup』的領袖素質嗎？剛才鋼矢還在煩惱沒有臉見她、見了面之後要如何解釋才好。可是現在真要和她在樓梯轉角處見面，自己似乎又覺得安心許多。鋼矢開始思考一些『將來的事情』。

沒錯。

不管怎麼樣，這場大災難毀了一整座城鎮，她們兩個光是保住性命不是就已經夠幸運了嗎——鋼矢這麼心想，想要讓這件事在自己心中畫下句點。

她才剛剛親眼目睹有人自盡身亡，死的還是一個年紀和自己差不多大的女孩。用這種方式就能轉換原本動搖的心情也算是相當快速了。可是杵槻鋼矢如果不是這麼粗神經的人，搞不好老早就已經發瘋了——但現在就想畫下句點可能還太早了一點。

不是有一句話說勝不驕敗不餒嗎？

戰鬥結束之後放鬆戒心就是輕忽大意——這件事必須銘記在心。

鋼矢現在的確成為『AUTUMN』隊，今後必須和『SPRING』隊打春秋戰爭。可是她還有一個問題沒解決，而且這本來就是她想要投奔『AUTUMN』隊的原因。

沒錯。

她原本就是被人追著跑的。

這件事鋼矢還沒告訴『Cleanup』，但她已經是叛離組織的背叛者、脫離組織的逃犯了——在給『Cleanup』添麻煩之前，她就應該要離開『AUTUMN』隊才是。就在樓梯轉角處——

就在走下樓梯的轉角處，鋼矢遇上的不是她現在的領隊『Cleanup』，而是黑衣魔法少女『Space』。

6

身後傳來一陣爆炸聲——魔法少女『Decimation』的屍體觸犯『不得死亡』的四國遊戲規則，剛才已經受到處罰了。

可是杵槻鋼矢聽到這聲爆炸聲也沒有回頭——她沒有空閒回頭。

那是因為自己現在身處在這一帶唯一的建築物裡，在建築物的樓梯轉角處近距離、面對面碰到的是魔法少女口中流傳得煞有其事的都市傳說……『白夜』隊的其中一員。

不，搞不好就算轉過頭去也沒關係——在這種情況下，回不回頭、面對或是背對都只是不值一哂的差別而已。

如果像是上次兩人遭遇時的空中追逐也就罷了……現在是在屋內，而且還是直接打了照面，根本沒有任何辦法應對。

「啊——」

可是鋼矢那會自行試圖求生的身體還是做出最低限度的舉動——也就是『虛張聲勢，假裝還留有一手』的舉動。

「妳也會走路啊——我還以為妳老是乘著風在天上飛呢。」

「…………」

相對之下，『Space』打從一開始就是一陣沉默——總覺得好像和前一陣子看到的時候感覺不太一樣。

這也難怪。

鋼矢覺得這也難怪——因為自己在吉野川的河口，用『Stroke』的固有魔法『光束砲』把一個同樣也身穿黑衣、疑似是『Space』隊友的魔法少女殺掉了。

可是為什麼是在這時候、現在這個時機點——不，當然正因為是在這時候、現在這個時機點。

難不成她還以為自己是碰巧在這遇上一直躲避的黑衣魔法少女嗎——這還用得著說嗎？這場大騷動毀掉一整座城鎮，『Space』身為遊戲主辦者『白夜』隊的一員，當然是來調查這唯一殘留下來的建築物，結果發現自己正在找的人。

發生這個情況不是鋼矢運氣不好，也不是她犯下什麼真正的失敗——只是事情本來就會這樣發生而已，沒有什麼可反省的。

Game Over。

剛才鋼矢才親眼看到『Decimation』慘死刀下，看來自己很快也要追隨那個已經爆炸的女孩而去了——

「……因為——」

一直沉默不語的『Space』突然開口說道——她的聲音語調和先前聽到的不一樣，鋼矢還以為有別人在說話。

「——在室內沒有風的關係。要引起一陣風也不容易——如果窗子開著，或是有空調、電風扇之類的東西在運轉的話那就另當別論。所以我有時候也會用走的……如果是現在，妳說不定就有可能打得贏我……」

「……？」

沒有風的話就不能操縱風？

這是真的嗎——不，她會不會只是在捉弄自己？難不成想讓自己有多餘的期待，然後再讓自己絕望嗎？只要有空調就能使用魔法，哪有這種不好笑的玩笑話……科學與魔法的關係都攪和在一起了。可是鋼矢也沒聽說過科學與魔法該是什麼樣的關係……

她還以為兩人一見面，自己這個不安因子就會被剷除。看來至少這件事不會發生了——可是就算『Space』給人的感覺再怎麼不同，鋼矢還是不知道她在想什麼。

「……聽剛才那陣爆炸聲，魔法少女『Decimation』好像已經Game Over了是嗎？是妳殺了她？應該不是吧？」

「也算是我殺的。」

「妳要算在自己頭上啊。」

這時候『Space』才露出她從前展露過的冷傲輕笑——冷傲又充滿挑戰意味的笑容。

看見她那笑容，鋼矢認為就算在無風狀態下就不能施展魔法的『條件限制』是真的，聰明一點的話現在最好還是不要對她動手。

『白夜』隊。

位於絕對和平聯盟組織核心的魔法少女……

不，應該稱她們是魔法師才對——她們五個人深入參與了開發魔法的工作……而其中一個人的死不只要算在鋼矢頭上，根本就是她親手殺害的。

對了。鋼矢猜想到一件事。

那個讓吉野川氾濫的黑衣魔法少女——鋼矢連她的代號名稱叫作『Shuttle』都不知道。說不定她死在自己手裡的事情還沒東窗事發？

『Space』展現出來的態度只是在面對一個『逃犯』，而不是一個『背叛者』——這樣想是不是太天真了？可是不管她是『魔法師』或是『魔法少女』，終究不是萬能的——就算是在整個四國布下結界的『那傢伙』，也不是對四國的一切全都瞭若指掌。

能夠洞悉一切的頂多就只有——

「魔女。」

『Space』彷彿看穿鋼矢內心的想法，驀然說出這個名詞。

說出魔女這兩個字。

「妳一直在找的魔女找到了嗎——現在妳應該都把希望放在魔女身上了。」

「……很多事情不能盡如人意啊，四國遊戲的難度真的太高了。我都覺得很奇怪，自己竟然還沒 Game Over。」

鋼矢愈來愈不了解對方究竟知道多少，只能用這種模糊的說法應付。

鋼矢幹的好事究竟有多少已經曝光，再說也不知道『Space』來這裡真正的理由是什麼——她傷透腦筋，不知道該如何是好，但絕不能讓『Space』發現自己的這點難處。

現在鋼矢唯一能做的就是表現出昂然磊落的態度——她身上穿著魔法少女服裝，手上戴著借來的手銬，如果有心的話也可以使用魔法少女『Cleanup』的魔法。但她不認為用出來會有用，能夠幫助自己擺脫眼前的困境。

可是話雖如此……

「…………」

「…………」

兩人之間一陣沉默。

鋼矢心想，這樣繼續毫無意義地浪費時間最是糟糕。因為再過不久——就算動作再慢，再過不久魔法少女『Cleanup』就要到這裡來了，而且還是全身赤裸。

鋼矢不知道『Cleanup』對『白夜』隊有多少認識，但一身黑衣的魔法少女一看就知道有問題，她認為『Cleanup』一定會做出什麼舉動——如果可以的話，她想在『Cleanup』到達之前把局面做個了結。

雖然不知道該怎麼辦才能了結——為什麼『Space』不說話？鋼矢不說話是因為她無法可施，不曉得怎麼樣才好……不對，說不定對方也和她一樣？

就算黑衣魔法少女『Space』爬樓梯上來真是為了要找鋼矢——但她可能現在還沒決定要拿鋼矢怎麼辦，還拿不定主意。

這不代表雙方立場相同。

因為如果鋼矢是砧板上不知所措的鯉魚，那『Space』就是煩惱不知該做什麼菜的廚師——看似雙方都在煩惱，但是立場顯然不一樣。

至少要是能夠像吉野川那時候一樣，找到可趁之機的話……

「……這樣僵持下去也不是辦法——我和妳僵持在這裡還得了。有高知和愛媛兩邊相持不下已經嫌太多了。」

終於，『Space』聳聳肩——

露出些許意味深長的笑容。

「老實說，直到剛才我還在想遇見妳之後要宰了妳——可是見到妳穿著『Cleanup』的衣服全身繃緊緊的德性，我連殺意都沒了。再說『Shuttle』也不會希望我為了弔唁她而復仇——」

「……？」

『Shuttle』？

鋼矢不曉得自己殺害的黑衣魔法少女叫什麼名字，一時之間還有些奇怪，但很快就反應過來——然後深刻體會到自己真是太天真了，竟然以為自己的犯行可能還沒被揭穿。

『本來想宰了妳』。

黑衣魔法少女之間也有這種同儕意識——鋼矢一方面覺得這好像也很正常，但也覺得疑惑為什麼『Space』會改變主意。

因為自己穿著魔法少女服裝的樣子嗎？

因為穿起來很緊，她覺得很好笑——不可能是這種原因。那麼會是因為魔法少女『Pumpkin』加入『AUTUMN』隊的關係嗎？

『Space』一開始確實很希望『Pumpkin』能夠循正規方式把四國遊戲破關……

「四國遊戲很難，事實上的確沒錯，『Pumpkin』──狀況分分秒秒變化莫測。連遊戲管理者都不敢說把狀況完全管理得井然有序……我和我的夥伴為了讓情況步入軌道都很努力，應該說大家都搞得焦頭爛額。所以說妳放心──現在我的心態和幾天前比起來，已經稍微有點不一樣了。」

「……稍微不一樣是嗎？」

鋼矢不曉得話能講幾分，應答起來有些進退失據──她覺得『Space』整個人氣氛上的改變，不是『稍微』兩個字就能交代過去的。

她一邊猶豫，又想起一句常用的諺語叫作不入虎穴焉得虎子，於是鼓起勇氣主動出擊──這次她要得到的豈止是虎子，或許是母虎也說不定。

「妳看起來和上次好像變了挺多的，只是『Shuttle』這件事就讓妳有這麼大的改變嗎？」

她的語氣彷佛老早就知道那個黑衣魔法少女叫什麼名字，這也是虛張聲勢的一種。運用這種小把戲對她來說已經像是一種本能了。

「真要說是什麼讓我改變的話，都是因為妳那個夥伴的關係。」

『Space』回答起來倒是很乾脆。

鋼矢心想她說的『夥伴』是指誰──現在能夠稱得上是夥伴的，就是把魔法少女服裝借給她的『Cleanup』，可是既然這句話是從『Space』口中說出來的，那應該就是──

「……空空小弟的關係嗎？」

「是啊，還用問嗎？」

鋼矢問得小心翼翼，不過『Space』的回答還是很直接，彷彿在說除了他之外難道還想得到其他人嗎——上次見面的時候，她好像還沒把空空少年放在眼裡，這部分的心態似乎也『稍微』改變了。

空空空。

地球鏖滅軍的空空空——『那孩子』。

劍藤犬个的……

「這樣啊……那真是太好了。」

她這聲低語並沒有任何策略性的意義——單純只是放下心中一塊大石，不經意脫口而出的真心話而已。從那麼高的高度掉下去，沒想到那孩子竟然還活得好好的……老實說鋼矢不只認為他們已經難以再會，就算從那麼高的地方掉下去沒摔死，他也很有可能在之後玩四國遊戲的時候Game Over——聽到他平安無事的消息讓鋼矢鬆了一口氣。

雖然現在的情況還輪不到她去操心別人、為別人的平安而欣喜……

「……可是妳說都是因為空空小弟，那是什麼意思？之後空空小弟怎麼了——發生什麼事了嗎？」

「他幹了很多好事——啊，順便告訴妳一件事。『WINTER』隊的『Giant Impact』也平安喔。」

「這樣啊！」

沒想到會聽到這個名字，讓鋼矢不由自主做出反應——可是『Space』這時候提起這個名字，代表鋼矢與別隊的『Giant Impact』地濃鬘互通，打算不利於絕對和平聯盟的事情已經曝了光，現在或許反而還是不要多說什麼比較好。

在鋼矢內心還是忍不住為地濃平安無事感到高興——可是之前拜託她做的『任務』不曉得怎麼樣了？先前兩人約好在燒山寺見面的時候她沒有出現——所以鋼矢才會以為她死了——看來不得不做好心理準備，結果可能不盡理想。可是這麼一來，可悲的是鋼矢不得不想到按照地濃的個性，她很有可能單純只是因為任務進行得不順利，因而落跑。

「其實我也不介意多告訴妳一點——可是讓妳知道太多就不公平了。所以關於空空的情報就此打住。」

鋼矢聽不太懂『Space』這番話的意思。

她還以為話題已經從空空換到地濃身上去了——『Space』這種說法聽起來像是空空的情報當中也包括地濃的情報，感覺不就好像那兩個人一起活動了嗎？

而且不公平是什麼意思……對什麼事情不公平？為什麼讓鋼矢知道空空的消息會不公平？

這樣講不就讓人以為鋼矢與空空像『AUTUMN』隊和『SPRING』隊一樣，兩人彼此對立了——可是『Space』剛才自己才說過，鋼矢和空空現在雖然沒有在一起，但仍然還是夥伴啊。

「總之因為那個地球鏖滅軍的調查員小弟弟不曉得該說他胡亂攪和，還是蒙他特別抬愛，讓我們這遊戲多了不少刺激。老實說，我現在已經沒辦法老是跟著妳跑了——」

「…………」

「啊，現在可別放心得太早喔。就是因為這樣，所以我剛才本來想乾脆殺了妳的。就算我對妳的期待再大，要是妳無心把遊戲破關，又想背叛組織的話，我身為組織的一分子也不得不處理了嘛……可是如果妳像這樣——」

『Space』說著，指了指鋼矢——正確來說她指的是『Cleanup』的魔法少女服裝。

「如果妳像這樣加入『AUTUMN』隊，願意參加春秋戰爭的話，我就如願以償了。」

「如願以償……什麼事如願以償？」

「嚴格來說應該不是如願以償，而是出乎我意料之外——因為你們不是不願意接受我的請求嗎？」

「…………」

其實不是『你們』，那是空空的意見——空空好像怎麼樣都無法相信『Space』。當然鋼矢自己也不是很相信她，可是……

「『Scrap』那傢伙是不是早就料到會變成這樣了呢——那個過日子老是漫不經心的傢伙執行『白夜』隊的任務竟然最徹底，真是太諷刺了。」

與其說是諷刺。

其實應該真的是沒有辦法中的辦法——『Space』這句低語的意思令人捉摸不透。

再說鋼矢不認識『Scrap』這個人——聽『Space』的口氣好像是她的隊友，但搞不好只是說來迷惑鋼矢而已。

這段對話的內容根本無從證實，最適合在樓梯轉角處談論。

「我聽不懂妳在說什麼，也不知道絕對和平聯盟的高層或核心在打什麼主意。總之既然這是妳意想不到的狀況——」

鋼矢要得到『Space』的口頭保證。

現在雖然時機未到，但要是繼續談下去的話『Cleanup』真的會闖進這個場面來。不管是對『Cleanup』、『Pumpkin』或是『Space』，別說是意料之外，根本是不樂見這種狀況發生。

「總之現在——以後妳都不會想殺我了對嗎？」

「暫時是。不能說不起訴處分，應該比較像緩刑。不，說緩刑好像又有點怪？因為接下來我們還需要妳盡量多殺幾個『SPRING』隊的魔法少女才行。」

這句話讓鋼矢想起那個已經不在世上，恐怕連一點細胞都沒留下的魔法少女『Decimation』——雖然最後她是自盡身亡，但和鋼矢『親手殺害』也差不多。

獲得『Space』親口保證現在不會殺她雖然讓鋼矢鬆了一口氣，可是『Space』剛才說『需要妳盡量多殺幾個魔法少女』，這句話的說法真是奇怪。如果要這樣講的話，應該是『因為之後妳會殺死很多魔法少女』，這樣說比較有嘲諷的意思不是嗎？原本的說法感覺好像鋼矢要負什麼義務似的……

這樣一來的確不是緩刑。

彷彿就像是——

「好像是認罪協商似的。」

「妳這樣想應該也無所謂。我會祈求妳獲得勝利的。不過妳可別抱著『就算「AUTUMN」隊打輸春秋戰爭也沒差，只要我活著就好』這種想法喔——到時候我就要替『Shuttle』報她的血仇了。」

提到口頭保證，『Space』也留下一句鋼矢完全不想要的口頭保證——黑衣魔法少女『Space』說完之後就這樣轉過身，以平淡的語氣說「祝妳旗開得勝」，然後從來路——從她先前走上來的樓梯又走下去。

7

鋼矢不明白依照這棟建築物的構造要怎麼走才能辦到，結果『AUTUMN』隊的領隊魔法少女『Cleanup』沒有和『Space』近距離錯身而過，而是彼此錯過，一個後腳剛走另一個前腳登上樓梯走進來。或許是『Space』刻意避不見面吧……她是遊戲營運者那一邊的人，所以不能隨隨便便出現在玩家面前嗎？

見面後的第一件事當然是把衣服還給赤身裸體的『Cleanup』——鋼矢還以為把衣服硬套在自己身上會不會讓布料鬆掉，不過魔法少女服裝的質地果然強韌，並沒有變形的狀況。

鋼矢穿在身上一直覺得卡卡的，脫掉衣服之後感覺有一種解放感——一般人要是沒穿衣服的話，大致上都會覺得有一種解放感。

還是得盡快找到衣服穿才行……她總不能光溜溜地去見『AUTUMN』隊的那些夥伴們。

「這樣啊……她自殺了。」

穿上衣服，聽鋼矢說完來龍去脈之後，『Cleanup』像這樣露出五味雜陳的表情點頭說道。

「雖然我很不想稱讚『SPRING』隊的人，但也只能說她這個敵人著實令人佩服……只是現在終於鬧出人命——這樣一來兩邊再也不可能和談了……」

「…………」

「無論如何，這下子雙方僵持的局勢百分之百會有改變……既然要行動，那就事不宜遲，愈快愈好，希望搶在敵人動手之前先下手為強——我甚至在想要不要今天晚上就攻入高知去。」

鋼矢當然沒有把『Space』的事情向『Cleanup』報告——她認為就算告訴『Cleanup』剛才『Space』人還在這裡，也只是徒然讓『Cleanup』愈來愈混亂而已。

現在還有其他事情比『Space』的事更重要——或許應該說鋼矢認為不應該讓『Cleanup』或『AUTUMN』隊牽扯進魔法少女『Pumpkin』與『白夜』隊之間的關係。

經過剛才的會談之後，她這個想法就更強烈了……

「攻入高知啊……這麼做可能也是一個辦法。看到愛媛的城鎮被破壞成這樣，我也覺得很火大。要是不把她們最自傲的仁淀川毀掉，這口氣怎麼也嚥不下去。」

「不管她們做了什麼，我覺得仁淀川總是無辜的……」

「雖然事情演變成這樣，我認為隊友裡應該還是有謹慎派的人存在。『Pumpkin』。」

『Cleanup』看向鋼矢。

「妳願意幫我說服她們嗎？」

「那當然。」

鋼矢點頭道。

這還用說嗎——撇開她想讓『Cleanup』獲得勝利的心意不談，要是不打贏春秋戰爭的話，鋼矢又會被『Space』盯上。當然如果真的演變成那樣的話，她也不會坐以待斃——

「沒事的，這下兩邊人數就變成六比四了——雖然相持局面有了改變，也可以說我們占有很大的優勢啊。」

鋼矢刻意說得這麼樂觀，說來是為了讓領隊以及自己更安心。可是當鋼矢說這句話的時候，她還不曉得——

敵方隊伍——『SPRING』隊上不只失去魔法少女『Decimation』，還有魔法少女『Verify』也已經死了。可是卻會新增空空空、地濃鑿與悲戀等三名生力軍。

這樣局勢就變成六比六了。

也就是雙方條件對等。

春秋戰爭將會正式開打。

春秋戰爭將會化為地獄。

8

條件對等。

如果要找出一項『AUTUMN』隊比『SPRING』隊不利的要素，那就是空空空知道『新武器』已經派到四國來，而杵槻鋼矢還不知道這件事——她在開戰的時候還以為這場戰爭是有時間限制的。鋼矢之所以想要在今天晚上就攻進高知，一部分也是因為她存著這個念頭……目前整個四國沒有人知道她這套戰略將會帶來什麼樣的結果。

酒酒井缶詰。

除了魔女之外，沒有人知道。

（第四回）

（終）

春

第五回

春意濃！
季節更替
望天空

10

如果覺得羞愧地想鑽進洞裡的話，人們就該自己挖洞。

春秋戰爭。

這場鬥爭講白了就是絕對和平聯盟的內戰，就在四國遊戲如火如荼進行的時候開打，而杵槻鋼矢以及空空空也在分開之後意外各自與春秋戰爭扯上關係。在此姑且不論他們兩人離奇的命運——這兩位和春秋戰爭之間的關係乍看之下好像差不多，但卻有幾點決定性的差異。

杵槻鋼矢是在近乎偶然的情況下被捲進這場戰爭裡，而空空則是因為黑衣魔法少女『Scrap』的要求才牽扯進去。這是一點不同。另外杵槻鋼矢雖然一時之間曾站在類似背叛者、犯罪者的立場，但她一直都是絕對和平聯盟的一員。而空空雖然和魔法少女在一起，力求合作，但始終是地球鏖滅軍的一分子，只是一介外人。這也是雙方另一個不同之處。

這些不同——

目前暫時不討論這些差異今後是否會造成某種影響或是什麼影響。首先這場以愛媛縣為大本營的隊伍『AUTUMN』以及以高知縣為大本營的隊伍『SPRING』之間展開的春秋戰爭——這場維持僵持狀態已經很長一段時間的內鬥，將在十月三十日這一天——空空空牽連進來之後短短不到一天的時間分出勝負。

1

龍河洞。

這是一處位於高知縣的鐘乳石洞，也是絕對和平聯盟高知本部的所在地——就如預料一般，桂濱完全是錯誤答案，而龍河洞同時也是『SPRING』隊現今當作活動據點的場所。

此時空空空人就在這裡。

也就是說在某種意義上，他的確平安來到一直在尋找的地方——不過在這之前當然有一些……正確來說應該是有說不清的迂迴曲折。

再說在空空被帶來這處龍河洞『做客』之前的險境，是他根本不願去回憶的——雖然已經是老話一句了，他根本不知道自己為什麼還沒死。

何止是九死一生而已，空空感覺根本就是九十九死一生、九百九十九死一生——在這樣的條件下活下來卻一點都不覺得幸運，他的人生實在悲苦。

總之來談談在他來到龍門洞之前的經過。

在桂濱海岸邊，黑衣魔法少女『Scrap』留下一句風涼話之後便拂袖而去——之後空空做的事當然不是求證她那句風涼話。

魔女。

原來如此，魔女啊。

酒酒井缶詰是魔女——空空聽了『Scrap』這句話也沒有突然恍然大悟。如果這時候酒井缶詰本人，或是絕對和平聯盟的一分子、受友人『Pumpkin』之託尋找『魔女』的地濃鑿醒著的話，或許情況就會不一樣——可是就空空這個徹頭徹尾的局外人來看，他不曉得『魔女』這個名詞的重要性。

空空只是認為『Scrap』可能口誤，把『魔法少女』講成『魔女』——簡而言之，在如今的四國……四國遊戲這些堆積如山的問題之中，這種程度的言語口誤只不過滄海一粟而已，還沒來得及深思就被其他問題淹沒了。

問題不在於空空思慮不深或是考量不周——雖然不至於所有人全都會像他這樣，但這種失誤確實很有可能發生。再說如果要說不幸中的大幸，那就是這次失誤對空空來說不是壞事。

因為他並非對『魔女』在絕對和平聯盟當中的存在感一無所知——也就是說，至少他已經證實缶詰那優異的預見能力並非空穴來風，因為就連黑衣魔法少女——那個『Scrap』都那樣稱呼她了，酒酒井缶詰顯然不是一般小孩。

這可能也是酒酒井缶詰似乎有意在地濃鑿面前隱瞞自己名字的理由——有些事情空空覺得都說得過去了。反之——

反之，如果空空這時候就知道『魔女』的詳細情報——至少和絕對和平聯盟知道一樣多的話，或許就沒辦法像現在這樣照顧她，沒辦法從『方便』、『好用』這種角度去看待她了——只是他的價值觀也很扭曲，一點都不一般。

就算這樣。

他可能還是會這樣想——不想去依靠那種恐怖的力量。

無論如何。

如果要問空空在黑衣魔法少女——『操土』魔法少女『Scrap』離開桂濱海岸之後做了什麼事，『什麼都沒做』這句話最能表達真實狀況。

空空沒有離開這裡或是調查桂濱，像這些積極行為他都沒有做——根本不需要這麼做。不是空空認為黑衣魔法少女一離開就不需要遵守和她的約定。為了事先準備，他確實思考過如何打破那個什麼春秋戰爭的僵持狀態；也曾經為了檢查『新武器』悲戀，向她問了一些問題，因為她從大海的另一頭倉促登場之後就直接開始大戰，所以還有很多事情都沒問（看來她果然是因為某種意外才會被提早派出來，什麼重要的事幾乎都不知道）。但這些事情都是利用一些閒暇時間進行，終究不脫事前準備的範疇。

就心情上來說，空空就只是在等待。

「如果『SPRING』隊就像『SUMMER』隊那樣分開行動的話也就算了——既然她們行動有章有法，而且還在和其他隊伍作戰的話，發現有一名成員沒回來，應該會因為擔心而過來查看狀況才對。『Verify』想必有告訴隊友自己要去哪裡——所以我認為不要到處亂跑，一直待在桂濱的話，早晚一定會有『SPRING』隊的人來。」

地濃醒來之後，空空曾經向她這麼解釋道——地濃因為是那種漫不經心的個性，所以只是點點頭，說了一句「喔，是這樣啊」。可是前沒多久空空才受到黑衣魔法少女的威脅恫嚇，之後還能做出那種冷靜到令人不悅的判斷，可以說很有空空的作風。

年僅十三歲的他並沒有超人一等的智慧，也不是什麼精通戰爭的策略家、軍事家，但他能夠把自己所處的立場做最有效的利用，這種合理性是他人無法相提並論的。

如果等一陣子還是沒有人來的話，他當然會想別的辦法——但是考慮到『SPRING』隊的魔法少女可能會來……或者該說為了之後和她們討論交涉，有一件事必須先處置。

那就是讓悲戀穿上衣服——自從來到四國之後，她從頭到尾一直都光著身子。那些青春期的年輕女孩個個情緒劍拔弩張，看到這麼一個穿著女裝、身邊帶著裸女的少年，怎麼可能願意聽他說話……

那個黑衣魔法少女『Scrap』究竟是如何看待空空和悲戀呢？雖然不知道她是從什麼角度、用什麼方式看待自己。但從她那滿不在乎的態度來看，至少已經看穿悲戀來自地球鑿滅軍——來自外界的人……可是她真的有看出悲戀其實是一個機械生命體嗎？

也很有可能她看出來之後卻不點破。

這件事就算想破腦袋也沒有答案。

想到之後可能的狀況，空空只希望她沒看穿就好了——雖然這只是他這樣想，但是會這樣想就表示他抱持悲觀的看法，認為『Scrap』已經識破悲戀的真實身分。他的人生從悲觀一點的角度來看待正好。

可是就算悲戀的真面目有九成機會已經被『Scrap』識破，她身為遊戲管理者，應該不會特地把這件事告訴現在正在進行春秋戰爭的『SPRING』隊或是『AUTUMN』隊——今後空空要打亂這場戰爭，讓戰爭結束或是讓兩方締結停戰條約，而悲戀就是他手中最有力的王牌，他打算盡可能有效利用這一點。

地球鏖滅軍不明室開發的『新武器』——悲戀。

不能讓別人知道她的真實身分以及機能。

對空空而言，這就是他目前主要的課題，而他也有了一個腹案可以解決這項課題。

這個計畫同時也可以把空空愛穿女裝的嫌疑徹底洗清——也就是把他從登澱證那兒拿來的魔法少女服裝直接交給悲戀穿。雖然這樣一穿等於下空，但尺寸上沒有問題——空空和左右左危博士沒有直接接觸過，完全不曉得她對這件事會怎麼想。可是萬萬沒想到，絕對和平聯盟的魔法少女製造課與地球鏖滅軍不明室的驚人跨界合作就這樣成立了。

穿著魔法少女服裝的生化人。

只是登澱證——魔法少女『Metaphor』的萬能魔杖已經在她死亡的時候從這世上消失，所以就算穿著魔法少女服裝也不代表悲戀就能使用魔法。而且就算衣服的防禦力很高——強韌度很強，但悲戀的臂力能夠打穿衣服，對她來說有多少意義也令人懷疑。

最讓空空感到意外——不對，就結果來看其實空空覺得也很理所當然，像一些『飛行』或是『飄浮』這類不需要魔杖，只要穿上魔法少女服裝就能用的魔法，悲戀竟然不會用。

空空這麼告訴她——

「只要在內心想著『我要飛』或是『飛起來』就可以了。」
雖然他依照自己的經驗向悲戀說明。
「空空長官，我沒有『心想』這種機能。」
悲戀這麼回他。
聽她這麼回答，空空也無話可說了。
機械與魔法的合作好像沒辦法那樣搭配得恰到好處——魔法少女製造課的專家或是不明室的左室長針對這種情況或許知道一些什麼常識，但空空這種大外行根本無法可想。
不過空空讓悲戀穿上魔法少女服裝，也不是要讓她使用魔法或是提高她的防禦能力——只是悲戀裸著身子，看起來就是啟人疑竇，而且隨時會鬧出問題。穿上衣服就是要偽裝她。就算只是做做樣子，無法發揮衣服的性能也無所謂。
雖然空空不是刻意拿來要給悲戀用，但他已經把『SPRING』隊魔法少女『Verify』的萬能魔杖『Mad Sand』收起來——只要把魔杖給悲戀拿著，至少從外觀看起來走到哪裡都是一個有模有樣的魔法少女。每一柄萬能魔杖的造型都大同小異，只要多少動點手腳增加一些裝飾，『SPRING』隊應該也看不出來是原先自己同伴使用的那支魔杖吧。
不消說，萬能魔杖與魔法少女服裝要一套才能運作，所以穿著『Metaphor』衣服的人就算拿著『Mad Sand』也只是一柄普通的棒子而已，或者頂多只能拿來當手錶用。不過既然不是人類的悲戀本來就無法使用魔法，不能用魔杖也無關緊要——反正魔杖只是用來偽裝而已。

只要能瞞過『SPRING』隊以及『AUTUMN』隊的魔法少女就夠了。

「如果有人問起的話，悲戀——妳就回答妳是『WINTER』隊的魔法少女。新加入的魔法少女。」

空空對她這麼說道。

他的內心也懷著不安，不曉得這樣行不行得通——他沒看過多少小說，但也知道機器人三原則這回事。雖然是長官的指示，但悲戀真的能夠接受要她去騙人的命令嗎——不過悲戀輕易就接受這道命令。

「我了解了，長官。」

她這麼回答。

真是順從到令人意外的程度。

空空不由得想起，『那個人』——劍藤犬个剛開始和自己相處的時候，應該也是這種心情。

有一句話說以人為鏡可以明得失。但世界這麼大、全球人口這麼多，以機械生命為鏡可以明自己得失的人恐怕也只有空空空而已了。

不過悲戀自己也提出這麼一個疑問。

「裝成新人的時候，對外要怎麼宣稱自己的名字呢，空空長官。」

「名字？」

「根據先前的觀察，魔法少女好像各自都有一個代號名稱……我的意思是我需不需要取一個代號名稱。」

「啊……」

代號名稱。

是不是也該想一個『本名』比較好？

空空想起來那個埋屍沙中的『玩沙』魔法少女『Verify』本名好像叫作鈴賀井緣度——還是應該想一個名字比較好。

如果要看穿是不是謊報年齡，有一種方法就是問『生肖』。所以如果要造假身分的話，最好要盡量鉅細靡遺。

可是如果設定一個類似密碼一樣難記的名字，一時之間想不起來的話可就本末倒置了，所以空空決定找一個他知道的名字直接拿來用。

一開始空空還想用剛才聯想到的『劍藤犬个』，可是她好像和絕對和平聯盟關係匪淺——說不定『SPRING』隊或是『AUTUMN』隊當中也有人像『Pumpkin』和『Metaphor』那樣和劍藤認識。

空空這麼心想，於是——

「本名就取叫左在存吧。」

——決定用這個名字。

那個成為不明室實驗白老鼠的少女——傳授空空賭博的師傅。她應該不會和絕對和平聯盟有什麼瓜葛，因為她這輩子幾乎都處於囚禁狀態之下。而且憑她的個性，空空擅自借用名字作偽裝，她應該也不會生氣才對。

「我明白了，本名就登錄為左在存。」

悲戀這麼說道，敬了一個禮。仔細一想，這還真是一大諷刺。

因為她用的名字就是創造自己的博士的女兒名字——但空空當然不懂這些微妙的人情世故。

「代號名稱的話……」

接著他又繼續進行下一步。

既然要借用在存的名字，而在存的外號叫作『小狼』，所以空空首先浮現腦海的就是『Wolf』或是『Werewolf』。可是他又轉念一想，這些名詞都太好聽了。

不是因為太好聽顯得做作——完全相反。外號名稱太好聽反而會有風險。就空空回想起他之前遇到的所有魔法少女的代號名稱，如果代號取得太時髦，反而會顯得與其他人太不一樣。

依照他遇見的順序依序是『Metaphor』、『Pathos』、『Stroke』、『Pumpkin』、『Collagen』、『Giant Impact』、『Space』、『Verify』、『Scrap』。好像還有一個沒有見過面的魔法少女叫作『Shuttle』——空空思考過這些代號，包括黑衣魔法少女在內，空空的印象就是她們的代號名稱都是用一種隨興所至的方式決定下來的。

這裡說的『隨興所至』不是『福至心靈』的意思，而是『隨便草率』——既沒有一貫的規律性，也沒有深刻的含意，單純只是隨便想到什麼片假名的名詞就直接拿來用了。

這讓空空聯想到『魔法少女』在絕對和平聯盟組織內的立場——或者應該說待遇——可是他隨後又想到地球鏖滅軍可能也是大同小異（以前也有人取名叫作『蒟蒻』，還是空空的好友），這部分就有點敏感，不太好多表示什麼意見。

總之空空認為取『Wolf』這個名字好像會顯得很可疑，思考該用什麼字才恰當，結果想到的是悲戀一開始談到這個話題時曾經說過的一個名詞。

「New Face。」

就決定是這個了。

「就請妳用『New Face』這個字當作代號。」

「遵命，長官。」

悲戀應許道。

冒牌魔法少女『New Face』。

這個名字比較好記——就算是地濃應該也記得住。

簡單來說，空空的主意就是要隱瞞悲戀是地球鏖滅軍新武器的身分，而且還要她以魔法少女一員、絕對和平聯盟一員的身分活動——四國這麼大，魔法少女應該不可能所有人都互相認識（實際上地濃就不知道魔法少女全部有幾個人）。而且『WINTER』隊除了地濃之外全都死光了，只要堅稱是新加入『WINTER』隊的成員，除了地濃之外沒有人有根據識破。

『SUMMER』隊同樣也差不多全軍覆沒，堅稱自己是『SUMMER』隊的人可能也一樣。但『SUMMER』隊裡頭和空空有點恩怨的魔法少女『Stroke』行蹤不明，現在可能還在四國的某處。想到她有可能會在春秋戰爭裡參一腳，或者其實老早已經身在局中，所以空空便撇下『SUMMER』隊，改稱是『WINTER』隊。

換句話說，空空這時候沒有想到和他合作的『SUMMER』隊魔法少女——那個絕對還活著的魔法少女『Pumpkin』也會和春秋戰爭扯上關係——就這層面上來看，他讓悲戀自稱是『WINTER』隊的成員可以說是相當正確的選擇，彷彿已經預先料準春秋戰爭今後的戰況會如何演變一般。

無論如何，像這樣把『新武器』悲戀偽裝成魔法少女（衣服底下啥都沒穿的魔法少女）之後，她確實不再是個光溜溜亂跑的女孩子了，卻輪到空空變成一個半裸的十三歲少年——可是這個問題已經有解，因為桂濱可是一處有坂本龍馬銅像矗立的觀光勝地。只要從海岸走幾步路，就有數不盡的當地名產販賣——要在那裡找到T恤褲子或是涼鞋之類的衣物不是多難的事情。

之後或許要找個理由解釋為什麼會穿得像個觀光客一樣，可是空空和悲戀不一樣，不打算隱瞞自己是地球鎮滅軍調查人員的事情。這套衣服能夠顯示自己是外來客，說不定正好。

他沒讓悲戀打扮成觀光客而是穿上魔法少女服裝，當然有戰略上的意義——在導引話題的時候，他想讓不久之後應該會出現的『SPRING』隊魔法少女知道，已經有『兩名』魔法少女願意協助他這個外來客了。

『SPRING』隊那群人可能不太好溝通，如果說只有一名魔法少女幫忙空空把遊戲破關的話，或許還欠缺說服力。但要是有兩個人表態幫忙空空的話——她們好歹應該願意聽空空說兩句話吧。

如果要實際進行的話，空空對地濃的演技還有些擔心（沒辦法說謊騙人的搞不好不是悲戀，反而是她），但他之所以能夠採取這種計畫其實也是多虧有地濃——因為在悲戀從大海另一頭出現的時候，她不小心說溜了嘴——

「真是了不起耶，空空同學。竟然會有一個光溜溜的女生說要聽從你的指揮，而且還要你任意命令她。雖然我不知道事情的前因後果，這不就是男生最夢寐以求的幸福嗎？」

因為她脫口說了這句話，使得空空再沒理由在缶詰面前偽裝性別——所以也沒必要穿著魔法少女服裝了。

為了在天上飛而穿當然也是一個很正當的理由，但依照現在四國的形勢，空空判斷應該不需要一直穿著魔法少女的服裝——相比之下，把衣服用來偽裝悲戀更為合理。

一直以來缶詰都把空空當作是『小姊姊』，知道他其實是個『小哥哥』的話，年幼的她當然肯定會受到打擊，所以空空還得煩惱思考她醒來之後要怎麼解釋——總之告訴別人她是『魔女』可能有百害無一利，空空想還是和之前一樣，把她當成半路上撿到的倖存平民。那樣的話，最好也該幫她想個假名是嗎……之前和地濃一起行動的時候都瞞著沒把缶詰的名字告訴她，也差不多快瞞不下去了。

真希望有個和左在存一樣好記、人家問起來的時候倉皇間也不容易搞錯的名字——啊，對了，就叫『花屋瀟』怎麼樣？雖然花屋瀟的瀟和登澱證的證發音一樣，但這點小事應該還在容許範圍，而且花屋瀟這個名字在絕對和平聯盟——不對，是不是有什麼關係？那傢伙自己是不是和絕對和平聯盟也有什麼關係……

「嗯……」

這樣一想，要捏造出一個假名或是代號名稱也不是隨便亂編一通就行——特別是名字，因為本名給人的印象太深，如果不是拿既有的人名來用的話，實在不容易想到一個適當的假名。空空暫時先把『瀨伐井鉈美』當作口袋名單——那個名字是一個曾經在地球鏖滅軍工作的戰士，如果是她的話，應該不會和絕對和平聯盟有什麼關係。

因為以上的原因，準備就緒的空空一行人——雖然其中兩個還沒恢復意識——就在桂濱海岸痴痴等著『SPRING』隊的魔法少女出現。不，他們在那裡也沒待多久，還不到痴等的地步——她們很快便到達桂濱，甚至快到差點來不及用換衣服或是彼此套話來『打發時間』。

戰爭時期果然不一樣。

在遊戲中的戰爭時期，應對反應果然很快——空空這麼心想，可是之後他才知道『SPRING』隊的人之所以會這麼快出現其實另有其因。

總之來到桂濱的魔法少女有兩個人。

其中一個就是之後在愛媛縣松山市和魔法少女『Pumpkin』與魔法少女『Cleanup』大戰一場的『振動』魔法少女『Decimation』。另一人則是——

『SPRING』隊的領隊。

擁有『傳令』魔法的魔法少女『Asphalt』。

3

來兩個人啊。空空在內心暗想，提高警覺。

他提高警覺的原因是覺得應付一個人絕對比應付兩個人更容易。可是這時候或許應該要積極正面看待，來兩個人總比來三個人、四個人好。

「你是誰？我們的同伴應該已經先到這裡來了才對……」

開口發問的是那個一看就知道地位比較高的人，因此空空老實回答道：

「我是地球鏖滅軍第九機動室的室長空空空。」

他直接說出姓名。

可是他也只有這件事說了實話。

「妳的夥伴就是用沙的魔法少女『Verify』嗎？如果是的話，我只能說請妳節哀順變……剛才她就在我的眼前被一個黑衣魔法少女殺死了。對方自稱是『白夜』隊……」

他這篇謊言好像親眼所見一般。

雖然空空是一個不太會說謊的少年，可是這時候也只能硬著頭皮繼續演下去了——如果殺死魔法少女『Verify』的人其實是空空這件事（執行犯是悲戀）在此時此刻東窗事發的話，他就得先後和眼前這兩人戰鬥了——無論如何要避免這種情況發生。雖然要黑衣魔法少女『Scrap』背這個黑鍋有點於心不忍，但要不是她拜託空空做事的話，他早就已經逃離這裡了，所以這一點小忙就請她幫一幫吧。

但出乎空空預料的是對眼前這兩人來說，『黑衣魔法少女』這個名詞好像很重要，或者說具有很強的說服力——如果空空只說自己看到魔法少女『Verify』被某個人殺掉的話，恐怕對方還是會懷疑他。只因他搬出黑衣魔法少女『白夜』隊的名字——

「…………」

發問的人露出深思的表情。

雖然空空識人的能力還沒好到光從外貌就看出名堂，但他認為那名女孩應該是一個具有沉穩風範的參謀型魔法少女——正因為她有這樣的風範，那身蓬鬆的衣服看起來更是說不出地奇怪。

應該說有人穿上這身衣服會不奇怪嗎？空空不由得有這樣的想法。就在他這麼想的時候——

「我是絕對和平聯盟的魔法少女『Asphalt』——也是『SPRING』隊的領隊。她是『Decimation』。」

對方自我介紹之後，也把另一名稍微站得後面一些的女孩介紹給空空認識。

「你是地球鏖滅軍的人——倒是生面孔呢。」

然後她接著這麼說道。

這句話沒有主詞，一時之間空空還不曉得她真正的意思是什麼（大家都是第一次見面，當然會面生），但隨即知道她說的是悲戀以及昏迷中的地濃。

「呃……」

他一邊思考一邊說話。

雖然大致上要怎麼說都已經決定了，但畢竟是和他人對話，空空也不是連整套劇本都寫下來——如果應答稍有不慎，下一秒雙方還是有可能動起手來。

想到悲戀在剛才和『Verify』那一場戰鬥中展現的性能，就算打起來也不至於死路一條，可是空空的個性不是那麼好戰——基本上不是。

「我加入地球鏖滅軍的時間確實還不長，在外界還不是那麼有名……」

空空沒有修正他一開始的誤解，刻意用誤解的角度回答說道——他決定等到對方問起之後，再向他們說明這兩名魔法少女（一個還沒醒，一個是冒牌貨）的事情。現在人家都還沒開始問自己就忙著解釋，可能會惹對方起疑——或許因為被那女孩聰明理性的氛圍影響，空空甚至猜想她是不是在刻意套自己的話。

「四國疑似發生異變，我是接受組織的正式命令，委派我調查……」

「啊，沒關係沒關係。這件事我大概想像得出來——我在問的是這兩位，她們好像和你合作是嗎？」

那個女孩——魔法少女『Asphalt』說道。

雖然取了一個硬邦邦的代號名稱，臉上卻帶著柔和的笑容。

「她們是來自『SUMMER』隊嗎？還是『WINTER』隊呢？不管是哪一隊，應該都是右邊的人吧？如果是『AUTUMN』隊的話，我不可能不認識。」

「…………」

右邊？

空空一時之間還沒聽懂這種說法，下一秒就馬上知道她是把四國分成左右邊來說。也就是說香川與德島算右邊，愛媛與高知則是左邊——原來如此。

聽她這麼一提，『Scrap』先前好像也是用這種說法。

「她們兩個人都是『WINTER』隊的魔法少女……妳不認識嗎？」

空空反其道而行，做出一副大感意外的態度——他沒有多說什麼，一副覺得她怎麼會不知道的態度。這樣做應該沒問題。因為空空只是外來客，要是能夠解釋得一清二楚才奇怪。

如果妳那麼聰明的話，那就請自己去想吧——就讓我借用妳的智慧。

「……因為我是新加入的隊員。」

這時候悲戀開口說話了。

她的語氣還是那麼自然、沒有任何異樣——自然到很異樣的口吻。

「我從沒見過任何左邊的前輩——我想『Giant Impact』應該也是一樣。」

……這架機械說起謊來真是臉不紅心不喘。

左邊這種用語用起來還很自然，空空還沒向悲戀正式介紹過代號名稱，但她好像已經從先前的對話當中得到這項訊息。

她的性能這麼強大，只希望不要引起對方的疑心就好了……

正當空空對悲戀『入木三分』的演技有些不安的時候——

「我知道『Giant Impact』這個名字——原來長這個模樣。」

魔法少女『Asphalt』說道。

「聽說她使用的固有魔法與『死亡』有關，幾近無法掌控……在魔法少女製造課的眼裡看來，想必是一個相當成功的案例吧。至少比我成功太多了。」

聽到有人說地濃是成功的案例，讓空空覺得說不出的奇怪。他告訴自己成功案例指的應該是她擁有的固有魔法，而不是她本人。同時一邊回想起自己想到的假設，愈是強大的魔法愈會交給能力較低的戰士使用。

只是如果照這個假說來看的話，『Asphalt』自稱地濃『比我成功太多』，她使用的魔法不算多成功，反過來說就代表她這個人本身很有能力——不，再推測下去可能就要進入疑神疑鬼的黑暗森林了。

這些事情都無法求證，想太多也沒用。

從魔法少女『Asphalt』說的話當中，空空應該要推測的是她似乎不知道『不死』魔法的詳情——這是不是能夠當作交涉的籌碼呢？

為了要打亂春秋戰爭、突破兩隊相持的狀態，空空首先應該做的就是滲透進她們的『SPRING』隊當中……

如果可以的話，空空希望在地濃與缶詰醒來之前把事情談完。

「……順便請教，妳叫什麼名字？」

魔法少女『Asphalt』向悲戀問道。悲戀面不改色地說道：

「我叫作『New Face』。」

對方問的是名字，空空以為悲戀可能會回答本名（設定為本名的假名），但她似乎知道現在該如何應答——這個生化人原來還懂得看場合說話。

「……我不太了解究竟是怎麼一回事。你說我最重要的夥伴被黑衣魔法少女——『白夜』隊殺死，是真的嗎？」

隔了一段時間之後，『Asphalt』現在才查問空空所言的事情是真是假。可是空空當然不會老實回答。

「我沒有說謊，也沒有理由說謊。」

他直接說謊騙她。

「可以的話，能夠把現在的情況告訴我嗎？我是外地人，她們又是來自德島縣，我們都不清楚是什麼狀況。」

「…………」

魔法少女『Asphalt』沉默以對——只是默默地帶著審視的眼神打量空空。

空空有一種感覺，她的眼神好像訴說著千言萬語——可是他完全不知道『Asphalt』想說什麼。剛才的『Verify』也是這樣子……這個地方的魔法少女的內在心理和先前空空遇見過的魔法少女都不一樣。

一部分的原因可能也是因為現在是戰爭狀態……不過絕對和平組織可能原本就是把『這種個性的少女』集合在一起。

「……我覺得有點不可思議。」

她終於開口了。

「有一個問題要請教——就是你們為什麼留在這片沙灘上沒有離開？一般來說如果目睹有人死掉的話，通常都會認為這個地方不能久留，應該會想要盡快離開才對——可是你們好像在等我們來似的。」

真是敏銳犀利。

不，她只是搬出一番道理看起來好像很敏銳似的，這種說法其實也像是在找空空麻煩——

而且另一方面，她那樣子應該不是不相信空空，而是打定主意基本上除了同伴之外誰都不信——不管從外人口中聽到什麼，她都沒辦法第一時間相信。

不過空空隱隱約約也看得出來，就算她們防備心很強，但『黑衣魔法少女』或是『白夜隊』這些名詞對她們還是有效力，所以他覺得把這一點盡可能有效利用——實際上別說什麼王牌了，空空根本就是兩手空空。

「妳的觀察力真好。我的確在等妳們來——我沒有打算隱瞞這件事，但沒想到妳這麼快就發現了。不愧是『SPRING』隊的領隊。」

空空滿嘴盡是言不由衷的奉承——說他言不由衷，但他這個人本來就沒有心，所以毫不介意去捧高他人的身價，只是他覺得這麼做可能沒有什麼作用——『Asphalt』也有可能不喜歡人家講客套話，還是要小心言詞不要太過阿諛比較好。

「這也是因為那個黑衣魔法少女——她自稱叫作『Scrap』——向我們提出要求。她說要我帶一段話給妳們。」

「一段話？」

不出所料，魔法少女『Asphalt』果然對黑衣魔法少女的事情很有興趣——空空趁勢說道：

「她說不樂見四國遊戲僵持下去，所以把兩隊的平衡狀態打破。」

空空不會講土佐腔，所以用標準日文說道——反正『Scrap』根本沒說過這番話，也沒必要模仿出醜了。

「打破平衡狀態——她就是為了這個原因殺死『Verify』嗎!?」

站在魔法少女『Asphalt』身後的少女——魔法少女『Decimation』原本一直沒說話，這時候突然打破沉默，義憤填膺地咆哮起來。

從那個女孩的態度來看，她和『Verify』的關係應該特別深厚。空空這麼心想，他當然不知道『振動』魔法少女『Decimation』與『玩沙』魔法少女『Verify』兩人在隊伍裡更是一對搭檔。

魔法少女『Asphalt』制止怒氣難平的魔法少女『Decimation』，繼續說道：

「她的意思是說把原本五對五的局勢改成五對四，藉此打破平衡是吧……」

「『AUTUMN』隊與『SPRING』隊的相持的確讓四國遊戲完全陷入停滯……我們雙方這陣子也一直沒有辦法打破僵局，但因為這樣就惹得『白夜』隊親自出馬……我有點不相信。」

「可是她就是這麼說的。」

空空面不改色地說道——他說的事情雖然是謊言，但『白夜』隊出動卻是千真萬確的事實，所以這時候他才能堅持自己的說法，不覺得心裡有鬼。

然後——接下來才是重點。

接下來這段才是真正大膽但至關緊要的謊言。

「她對我這樣說——不過站在『白夜』隊的立場，我們不會支持任何一方，所以你們去助『SPRING』隊一臂之力，維持勢力平衡。她說只要在這裡待著，就可以遇到『SPRING』隊的人。」

「……你們？來幫助我們？」

魔法少女『Asphalt』好像很懷疑空空說的話，又把他剛才那句話重複一遍——空空對她點頭稱是，連眉頭都沒動一動。

「『SPRING』隊與『AUTUMN』隊之間的這場春秋戰爭。讓妳們打贏這場戰爭、成功把遊戲破關，結束這場亂局。這個結局並不會和地球鏖滅軍的目的有什麼牴觸。」

「胡說八道！」

魔法少女『Decimation』大吼一聲。

「你們幾個！就憑你們這幾個人也想取代『Verify』嗎!?」

她的語氣非常衝，空空還以為她會打過來——與其說她無法接受空空的說法，實際上應該是她對『Verify』的同儕意識高漲才會有這種反應吧。

空空看出——

「我一個人當然沒辦法取代她——但如果是要協助妳們的話，這兩位『New Face』與『Giant Impact』說也願意幫忙。」

他說著，指向悲戀與地濃。

「特別是『Giant Impact』魔法，我認為應該對妳們有所幫助……」

空空之所以加上這段話，是因為剛才看到魔法少女『Asphalt』表現出對地濃的魔法頗有好評的態度——事實上地濃的固有魔法『不死』雖然有驚天動地的功效，用起來卻不是很方便，泛用性也很低。這樣說不是刻意誇張，但實在稱不上是什麼『對妳們有所幫助』的魔法。不過空空就是能夠心平氣和、面不改色地講這種話。

「…………」

魔法少女『Asphalt』似乎在思考空空這番推銷——雖然不知道空空有多少本事，但魔法少女的人數增加是否是好事呢？

如果以『Verify』已經被殺害為前提，春秋戰爭就會變成五比四——可是如果接納空空一行人的話，至少在人數上就會比『AUTUMN』隊還多。身為指揮戰鬥的領隊，她應該正在針對這件事精打細算。

「『Verify』的屍體應該已經炸毀了吧？」

「沒錯，連一根頭髮都沒留下。」

空空刻意用更殘酷的說法回答。

「可是我沒有看到爆炸的痕跡——已經被整理過了嗎？」

「不是，因為她的屍身是在沙子裡爆炸的，所以四周原本就沒有受到波及。」

在現在的四國，觸犯規則引起爆炸的損傷在經過一段時間之後就會被『整理乾淨』——空空認為這項法則應該也是某種魔法所造成。可想而知，鋼矢曾經透露過的『防護罩』應該也是這類型的魔法……

「沙子裡……為什麼會在沙子裡爆炸？她自己就有『控制沙子』的能力啊。」

「因為對方會『控制土壤』——黑衣魔法少女的『Scrap』的魔法就是『操土』。」

「更高階的同性質能力嗎……」

魔法少女『Asphalt』的語氣透露著悲傷。可能是因為深入提及黑衣魔法少女的情報，讓空空的故事更有說服力也說不定。

正當空空心想會不會是這樣的時候——

「站在我的立場，直接懷疑是你殺了我的夥伴，等我們傻傻出現之後再想辦法殺掉我們。這樣還比較簡單。」

她直截了當地向空空說道。

雖然語氣聽起來像在挑釁，但這應該只是她內心真正的想法——就像是人們喜歡用開玩笑的方式表達一件難以啟齒的事情一樣。

而且她的想法雖不中亦不遠矣。

因為魔法少女『Verify』是和空空交手的時候被悲戀所殺，而空空雖然不打算積極動手殺害她們，卻有心想把她們引入死亡危機當中。想要讓停滯下來的戰爭再度引爆，就是這麼一回事──難免一定會有人傷亡。

不，其實也不用非得引爆戰爭，只要『AUTUMN』隊與『SPRING』隊雙方和解就行了……

「妳會這樣懷疑也很正常。」

空空淡淡地回答道。

雖然太過淡然的話會顯得虛假，但就算情緒激動地反駁同樣也很假──因為空空滿口謊言，可以說不管他用什麼方式陳述，到頭來都會顯得虛假。

「老實說，這件事情才發生不久──我也沒有什麼證據可以給妳。如果妳覺得應該要那麼做的話，那妳們現在就該讓我們Game Over。」

現在就該讓我們Game Over。說起來很委婉，但簡單來說，空空的意思就是豁出去說『妳想殺就殺』──空空說這種話當然是為了交涉、為了打心理戰。但若不是在他心意某處……說不定在內心大範圍的各個角落都有『要是妳殺了我，我反而更好過一些』這種想法的話，他是否真能說出這種話來呢？可是雖然內心有這麼一道聲音，但他還是想要活下來，這樣的自己多麼低俗。

「最終人類還是得在某些事情上選擇相信某些人──要相信什麼，還是由妳自己決定比較好，不是嗎？」

「…………」

魔法少女『Asphalt』在沉默之後點點頭，似乎對空空這番話頗感到佩服——但她真的覺得佩服嗎？只有天知道而已。

「還是得在某些事情上選擇相信某些人是嗎——那是當然。若是選擇什麼都不信任的人生，那就連飯也不用吃、覺都不用睡了……更別說現在正在進行四國遊戲，齊力合作是最基本的遊戲進行方式……無論事情真如你所說，或者你根本在說謊，事實就是『Verify』的確不在這裡……不管是你的說法正確還是我的猜測正確，我們和『AUTUMN』隊之間這場春秋戰爭確實已經變成五比四的局面。當然我不認為這樣就會讓我們落居下風。」

她一邊說一邊注意空空的反應。

「可是如果只是為了『預防萬一』，現在就把你們殺掉的話好像又有點太暴力——說實在的，我還看不出來你們三個人究竟是怎麼一回事，只是覺得等聽過你解釋之後再決定如何處理你們也不遲。」

「很高興聽到妳這麼說……」

比起那個連談都不願意談就直接動手的魔法少女『Verify』，魔法少女『Asphalt』對空空的這番態度可以說更為理性——這一點或許可以歸因於她是一隊之主，可是那個『玩沙魔法少女是『SPRING』隊的一員，所作所為應該也是遵從領隊的指揮，如果把『Asphalt』的態度完全信以為真恐怕會有危險。

換個不同的角度來看，剛才她說那番話的意思，也可以解讀成『等問到所有情報之後再殺』。

雖然不是美麗的玫瑰都一定有刺，但凡事一帆風順的時候更要小心謹慎——空空和魔法少女之間的交涉不就如同水和油一樣，動不動就談到決裂嗎？

過去空空總是和魔法少女談到破局，或許是因為除了最初的登澱證之外，空空老是穿著一身女裝的關係——很有可能是因為一個外來客穿著魔法少女服裝，喚起她們的攻擊性也說不定。先不管原因到底是什麼，現在空空的心情當然不是『很高興聽到妳這麼說』，但還是選擇裝作毫無知覺，不要隨便讓她看到自己謹慎小心的一面。

「……妳真的幫了我們一個大忙。那個『Scrap』和……『Verify』是嗎？因為我們有人被她們兩人的戰鬥波及而受傷……就我們來看，四國遊戲感覺已經完全走進死胡同裡。一部分的原因固然是因為黑衣魔法少女的要求，但是為了能夠盡快結束這場遊戲，希望妳們願意接受我們的協助——和地球鏖滅軍聯繫上之後，我也會盡最大的努力幫忙協調，絕不會虧待妳們。」

這些話都是大開空頭支票。

簡單來說，空空的意思就是他會想辦法讓地球鏖滅軍不追究這次實驗失敗所發生的災害。

不過空空在組織裡一向不受人歡迎，無論他再怎麼努力，當然也不知道是不是真的不會虧待她們——但答應她們會『盡最大限度的努力』應該也不會少一塊肉。

空空本來是這樣想，可是魔法少女『Asphalt』這時候卻第一次露出和她年齡相仿——有如一個愛惡作劇女孩的微笑。

「你幫我們說話應該只會有反效果吧?空空空。」

她這麼說道。

彷彿把空空內心想的話完全照著說出來。

「如果是前任的牡蠣桓室長的話,這句話或許還能聽——地球鏖滅軍成立以來,恐怕還找不到像你這麼說話沒分量的室長了吧。」

「!」

空空也免不了吃了一驚。

他當然很驚訝對方竟然知道自己的存在。另一件讓他驚訝的是直到現在——兩人講話講到現在,魔法少女『Verify』和他對話的這段期間,竟然一直瞞著她早已知道空空的名字這件事。

她沒說出來應該是有戰略上的意義吧——空空覺得有些不安,擔心自己有沒有因為這樣而露出什麼馬腳。

「……原來妳認識我?」

空空首先回了一句無關緊要的話。

他當然沒忘記要裝出一副『這樣就能證明自己的身分而感到放心』的樣子——只是在空空的世界當中,很少有『能夠證明自己的身分而感到放心』這種經驗,也不曉得自己演得到底像不像。

空空使盡全副精神去扮演這種心情。

「嗯，是啊。至少聽過你的大名。」

魔法少女『Asphalt』的回答內容，則是留有很多解釋的空間——說得意味深長。

仔細一想，她大可把『事先就知道空空』這張牌藏到最後。現在就把這張牌打出來，代表她心中可能已經決定這場對話該如何下結論了。

這樣的話，空空只能祈禱這個結論不會是地獄——但就算真是如此，空空也不會傻傻地等著給人推下去。

哪怕當場把兩個『SPRING』隊的魔法少女一起帶走，應該也能打破春秋戰爭的平衡吧——畢竟其中一人還是領隊。

也不曉得魔法少女『Asphalt』是不是猜到空空正在研擬這麼一個危險又極端的計畫，她賣了好長一段關子之後——

「那好吧。」

——才終於這麼說道。

「我們之後再來仔細聽聽你們的故事——就先招待你們到『SPRING』隊來作客吧。」

「作客？」

「是的，我不清楚那位『白夜』隊的同仁是怎麼告訴你的——但我們還算是一支團結的隊伍。機制上不會因為少了一個人就立刻補充替代的同伴——換句話說，雖然我們現在沒有當場打起來，但也不希望你們這樣就自以為成為『SPRING』隊的夥伴了。」

「喔……所以只是客人是嗎？」

真是奇怪的劃分方法。空空覺得既然要一起行動了，那不就一樣了嗎？可是對她們來說，這條界線就是她們想要守住的底線吧——可以換個角度來看，『SUMMER』隊與『WINTER』隊就是沒有她們這種團結心，所以才會解體。

又或者她打的主意如同剛剛空空所想的一樣，『仔細聽聽你們的故事』之後就把空空眾人收拾掉也說不定——也不能一概而論，她這種外交心態就是卑鄙無恥，畢竟事實上空空等人不久前才把她們的一個夥伴殺了。從第三者或是老天的角度來看，魔法少女『Asphalt』這種稱得上相當排他的應對方式可說是相當正常的做法。

不對。

如果要從真正客觀的角度給予她建議的話，『Asphalt』不該採用這種好像進可攻退可守、兩者兼顧的折衷方案，而是建議她應該不要和空空空扯上關係才對——

她確實好像知道包括空空的名字、所屬單位，甚至連他在組織裡的處境——可是她知道以下這件事嗎？

也就是空空空這個人——

是一名殺害同伴比殺害敵人更多的戰士。

哪怕是隊友也好客人也罷，站在一個兵團的領導者立場，絕對不能讓他進入己方陣營裡。

剛才『Asphalt』才提到空空前任的室長牡蠣桓門，他把空空招攬進第九機動室使得他遭遇到什麼事——包括這些檯面下的事情『Asphalt』真的都知道嗎？

「我明白了。」

不管對方在打什麼主意、有什麼想法，總之空空還是決定趁人家還沒收回口頭承諾之時先答應下來。

「我會把我所知道的一切事情向各位說明——所以希望妳們也告訴我一些關於四國遊戲的情報。不用像我這樣知無不言，只要講妳們能講的事就好了。我知道多少情報，就會幫多少忙。」

「你還真是好心。」

魔法少女『Asphalt』語帶不善地說道，口吻一聽就知道是在諷刺空空。

「那我就帶你到我們的根據地去吧。在這麼開闊的地方一直講太久可能會有危險。」

「根據地？」

空空對這句話產生反應——這時候所說的根據地就是指絕對和平聯盟的高知本部龍河洞。『Asphalt』說到帶他到那裡去，也就是說空空大老遠來到高知的目的終於能夠達成——現在的四國光只是要『達成目的』都困難至斯，這也是一種小小的成就。

但光是根據地這句話，空空當然還不知道這麼多。而且目前四國的鐵則就是，如果某件事情進展順利的話，之後就一定會發生什麼狀況來攪局。所以空空這時候反而表現出防備的態度。

「我倒不介意在這裡繼續談下去，而且我也想盡快獲得各位的信任。」

「唉呀……你說我們的信任？」

魔法少女『Asphalt』表現出一副很驚訝的模樣。

她的態度彷彿在說無論今後發生什麼事，無論從空空口中聽到什麼情報，她們和空空之間絕對不會有任何互信關係產生——只是不知道這是她們面對外人的一貫做法，還是對空空個人的態度。

「不需要這麼著急，空空空。所謂的信賴關係就是要花時間慢慢培養啊。」

空空當然聽出隱藏在這句話其中的嘲諷，但還是假裝沒察覺，回答道：『嗯，是啊。當然是這樣沒錯。』

「有一句話說欲速則不達。再說我們也還應該幫那兩位治療傷勢不是嗎？就是你說『Verify』與『白夜』隊戰鬥時受到波及的那兩位——之後我也想仔細問問當時究竟是什麼情況。但現在應該先讓她們好好躺在床上休息，不是嗎？」

「啊……說得也是。謝謝妳的貼心。」

空空道謝之後低下頭致意……『謝謝』這句話已經變成現在空空的口頭禪，但關於缶詰與地濃兩人的事情，說不定這句謝謝是真心的。他自己沒有注意到這麼多。他原來滿心認為兩人應該過沒多久就會醒來（倒是希望地濃再多躺一下別醒），可是說不定她們受的傷比想像中還嚴重。

由對方的角度來看，自己的同伴昏迷不醒，卻連最基本的關心都沒有，像這種人還說什麼『獲得各位的信任』，真是笑掉大牙了——但是在此同時，空空從這件事感覺自己似乎看出魔法少女『Asphalt』的破綻。

雖然『Asphalt』把空空視為外人、口頭上也講白了說他只是客人。但另一方面，哪怕只是藉口或是做做表面工夫，但她仍然依照常識為地濃兩人擔心與用心——空空認為這可能是因為她有一絲婦人之仁的關係。

搞不好她這種心態、這種個性就是導致春秋戰爭相持不下的主因之一——魔法少女『Asphalt』毫不知道空空是如此看待自己，簡短地指示站在身後的魔法少女『Decimation』道：

「妳飛一趟到愛媛縣，探探那邊的情況好嗎？如果雙方的平衡狀態已經被打破的話，我需要目前最新的情報。」

見對方點頭答應之後，『Asphalt』又向空空問道：

「對了，剛才我沒有問到。那位小女孩也是地球鏖滅軍的人嗎？」

空空一邊心想這種設定似乎也行得通，可是說一個六歲小孩是地球鏖滅軍的人總是太扯了點，空空還是按照當初的計畫，告訴『Asphalt』說她是自己在調查過程當中救到的四國平民。

空空與『SPRING』隊的第一次會談當中有九成都是謊言，根本連虛實參半都沒有。唯有最後收尾的問題他說了實話。

4

不過既然是依照計畫，關於酒酒井缶詰的情報，空空當然沒有把黑衣魔法少女『Scrap』稱呼她為『魔女』的事情說出來，而且介紹名字的時候也是說假名。照這個意義上來看，或許應該說雙方的初次會談直到最後都是連篇謊言。

可是空空判斷原本事先準備要用的假名『瀨伐井鉈美』不能用了——魔法少女『Asphalt』不只知道空空的名字，連牡蠣桓這個名字都知道，難保她不知道瀨伐井鉈美的存在——老實說空空不知道瀨伐井鉈美這個人是什麼個性，可是這個名字這麼特別，沒辦法說是同名同姓的不同人吧。

所以空空在一瞬間做出判斷——

「她好像因為受到打擊，沒辦法開口說話了。所以我還不知道詳細情形。如果行有餘力的話，我也想幫她找到她的雙親……」

然後用這種方式說明。

空空的言詞當中還暗暗透露她的家人可能已經Game Over了——雖然沒有實際問過，但應該八九不離十吧。

總之空空想盡辦法不讓她們知道缶詰是少見獨自在四國遊戲當中存活下來的一般人，而且還是一個具有神祕預知能力的幼稚園兒童——如果說她因為受到打擊，陷入失語狀態的話，應該就可以避免她們不必要的追問了。

剛才他感覺到『Asphalt』還有一些婦人之仁，現在立刻就想出這個主意利用這一點趁虛而入。不曉得是確實有效或只是碰巧——

「這樣啊。」

『Asphalt』沒有再繼續多問。之後——

之後一行人就來到龍河洞。

絕對和平聯盟的高知本部——的遺址。

這就是事情演變到現在的來龍去脈。

桂濱與龍河洞之間也有一段距離（結果等於沿著來時的路徑折返回去），空空在路途中和『SPRING』隊的領隊也有一些交談——相當驚險的交談。因為他不再是用飛行，而是開車移動，所以走了一段時間才到達龍河洞，這也是這段交談驚險萬分的原因之一——應該說這段旅程真是讓空空捏了一把冷汗。

因為悲戀就算穿著魔法少女的服裝也不會飛，如果當時地濃醒著的話事情就麻煩了——最初魔法少女『Asphalt』提議由地濃背著缶詰、悲戀背著空空飛行的話，一下子就能到達『SPRING』隊的根據地。要是當時地濃醒著的話，空空可就毫無反駁的餘地了。

因為他有一個光明正大的理由，說要運送這兩個被戰鬥波及的傷患，所以才能改由借用附近的車輛移動——悲戀、地濃與缶詰都在後座，魔法少女『Asphalt』在副駕駛座負責帶路，然後由空空駕車。

他已經很久沒有開車了——但空空和騎著腳踏車一路騎到愛媛縣的杵槻鋼矢不同，原本就會開車跑短程距離。坐在副駕駛座的魔法少女知道這件事似乎還有點佩服——從她欽佩的模樣來看，空空覺得絕對和平聯盟的魔法少女除了『使用魔法』之外，真的沒有從組織學到任何其他技術。

與其說這是徹底管理魔法少女，空空感覺更像是絕對和平聯盟對她們有一種恐懼感——他們著重的重點不是培育魔法少女的力量、發展她們的能力，好像一心只想著要抹煞她們的能力，拚了命把她們一再剝削到什麼都不會的地步——感覺對魔法少女的態度不是精煉打磨，而是撕剝削減。不過空空也不是不了解他們為什麼會這麼做。

事實上他們為了尋找能夠打敗地球的終極魔法而進行的實驗就真的失敗，親手造成這場被害範圍波及整個四國的超級災害——魔法要是使用不當的話，即便還不至於如同雙刃之劍般害人又害己，但也像是沒了劍鞘的利刃一般危險。

空空在車中曾經嘗試向身旁的魔法少女打聽這些事情。

「詳情等我們到了之後再說吧。」

可是她的回答老是只有這一句。

一部分的原因可能是因為『Asphalt』在帶路的時候沒有把目的地的地名告訴空空，而是在路途上一段一段指引方向，所以空空沒辦法一邊開車一邊和她深談。而她那種冷漠尖銳的態度也讓空空感覺到科學與魔法在某方面仍是水火不容。

身為魔法少女，搭乘汽車可能是一種羞辱——可是當她看到年紀好像比自己還小的空空有駕駛技術，好像多少覺得有些羨慕，想必心裡一定五味雜陳。

雖然空空自己對魔法技術本身也感到很欣羨，也使用過魔法在天上飛，救回自己一條命，所以不太好意思把話說得太難聽。可是就目前為止整體的感想來說，他對魔法的印象還是『非人力所能掌控』。

光是取之不盡、用之不竭的能源，就看得出來要徹底掌握這種技術的困難性有多高，拿來當作『小孩子的玩具』還是太危險了——雖然知道這就是絕對和平聯盟的方針，也就是說把『魔法』這種異常力量限制只用來當作『小孩子的玩具』。但知道歸知道，空空覺得這樣還是很危險。

這和汽車駕照比起來可是天差地遠。

現在四國的馬路可以說沒人也沒車，別說不用管紅綠燈，就連馬路上的標示都不用理會。就算空空開車技術不好、就算『Asphalt』帶路不知道要帶去哪裡，他們開的車還是能夠一路順暢行駛，沒有出事——想到萬一『魔法少女』惹出什麼會導致塞車的意外……

啊，原來是這麼一回事。

空空終於了解，為什麼偌大的四國卻只有二十名左右的魔法少女。空空先前假設魔法的種類有八十八種，同時也想到這種說法站不住腳，因為魔法少女的人數沒那麼多——但如果魔法少女人數這麼少的原因是由於絕對和平聯盟的話，這個反辯就不成立了。

「雖然這件事輪不到我擔心——可是妳讓那個女生一個人去真的不要緊嗎？」

人家都已經挑明說細節等到了目的地之後再談，但在車子裡總不能老是不說話，所以空空用有如閒聊般的語氣主動開口說道——只是這個話題有點太嚴肅，不是很適合拿來閒聊。

「她叫作魔法少女『Decimation』對吧。讓她去愛媛縣偵查敵情，換句話說，就是要深入敵陣，那麼是不是至少派個兩人組──」

「我總不能為了你那不知道是真是假的情報，撥出隊伍一半的人力去調查──這件事的確輪不到你來操心。」

這句回答完全拒人於千里之外。

但空空覺得如果一隊五人，就算派出兩個人也只是將近一半，還不到半數人力。隨後他立刻知道她沒有把魔法少女『Verify』算在內。

雖然口頭上說還不確定『Verify』是不是真的已經死了，但『Asphalt』說不定在內心深處已經接受這個事實──這是站在領隊的角度還是她個人的想法呢？

不管是哪一種，空空都沒有資格置喙。

而且搞不好兩種都不是……

「她沒問題的。你還有很多可疑之處，我也不能透露太多。可是那個女孩──魔法少女『Decimation』的魔法適用於遠距離，所以很適合擔任偵察任務。只要在愛媛沒碰上什麼特別異常的狀況，她絕不會隨便犯險。」

看到『Asphalt』淡然處之的態度，空空心中泛起一個大問號──站在不屬於隊伍一分子的客人角度來看，魔法少女『Decimation』就是去偵查有沒有發生『特別異常的狀況』，她主動犯險的可能性應該不小吧？

可是人都已經去了愛媛，而空空等人又正在往反方向移動，現在才擔心她的安全也已經稍嫌晚了。空空放下這件事，轉移到下一個話題——雖說確實只能這麼做，但他說放下就放下，這種個性正是空空空之所以是空空空的原因。

「妳的魔法是什麼呢？」

「什麼？」

「我剛才問妳的魔法是什麼種類，魔法少女『Asphalt』——『Decimation』的魔法是遠距離用，既然妳和她一起行動，那妳的魔法就是近距離用嗎？」

「……你問的倒是臉不紅氣不喘，但我怎麼可能會說呢。怎麼，難不成你認為我會不小心脫口回答你嗎？」

魔法少女『Asphalt』差點沒翻白眼。

其實空空還真的多少盼望她自己脫口說出來，不過基本上這只是坐車時候的閒聊——雖然閒聊兩句，車裡的氣氛也不會變得比較輕鬆一些，但如果可以的話，他不想把氣氛弄得這麼緊張兮兮的。手握方向盤的人可是他，當然希望能在沒有壓力的環境下開車。

「我的魔法雖然不是什麼需要隱瞞的祕密，但我也沒有那麼愛現，還巴巴地告訴一個不知道的人——再說這也沒什麼好炫耀的。反過來說，我也不會去刻意去打聽『New Face』用什麼魔法。」

「原來如此。」

空空點頭應道。

經『Asphalt』這麼一說，他想起自己雖然叫悲戀打扮成魔法少女的模樣，卻疏忽沒幫魔法少女『New Face』決定她的固有魔法。雖然心中暗叫不妙，但表面上還是不動聲色。

因為悲戀的服裝與魔杖的搭配不成對，而且她連飄浮魔法都不會用，所以當時空空沒有想到固有魔法這回事——可是不管會不會用，如果不事先擬好的話，要是有人問起來不就答不出來了嗎？

也不曉得這是身為魔法少女的禮貌還是規矩，總之對方不會主動開口也算是不幸中的大幸——但『SPRING』隊不見得所有人都像『Asphalt』這樣。空空心想必須趁現在編出一套魔法才行，著手開始彌補之前的過失——當然所有的動作都在腦海裡執行，他的手腳還是專心開車。照四國現在的道路狀況，開車的時候幾乎不用花費心力去看後照鏡，要一心二用不是那麼困難。

「有一個不知道用什麼魔法的人坐在自己後頭，我總覺得妳應該會感覺不太安心……」

空空又主動說道。

因為悲戀現在就坐在魔法少女『Asphalt』的正後方，如果她仍然懷疑空空兩人有鬼的話，這種座位安排是不是稍嫌不設防了點？空空問這個問題就是想知道難道她真的不在意悲戀用的魔法是什麼嗎？而『Asphalt』對空空的問題則是這麼答道：

「不會啊——就算現在在車子裡動起手來，我也有信心一定能打贏。」

「……意思就是說妳用的固有魔法能夠讓妳立於不敗之地是嗎？那果然應該是近距離用的……」

「請你別再打探了好嗎？而且魔法就是魔法，什麼近距離用、遠距離用，其實這種分法是很隨便的。」

她這麼說道。

空空心想，一開始說『Decimation』的魔法是遠距離用的人不就是她自己嗎——搞不好人家現在也只是為了打發時間而隨便說說的而已。

也罷，如果只是隨便說說，那也無所謂。

空空隨便應了一句，說道：「說得也是，魔法少女又不是田徑選手。

「妳剛才說魔法就是魔法，這句話或許的確沒錯。我到四國之前連魔法的存在都不知道……實際上到底是什麼情況？絕對和平聯盟究竟是從什麼時候開始致力於開發魔法的？該說是開發魔法，或者說致力於製造魔法少女……」

「你是以地球鑿滅軍調查員的身分問這個問題嗎？在下次的會談時，想把這件事當成議題來討論嗎？」

『Asphalt』聳聳肩說道。

「要是這樣的話，我就無可奉告了——我要是回答了，有可能損害到組織的利益。」

「這是出自組織防衛性嗎，可是……」

空空本想說絕對和平聯盟這個組織不是已經瀕臨崩潰了嗎，但還是沒說出口。他認為話題如果要講到這方面的話就不適合在車裡談了。可是就算話沒說完，『Asphalt』似乎也完全了解他想表達的意思。

「絕對和平聯盟還是有可能從廢墟裡重新站起來。」

魔法少女『Asphalt』回答時的語氣沒有特別激動，但充滿了自信——她也說出了自己這番話的根據。

「只要得到能夠打敗地球的終極魔法，就算多少一點醜聞還是可以一筆勾銷。」

「……說的也是。」

多少一點醜聞是嗎？空空心裡這麼想道。

『Asphalt』把整個四國搞成無人島的失敗實驗解釋成『一點醜聞』——能夠接受把整個四國搞成無人島的失敗實驗解釋成『一點醜聞』，看來她的感性和一般人果真大不相同。可是說到感性和一般人大不相同，空空自己也差不多，所以他也沒理由從這一點去批判人家。

但是空空也有一個很單純的疑問。

他的疑問和剛才『Asphalt』所說絕對和平聯盟重建的論調、程序——如果要拿這點來談的話，同樣的道理有可能會反撲到他自己，但是他心想如果只是當作溝通的話題，提出來講講應該也無所謂，於是這麼說道：

「假設妳們能夠把四國遊戲破關；假設破關後真的能夠得到『終極魔法』……然後再假設『終極魔法』真能打敗地球。」

「你的假設還真多。我可不認為剛才說的事需要這麼多假設——那很有可能會實現。」

「嗯，好吧，就當妳說得沒錯。」

空空把假設前提合併為一之後，繼續說道：

「妳不覺得打倒地球之後再重建絕對和平聯盟沒有什麼意義了嗎？」

「什麼？」

魔法少女一臉愕然。

看來她好像真的不了解空空點出這個問題真正想說什麼。

「你要討論語意學嗎？」

她滿懷疑惑地回問空空。

「我對哲學沒什麼興趣。」

「對哲學沒興趣的不是只有妳而已，我也一樣。我的父親以前常說一句話，他說所謂的哲學就是為了駁倒對方的學問……所以才叫哲學。」

空空許久之後又想起自己那位國文學者父親說過的話，但和現在要談的事情沒關係——空空又再一次詳細說明一遍。

「我的意思是說妳是不是已經迷失自己的日的了。地球鏖滅軍也是半斤八兩……絕對和平聯盟是為了打敗地球而存在的組織不是嗎？那麼在打倒宿敵地球之後，應該也沒有什麼理由與意義去重建絕對和平聯盟了吧？」

「這……」

魔法少女『Asphalt』反射性地想要出言反駁，可是又閉上了嘴——就像被空空駁倒了一般。

雖然空空不認為自己點出的問題有多特殊，也不覺得抓到了什麼盲點，但他對於『Asphalt』提出的問題，似乎確實可能打破她的既有觀念——她的表情微微變了色。

空空察覺自己犯了錯，暗叫一聲糟糕。

真是闖禍了。

接下來他還需要『Asphalt』帶自己到『SPRING』隊的根據地，打算要加入這場什麼春秋戰爭。這樣一來事情還沒完成，他卻可能和『SPRING』隊的領隊先鬧到翻臉。別說什麼建立關係，雙方之間連一點關係都還沒建立起來就先有了裂痕，又讓空空想起自己真的很不懂得打好人際關係。

可是覆水難收，說出口的話也追不回來了。

因為就像剛才他說過的，這個情況同樣也會反撲到他自己身上——雖然又要談假設的狀況。如果他解決了春秋戰爭停滯不前的問題，讓四國遊戲繼續進行，最後真的有人把遊戲破關——結果那個人又得到什麼終極魔法，成功剿滅地球的話，那麼他這個地球鏖滅軍第九機動室室長的頭銜也就再也沒必要了——就像地球鏖滅軍本身一樣，都失去存在的必要性。

在那之後自己該何去何從？

雖然他是被地球鏖滅軍強迫徵召，但身為一個十三歲的少年，他也確實身處於組織的庇護之下。被逐出組織之後，他又會有什麼樣的人生呢？

經過這麼多荒誕的經驗（此時此刻體驗的一切就夠荒誕了）之後，他還能回到一般的正常社會嗎——事到如今他還能當一個普通的國中生嗎？還能加入棒球社嗎？空空腦中忍不住打了一個大問號。

已經有人向他宣告第二次的『巨聲悲鳴』就在半年之後，因此空空忍不住會去想——要是沒有這番死亡宣言的話，當地球鏖滅軍解散之際，自己的『未來』也會隨之開展，而他又該如何去思考那個『未來』呢？

像他這樣一個小孩子──

難不成事到如今還要他對未來懷抱夢想嗎？

「原來如此……」

沉默一陣之後，魔法少女『Asphalt』帶著嚴肅的表情說道。

「你提出的這一點確實有一聽的價值──特別是我身為組織的一分子，這番話更是踩中了痛腳。過去我一直把組織的存在認為是理所當然，可是你說得沒錯，要是打倒了敵人之後、要是沒有敵人的話，絕對和平聯盟確實沒有重建的必要……先不論什麼理由或是意義，重建的必要性已經不存在了。可是……」

『Asphalt』這麼說道，然後看了空空一眼。不，如果從她眼神的銳利程度來形容，其實應該說她瞪了空空一眼更為貼切。

「就算這樣，如果因為怕組織消滅就放棄打倒地球，世上還有比這更愚蠢的事了嗎？」

「……是這樣嗎？」

和『Asphalt』屹立不搖的語氣比起來，空空的回答口吻顯得曖昧許多。魔法少女『Asphalt』用力地點頭說道：

「打倒地球之後，我們的確會失去工作，組織或許也不會再重建……但消滅可恨的地球就是我們人類至高無上的目標，我們千萬不可以迷失這個目標，也不應該迷失──所以我們眾人……至少我們隊伍要做的事情還是一樣。」

「…………」

在她心目中，最小的計算單位不是『我』而是『我們隊伍』，空空對這件事感到有一點驚訝，但並沒有刻意提出來講。

「或許不只是沒有工作這麼簡單喔。」

他這麼說道。

此時空空並不是打什麼奸詐的如意算盤，要故意讓『Asphalt』心懷不安、動搖她的精神狀況，好讓之後交涉的時候有機可趁。他反而希望『Asphalt』能夠告訴自己，在這種情況下她會怎麼應對。

「你說不只是沒有工作這麼簡單是什麼意思？」

「我的意思是說，地球鏖滅軍與絕對和平聯盟一向把消滅地球當成至高無上的目標，應該也幹了不少非法的行動不是嗎？」

何止是不少而已。

他們的行動當中可以說大多都是不合法的——應該要這麼說才對。

那麼等一切都結束之後，事情或許會演變成要組織高層或是在第一線工作的人去扛責任也說不定。

責任。

也就是——戰爭責任。

如果真演變成那樣，因為空空對自己的未來沒有任何夢想或是不安，心情多少比較輕鬆一些——當然光是心情比較輕鬆，情況也不會比較樂觀。

「……或許只能說這樣未嘗不好，也算是求仁得仁了吧。」

魔法少女『Asphalt』的語調變得低沉幾分，說出和空空相同的話語，可是言下之意卻又截然不同。

「求之不得。如果能消滅地球，之後不管會變得怎麼樣，我們會發生什麼事都無所謂——這是求仁得仁，而且也不是我們能夠干涉的。」

把話說得這麼決絕，不禁讓人覺得她似乎有一點自暴自棄。不過這或許也是身為魔法少女的氣概也說不定——和空空可是天壤之別。

雖然『Asphalt』的氣魄讓空空受到震撼，但另一方面在他內心深處比較冷淡的一部分卻對她白眼以對、冷眼看待——空空認為那種自我犧牲的極端思想、對地球的敵愾心只不過是絕對和平聯盟這個組織強迫灌輸的思想而已。

那只是洗腦教育的成果，好笑的是『Asphalt』——她們這群魔法少女自始至終可能都只是被拿來當作遊戲裡的棋子利用，用完就扔而已。空空忍不住會用這種角度看待她們。

……這難道也是『未嘗不可』嗎？

不管是她們、空空空或是劍藤犬个——所有人都沒有其他道路可以選擇。當然也有像花屋瀟那種自己自願加入組織的怪人，所以也不能一概而論……

「說不定——」

空空不想再繼續討論這個話題——討論四國遊戲結束之後的話題，所以想要隨便說個兩句話，把現在這沉重的氣氛做個結束。

在他內心想著——談論未來真是一件充滿血淋淋現實的事。

「對絕對和平聯盟的魔法少女而言，四國遊戲現在這種停滯狀態或許才真的是『求之不得』也說不定。」

「……什麼意思？像這種與死亡為伍的遊戲為什麼會是求之不得？」

「不，這個嘛，妳說得當然也沒錯。我只是認為會變成現在這種相持狀態，或許是很正常的狀況。」

至少在這場四國遊戲繼續拖下去的期間，她們就得不到終極魔法，也就是說她們對抗地球的戰役永遠不會結束。

雖然沒辦法用永遠持續下去的青春來形容……

從不同的角度來看，魔法少女彼此還能『互相嬉鬧』的這段時間或許也十分難能可貴——不，這種解釋方式好像太勉強了。

可能只是因為『新武器』悲戀因為突發狀況而提早投入戰場，使得空空擺脫時間限制的枷鎖，讓他變得容易感傷了嗎——難道空空空也會有感傷的時候？

少蠢了。

而且現在只是眼前的時間限制解除，就長遠的眼光來看，還有半年後的『巨聲悲鳴』這項距離已經不久的大限在等著。再說地球鏖滅軍在悲戀之後應該還會有第二波、第三波的攻擊——雖然悲戀似乎不是大量生產機種的生化人，但難保他們沒有其他預備武器。

空空沒有理由悠哉悠哉地慢慢來——『白夜』隊的黑衣魔法少女『Scrap』之所以負責要擾亂四國遊戲，不也代表絕對和平聯盟不希望現在這個狀況一直持續下去嗎？

事實上隸屬於絕對和平聯盟的魔法少女『Asphalt』本人也是一樣——

「少蠢了。」

——一句話就否定空空的意見。

「現在這種停滯狀態完全只是『AUTUMN』隊那群不懂事的傢伙一手造成的——要是她們願意協助我們的話，這種愚不可及的狀況馬上就能夠結束。可是她們卻……」

「我覺得她們可能也會說和妳一樣的話……實際上究竟是怎麼一回事？既然妳說打倒地球是至高無上的目標，那我覺得還有一個辦法，就是妳們和『AUTUMN』隊合作，大家一起向遊戲破關邁進。」

「沒有這種選項。」

『Asphalt』斷言道。

她的態度一點都沒得商量——這一點和她之前的論調截然不同，完全就是一股情緒反應。就是因為出自於情緒反應，更沒辦法用理論反駁她……

空空感到很不可思議。到底發生了什麼事，使得『AUTUMN』隊與『SPRING』隊如此水火不容、停滯不前呢？看來她們雙方之間的爭鬥似乎不適合用『青春』或是『嬉鬧』這種說法來開玩笑——雖然他覺得這群人實在很滑稽。

之後車內的氣氛還是沒有變得比較輕鬆一些，可是鍥而不捨地不斷找話題和坐在副駕駛座的魔法少女攀談，而她也帶著一臉困擾隨口應付。坐在後座的人造人默默地觀察『Asphalt』，而地濃與缶詰則是還沒醒來。

最後空空一行人——現在應該說空空一行人外加一名魔法少女——在十月二十九日的深夜到達高知本部的所在地龍河洞。之後空空等人被帶到一個完全適合用來迎接客人的房間。如果可以把天然洞窟的盡頭稱為房間的話……

這種看起來比較體面的軟禁當然還是一種軟禁，但是許久沒有好好休息，空空還是覺得很慶幸——只是這睽違已久的休息肯定只是短暫的喘息，而且雖然每個人都有床鋪可睡，但空空的神經沒有粗到在這種情形下還睡得著。

悲戀是機械生命，好像原本就不需要睡眠。把地濃與缶詰扶到床鋪上躺好之後，她就跪坐在棉被上無所事事——或者發揮機能裝出無所事事的樣子。

「把天然的鐘乳石洞直接當作總部使用，這種想法倒有點像玩遊戲一樣……在四國遊戲開始之前，這裡應該就是絕對和平聯盟的設施了吧。」

無論是德島本部的所在地大步危峽或是高知縣這裡的龍河洞，為什麼他們這麼喜歡把組織的設施設在觀光名勝呢？

空空記得聽說過愛媛縣的總本部好像也在道後溫泉那裡——這是因為雖然不能暴露在眾目睽睽之下，但他們認為『我又不是在幹什麼壞事』，所以也不想太偷偷摸摸是嗎——不對，可能有更不為人知的內情。

畢竟他們一行人到達龍河洞之後，就直接被領進位在洞窟深處的房間裡，關在這裡出不去，所以完全不知道這處高知本部的全貌究竟是什麼樣子。

不，說關在這裡也不太正確——因為她們是把洞窟直接拿來使用，所以這裡沒有門。只是就算想要自行從這個洞穴盡頭往外移動，最後也只會落得迷路的下場——實際上他們就等同於被關進監牢裡一樣。

追根究柢，空空之所以想要調查絕對和平聯盟的主要設施，就是為了要調查黑衣魔法少女的真面目。

更進一步來說，是為了離開四國，暫時從遊戲裡淘汰出局。可是仔細一想，等到悲戀已經提早到達四國，也沒必要離開四國的時候，結果突然他就有機會潛入絕對和平聯盟的主要大型設施，這也未免太諷刺了。

說諷刺也不太對，根本就是慢了一步才來的機會。但想到之後可能的情況，這時候能夠把絕對和平聯盟查個清楚未嘗不是一件好事。

只是就目前看來，這裡看起來就是一個經過整頓之後供觀光客參觀的洞窟而已——關於絕對和平聯盟的事情只要問『Asphalt』就行了嗎？

此時她應該是去向剩下的兩位同伴說明空空一行人來訪的背景，但要是她的夥伴立即表示反對的話，空空接下來說不定會直接落得被處死的命運。

在他心目中多少還是有一點樂觀，認為現在雖然是戰時，但對方應該不會強硬到那麼凶狠的程度。

而『SPRING』隊的魔法少女『Verify』之所以會出現在桂濱，原本就是為了要殺害空空等人，當時她根本一點都不願意和空空談——如果那就是『SPRING』隊處理事情的基本態度，空空就得做好覺悟，或者該說得做好心理準備了。

當然所謂的心理準備不是『束手待斃』——而是萬一雙方在這裡打起來也能戰勝的準備。

所幸地濃與缶詰不是受到什麼重傷而昏迷不醒，似乎只是因為埋在沙裡導致昏迷或是意識不清，之後就直接睡著了——不是只有空空因為之前的急行軍搞到一身疲憊。

要是她們的會議拖得久了，空空遲早也會耗盡體力而睡著吧——如此一來就要慶幸悲戀不用睡覺，可以幫忙『監視』了。真是名副其實的夜哨。只是不知道不明室開發的武器有多可靠。

「空空。」

可是看來她們的會議沒有進行太久。

在日期改變之前，『SPRING』隊的領隊魔法少女『Asphalt』就來找空空了。

空空還以為她是來告知會議的結果，因此繃緊了神經。可是——

「『Decimation』死在愛媛了。」

她說出一件對空空而言意料之外的消息。

「這下在人數上就變成五比三——雖然『SPRING』隊全員一致認為你這個人一點都不可信，但是這麼一來，我們似乎也不得不利用你這號額外戰力了。」

聽到這句話，空空只是簡單地回答道：

「那就沒什麼好說了。」

不論『SPRING』隊對他是相信或是利用，事實上也沒什麼好說的——因為對空空空這位十三歲的小英雄而言，相信與利用只是一線之隔而已。

（第五回）

（終）

第六回

英雄與少女的爾虞我詐！

不對等的談判技巧

如果人們能夠只憑利益得失做事的話，這世上就沒壞人了。

0
1

『SPRING』隊的魔法少女『Decimation』死了——聽到這項消息，空空雖然驚訝，可是他不是為了『Decimation』的死而吃驚。

現在的四國是壓倒性的多數決狀況——大約是三百萬個死人比二十個活人——人死已經是天經地義的狀況了，要是為了這種事驚訝未免顯得太假，再說空空和魔法少女『Decimation』又不熟，沒辦法像他當初聽說『Verify』死訊時立刻反駁是謊言——假如他事先聽說過『Decimation』是『振動』魔法少女，能力可怕到足以把一座華城化為沙漠的話，聽說她死了當然會覺得很驚訝。可是事實是他對『Decimation』的實力幾乎一無所知。老實說，她的死對空空而言一點爆點都沒有。

那麼他究竟是為了什麼事驚訝呢？就是速度——不是指『Decimation』到四國偵查之後這麼快就死掉的意思。空空驚訝的是『Decimation』死後，『SPRING』隊的領隊魔法少女『Asphalt』這麼快就知道這件事。

『Decimation』就算不是死在愛媛，應該也是在往愛媛的半路上喪生，人留在高知縣的

『Asphalt』為什麼能夠這麼快就知道？

不，仔細想想不光是『Decimation』而已，『Verify』死的那時候也是一樣——她察覺到『Verify』有事發生，於是來到桂濱。中間的反應速度未免也太快了。

她們是不是說好用某種方式定時聯絡——是因為定時聯絡沒有來的關係嗎？可是光憑這一點就認定對方已死，空空覺得似乎有點太過武斷。魔法少女『Asphalt』這麼相信同伴、相信隊友，他不認為她會這麼輕易就放棄同伴還活著的可能性——可是她卻這麼說：

「我們應該認定平衡狀態一旦崩潰，對方應該就會主動發動攻勢——畢竟現在是五比三，這樣下去我們會被秋風掃落葉般落居下風。」

這番話完全是以『Decimation』不在人世為前提。

事實上這是與魔法少女『Asphalt』使用的魔法——固有魔法『傳令』有關，可是空空也還不知道這件事，只是覺得很奇怪而已。

『Asphalt』當然不打算向他解釋這奇怪的狀況，反倒似乎打算把這當作交涉的籌碼。

「因為這個原因，所以我想要招攬你們加入我方陣營——至於待遇的話，我們應該算是盟友吧。」

她這麼說道。

盟友……空空在四國也曾經和許多魔法少女一起合作過，但他總覺得好像沒有一次合作能夠真正發揮效果。勉強來說，沒有出事的就只有和地濃之間的合作關係。可是這是因為地濃自己就像是會走路的大麻煩，所以也絕對稱不上是例外。

這次的合作關係又會是什麼樣的結局呢？空空不知道這次會不會又重蹈覆轍，或是有機會成為第一個值得紀念的有益合作關係——無論如何，這麼一來他就和四國左半邊進行的春秋戰爭扯上了關係。

「這樣的話……可以請妳介紹一下剩下的隊友還有這處設施嗎？」

「我希望你能多一點同理心，不要用『剩下的隊友』這種說法。」

魔法少女『Asphalt』一邊說，直接倚靠在這間房間的牆上——這裡是鐘乳石洞，因為濕氣的關係牆壁應該很滑，可是她好像也不太理會。

看來她不打算換到其他房間，想要直接在這裡開始談。

「抱歉，我不是那個意思。」

空空一邊道歉，覺得自己的要求好像被輕輕一筆帶過。

看『Asphalt』之後什麼也沒表示，她似乎完全不打算把『剩下的隊友』介紹給空空認識，也不想帶他在這處設施四處走動說明一番——既然雙方是盟友，空空很希望她能在一定程度之內提供一些情報。不過如果我站在和『Asphalt』相同的立場應該也會這麼做。空空體諒對方的心情。他自認能夠體諒對方的心情。

簡單來說，春秋戰爭的均衡狀態顯然已經崩潰，為了重振局勢、反過來壓倒敵人，魔法少女『Asphalt』——『SPRING』隊的領隊不得不借助空空等人的力量。但她想必不想欠空空人情，也不想把不必要的情報告訴空空，留下後患——她肯定在想，最理想的情況就是空空無條件坦白一切、無條件幫助她們。

但站在空空的立場當然不能這麼做——一部分的原因固然因為如果全盤托出的話，他們殺害『Verify』的事情就會東窗事發。另外他們都已經成為『SPRING』隊的客人與合作盟友，身為地球鏖滅軍的調查員，他就必須盡可能從『SPRING』隊那裡多取得一些情報。

空空這麼做不是為了對組織盡忠，只是因為現在多收集一些情報，之後就能夠保護自己——他想要先打下基礎，不管之後組織玩什麼把戲，都沒辦法再把他送來執行這種嚴苛的任務。

也就是他們談出來的結果就是為了彼此的利益而結盟。可是英雄空空與魔法少女『Asphalt』雖然利益一致，兩人內心打的算盤卻完全相反。

不過空空與『Asphalt』雙方互相結盟的目的，也不是為了忍受這種難堪的沉默——空空想要活命，而魔法少女『Asphalt』想要打贏戰爭、破解四國遊戲，所以他們都明白該退讓的時候還是得退讓。

「我想聽聽你的內心話——身為地球鏖滅軍裡身經百戰的勇者，你願意坦白告訴我嗎，空空？」

先開口的是年紀較長的魔法少女『Asphalt』——她側眼看著空空，語氣中好像在測試空空一般。

「我們已經——失去兩名魔法少女，我認為現在的局勢相當不利。這種情況下還有機會力挽狂瀾嗎？」

「……如果我說沒有的話，『SPRING』隊就會願意向『AUTUMN』隊投降嗎？為了避免之後無謂的戰鬥、為了避免更多人犧牲，妳們願意談和停戰嗎？」

「在那種情況下，我也只能說願意考慮。」

空空覺得頗為意外——這個魔法少女在情感上完全容不下『AUTUMN』隊，沒想到會說出這麼明理的回答。難道是『為了避免更多人犧牲』這句話對她產生效用了嗎？為了拯救同伴的性命不惜全隊投降，這也算是一名領隊的素質沒錯啦……

「可是哪怕只有百分之一的機率，只要還有可能逆轉局勢，我就會賭。毫不猶豫賭下去——就算真的投降，我也不認為『AUTUMN』隊會接受。反過來說，如果局勢對我們有利，要是她們說要投降，我也肯定會認為事有蹊蹺，一口回絕。」

「戰況真是難解啊。」

空空聽『Asphalt』這麼說之後，很煩惱究竟該怎麼回答——可是就算他想破腦袋，答案老早就已經決定了。不是空空的答案，而是魔法少女『Asphalt』內心的答案。

她說為了守護同伴不惜願意投降。這句話本身應該沒有虛假，可是既然她認為對方不會接受，就算空空這時候說『沒有機會逆轉局勢』也沒有什麼意義。

所以一方面為了鼓舞她的士氣——

「但就算戰況這麼艱難，現在還是有很大的機會可以逆轉局勢。」

空空臉不紅氣不喘地這麼說道。

「這條路當然不好走，但只要有我們協助就有機會。好在只要有『Giant Impact』與『New Face』加入的話，雙方陣營的魔法少女人數就會相等——總有辦法解決。」

「是這樣嗎……」

空空雖然拍胸脯保證，但這番言詞可說根本毫無責任感，而『Asphalt』也只是帶著冷淡的表情聽著——站在她的立場，她很明白不管空空再怎麼開支票都信不過。現在她腦袋裡想的只有在這不利的戰況下，要如何利用局外者以及『右半邊』的那些人——

「那麼為了打贏春秋戰爭、破解四國遊戲，我們就先來分享彼此擁有的情報吧。」

所以當她聽見空空提出這項要求的時候——

「好，就這麼做吧。我也正打算和你談這件事。」

她便立即這麼回答。

之後要是有什麼麻煩的話，只要把這些外人收拾掉就好了。在談話的時候，她內心恐怕還打著這冷酷無情的算盤。

空空雖然察覺她的心思，但還是裝作不知道。

「謝謝妳。」

他說了一聲謝謝。

這句話完全只是口頭禪而已。

2

這時候空空空當然還沒發現，先前他和杵槻鋼矢——『SUMMER』隊的魔法少女

『Pumpkin』的合作關係，和此時剛剛與『SPRING』隊訂下的同盟關係竟會互相衝突。他作夢都沒想到，春秋戰爭的戰力均衡竟然會因為鋼矢加入『AUTUMN』隊的關係而崩潰——這也是理所當然的，他在魔法少女『Asphalt』面前不得不裝出一副一切都了然於心的樣子，但是登陸四國之後即將進入第六天，四國究竟發生了什麼事——四國遊戲的詳情等等，他對這些事情的了解連一知半解的程度都沒有。如果知道鋼矢人在哪裡、現在在做什麼，他早就過去和對方會合了。

空空就在這種瞎子摸象的狀態下活了五天，又有誰能責備他疏忽遺漏？反過來應該要稱讚他才對——因此他現在根本無從得知鋼矢已經加入魔法少女隊伍，而且和自己加入的隊伍為敵。

另外空空當然也想不到，因為自己和『SPRING』隊接觸會把鋼矢逼入絕境裡——他只是隱隱為鋼矢擔心，想著她現在究竟怎麼樣了。

另外雖然不算是擔心，空空對地濃也有幾分歉疚。她和空空同行的目的是為了與鋼矢會合，結果卻來到一個和原先目的毫無瓜葛的地方。

只是她是魔法少女，用的還是很稀有的魔法。要和『SPRING』隊談判絕對不可缺少像地濃這麼一張王牌，所以空空也不可能在這時候和地濃分頭行動。因為要是地濃一走，可以讓空空當作籌碼運用的魔法少女就只剩悲戀這個冒牌貨、虛有其表的魔法少女而已了——這樣雖然還是有得談，但有個真正的魔法少女在側，空空就更有信心。即便是像地濃這種個性的人——

等地濃醒來之後，到底要怎麼向她解釋現在的狀況才好？總之趁她還沒醒來的時候盡可能和『Asphalt』談得深入一點，不要讓地濃有機會回頭。空空對地濃感到歉疚是一回事，算計起來還是很不客氣的。

空空能想到最好的情況就是他在『SPRING』隊的陣營活動、大顯神威，鋼矢聞訊之後會主動過來和自己會合——他的算盤打得可精了。雖然事實與他想像的幾乎完全相反，但空空要再過一段時間才會知道。

現在他只能祈禱鋼矢沒有死在黑衣魔法少女『Space』的手下，而且如果她還沒忘記初衷的話，也希望她能夠成功由四國遊戲淘汰出局——只是這個心願現在早已落空。

無論如何，姑且不論有沒有被當成隊友看待，空空空與杵槻鋼矢在春秋戰爭當中已經分屬『SPRING』隊與『AUTUMN』隊兩邊陣營。可是鋼矢加入『AUTUMN』隊幾乎純粹出於偶然，而且她也認同『AUTUMN』隊領隊魔法少女『Cleanup』的理念，想要幫助她獲得勝利。而空空則是和鋼矢不同，加入『SPRING』隊是別有意圖。

那是黑衣魔法少女『Scrap』的意圖，同時也是空空空自己的意圖——然而他們雙方都未必希望『SPRING』隊取得最後的勝利。

『白夜』隊是由絕對和平聯盟核心直接管轄，同時也是四國遊戲的營運者。她們不會幫助任何一隊魔法少女——『Scrap』之所以找上空空談條件，目的是為了打破『SPRING』隊與『AUTUMN』隊的武力均衡狀態，為整個局勢製造變數，而不是偏袒『SPRING』隊，想讓她們獲得勝利。

接受『白夜』隊委託的空空也是一樣——他的目的對外宣稱是調查發生在四國的事件，私底下的目的則是為了在四國遊戲中保住性命、繼續活下去。簡單來說就是他希望有誰盡快把遊戲破關，然後就可以光明正大離開四國了——現在他被那些黑衣魔法少女盯上（不光只是『Scrap』，還有『Space』也是），就算用淘汰出局的方式逃離四國，也難保她們不會追到本州來。為了能夠乾乾脆脆脫離遊戲，不留下任何後顧之憂，最好的辦法還是盡早讓某人把遊戲破關。

而那個某人是誰——

不見得一定得是『SPRING』隊裡的某人才行。

如果要調解戰爭，終結戰爭，鋼矢想到的最佳解決方法就是『戰勝』，而空空也想到類似的答案——可是戰勝的人不見得非得是『SPRING』隊才行。

也就是說，空空想讓『SPRING』隊打贏春秋戰爭的欲望，不如鋼矢想讓『AUTUMN』隊打贏的欲望那麼強烈——事實上現在春秋戰爭的戰力平衡狀態、相持狀態已經崩潰，要說空空的目的已經達成一半也不為過。

當然話雖如此，好歹他在形式上屬於『SPRING』隊那一方的人，所謂十年修得同船渡，『SPRING』隊打贏對他也沒什麼壞處，所以他還是打算以合作的態度行動。要是不這麼做，想要的情報有可能就拿不到手——但空空還有最後一招，就是『故意讓自己這一隊打輸』。

把『SPRING』隊在春秋戰爭導向敗局，讓『AUTUMN』隊的某人把四國遊戲破關——用這種方式也能得到幫助『SPRING』隊打贏一樣的成果，所以就算『SPRING』隊打輸，他也無所謂。

不過，考慮到因為屬於賊軍的一分子，戰爭結束之後，自己有可能會受到勝利者『AUTUMN』隊的清算。考慮到這種風險，讓『SPRING』隊打輸也不能說是最好的辦法。老實說就算換做是『SPRING』隊贏，這項風險也不會降低。因為要是『SPRING』隊成了贏家，已經失去利用價值的盟友空空就會變成知道過多的情報的外人，照樣有可能會被清算。

鋼矢與空空兩人在處境上不同，鋼矢雖然還不至於完全傾心於領隊『Cleanup』，但對她頗有好感，感覺不錯。而空空則是因為與『SPRING』隊雙方利害關係一致，所以才會加入她們。這也是兩人的差異之處。反過來說，因為空空還有選擇讓隊友戰敗的方式，對現在的『SPRING』隊來說可能是最致命的不利之處。

延攬空空等人或許可以彌補人數上的不足，可是也會衍生出嚴重的害處——和空空成為夥伴沒有利，只有害。

殺害同伴比敵人還多的戰士。

這個稱號一點都沒有誇大其詞，完全就是事實。

空空自己當然也有想到這一點——幫助『SPRING』隊打贏或是讓她們落敗，他也在評估究竟是哪一種做法比較快又簡單。

雖然空空可以說完全搞錯了調停這句話的意思，而且他竟然打算從『SPRING』隊的領隊身上取得相關情報——所以魔法少女『Asphalt』應該要讓他知道打倒『AUTUMN』隊這條路比較簡單的原因與根據。

可是不巧的是魔法少女『Asphalt』還沒想到這一點——雖然她認識地球鏖滅軍的空空這號人物，卻不知道這世上有人這麼容易變節，改變立場就像翻書一樣快。她畢竟是隊友推舉為領隊的人，腦袋算是靈光。但因為年齡上的關係，她還不了解這個社會——而且過去『Asphalt』一直都是在團隊意識很強的團體一起行動，像空空這種同儕意識薄弱的人，她不懂得這種人的行動原則。

或許應該說——兩人的理念根本不合。

現在『Asphalt』應該做的事情就是在接下來的會談、談判當中，盡早發覺其實空空是相信她的。就如同魔法少女『Cleanup』對待杵槻鋼矢的態度一樣。要不然魔法少女『Asphalt』就會給自己最重視的隊伍招來超乎想像的火種——不只是火種，根本就是一顆大炸彈。

盡可能盡量利用，把他的利用價值搾乾——

要是她懷著這種常見老套的想法，最後就會演變成常見老套的結局。落得那種在空空身邊著實常見老套的下場。

「我有很多事想請教——但在討論春秋戰爭之前，請妳告訴我一些四國遊戲的內情，『Asphalt』同學。」

空空提出要求說道。

「我就直接問了。現在大約進行到百分之幾的程度了？」

「進行到百分之幾的程度？」

「我的意思是說，遊戲破關的進展大概到什麼程度——八十八條規則當中，妳們收集到幾個了？」

看到對方沒有立刻回覆這個問題，空空先主動開口：

「順帶一提，我大概收集了一半。」

他先把自己這裡的情報告訴對方。

雖然他收集了一半的規則，可是真正自己找到的『規則』只有寥寥幾項而已，大半都只是抄寫別人收集的條目而已。

「一半……那還真有一套。我們收集的數量大概你的再一半吧。」

看到空空先把底牌掀出來，魔法少女『Asphalt』這麼說道——可是一半的再一半？四分之一？她們明明比空空更早先開始遊戲的啊？

或許是因為眼眸中流露出懷疑的神色，她又繼續補充說道：

「我沒騙你——如果要騙的話，我會用更像樣的謊話。」

「這代表春秋戰爭在遊戲很早期的時候就已經爆發了。之後我們根本沒有閒情去收集規則……」

「沒有閒情……可是收集規則才是四國遊戲的主題啊。」

「用不著你說我們也知道。可是四國的左半部不像右半邊那麼和平。」

就實際的情況來看，如果只是收集規則的話，右半邊的隊伍應該會更有利——魔法少女『Asphalt』說道。

雖然空空看不出『Asphalt』說的到底是謊話還是真話，但光是從她的樣子看起來，好像真的很羨慕四國右半邊的魔法少女。

「我們最害怕的情況——或者該說打從心裡希望『乾脆成真算了』的情況就是那個。也就是說在『SPRING』隊與『AUTUMN』隊打著春秋戰爭的名號，兩隊打得如火如荼的時候，那個隊上有一群怪胎的『SUMMER』隊或是最沒實力的『WINTER』隊趁隙從旁坐收漁翁之利。」

輕而易舉就把大魚釣走。

她先說坐收漁翁之利，然後又說把大魚釣走。雖然聽起來好像在說冷笑話，但空空判斷不出來究竟該笑還是不該笑。

不過這笑話本來就不怎麼好笑，就算要笑也只會是陪笑而已。

「可是空空，實際上這種事不會發生對不對？你說『SUMMER』隊和『WINTER』隊幾乎都已經崩潰了是吧？」

「嗯，是啊……包括這兩個女孩在內——」

空空打個手勢比向悲戀以及還在昏迷中，或者該說熟睡中的地濃說道：

「雖然可能還有其他生還者，但那兩支隊伍現在已經喪失魔法少女隊的功能了——等同於不存在一般。」

空空決定這時候還是不要把『SUMMER』隊的『Pumpkin』以及『Stroke』的事情說出來。因為他認為要是提起其他合作夥伴的事情，說不定會對現在正在締結中的合作關係造成負面影響。如果把一個可能對空空恨得咬牙切齒的魔法少女的事情說出來，負面影響搞不好會更嚴重。

「生還者是嗎……可是如果她們現在的狀況沒辦法攜手合作，應該可以認定她們不太可能把我們的成果搶去對吧？」

魔法少女『Asphalt』的語氣透露著安心，同時好像又有點遺憾——她說希望『乾脆成真算了』恐怕是真心話吧。

她多少也想乾脆輸掉一了百了，放下心中的大石。

『Asphalt』或者『SUMMER』隊的魔法少女們已經被這場戰爭折磨得筋疲力竭，甚至認為只要不是對手獲勝，就算自己輸掉也無所謂——空空判斷『AUTUMN』隊應該也想過相同的條件。

可是他也覺得很疑惑。

這群魔法少女同屬一個組織，應該同樣都是為了『打倒地球』的正義大旗而戰，為什麼會自己搞出這種幾乎等於內部分裂的事態……看這樣子，她們可能在四國遊戲開始之前就已經鬧翻了。

說不定單純只是因為意見不合，最後演變成這種無可挽回、無法回頭的局面。

仔細一想，地球鑿滅軍也有這種毛病——第九機動室也不例外，在空空掌職之前，那裡的人際關係一直很緊繃。而空空本身也被組織高層恨得牙癢癢的。再想到不明室與開發室之間的對立，其實可以說組織內部鬥爭並不是什麼稀奇的事情。

如果去責問『Asphalt』說在這麼重要的時期妳們到底在鬧什麼，她可能也只會說就是在現在這重要的時期才會這樣——正是因為絕對和平聯盟面臨存亡之危，所以『捨我其誰』的英雄主義才會作祟。站在她們的立場，這也是無可厚非——至少一心只想要回家的空空沒有資格批評她們的心態。

……話雖如此，八十八項規則只收集到『一半的一半』，魔法少女『Asphalt』這番話當然還是不能照單全收。就像空空自己說話不老實一般，她也有可能沒說實話。和『Asphalt』交談的時候，空空應該要把這件事放在心上。

但如果要追根究柢的話，恐怕也只是兩條平行線，應該沒有什麼意義。

「妳的意思是說只要想收集規則，對方就會出手妨礙是嗎？」

所以空空決定繼續談下去。

「是啊，如果她們想收集規則，我們也會阻礙——其實也不是真的過去動手，只是做做樣子嚇阻她們而已。」

「……曾經有不只是嚇阻，而是真的打起來過嗎？」

「有過幾次。不過都是在戰爭初期階段的時候——最近連嚇阻行為都很少見了。該怎麼說呢……大家都是自己人，如果要預測對方的行動，結果彼此都了解對方暗藏的底牌是什麼。這也是一個原因——」

「…………」

「如果是對方的話會怎麼做，如果是她們隊的話會怎麼做。因為大家都知道，最後免不了就會陷入膠著狀態。這就像漫畫裡常看到的情節，『先出手的那一方』就會輸。」

「唔……」

也就是說，只要有任何動作，就等於自曝其短是嗎——這樣說的話，魔法少女『Decimation』死在愛媛可能也是因為這個原因。

雖然是為了確認空空所說的事情是真是假，但派她一個人去愛媛偵查會不會是錯誤的決定？即便這麼做代表『Asphalt』相信空空說的話——因為『Decimation』死亡，使得空空等人有機會為『SPRING』隊收編，所以空空無意做任何批判。可是站在領隊的立場，魔法少女『Asphalt』可能會對自己的決定感到羞恥也說不定。

畢竟從先前她說的話來推測，『Decimation』是春秋戰爭中第一名犧牲者——第一名死者。前提是隊上沒有像『Giant Impact』那種懂得使用『不死』魔法的人存在……但就算有，高知到愛媛之間的距離太遠，恐怕也救之不及。

因為有人死亡，使得『SPRING』隊變得沒什麼選擇，同時也減少了空空能夠選擇的機會——最嚴重的一點是『事情已經不能一笑置之』。

就算她們堅稱『不可能談和』，但人心總是會變。空空也不是沒想過下猛藥，強迫她們兩隊和好。可是一旦發生這麼嚴重的傷害，要談和就極為困難了。再說空空也是導致這次有人死亡的遠因，他又拿什麼臉去當和事佬——照理來說，『Asphalt』應該會把空空當成瘟神，對他恨之入骨才是。

她之所以沒有把恨意發洩在空空身上，可能是因為自己要為同伴的死扛起責任……但誰知道她什麼時候會改變想法。

必須得小心注意才行。

「妳們彼此都熟知雙方的底牌，雖然代表打起來不容易打贏，但也可以說打起來很輕鬆吧──特別是現在我們這一邊多了包括我在內的三名額外戰力。」

因為酒酒井缶詰算是倖存的生還者，所以空空說這番話的時候故意沒有把她算進去，然後又補充一句話：

「當然我們或許幫不上什麼忙。」

空空又補上一句話表示謙虛──他很小心，要是太過吹噓自己的能力的話，可能會惹得自尊心高傲的『Asphalt』不高興。

空空空這名完全不懂人心的少年要是表現出這種用心的話，大多時候往往都會收到反效果。這次的情況好像也發揮一樣的反效果，他這種說法反而讓魔法少女『Asphalt』感到不悅。

她說道：

「你剛才說『我們』，說得一副理所當然的樣子──可是兩位魔法少女原本應該是我們的人才對吧？」

「什麼？」

「不，空空。我沒有和你說話。『New Face』，我是在對妳說話。」

她這麼說道，看向悲戀。

看向絕對和平聯盟的魔法少女——『WINTER』隊的新人『New Face』，但真面目其實是地球鏖滅軍不明室開發的『新武器』人造人悲戀。

「妳怎麼會一副理所當然的表情——一副好像和空空是一夥的表情和他為伍？妳的行為完全就像是空空的部下一樣，難道沒有身為絕對和平聯盟一分子該有的矜持嗎？」

空空心想糟糕了。

因為他說的謊言很假，要是深入追究的話搞不好會被識破——他認為『Asphalt』不是懷疑悲戀這個魔法少女是冒牌貨，只是看到她對空空這麼聽話，乖乖待在他身後，忍不住想要給她找點麻煩，或者說想說她兩句——他們的謊言沒有編得很仔細，禁不起鉅細靡遺的詢問。

可是情況和空空的操心完全相反，悲戀的應對非常俐落。

「因為我是新加入的人，所以還沒有培養出什麼身為絕對和平聯盟一分子的矜持。」

她說道。

態度毅然地說道。

「而且我以為絕對和平聯盟已經在不久以前因為這次的四國遊戲毀滅了……要不是承蒙地球鏖滅軍的空空室長伸出援手，我早就已經沒命了。沒錯，當時救我一命的不是絕對和平聯盟的魔法少女，而是地球鏖滅軍的調查員。對救命恩人以禮相待，我認為這麼做很正常。」

如果妳覺得我這樣就是變節的話，那也隨妳高興。」

……太會講了。

一點都看不出來她是一個人造人——要不是親眼看過她從海的另一頭游泳過來，還空手打穿魔法少女的衣服，恐怕連空空自己也不會相信。

不明室當初想要製造她的時候，到底是想做出什麼東西來——真是令人搞不清楚。如果只是想打造一件破壞兵器的話，做成人形根本沒有意義。但如果是要製作間諜人造人的話，她的力量又強大過了頭。

先前空空一直沒時間深思這個問題……可是這次因為多虧悲戀有條有理的辯詞，空空才能擺脫險境，或許他也該稍微多想一想。

過去空空和不明室的關係一直不算好，對他來說未來等到四國遊戲結束之後——等到將來之後，說不定可以因為悲戀而修補和他們之間的關係……

不過就算悲戀再怎麼能言善道——

「真要說的話，大家都是魔法少女，妳們卻老是糾結在這場顯然沒有意義又對大家都沒好處的戰爭，有什麼資格對我的行為說三道四。」

——連這種話都說出口，詞鋒未免太過不留情面——這一點可以說就是那種因為模仿人類太過相似，反而顯得缺乏人性的部分。

魔法少女『Asphalt』雖然聽得眉頭都皺起來，但她似乎沒有辦法針對這一點做反駁——

「就算是這樣，妳也要知道自己的分寸在哪裡。」

她只是拿普遍價值觀來說一說，沒有再繼續爭辯下去。

「因為不管怎麼樣，我們都只是絕對和平聯盟的小兵而已，和『白夜』隊不能相提並論。不，就連她們也是一樣……」

「……可不可以多告訴我一些關於『白夜』隊的事情？」

空空原本想之後再來討論這件事，但要是能把話題從『白夜』隊延展開來，應該就能避開悲戀的事情。所以空空很巧妙地利用對方被悲戀辯倒後氣勢稍弱的機會，開口詢問關於『白夜』隊的事情。

「因為我就是聽從『白夜』隊裡的黑衣魔法少女『Scrap』指示，所以才會和妳們『SPRING』隊接觸的……」

嚴格說起來，這句話也是騙人的。

黑衣魔法少女來找空空，只是來商議要他打破春秋戰爭兩隊相持的現狀，並沒有說過要他加入『SPRING』隊或是『AUTUMN』隊的話——講得誇張一點，他要成為第三勢力去攪局也可以。

空空之所以瞞著這一點說謊，目的就是想盡量替自己現在待在這裡的狀況增加一點必然性。

只是之後空空就會萌生一種想法——如果當初沒有因為『可能比較容易碰到』或是『地利位置比較近』這種理由，隨便就下決定和『SPRING』隊接觸；不怕多花一點時間和工夫，去和『AUTUMN』隊接觸的話，之後的情況應該會完全不同。

至少他可以輕而易舉就和原本已經分離的魔法少女『Pumpkin』會合——春秋戰爭可能也會由『AUTUMN』隊獲得壓倒性的勝利，在損害最小的情況下立刻結束。

可是實際上自己沒有那麼做，而且就算真的去和『AUTUMN』隊接觸，到頭來反正也有可能又是另一種不同的悲慘結局。最終他還是會做出這種自虐的結論。但那是當他在十月三十日快結束的時候回顧一整天之後的想法——而此時此刻，十月三十日才剛開始而已。

論起空空停留在四國的時間。

如果用日數來算的話，今天終於來到第六天。

可是空空講話的時候也不是隨時都盯著時鐘看，所以他也沒有發現日子已經改變，停也沒停就繼續說下去。

「……可是我並不知道『白夜』隊的底細，只是隱隱約約猜測那些魔法少女的地位，應該比妳們這些一般的魔法少女更高而已。」

「我沒有親眼看過她們，也說不準——光是曾經和她們見過面，現在你對她們了解可能還比我們知道的更多喔，空空空。」

「…………」

「我只知道她們是一組五人團體，身穿黑色的衣服……組織還給了她們不同於一般的強大魔法……聽說她們的固有魔法各自是『火』、『土』、『風』、『水』、『木』——好像漫畫一樣。」

「……『Scrap』應該就是操縱『土』的魔法吧。」

空空一邊說，腦海裡回想起那個『風』魔法少女『Space』——還有那個讓吉野川氾濫倒流的魔法少女『Shuttle』。不過後者他也沒有親眼看過——『Shuttle』應該就是『水』魔法少女沒錯。

這時候空空心道，不知道鋼矢對『白夜』隊了解多少——既然她號稱是萬事通，應該不至於完全沒聽過。可是當初他們被『Space』攔路的時候，鋼矢看起來好像不是很有頭緒。

那支隊伍就如同絕對和平聯盟當中的都市傳說一般……如果用地球鏖滅軍來說，是不是就像不明室一樣？

「他們好像受命負責掌管四國遊戲的營運……換句話說，我可以認定絕對和平聯盟的核心中樞目前仍然還運作嗎？」

「這也很難說……就算沒有人經營，四國遊戲本身還是會繼續下去。可是『白夜』隊還在活動，應該就等於你說的，組織的核心中樞還在運作吧。」

「……好像什麼事都說不準呢。」

雖然空空無意諷刺，可是他這麼說完之後，魔法少女『Asphalt』帶著一絲冷笑說道：

『倒也不是這樣』。

「我希望你了解一點——現在的狀況對我們而言也是意料之外的事故。雖然說沒想到會變成這樣，但現在我們仍然還能像這樣繼續活動，就是因為我們事前都已經知道四國遊戲本身的結構了。」

「四國遊戲的結構……」

「這些事情你清楚嗎？空空空。看起來你好像知道遊戲破關的條件，但是如果一開始實驗沒有失敗——也就是說如果意外事故沒有發生，頂多只是一點突發狀況而已的話，這項實驗本來應該是什麼樣子你知道嗎？」

魔法少女『Asphalt』這個問題帶著試探的口吻，空空在短短一瞬間還思考該怎麼回答才恰當，但這時候還是老實回答：

「我不清楚細節。」

一部分的原因固然是他覺得如果偶爾不說點實話的話，真話與謊言之間的比例會失衡。另外他也判斷如果『Asphalt』願意說的話，最好是所有事情都請她說明一遍比較好——當然他還是必須自己去思考她說的話是真是假。

「我聽說這個實驗是為了得到打敗地球的終極魔法，四國遊戲的起因就是因為這個實驗失敗的關係。」

「本來這個實驗的規模沒這麼大，會更小一點。參加實驗的人數——也就是玩家的人數不是四國全體居民……原本計畫只有『SPRING』隊以及『AUTUMN』隊而已，換句話說，總計就是十個人進行遊戲。」

「…………」

就是因為實驗失敗，影響波及三百萬名玩家，害得他們喪失性命是嗎？要是這樣的話，恐怕不是一句意料之外的事故就能了結的……

「遊戲舞臺原本的構想好像也只是位於瀨戶內海的一個小無人島而已——因為計畫出錯才導致遊戲規模變得這麼大，當然這並非絕對和平聯盟刻意造成的。」

「這可……」

空空本來想說這可未必，但還是沒說出口——因為說了也沒有意義。實際情況和原定計畫的差異大到這種程度，空空心裡不禁疑心他們會不會是假裝失敗以遂其真正的目的。也就是說用小規模實驗獲得成果的可能性很低，所以乾脆不管規模大小，刻意把實驗搞砸，然後擴大四國遊戲的範圍——諸如此類。

如果這麼做的話，絕對和平聯盟自己百分之百一定會滅亡，代表組織裡有人認為只要能得到終極魔法就好了，其他什麼都無所謂。

不知道是魔法少女製造課或是其他部門，也搞不好這個人根本只是空空的幻想——可是他心想，如果可以的話不想和這種人打照面。

空空過去也好幾次看過那些為了和地球作戰，什麼都不顧的人，但沒看過不惜犧牲三百萬條性命的人物——他這輩子到現在為止看過最危險的人是『火球人』冰上法被。可是就連『火球人』也一樣，如果是三百人的話也就算了，要他燒死三百萬人的話，應該也會猶豫一下吧。

與其猜想有這種人存在，不如認定現在四國的慘狀只不過是普通的實驗失敗造成的結果，這樣想心理上還比較輕鬆點。

空空這麼心想，然後又換了一個主題。

「原本設定就是競爭類型的實驗，所以『AUTUMN』隊與『SPRING』隊雙方才會站在對立面是吧？」

「因為打從一開始就有兩支隊伍參加這項實驗，然後彼此競爭的關係。」

「嚴格說起來，能夠把遊戲破關的玩家限制只有一個人，所以組織本來期待同隊裡應該也要有競爭關係。不過這部分就……」

『Asphalt』講到後來支吾其詞，或許是因為現實狀況不如絕對和平聯盟的期待，完全變成隊伍之間的惡鬥，她身為組織成員感到引以為恥的關係吧。

悲戀剛才的責難似乎發揮了出乎意料的效果──要是這樣的話，她的機能可能就有問題了。

魔法少女『Asphalt』聽了悲戀說的話，好像開始反省自身的問題。但換做是其他人有可能會惱羞成怒──恐怖谷也有可能會變成惱怒谷。

不過悲戀自己好像也有點自覺，只要空空沒有開口叫她，她也不會主動加入空空與『Asphalt』之間的對話。『知道分寸』這句話的意義因人而異，就某種意義上來看，悲戀好像很懂得界線在哪裡。

可是空空自己同樣也很不擅長與人溝通，就算沒有悲戀來礙事，他還是很有可能會談到破局。

「我之前也曾經和『SUMMER』隊的人接觸過……她們對四國遊戲的規則沒有正確的認識。對於淘汰出局與破關之間的差異好像不是很了解……」

空空說道——言詞中並沒有提到唯一一個知道這兩件事差異的人——魔法少女『Pumpkin』。

「而妳們在遊戲初期——應該說早在遊戲開始之前，就已經知道破關條件是什麼了。」

空空的語氣之所以有點帶著逼問的口吻，是因為他認為這樣四國左右兩邊玩家具有的條件未免相差太多。

他並不是對『SUMMER』隊有了情感——不但沒有情感，還和『SUMMER』隊超過一半的人是敵對關係——可是空空在四國遇到的第一名倖存者登澱證對他很和善，縱使她是別有居心，但一想到證，空空還是忍不住想抱怨兩句。

和四國左半邊的魔法少女比起來，右半邊的魔法少女所處的條件太過不利，而且她們也不知道自己參與這種荒誕不經的遊戲，背後的原因真相是什麼，當然會引人同情。

……話說回來，就算她們知道一切真相，到頭來所作所為還是沒什麼差別，所以空空也不認為她們最後會有不一樣的結局……

『Asphalt』身為『SPRING』隊的領隊，好像也抱持和空空類似的看法——

「每個人在進行遊戲的時候都會有一些有利與不利的條件，我認為這是免不了的——右側那些夥伴也比四國的一般民眾更有利啊。」

她的話毫不客氣。

雖然『Asphalt』說得沒錯，但此番言詞這次又更增一般民眾無辜受牽連的感覺。她本人好像也有所察覺，立刻繼續講下去：

「先撇開『SUMMER』隊不談，實際上『WINTER』隊不就有兩個人成功活下來了——如果她們能憑藉自身之力得知四國遊戲的破關條件，應該就代表遊戲開始時的有利與不利到現在都已經消弭了，不是嗎？」

這話也沒錯——只不過憑著一己之力查到四國遊戲破關條件的人不是『WINTER』隊的地濃（悲戀更是不屬於『WINTER』隊，也不是魔法少女），而是『SUMMER』隊的魔法少女『Pumpkin』。

現在這樣一看，更顯得鋼矢多麼精明能幹——空空隱隱約約心想，如果鋼矢是四國左半邊的人，事情會怎麼發展。

雖然空空的預感不算敏銳，但他的假設此時此刻已經在四國的左半邊實現了——但不是在左下方，而是左上方。

「目的本身應該還是一樣吧？」

事到如今，指責左半邊比右半邊占便宜——讓玩家之間有優劣勢之分，確實已經沒有什麼意義，所以空空也換個問題，不再就這一點說下去。

「目的？」

「是的，也就是當初設定的目的——那時候是小規模實驗——試圖利用實驗得到終極魔法的目的應該還是一樣吧？」

「是沒錯，有什麼問題嗎？」

「所謂的終極魔法究竟是什麼樣的魔法？目前我只聽說這種魔法能夠打倒地球而已……」

「這個嘛……我不方便告訴一個外人。」

魔法少女『Asphalt』這麼回答道。

當初空空從鋼矢——魔法少女『Pumpkin』的口中聽聞這件事的時候，關於終極魔法的具體細節，鋼矢的回答是『不清楚』、『不知道』。看來魔法少女『Asphalt』和鋼矢不同，知道真相為何——但知道歸知道，要是她不願意透露，結果還是一樣。

「這是機密。」

「機密啊……」

這次好像不是『說不準』，而是『說不得』了。

「是啊，相當高等級的機密，如果有人去調查的話，就會招惹『白夜』隊的攻擊……我開玩笑的。」

『Asphalt』這麼解釋道，雖然她的表情看起來一點都不像在開玩笑……

「隊伍內也只有我一個人知道而已。『Verify』、『Decimation』還有其他兩個人都不知道終極魔法是什麼就參加遊戲了。我想『AUTUMN』隊那邊的情況應該也差不多。」

「不知道破關獎勵是什麼就參加遊戲，聽起來實在很奇怪……不過一想到有那麼多人連破關條件都不知道就被迫參加，好像也見怪不怪了。」

「如果你無論如何都想知道，應該去問問『白夜』隊的人。你沒辦法和那個黑衣魔法少女『Scrap』取得聯繫嗎？」

『Asphalt』這麼問道——雖然她好像只是隨口問問，但多多少少也表現出一點想要知道的興致。她可能在想，假如空空和『白夜』隊有管道的話，或許就能利用這個機會在春秋戰爭中占得優勢──不，既然已經有一名隊員死在『白夜』隊的手上，『SPRING』隊應該不太可能和『白夜』隊合作吧？

無論如何，空空都只能──

「很可惜我沒辦法。」

──這麼回答。

「只能等她單方面來找我而已──只是如果非找她不可，也不是沒有辦法。」

「喔，那是什麼辦法？」

「我不能說，因為這個辦法有相當程度的危險。」

空空賣個關子說道。

這句話不完全是說謊──如果空空放棄『Scrap』交代的任務，試圖從遊戲中淘汰出局逃往本州的話，黑衣魔法少女『Scrap』很可能會認為空空『背棄協定』，前來收拾他──雖然這種『找人方法』風險極高，但也算是一種方法。

可是這應該不是魔法少女『Asphalt』想要的聯絡管道──所以空空這時候不說出來，主要是因為她分享情報不如空空想像中那麼積極，所以用這種方式去牽制她。

事實上空空的態度似乎確實讓『Asphalt』略感不悅，但也沒有進一步追問──可能是因為她了解這麼做不公平的關係。

「如果有更多一點『白夜』隊的情報就好了……」

空空見狀，出言暗示『Asphalt』要多說一點。

其實空空最初是為了尋找逃離魔法少女『Space』的追蹤才會來調查高知本部，雖然現在已經沒有這個必要，但他對『白夜』隊的真面目當然還是很好奇。

「什麼事情都好，妳知不知道關於她們的任何消息？就算只是傳聞也行。」

因為空空已經先說傳聞也行，所以魔法少女『Asphalt』也只好不太甘願地回答道：

「其實這件事我剛才已經講過了……

「空空空，如果是站在地球鏖滅軍調查員的立場，也就是說站在一個外人的立場，我認為你不用太把『白夜』隊的事情放在心上。如果傳聞沒錯的話，她們用的魔法可能確實威力很大……但『白夜』隊本身也還是魔法少女。」

「……這是什麼意思？」

「就是說她們到頭來也只是用完就扔的小卒子而已。」

「小卒子……」

空空無法判斷『Asphalt』這句話是不是真心——大多的情況下，魔法少女都認為自己身為魔法少女天經地義，或者以身為魔法少女為榮，幾乎不會用這種自嘲式的方式陳述。

這是從空空的經驗法則來看……

可是話也沒錯，從外界來看，對她們了解愈多，就愈覺得魔法少女只是絕對和平聯盟組織當中的可憐白老鼠。

她們本身完全沒有強化，也沒有接受任何教育，只是不斷接收威力強大、非人類可掌控的『武器』——就這意義上來看，得到終極魔法的破關權力，也可以說充其量只是成為終極活祭品的權力而已。

而『AUTUMN』隊與『SPRING』隊事前就知道四國遊戲的詳細內容，仔細一想也只是可能被挑選為實驗品，並不是組織偏愛她們，可以說根本完全相反——『白夜』隊也不脫這個範疇嗎？

要是這樣的話……

「…………」

不。

現在最好還是別再想這個念頭了——更別說把這件事拿出來講，絕對要避免。空空在如今的四國是百分之百的局外人，和整件事的關係最淺，要是輕易讓話題往不正確的方向走，說不定對方會把遊戲的破關權力硬塞給他也說不定。現在『SPRING』隊的領隊還有『怎麼能讓一個局外人把遊戲破關』的想法，但要是談到把四國遊戲破關的人可能會被當成最主要的『實驗品』，空空很有可能會被推出來當作候補人選……雖然不確定身為男生的他能不能擔任『魔法少女』，但至少他已經實際驗證過無論性別是不是女性，只要穿上魔法少女的服裝就可以使用魔法。

「怎麼了，空空空。為什麼突然不說話……該不會在同情我們吧？」

「不是不是，我怎麼敢說什麼同情呢。」

他在想的其實是如何自保。

「地球鏖滅軍也是半斤八兩，對第一線的士兵也一樣無情——甚至可以說完全不符合人力效率。就這一點來說，搞不好哪一家組織都一樣呢……」

空空隨便應付兩句，但就士兵的待遇而言，他也覺得地球鏖滅軍與絕對和平聯盟多少有不一樣。

如果地球鏖滅軍是把士兵用完即丟的話——

那麼絕對和平聯盟應該就是把魔法少女當作消耗品看待——如果要比喻的話就是這種感覺，兩者有相似之處卻又不盡相同。這一點就是空空對她們……搞什麼啊，結果自己根本就是在同情她們嗎？

其實他根本沒有這個意思啊。

他不認為自己是這麼善良的人。

「總之妳說不用把『白夜』隊看得太重，感謝妳提供這個意見。聽妳這麼一說，我覺得輕鬆一點了。」

與其說是變得比較輕鬆，其實是能夠換個角度去看待她們，覺得獲益良多——可是空空和魔法少女『Asphalt』不一樣，他和『白夜』隊的人有實際打過照面，對那群人的戒心絲毫不能鬆懈。

當中有一個人特別要注意。

對那個最初遇到的魔法少女『Space』更是萬萬不能鬆懈……說是對她有所防備，搞不好根本就是一種厭惡感。不管是什麼情感，現在的空空要清楚表達出來都是一件很困難的事情。

「如果可以的話，在我離開四國之前都不想再見到她們——為了這個目的，還得需要妳們打贏春秋戰爭才行。」

空空硬是把話題又帶向春秋戰爭——關於四國遊戲與『白夜』隊的新情報雖然收穫不多，但總是有所得。不過把目光放回現實，要是不把春秋戰爭這顆擋路的大石處理掉的話根本沒辦法進一步繼續下去。

眼前最大的障礙就是『SPRING』隊與『AUTUMN』隊這兩大巨頭的對立。

可是這一點就是魔法少女『Asphalt』最不願透露的部分。

「剛才都是我幫你解答問題，偶爾也該輪你回答我的問題吧？」

她反而這麼問空空。

這道理也說得沒錯，所以空空點頭說了一句「好」，然後聽她發問——魔法少女『Asphalt』問的第一個問題是空空空——地球鏖滅軍的調查員先前的經歷。她想知道空空在四國究竟經歷過什麼樣的冒險。

其實她想知道的應該不是空空或是地球鏖滅軍的動向，而是四國右半邊的狀況。她們以高知為主要根據地，換句話說，代表她們沒辦法肆無忌憚地任意行動，這麼一來在遊戲的舞臺之中就有一片未知的領域，對她們而言想必不是什麼令人安心的事情。

她們當然想要多吸收一些知識，了解外界的情報——也就是空空被派來四國之前的來龍去脈。可是關於這些事情，她們或許抱持著『現在還沒空理會』的想法，所以並沒有向空空深入打聽。

話雖如此，空空對她們而言也不是一個老實的解答者——甚至可以說他自始至終都以欺瞞的方式敷衍了事。他有太多事情不能說，想老實也不行。特別是『新武器』悲戀的事情更是撒了瞞天大謊，處處都有事情必須想辦法含混帶過。

可是除了敷衍欺瞞這一點之外，空空對『Asphalt』的疑問大致上還是誠實回答——他當然可以所有事情都用謊言交代，從這一點來看，或許也可以說空空對『SPRING』隊已經很有誠意了。

如果能把這種態度硬拗成『有誠意』的話……

「原來如此，你也挺辛苦的嘛。該說是風波不斷嗎……至少你這五天過得不算一帆風順。」

魔法少女『Asphalt』當然沒有完全相信空空說的話，但姑且還是慰勞他一下——搞不好她心裡多少也覺得自己的組織害到毫無關係的外人。

說到空空內心真正的想法，現在他也是為了自己的利益，正要把『Asphalt』和她的夥伴全都拖下水。這樣講的話，他們兩人應該不算是有相同的利害關係，而是一丘之貉才對。

「我再確認一件事，空空空。外界開會討論之後，結果是由地球鏖滅軍代表來調查四國發生的異狀——而調查員就只有你一個人，我這樣解釋沒錯吧？」

「對，是這樣沒錯。」

「也就是說我可以認定除了你之外，現在四國沒有其他地球鏖滅軍或是其他組織的調查員。而且之後外界也不會增派其他調查員過來是嗎？」

「嗯……這就難說了。」

針對這個問題，空空本身也和『Asphalt』想的一樣。可是給她這樣再問一遍、鄭重其事地確認一次之後，他又沒了自信——不，嚴格說起來，『新武器』悲戀已經從地球鏖滅軍額外增派進來了，但空空沒有把她算進去。

空空以為在他之前各個組織派到四國的調查員都撞到八十八條規則的高牆，已經全部被炸死了。可是搞不好其實還有人活著，就像空空現在這樣，只是沒有辦法和外界聯繫。這種可能性也不是沒有——而且也可能有些組織打破會議中決定的協議，私自派人到四國來也說不定。

不，如果有人知道四國內部的事情——如果現在有機會得到那個什麼終極魔法的情報外流出去的話，包括地球鏖滅軍在內，任何組織應該都會不惜打破協議也要得之而後快吧。

魔法少女『Asphalt』之所以要再三確認清楚，就是擔心這種狀況——也就是說擔心四國會陷入比現在更混亂的狀況。但空空現在人已經在四國了，所以他也無法保證什麼。

就我所知，應該不會再有人來——他也只能這樣說。而且嚴格來說，就連這句話都不算老實，因為悲戀已經來了……

不消說，空空在談話當中對『時間限制』這件事隻字未提——因為他要避免話題帶到悲戀身上，所以當然不能提。再說現在已經沒有什麼『時間限制』，他判斷提這件事也沒什麼意義。

「無論如何，我認為現在的狀況要是繼續拖下去，之後就有可能會有其他人進來。外界認定絕對和平聯盟已經滅亡，很有可能會為了爭搶你們組織留下來的利益而你爭我奪——別說是終極魔法了，光是一般魔法都會讓大家搶破頭。」

「都已經這種時候了，人類彼此之間互相鬥爭又有什麼意義？」

魔法少女『Asphalt』很不滿地這麼說道，可是這句話會完完整整地罵到她自己——因為她自己就深陷在春秋戰爭當中，這句話立刻就會罵到自己。

『Asphalt』下一秒鐘就發現這句話也能套用在自己身上，但空空也不去點出這一點——不是因為他心地善良。

而是因為每個人都是一個樣。

雖然知道這個道理，可是卻辦不到——無論是意志或是行為都沒辦法。因為空空自己也很有經驗了——今後恐怕也還是剪不斷理還亂吧。他覺得要是哪一天自己不再為此所苦的時候，到時候是不是還活著也很難說了。

「呼……」

魔法少女『Asphalt』好像暫時把話題告一段落，嘆了一口氣之後說道：

「那我們差不多該來討論一些具體對策，看看要怎麼結束春秋戰爭。」

原先她一直避談這個話題，現在卻主動提起來——或許是認為不能再逃避下去，但也有可能一開始就看準這個時候開口。

無論如何，她都已經下定決心了吧。

「好。」

空空也不再裝腔作勢——他馬上就答應，好像已經等這句話等很久了。在剛才的對話中，他已經強調自己想盡快結束四國遊戲，結束任務之後回去本州。現在如果態度不積極一點不就前後不一了？

說實在的，要是問空空是不是真的很想回地球鏖滅軍，他還要考慮一下……至少回去之後可以過著能夠滿足基礎需求的生活。

「我想問的第一件事是妳……」

『SPRING』隊的領隊問話的對象並非空空，而是空空身後的悲戀。

「『New Face』，我想知道妳的固有魔法是什麼。之前我一直避談這個問題……就像在半路上說的那樣，原本我也不會要求妳告訴我。但要是不問的話、要是妳不說的話，我們就沒辦法研擬戰略了。」

一開口就問這件事嗎？

空空覺得好像被她搶先了一步——站在他的角度，他是希望『Asphalt』先透露『SPRING』隊所有人使用的固有魔法。

可是現在這種情況下，要是不告訴她的話，他也有點難以開口反問人家——自己這邊告訴對方一個人的固有魔法，對方則是要告訴他三個人的固有魔法，這樣雙方顯得很不平衡。可是就算把地濃的魔法內容告訴她，這樣也只是二比三而已。

從他們被軟禁在這個洞窟深處的地方之後，空空有時間思考關於固有魔法的事，所以他已經把冒牌魔法少女『New Face』的固有魔法內容都想好了……但這時候要是隨隨便便談什麼條件交換的話，搞不好對方也只願意告訴他一人份的魔法，然後就避口不談這件事了。

「你認為呢？」

悲戀開口詢問空空。

「空空同學，你認為可以說嗎？」

悲戀稱呼他為『空空同學』而不是『長官』，或許這就是這名人造人特有的應變能力──而且她之所以裝作若無其事地把話頭丟給空空，是因為她對自己的固有魔法沒有腹案。因為擔心有人偷聽，所以空空還沒有把自己想到的方案告訴她──意思就是悲戀用做球的方式很漂亮地把魔法少女『Asphalt』的問題丟給空空處理。

問題是空空接受悲戀的做球之後要如何應付。

「這個嘛……」

空空一邊故作思考的模樣一邊說道──故作思考當然只是做做樣子，此時他早就已經有結論了。

就像魔法少女『Asphalt』下定決心提起這件事一般，空空這時候也下了一個決心──連他自己都覺得可能想得有點太一廂情願。

空空不覺得自己把這件工作──打破春秋戰爭的戰力平衡狀態的這件事看得很輕鬆。但在下意識之間他或許確實希望不費吹灰之力，就把『SPRING』隊與『AUTUMN』隊玩弄於股掌之間──只需要盡可能興風作浪，最好之後她們雙方自己打成一團。雖然這麼想太過理想化，但或許也不能說他不對——可是『SPRING』隊做事態度比空空想像中謹慎小心得多。

雖然順利和『SPRING』隊結盟，但看領隊做事如此小心，如果空空不積極作為的話，說不定已經崩潰的戰力平衡會被她一手挽回。

要是那樣的話，空空就不算達成他和黑衣魔法少女『Scrap』之間的約定——攪亂春秋戰爭不是結果，只是一個過程而已。不管最後以什麼方式結束，『SPRING』隊打贏還是『AUTUMN』隊勝利，『白夜』隊與空空之間訂下的『契約』是要終結戰爭。

「我不是不願意告訴妳，但這樣一來的話，我也不得不問妳的固有魔法了。」

「沒錯，那當然。我本來就打算告訴你，可是……」

魔法少女『Asphalt』本來可能想說『可是為了公平起見，只能透露我個人的魔法』，但空空卻打斷她說話。

「不，這件事我之後再聽妳說就好了。」

他這麼說道。

『Asphalt』似乎不懂空空的意思，只是微微蹙起眉頭——空空不等她開口，緊接著繼續說道：

「『Asphalt』同學，現在要妳把固有魔法告訴我，恐怕妳也覺得不放心吧。所以我也不那麼急著要妳告訴我。」

「…………」

沉默半晌之後──

「這樣啊。」

『Asphalt』也退一步，打消了主意。

她應該是把空空這句話解釋成『所以我也不會把「New Face」的魔法告訴妳，大家都不吃虧』，表情有些掃興。

「『New Face』的固有魔法是『強力』。」

可是空空似乎看準了她意志鬆懈下來的這一瞬間，開口這麼說道──當時他們開車往龍河洞的半路上談到悲戀的固有魔法之後，他就一直思考這件事。雖然只是謊言，但空空說話時的態度一點都沒有心虛的感覺，完全不讓人覺得他在說謊。

魔法少女『Asphalt』露出驚訝的表情。

空空也不理會，繼續說下去：

「『強力』──別看她四肢纖細，好像沒什麼力氣。可是她能夠以超乎一般、無法估量的力氣與速度活動。」

「這……」

魔法少女『Asphalt』好像不知所措，又問了空空一句。但好像只是下意識應了一聲而已，她的思考似乎還轉不過來。

「你是說她可以把潛能全部發揮出來……的意思嗎？就像能夠使出緊急情況下才有的蠻力嗎？」

「不，和妳說的那種不一樣。有那種魔法嗎?·不過我剛才的說法只是『New Face』自己的解釋罷了。」

空空不著痕跡地強調自己這段說明只是替人代為解釋而已。這段說明不光是說給魔法少女『Asphalt』聽，同時也是說給在身後的悲戀——冒牌魔法少女聽。

用口頭說給她聽。

因為悲戀本人也是第一次聽說自己的固有魔法叫作『強力』——可是她表現得毫不緊張，表情一點都看不出來是第一次知道自己的能力。她的表現完全看不出是人造人，但如果是人類的話，在這種情況下或許根本沒辦法像她那樣泰然自若。

「她能夠使出那種潛能也不足以說明的異常力量，而且不受任何限制——我也曾經親眼看她把石頭和圍牆打碎，就像打爛一塊豆腐一樣。」

其實空空是親眼看到她用超快的速度從廣大的海面上游過來，還有用空手刺穿原本防禦力應該如銅牆鐵壁般的魔法少女服裝。但他當然不會這麼說，只是舉一些平時常見的範例而已。

他不認為悲戀連一塊石頭或石牆都打不破，應該也不算說謊——簡單來說，空空就是把悲戀身為人造人的能力直接當成是一種『魔法』來說明。

這樣既可隱瞞她的真面目，萬一對方要看證據的話也能夠表演給她看，可說是一舉兩得的好主意——反過來說，要是不這麼解釋的話，她的力量又顯得太誇張了。

現在雖然要悲戀扮成人類、扮成魔法少女，但萬一有事的時候，空空還是希望她能發揮出和魔法少女『Verify』戰鬥時的行動力，屆時如果沒有一個理由說明她的超常動作的話，空空的謊言就會輕易被拆穿。

介紹的時候明明說她是『WINTER』隊的魔法少女，其實卻是地球鏖滅軍的『新武器』，這種謊撒得太大，空空很有可能會信用破產——不，魔法少女『Asphalt』本來就說過不信任空空，她不是信任而只是利用他而已。但就算只是利用，這樣還是會害空空喪失利用的價值。

不如把悲戀的這種機能用魔法一句話交代還比較簡單——反正在空空眼裡，科學與魔法兩者都是難以理解的東西。

既然這樣，乾脆故意把兩者混為一談比較不那麼麻煩——左右左危手下負責開發悲戀的不明室還有那個不知道還在不在的絕對和平聯盟魔法少女製造課聽到空空這句話，一定會覺得這是一種褻瀆。可是站在空空的立場，他們的感覺恐怕是這世上最沒價值的事物了。

空空現在之所以會身陷這樣的困境，可以說幾乎都是這些部門一手造成的，為什麼還要去關心他們在想什麼——如果情況不那麼緊迫的時候，那種關心或許還稱得上是一種美德，但現在可是攸關他的性命。不對，攸關的不只有他一個人的性命而已……

「就這個角度來看，她的魔法或許沒辦法滿足妳的期待——對我這個外人來說，這種魔法已經『強力』到讓我五體投地了，但和妳的同伴『Verify』那種可以自由控制沙子的能力比起來還是沒那麼方便吧。」

「不，絕不會……」

魔法少女『Asphalt』現在腦裡在思考的不是那個名為『強力』的固有魔法，而是在思考空空有什麼意圖，為什麼這麼輕易就把『New Face』的固有魔法說出來——可能是怎麼想都想不透吧，她的應對反應相當遲鈍。

她的反應不僅正如空空所料想，更是中了他的圈套——可是話雖如此，『New Face』的固有魔法設定還只有門面而已，空空表面上一派自若，心裡可是七上八下的。

空空心想自己別說是一隊之首了，連智囊都不適合當。但還是扮演成智囊的角色繼續說道：

「可是就算泛用性不高，事實就是因為有她在我們才能活到現在——她很客氣，說是我救了她。但實際上她才是一直幫助我的人——」

空空沒忘記要先打預防針，主動透露『強力』魔法的缺點——其實就是不像魔法這一點。他強調的不是泛用性而是功能性，避免『Asphalt』問這問那——事實上如果對方要求要看魔法的話，他要提出『實際證據』也不難，只是如果問起背後的邏輯就有可能會東窗事發。空空的說話方式讓『Asphalt』弄不清他的意圖，空空想趁她驚訝的時候一口氣講到結論。

「是、是嗎——『強力』啊，我是不知道有沒有其他類似的魔法。不過魔法本來就是什麼都有……」

魔法少女『Asphalt』繼續說道。聰明伶俐的她難得會用這種不曉得該說什麼，想到什麼就脫口而出的方式說話。

「魔法少女製造課做出任何東西都不足為奇……可是這種魔法應該滿適合用來戰鬥的吧？而且強化人類本身的力量也算是使用魔法的目的……」

強化人類本身的力量。

使用魔法的目的。

魔法對空空而言一向是未知的力量。而『Asphalt』雖然言者無意，但她說的這些話其實隱含著一種啟發。只是因為空空正全心全意專注在處理對話的問題，所以沒能注意到。

「關於『Giant Impact』的魔法，我想應該不需要多作說明——因為妳好像已經有某種程度的了解了。」

「什麼？啊，是啊。某種程度上。」

看來『Asphalt』只是了解『某種程度』，並不知道魔法少女『Giant Impact』的魔法『不死』究竟是什麼內容。不過她好像更想知道空空的意圖是什麼。

空空自己也被那項固有魔法救過一命，如果可以，他不太想全盤托出，所以『Asphalt』的反應正中他下懷——總之雖然只是概略說說，但現在已經把自己這方的魔法少女都介紹完，這時候空空終於說道：

「『Asphalt』同學，我這裡有一個提案——如果她們兩個和我能夠把兩名『AUTUMN』隊的魔法少女——」

兩名。

空空豎起兩根指頭表示數量——雖然手勢看起來也像適合和平的標示，但他說的話卻一點都不和平。

「——能夠把兩名『AUTUMN』隊的魔法少女扣掉的話——也就是說把『AUTUMN』隊的魔法少女人數調整成和『SPRING』隊一樣的話，妳覺得如何？」

「什麼？」

魔法少女『Asphalt』露出的表情與其說是驚訝，更像是覺得不可思議。空空告訴她說：

「到時候妳願意把包含妳本人在內，『SPRING』隊三名魔法少女的固有魔法全都告訴我嗎？」

「……你認為自己有能力辦到這件事嗎？」

『Asphalt』好不容易才回了這麼一句。

「我可以。」

空空說道。

「就人數上來說是三打二。我不認為自己的提案很荒唐。我不是急著想立功博取妳的認同——只是打破現在這對妳們稍稍不利的現狀，讓妳利用我們的時候不會有那麼多顧慮。」

空空這句話不只是不明就裡，根本就是莫名其妙。

「……『Giant Impact』的魔法應該不是用來戰鬥的吧？而你也不會使用魔法，實際上只有『New Face』的魔法可用，也就是說你要用二比一的戰力差和魔法少女對戰。」

『Asphalt』聞言，提出帶著一絲反對意味的意見。

如果要這樣比的話，悲戀可是冒牌魔法少女，所以戰力差豈止是二比一，根本就是二比零。可是空空臉上不動聲色，表情一點都看不出他們在人數上大大地不利，只是回答道：

「不要緊。」

「只要知道我們這群人派得上用場，妳的口風應該就不會那麼緊了吧。」

「……你是認真的嗎？」

『Asphalt』謹慎地問道。

或許因為她看不出來空空這麼說是認真的，還是單純為了讓談判更有利而虛張聲勢——但看空空點頭之後，她也不再繼續多問。

她只是不明白為什麼空空會突發此言，但想不到任何理由要拒絕空空的要求——所以這麼說道：

「——好，我就答應你吧。如果你真的成功把『AUTUMN』隊的兩名魔法少女解決掉，到時候我發誓一定會敞開胸懷，把『SPRING』隊的內情告訴你。」

3

發誓要把『SPRING』隊的內情說出來。

魔法少女『Asphalt』之所以訂下這種約定，固然是因為就算她不遵守約定也沒什麼損失——更重要的是既然空空要去，站在她的角度來看，要是空空等人與兩名魔法少女同歸於盡的話，也可以說是最好的結果了。

可是如果『Asphalt』沒有放棄思考，再稍微動動腦思考為什麼空空會提出這種要求的話，可能就不會這麼輕易做出這種約定了。

要是她一直思考到找出理由拒絕的話——

到頭來她還是沒辦法像魔法少女『Cleanup』吸引魔法少女『Pumpkin』那樣讓空空為她傾心，就連『Cleanup』魅力的一半、一半的一半都沒有——不過要讓這個無心的少年對她傾心，打從一開始就是不可能的難題——但要是她一直思考到找出理由拒絕的話，可能就不會允許原本軟禁在自己根據地的空空等人自由行動了。

假如空空真的如提議一般和『AUTUMN』隊的魔法少女開打倒還好，但如果『Asphalt』知道空空現在已經有了足夠的自由，可以此為藉口與『AUTUMN』隊的魔法少女接觸，甚至可以投靠對方的陣營的話——

（第六回）

（終）

第七回
洗溫泉篇章！
氤氳繚繞的作戰會議

只有在工作的時候才需要休息。

10

現在怪罪『SPRING』隊的領隊魔法少女『Asphalt』沒有把地球鏖滅軍的調查員空空的心牢牢掌握住，其實也已經於事無補了——即便只是一個寥寥幾人的小團體，『Asphalt』畢竟要對自己的團隊、一起並肩作戰的隊友負責，本來就不該期待她辦到那種過去從沒有人辦到的壯舉、偉業。更遑論現在是戰爭時期，這麼一想的話，她對空空的態度可以說其實還滿紳士——滿淑女的了。

而且空空也不是這時候就打定主意要背叛『SPRING』隊——只是認定背叛也是一個可行的辦法，讓自己多一個選擇而已，目前他仍然打算繼續維持與『SPRING』隊的合作關係。不管內心打什麼算盤，他在心態上還是打算『癱瘓兩名「AUTUMN」隊的魔法少女』——打算在不借助『SPRING』隊的支援下辦到這件事。

之所以要獨自行動不是為了背叛，只是先設下一個保險，萬一任務失敗的時候還可以叛逃至『AUTUMN』隊。

只是還沒付諸實行，這麼說來『Asphalt』等於被空空欺騙了。但她的所作所為是否會讓自己的隊伍陷入不利？那也不見得——要是空空嘴巴上說說的計畫真能奏效，自然最好不過。如果空空真的憑著一己之力把『AUTUMN』隊打到半殘，她也能找到一個最好的藉口對空空坦承以對——她也和空空一樣，覺得這種雙方比拚耐心的爾虞我詐是一種痛苦。如果事情進展順利，『SPRING』隊和他們組成搭檔一同直搗黃龍，痛擊『AUTUMN』隊殘存勢力的話（『痛擊』這種詞和魔法少女真不搭），憑『AUTUMN』隊再怎麼難纏都能終結這場春秋戰爭——只後只要慢慢收集四國遊戲的規則把遊戲破關，十天之內就能結束一切。

而且——雖說『Asphalt』還沒發現空空存有『那種打算』——可是就算空空和『AUTUMN』隊接觸之後，腦袋真的比蝙蝠還機智，決定要投靠『AUTUMN』隊。

就算對方在人數上的優勢更明顯——即便如此，也不見得『SPRING』隊的情況比『AUTUMN』隊更不利。

因為他可是空空空。

殺害自己人比敵人還多的戰士。

一部分的人甚至說他是瘟神，另外也有一部分的人則稱呼他為死神。要是他去了『AUTUMN』隊，『SPRING』隊不但有可能獲得勝利，搞不好還會變成五五波的賭局。

簡單來說，一旦把空空拖下水，不管怎麼演變都有可能會發生最糟糕的狀況——

不過前提是『AUTUMN』隊願意收留他才會有這種可能性——就如同『SPRING』隊的領隊『Asphalt』覺得他很可疑一樣，要是空空真的投靠『AUTUMN』隊，領隊『Cleanup』肯定也會覺得這個人有問題。身為一隊之首當然不會輕易下判斷讓這種不知道是雙面諜還是三面諜的人加入自己的團隊。

對空空來說這當然是最壞的情況。逃離『SPRING』隊之後還被『AUTUMN』隊拒於門外，兩隊都排斥他，最後被捲入戰火當中喪命——這種情形成真的機率絕對不低。不，只要回顧空空過去的冒險，最有可能的狀況說不定就是這種情形。

空空做出這個決定之前當然已經考慮過這種情況——但他的個性就是『陷入僵局的話就先行動再說』，雖說因為參加體育系社團的社團活動培育出這種個性，但可能也顯得太過積極了一點。

可是如果兩支隊伍的領隊也有空空這種個性的話，哪怕只有一半也好，春秋戰爭應該也不會落得像現在這樣停滯的狀態。所以優點與缺點就像上述那樣，只在一線之隔。就這方面來看，空空不管加入哪一隊都能有效發揮『相加除以二』的效果，只是他與兩隊的性質完全相反，所以不管是相加還是相除可能都不適合。

就這一點來說，魔法少女『Asphalt』與魔法少女『Cleanup』根本就是個性相似的兩個人彼此對立，這麼說也無不可——但是這當中有一點不同。

有一種希望可能存在——在『SPRING』隊備受冷落的空空要是去『AUTUMN』隊的話，說不定會受到很好的禮遇。

雖然說是希望，但這也是在理論上無法抹滅的機率，就像某一天突然會被天上掉下來的隕石砸死那樣的機率——就是某種『AUTUMN』隊有，而『SPRING』隊沒有的事物。

空空眼中看來的差異。

那就是隊上有沒有一個熟識他的人——空空的合作對象、『SUMMER』隊的流浪魔法少女『Pumpkin』杵槻鋼矢現在人就在『AUTUMN』隊裡。

也就是說如果談得順利，鋼矢可以把空空介紹給『AUTUMN』隊的隊員認識，並且保證他的人格——不，她或許不會願意替空空的人格做保證，但應該至少會幫忙向大家說明他不是敵人。

這樣的話，對空空來說最糟糕的情況就不會發生了——沒辦法加入任何一隊，白白死在街頭上。或者落得被黑衣魔法少女『Scrap』以沒有履行任務為由殺害的下場。

可是這部分的問題是（兩邊都有問題）空空空以及杵槻鋼矢如今對彼此的動向——還有和對方一起活動的人是誰，幾乎可說完全不知道。

空空到現在還以為鋼矢還在嘗試要離開四國，根本想都沒想到她竟然單獨到愛媛去了——更別說還成了『AUTUMN』隊的人。

更要命的一點是她竟然對領隊極有好感。要是空空聽到的話肯定不會相信——空空認識的魔法少女『Pumpkin』是一個總是悠然自得又隨興而行的年長女性，雖然待人不是很冷淡，但不會有什麼強烈的感情。

可是雖然鋼矢在他眼裡看起來是年長的女性——和身邊的人比起來年紀確實比較大一點，但杵槻鋼矢也還是魔法少女——空空不應該忘記她還是一個少女。

雖然她總是悠然自得又隨興而行。

但還是一個正值青春期的少女——而那名青春期的少女也還不知道空空目前的動向如

何。

她無從得知在德島分道揚鑣的空空現在已經在高知縣，而且和『SPRING』隊結為盟友——不對。

不對。

『Cleanup』已經迎接鋼矢加入『AUTUMN』隊，而夜色也變得更深。

現在鋼矢已經有多餘的心力思考，也已經慢慢想到有那種可能性了——

2

「總之我們先從自我介紹開始吧？」

領隊的魔法少女『Cleanup』開始主導流程。在她身旁有五名年齡相仿的少女——

所有人全都一絲不掛。

大家都沒穿衣服的原因是為了互相表示在重要會議當中坦誠以對，沒有任何事隱瞞大家。更重要的原因是因為愛媛縣松山市是一處溫泉勝地，此時大家正在知名觀光景點道後溫泉泡湯。

因為這裡沒有其他觀光客或是本地常客，所以這些女孩們能夠獨占豐潤寬廣的溫泉，充分享受而不用顧忌他人——當然她們不會粗心大意到把魔法少女服裝放在更衣室，而是連同毛巾一起放在溫泉旁邊。

要是在泡溫泉的時後遭受敵人攻擊而全軍覆沒，那未免也太糗。

在那之後——

在杵槻鋼矢與魔法少女『Cleanup』接觸，雙方一起突破生死關頭獲得最後勝利之後——兩人便一起來到隊伍的根據地，也就是絕對和平聯盟的愛媛總本部。只不過這裡也和其他本部相同，已經變成『總本部遺跡』，所有設施都沒有任何作用——鋼矢認為這裡的人應該總不至於觸犯那個『專殺新手』的規則，所有人鳥獸散之前應該還是有利用總部內的設施吧。可是他們好像沒有收拾遊戲造成的傷害，而是把時間用來湮滅證據。

當『AUTUMN』隊為了打春秋戰爭選擇總本部當作根據地的時候，這裡已經是空無一人了——她們沒有找到什麼有助於破關的提示。也就是說雖然『AUTUMN』隊進駐總本部，可是和進駐高知本部的『SPRING』隊比起來，她們是否占到任何優勢呢？其實也沒有——不過在心理上，她們可以主張『我們才是正統』。這一點非常重要。鋼矢認為要撐過這場消耗戰，這一點心理因素至關緊要。

鋼矢心想那些過去在這裡工作的人還有『白夜』隊的魔法少女到底躲到哪裡去——魔法少女製造課的那群傢伙很有可能所有人都還活著。

至少在遊戲剛開始之後，絕對和平聯盟的高層應該還在運作才對……鋼矢覺得當時他們的應對方式真是大錯特錯。因為當時他們只想著要隱匿整個事態，然後隱藏所有證據。

「『……kin』。『Pumpkin』。」

「啊，什麼事？」

鋼矢發現有人在叫她，回神抬起頭來——叫她的人當然就是領隊魔法少女『Cleanup』。鋼矢在鬧區的時候曾經一度看過她的裸體——其實也不只一次，老早看很多眼了，但她泡在溫泉裡的時候一看感覺又不一樣，嬌豔非常。

「還什麼事呢，自我介紹啊——妳在『左邊』這裡也很有名，我想大家應該都知道妳。可是這種必要過程還是不能馬虎。」

「……是啊，是沒錯。」

這時候她重新看向魔法少女『Cleanup』與其他四人——算了，之後再來思考魔法少女製造課到底怎麼樣了。

眼前先要處理春秋戰爭。

還要把遊戲破關。

她心想地球鏖滅軍動用『新武器』是有時限的，必須得加快速度才行。包括今天在內，這個時間限制已經只剩兩天了——她完全沒有得到消息，不知道時間限制這項枷鎖已經去除了。

「我的確是魔法少女『Pumpkin』沒錯——欸，各位。這時候我們要不要乾脆用本名來自我介紹好了？」

「本名？」

四名魔法少女當中的其中一位，鋼矢還不認識，只有簡單打過招呼的人發出驚愕的聲音——有這麼驚訝嗎？

鋼矢原本覺得對方的反應太誇張，隨後又改變想法。這件事就是這麼令人驚訝，所以人家才會有這種反應。對大部分的魔法少女來說，代號名稱就是一種榮耀。當自我介紹的時候，對外反而喜歡用代號名稱介紹自己。

『SUMMER』隊的『Pumpkin』與『Metaphor』沒有很明顯喜歡用代號名稱自我介紹的傾向（鋼矢反而不喜歡人家用代號名稱叫她）。但身為組織的一分子，鋼矢也不是不了解對方的感受──所以她仔細說明自己為什麼會提出這種建議。

「最近這一陣子情況不是沒有任何進展嗎──為了打破僵局，我在想是不是可以嘗試一些和平常不一樣的事。每當運勢不佳或手氣不順的時候，就會試著反其道而行。這不是競賽或是賭博的基本常識嗎？」

「唔……是這樣嗎？」

那個女孩態度輕浮地應道：

「領隊如果沒意見的話，我當然也可以囉。」

她看向領隊，這麼說道。

那個女孩雙手在後腦勺交叉，顯得一點都不害羞──應該說頗有一副巾幗勝鬚眉的樣子。在泡溫泉之前，她也穿著一套可愛的魔法少女服裝，那時候還沒有這種印象。她的態度落落大方，只要穿上比較男孩子氣的便服，要說她是個男生可能也不會被認出來。鋼矢覺得很放心。

她心想──看來魔法少女『Cleanup』有一群很不錯的隊友。

我能不能融入這個團體就不知道了。

「沒意見……我就是想要有一點不同，才會引進新血的。」

魔法少女『Cleanup』聞言立刻回答道。

「那就從我開始吧，我叫作忘野阻。」

她接著繼續這麼說道。

「只是我不太喜歡這個名字就是了。」

她有些不好意思地又補上一句話，看起來更是討人喜歡。不過遇到不習慣的事情時率先力行，鋼矢認為身為一名領隊就該有這種態度。

「聽領隊這麼一講——我還是第一次知道妳叫什麼名字耶。」

那個態度輕浮的女孩說道。不知道為什麼，她好像感到很佩服似的——魔法少女『Cleanup』，本名忘野阻聽了之後說道：

「妳應該知道才對啊，之前我應該有說過喔。魔法少女『Wire Stripper』——啊，不對——」

這時候她不再說話，要那個女孩回答。

對方也表現得很機靈，了解領隊的意思。

「好，我叫作藝來。」

那個女孩好像叫作魔法少女『Wire Stripper』，緊接在領隊之後也報上真實姓名。藝來。

鋼矢原以為這是姓，但其實不是，那是名字。

「竿澤藝來——這就是我的本名，也不覺得有什麼喜歡或是討厭的。」

「喜歡討厭不是什麼重點吧？」

領隊忘野阻婉轉地把話題內容導正過來——她可能認為接下來三個人不要那麼傻傻地有樣學樣，學自己說喜不喜歡名字。

「我是魔法少女『Curtain Rail』——品切示。」

「我是魔法少女『Curtain Call』——品切衣。」

兩個女孩這麼異口同聲自報姓名。她們兩人長得很像彼此，任誰都能一眼就看出來——這樣說好像有點語病，其實她們就是一對雙胞胎。

絕對和平聯盟之中有很多魔法少女都是因為某些事情才會被組織收用，當中竟然也有人是彼此有血緣的親屬關係，讓鋼矢覺得很訝異。

雙方互有血緣，而且還是雙胞胎。就連鋼矢這個萬事通過去也只知道有一對而已……

因為兩人穿的服裝顏色不一樣，之前還能分辨出兩人。但兩人現在沒穿衣服，又泡在霧氣繚繞的溫泉當中，才剛剛見過面的鋼矢還真的分不出來——其他隊友和她們相處時間比較長，就算是在溫泉裡，應該還是可以從細微的差異分辨出誰是誰。

「請多指教。」

兩人異口同聲對鋼矢打招呼——鋼矢原本就知道這支隊伍的向心力很強，預料隊上的氣氛可能會排斥外人，可是這些人對待她並不會那樣，像她這種個性的人反而會覺得有些難以應付。

可能因為鋼矢是由領隊魔法少女『Cleanup』忘野阻親自帶回來，而且兩人還一起把『SPRING』隊的一名魔法少女打倒。這兩件事應該是主要原因……要是把後者解釋成『救了領隊一命』的話，她們會把鋼矢當成救世主對待也不那麼奇怪了。

就算形容杵槻鋼矢為救世主有點誇張，『AUTUMN』隊出乎意料地對她友善，漸漸接納她主要也是出於偶然。可是同時間空空在『SPRING』隊卻是處於半軟禁狀態。兩者相比之下真是有如天壤之別。

『SUMMER』隊的魔法少女『Pumpkin』這個名號說不定也發揮了一點作用，雖然算不上什麼好聽的傳聞，但這個名號還是有一點知名度——她擔任魔法少女的資歷比周遭的女孩都久，她們對鋼矢這麼友善，可能是基於一種積極的態度，想要從她身上學習到一點東西吧。

——和當時與空空小弟談合作時的辛苦比起來，現在這狀況完全出乎鋼矢的意料之外，反而會讓人提高戒心。

鋼矢甚至這麼覺得。

……可是還有一個人。

最後一個人。那個看起來好像是『AUTUMN』隊中年紀最小的女孩還沒有自我介紹。鋼矢現在還不知道那個一句話都沒說的女孩子心裡現在是什麼感覺。

不，她不是因為懷著戒心沒說話或是一臉不高興——她看起來就只是舒舒服服地泡溫泉享受而已。

「……輪妳了，『Lobby』。」

雖然聽到魔法少女『Cleanup』——忘野催促，但她的反應還是慢，大概過了三秒鐘之後好像才發現有人在叫自己。

「喵。」

她發出一聲不知是什麼意思的聲音。

「不是喵——快點自我介紹啊。拜託妳，至少該知道這種場合該做什麼事吧。」

領隊的口吻比較像是在責備而不是生氣，但也還不到責備的程度，只是在糾正她的行為。鋼矢看看其他三人，她們也只是看著，好像在看『日常對話』一般——領隊的語氣中雖然有一絲不滿，但情緒似乎沒有很緊繃。

「人家已經五年沒有用本名自我介紹……早就忘掉了啦～～～」

那女孩用拉得長長的聲音回答道——她好像沒有打算要回應領隊的要求。鋼矢甚至覺得她的思考是不是被溫泉的溫度泡到融化了。

體態看起來也很稚嫩。鋼矢覺得有些不安，可以把她當成『年齡相仿』的少女嗎？那個女孩的氣氛明顯和其他四人不同。說她不同並不是什麼不好的意思，但如果要問鋼矢是什麼意思？恐怕也不是什麼很好的意思。

如果一定要形容的話，在鋼矢認識的魔法少女當中，那個女孩——魔法少女『Lobby』會讓她想起『WINTER』隊的『Ginat Impact』。

『Ginat Impact』那種我行我素還有自我中心的個性，過去也讓鋼矢吃了不少苦頭——鋼矢原以為她『十之八九已經死了』，可是根據黑衣魔法少女『Space』的情報，她好像還活著……只是不知道這項情報可不可信。

無論如何，雖然那個女孩自稱忘了名字，但這時候有個人親切地把她遺忘的事情告訴她，那就是魔法少女『Wire Stripper』竿澤藝來。

「我記得妳的名字不是叫作恤嗎？」

「對啦，沒錯。就是恤。」

魔法少女『Lobby』的拳頭在手掌上一拍。

「我叫作恤，請多指教。」

她對鋼矢低頭致意——說是低頭致意，她的動作其實應該說是把臉泡在溫泉裡才正確。

「光是一個恤字，人家哪聽得懂啊。」

忘野傻眼說道，好像再也看不下去眼前這有些滑稽的對話。

「她的名字叫作五里恤。」

她這麼說道。

「五里恤——魔法少女『Lobby』五里恤。我想她應該是所有魔法少女之中年紀最輕的一個——這下子最年長以及最年輕的魔法少女都在『AUTUMN』隊裡了。」

「……妳這樣強調我最年長，我覺得自己好像變成老人家了。」

這麼說那個女孩就是菜鳥囉？才剛成為魔法少女就碰上這種事故嗎？想到這一點，鋼矢就覺得魔法少女『Lobby』——五里恤有點可憐。但說她可憐，她又一臉呆呆的，好像不是很清楚現在自己的處境。這一點就滿可疑的。忘野把本名告訴她，她好像也沒有什麼感覺，連一點像樣的反應都沒有。

「總之謝謝各位。我的名字叫作杵槻鋼矢。」

鋼矢一邊心想，結果變成是我最後一個報上姓名了。然後一邊做出最後的結語：

「我杵槻鋼矢原本是『SUMMER』隊出身，如今已經成為『AUTUMN』隊一分子——也請大家多指教多關照。我願盡微薄之力，為了打贏春秋戰爭，然後把四國遊戲破關奉獻全副心力。」

忘野阻——魔法少女『Cleanup』。

竿澤藝來——魔法少女『Wire Stripper』。

品切示——魔法少女『Curtain Rail』。

品切衣——魔法少女『Curtain Call』。

五里恤——魔法少女『Lobby』。

杵槻鋼矢——魔法少女『Pumpkin』。

嶄新的『AUTUMN』隊就在此時此刻誕生。

3

好了。

杵槻鋼矢——她要求所有人互相以本名自我介紹，當然不是真的因為什麼『改變運勢』或者『反其道而行』這種怪力亂神的理由。

為了打贏春秋戰爭，她的策略從此時此刻就已經開始了——就算現在人泡在溫泉裡、就算身上一絲不掛，她的精神也不曾放鬆過。

特別在她決定要把魔法少女『Cleanup』——本名忘野阻成為結束四國遊戲的玩家之後，更是為了這個明顯的目標一直絞盡腦汁。就這個角度來看，也可以說她的個性看似彆扭，實際上卻很簡單——只是很難找到一個目標，讓她能用簡單的方式處理問題。

那麼她為什麼要導入不用魔法少女的代號名稱，而是用本名互相稱呼的全新習慣呢？真正的原因是為了『擺脫對魔法的依賴』。

魔法少女會把組織給予她們的魔法視為『理所當然』，鋼矢就是要她們擺脫這種想法、這種習慣——她預料只要能夠成功辦到這一點，應該就能夠大幅提升整支隊伍的戰力。

鋼矢的前隊友證——登澱證就是最好的例子，只要把魔法視為『理所當然』的存在，人就不可能會成長。因為那種狀態不是人操控魔法，而是魔法在操控人——就這一點來看，因為魔法少女『Pumpkin』得到的魔法『自然體』很不好用，她對魔法的心態也和其他人有所不同——不得不努力磨練自己的魔法。

雖然那不是一段美好的回憶或經驗，但多虧她曾經努力過，所以才能成功躲過黑衣魔法少女『Space』的追擊——努力獲得了回報。反過來說只要肯努力，任誰都可以和黑衣魔法少女並駕齊驅。

互相用本名稱呼就是改革意識的第一步。

她絕不是因為自己不喜歡『Pumpkin』這個代號名稱，才想要導入用本名稱呼的習慣——雖然追根究柢，動機當中還是存有這種念頭。

時間足夠的話，她很想進行更徹底的意識改革方案，可是現在沒時間這麼做（鋼矢以為沒時間）。距離地球鏖滅軍動用『新武器』還剩兩天的時間——不對，其實他們隨時都有可能會發動（鋼矢以為隨時隨地都會發動）。

因為她們打倒了一名『SPRING』隊的魔法少女，所以目前『AUTUMN』隊在人數上占有優勢。可是現在沒有時間慶賀占得優勢（只是鋼矢這麼認為，結果只有『沒有時間慶賀』這一點說對了）。這不是最終的結果，只是一個機會而已。這時候要如何趁勝追擊，才是決定勝負的分水嶺。

說是這樣說，有些事情也出乎鋼矢的意料之外。

『AUTUMN』隊的隊友已經結束自我介紹，沒見過的人、沒聽說過的名字比她想像中還多——雖然鋼矢自認是萬事通，但看這樣子關於『SPRING』隊的情報也有必要更新一遍了。

鋼矢以前就知道領隊魔法少女『Cleanup』，魔法少女『Wire Stripper』至少也聽過名號。可是她知道的就只有這兩個人而已。雙胞胎魔法少女『Curtain Rail』與『Curtain

Call』，還有推測全組織內最年輕的魔法少女『Lobby』則是連傳聞都沒聽說過。

這些人之中鋼矢真正知道的只有魔法少女『Cleanup』的固有魔法而已——不，先前的戰鬥她沒機會親眼目睹『Cleanup』施展魔法，所以也不知道自己的知識是不是真的正確，恐怕需要再次確認。說不定她掌握到的是假情報——四國左半邊和右半邊基本上水準是不一樣的。

大家好像都知道魔法少女『Pumpkin』的代號名稱，可是就某種意義上來說，她這麼廣為人知，可能是因為在四國的左半邊聲譽不佳。

用本名自我介紹之後，接下來她本來想說『再來可不可以請大家把固有魔法告訴我呢』，但要是她們那麼堅持神祕主義，不把祕密告訴外人的話，鋼矢也就不能隨意開口要求了——可能會把她們目前還偃旗息鼓的戒心喚醒過來。

但如果沒辦法正確掌握我方以及對手的戰力，確實令人想行動都無從著力。話說回來，她聽說現在的『AUTUMN』隊與『SPRING』隊就是因為正確掌握彼此的戰力，所以才搞得兩邊都動彈不得。

「大家也自我介紹過了，請容我再次說聲謝謝——『Pumpkin』姊，應該說杵槻姊。」

就在鋼矢還在煩惱接下來要如何把自己的戰略仔細向她們說明清楚的時候，對方主動先向她示好——說話的是雙胞胎姊妹的其中一人。大家的位置和自我介紹的時候都一樣，沒有改變，所以那個人應該是『Curtain Call』，也就是品切衣才對。應該是吧。

她自己比較喜歡『鋼矢』這個名字更勝於姓氏『杵槻』，如果可以的話都會希望別人用名字稱呼她。但要是一口氣要求太多事情的話，人家或許覺得這個新人怎麼如此厚臉皮——現在大家都泡在溫泉裡，氣氛閒散自得，應該不會公然有人這麼責怪她。但不滿的情感有時候會在無意識之間慢慢累積起來。

這麼說來，空空小弟當初要喊我『鋼矢』的時候好像也很難喊出口的樣子——鋼矢心裡促狹地想到這件事。

如果光看表面，鋼矢也和空空有相同的煩惱，不知該如何問出別人的固有魔法。關於這部分，她在說話的時候是有考慮到同伴心理的感受。但換一個角度來說，這也顯示出她不擅處理人際關係的問題，現在不知道該如何掌握和同伴之間的距離感。雖然鋼矢自己不覺得，但看在旁人的眼裡——應該說看在『AUTUMN』隊的領隊忘野阻的眼裡，多少覺得有些可憐。

忘野身上當然肩負著領隊的責任，根據她聽說的魔法少女『Pumpkin』的過往行徑，還不能完全相信鋼矢。可是她內心也覺得『我不知道妳在煩惱些什麼，但是為什麼不多敞開心懷呢』——鋼矢還沒發覺其實忘野對自己已經『刮目相看』，甚至還自己在心裡胡亂臆測。

不管如何，鋼矢這麼回應道：

「不用道謝——雖然我很想耍帥，回答說只是自己做了該做的事。但是關於這件事，我也是有自己的目的才幫她。」

她這種態度已經不只是裝模作樣，甚至已經可以說單純就只是虛偽而已——但是她有一個習慣，對年紀比自己小的人總是忍不住會擺出一副『大姊姊』的模樣。一部分原因也是因為她以前就是這麼做，所以才能在『SUMMER』隊活下來。

「目的？」

竿澤完全沒有發覺鋼矢在演戲，沒有發現她的習慣，狐疑地問道。

「妳之前好像也這麼說過——那時候是怎麼說的？妳是為了藏身、為了調查四國遊戲相關的情報才會到愛媛來的是嗎？」

「嗯，是啊……沒錯。這些事情我也還沒向領隊說明清楚吧。」

這時候鋼矢暗想，該怎麼做才好。

應該把目前自己的狀況以及情報透露多少給這些新隊友知道？

她不打算全盤托出——壓根兒沒有這麼想。這就是她生活的方式。把利弊得失當成人際關係的一部分——不，認為利弊得失才是人性主要成分是她的優點也是缺點，而且還是她的人格本質。就算看到像忘野這樣的人會讓她自慚形穢，但還是改變不了她的想法。

「…………」

鋼矢一邊賣關子，一邊整理思緒。

『SUMMER』隊的內鬥絕對不能說，還有她拜託魔法少女『Giant Impact』——『WINTER』隊地濃鑿的任務，老實說也很難交代。還有她被『白夜』隊追擊的事情，『AUTUMN』隊現在算是包庇了她，本來這件事應該要向隊友講清楚。可是幸好現在已經沒有這個必要了——因為黑衣魔法少女『Space』已經親口告訴鋼矢不會再追她了。

鋼矢當然還沒天真無邪到把她的話照單全收……可是這樣算下來，非說不可的話事情只有一件。

那就是地球鏖滅軍即將在四國投放的『新武器』——實際上那個『新武器』已經提前發動，而且不是用投放的方式，已經自己游到四國來了。可是鋼矢還不知道這件事，『新武器』對她來說仍是眼前的危機。

「首先我有一件事要告訴妳們，希望妳們聽了以後不要看不起我——我原先打算用淘汰的方式脫離四國遊戲。」

「淘汰？也就是說妳原本試圖離開四國島囉？」

鋼矢點頭回應竿澤的問題。

為了不讓人覺得她做出一名魔法少女、絕對和平聯盟一分子不該有的無恥逃亡行為，鋼矢盡可能表現得落落大方——用另一種說法就是看起來很厚臉皮。

「不只是我，我想『SUMMER』隊與『WINTER』隊的魔法少女大部分也都是這樣打算。因為四國的右半邊廣泛認為這場四國遊戲是逃脫遊戲，而不是蒐集型遊戲——這都是絕對和平聯盟操作情報、刻意隱蔽資訊的結果，希望大家不要責怪她們。」

「把隊友說成是『她們』，說得好像和妳無關似的～～」

這時候有一個人很敏銳地點出鋼矢話語中的問題所在，令她感到意外。而且那個人竟然還是最年輕的魔法少女．五里恤。不，站在鋼矢的立場，這不是意外的麻煩，或許應該說是意外的驚喜。

老實說那個女孩就好像活在另外一個世界一樣，鋼矢原本還正在猶豫不決，研擬戰略的時候不知道究竟能不能把她當成一份戰力——可是既然她有這種才華，能夠明確知道鋼矢的問題所在，而且還能清楚指正出來，雖然還不能說放一百八十個心，但至少有一絲希望了。

領隊忘野可能平常就為了五里傷透腦筋，她或許會覺得五里這番話又是『不懂得看場面』的表現。但要是鋼矢的話，她認為『不懂得看場面』也是一種了不起的才能。

空空小弟不是不懂得看場面，他應該是想太多，反而常常誤判的類型——鋼矢一邊在心裡這麼想著。

「妳說得也沒錯——可能是因為我很早就已經發現大家都搞錯了，所以在心態上和她們不一樣吧。」

她的回答刻意曲解了五里恤指點出來的問題。五里是指她的言行態度好像與以前的夥伴保持一段距離，而鋼矢的回答則是說她的狀況和其他人不一樣——她不曉得這種程度的話術能否騙過五里，但應該可以避免讓溫泉裡的氣氛變得尷尬。

「妳發現了？怎麼發現的？」

「這就是靠我個人的情報網——可惜那些情報網現在也已經癱瘓了。」

鋼矢老實回答領隊的疑問——她並不是因為問的人是領隊才老實回答。

她對忘野還沒傾心到那種地步。

鋼矢很尊敬忘野重視同伴與團隊的精神，但要她全面認同這種精神卻很困難——那是因為忘野希望找到一個『沒有傷亡就打贏「SPRING」隊的戰略』。

這也未免太難了吧！

『SPRING』隊看起來就有很強烈的特攻精神與殉死精神，雖然她們也一樣希望避免有人白白死傷。但鋼矢必須想盡辦法不要讓領隊這份同事愛反而壞了大事，重要的是往後要如何讓忘野在這件事上睜一隻眼閉一隻眼。

鋼矢當然也無意把領隊最寶貝的夥伴當成棄子，可是如果她不願意接受某種程度的風險，事情就談不下去了。鋼矢希望忘野有個認知，既然現在人都在四國了，死亡的風險就像每個人罹患的疾病一樣。

就是因為懷著那種致命風險，所以才不得不拚鬥——無論是身為魔法少女還是身為一個人都一樣。

鋼矢之所以要所有人放棄魔法少女的代號稱呼，用本名自我介紹，這也是其中一個原因——她希望每個人回想起來，自己不僅是魔法少女，更是一個活生生的人。

要是在『SUMMER』隊，這種提案萬萬不能提出來講。但鋼矢過去看著魔法少女一個接著一個倒下，早就有這種念頭了。

「所以我想要離開的原因和四國遊戲無關，而是外交領域的問題。」

因為這些事情都是已經老早就過去的事，所以鋼矢直接跳過，進入下一個階段。而且要是講得太細，就得浪費更多時間。

時間寶貴。

「絕對和平聯盟的隱蔽行動很有成效，現在外界都不了解四國真正的狀況——這樣好是好，但也因為這個原因，好像有相當多的人以為四國的情況是我們的世仇地球所幹的好事。」

聽到鋼矢把『我們的世仇』地球的名字搬出來，最年少魔法少女以外的四個人氣氛瞬間為之一凜——鋼矢明明泡在溫泉裡，感覺彷彿連溫泉水都變成溫水了。

她們對地球的敵意就是這麼強烈——如果要找另外一個能與之匹敵的仇恨，那就是對『SPRING』隊的敵意了。

這沒有任何道理可言。

她們就是受這種教育長大的——最年輕的魔法少女反應之所以沒那麼強烈，不只是個性上的問題，或許也是因為她的年紀比其他人還小，組織的洗腦教育還沒有那麼徹底也說不定。

「因為這樣，所以地球鏖滅軍就像往常一樣，粗暴地想要用一網打盡的方式解決問題——」

「地鏖啊。」

竿澤語帶厭惡地說出這個簡稱——對於業界第二把交椅的絕對和平聯盟來說，龍頭地球鏖滅軍就如同眼中釘肉中刺一般，討厭的人就是很討厭。

鋼矢則是比較冷靜看待，認為他們這次的行動也是無可厚非。

「他們定下一個時限，決定時間到了就會在四國投擲炸彈——或許可以稱之為四國破壞炸彈吧。」

鋼矢心想『新武器』這種稱呼的話，她們可能沒什麼概念，所以改稱之為『炸彈』——這種程度的謊言應該不算什麼罪惡，現在要以簡單易懂為第一優先。

鋼矢怎麼也沒想到『新武器』非但不是炸彈，還是一個年輕女孩外貌的人造人。而她的形容與實際狀況的差異也會對今後的戰局有很大的影響，但就算現在她老實用『新武器』來形容，其實應該也沒有什麼差別。

所以她現在用『炸彈』這個衝擊力比較強的名詞是正確的選擇。聽到這句話之後，那些魔法少女，包括五里恤在內各自全都倒抽一口氣。

目前四國最讓人恐懼的就是觸犯規則之後爆炸而死。『炸彈』這個名詞或許多多少少讓她們有不太好的聯想。

「所以我本來想搶在時間到之前逃到外面，阻止地球鏖滅軍投放炸彈，可是人算不如天算。妳們自己嘗試看看就知道，會有莫名其妙的狀況妨礙妳。這個遊戲連要淘汰出局都很難啊。」

鋼矢決定不要提及『白夜』隊魔法少女的事，從頭到尾都用『莫名其妙的阻礙』這種說法就好——鋼矢用這種說法就是算準她們這些人打一開始就知道內情，應該沒有嘗試過要淘汰離開遊戲。

她說淘汰出局很難也所言非虛，事實上『SUMMER』隊還有『WINTER』隊一直以為離開四國就是遊戲破關，但還是沒能逃脫成功。

雖然魔法少女『Pumpkin』逃脫失敗單純只是因為受到阻礙——但這是因為她被『白夜』隊給盯上——不對，應該說被『看上』了。

「為了離開四國——進一步來說為了不讓四國變成一片焦土，我才會到處尋找情報，躲避那莫名其妙的阻礙，所以才會跑到愛媛縣找妳們。」

「這樣啊。希望我們也能幫上忙。不然老是欠妳一份情，感覺也很過意不去。」

竿澤說道。

從她這句話判斷，鋼矢似乎暫時不會被冠上『企圖淘汰出局的膽小鬼』這種罪名了。

「妳說的那個時限是什麼時候？」

當然會有人問這個問題。

如果有人告訴你有一個『定時炸彈』，應該每個人都會想要知道炸彈預定什麼時候會爆炸——這時候鋼矢有兩個選擇，把時間說長一點讓她們安心，或者說短一點好煽動她們焦躁的情緒。可是今後的計畫還需要眾人去執行，所以鋼矢最後判斷必須得老實說出來才行。

「一個禮拜。」

可是這種說法不盡恰當。

眾人好像都以為是從現在開始一個禮拜，現場的緊張氣氛稍見舒緩——鋼矢很後悔自己說錯話，讓大家有多餘的希望。

「一個禮拜是當初決定投放定下的時間，扣掉之後經過的時間，還剩下兩天。」

鋼矢說明得很仔細，避免大家又誤會。

不過就算她一開始就這樣說清楚，眾人的失落及震撼應該還是一樣大——雙胞胎姊妹一起從溫泉裡站了起來。

「兩天!?」

她們驚叫了一聲。

如果不是雙胞胎的話，恐怕動作還沒辦法那麼整齊劃一。忘野、竿澤雖然不像雙胞胎那麼反應激烈，應該也是同樣的心情吧——五里的心情雖然沒辦法從她呆愣愣的表情上看出來，但聽到時限『只剩兩天』，至少可以確定她肯定很驚訝。

「兩天……這太扯了吧。」

理應盡快恢復過來的領隊忘野也是眾人當中第一個振作起精神的人。

「我很抱歉。其實應該先向妳講清楚的——可是因為我不想嚇到妳。」

「妳現在嚇我還不是一樣嗎？」

她的語氣中多少帶著一點惱怒，這也難怪——鋼矢把這麼重要的情報瞞著沒說出來固然讓她不高興，在她心裡肯定也覺得『既然情況這麼急迫，現在哪還有時間泡溫泉』。

雖然是這樣沒錯，但鋼矢也有自己的理由——這其中也包括她萬萬沒想到之後竟然會變成大家一起在溫泉裡自我介紹的情況。

「我們也沒有時間再來爭這件事了。如果大家還有話想說的話，就等事情結束之後再慢慢談吧。時間就在我們還在討論的時後一分一秒流逝……」

「那我們必須快點阻止地鑾才行。」

雙胞胎姊妹當中的示說道。

「告訴地鑾那群人，就說這是——呃，這是絕對和平聯盟的職掌範圍內……」

她說到一半，語氣愈來愈弱。

絕對和平聯盟的人當然不太可能大聲地主張『這是一場實驗』，或是『實驗失敗』之類——這也是鋼矢最傷腦筋的問題所在。依照原本的逃脫計畫，她本來想要把這部分完全讓空空去負責的。

「沒錯，我本來就是想這麼做，可是卻遭遇到莫名其妙的阻礙，沒辦法到外界去告知他們四國的現況。」

「沒辦法把訊息通知外界也是因為規則限制的關係吧。」

忘野說道。

「也就是說用電話或是郵件告知外界的方法也行不通……」

「沒錯，就是這樣。」

要是忘野把這兩件事串聯在一起的話，鋼矢就更不用煩惱要不要說明『白夜』隊介入遊戲的事情了。不過，這群魔法少女就在絕對和平聯盟的總本部區域活動，她們應該比鋼矢還清楚『白夜』隊的傳聞吧……但鋼矢還是不想讓她們多擔不必要的心，要是因此軍心大亂的話可就本末倒置了。

如今鋼矢給自己訂下的工作不是對同伴推心置腹，而是讓她們獲得最後的勝利。

所以她用一種從某種意義上很厚臉皮、臉不紅氣不喘的態度這麼說道：

「所以我們接下來該走的路只有一條。那就是破解四國遊戲，結束現在這個不正常的狀況——如此一來，莫名其妙的阻礙就會消失，要去外界通消息也很容易。說不定根本連去都不用去了。」

「也對，因為已經可以打電話了。」

示才剛說完，衣就吐槽她說：

「妳很傻耶，是因為到時候我們已經得到能夠打敗地球的終極魔法了啦。」

兩人的對話看起來就像雙胞胎在講雙口相聲一樣，令人莞爾。可是她們自己應該也很清楚——

這件事說來簡單，但是實際做起來難度有多高——因為最低條件是她們必須在兩天之內玩完四國遊戲。

而且為了結束四國遊戲，不只要收集到所有八十八條規則而已。如果是『AUTUMN』隊要挑戰破關，她們還得把『SPRING』隊這個『勢均力敵』的敵人打倒才行——

難度太高了。

鋼矢自己也這麼認為，但她們必須得這麼做，辦到這種高難度任務。而且她認為那並非不可能的任務。

因為不明室的錯估，所以其實已經沒有什麼時間限制了。這麼一想，鋼矢研擬的戰略還有『AUTUMN』隊現在慌急的樣子都變成一齣滑稽的鬧劇。可是雖然『AUTUMN』隊在這場情報戰當中免不了落居下風，但對她們的影響卻不見得只有負面影響。

因為知道有『炸彈落下』這個時間限制擺在眼前，她們不得不全力以赴。而且就某種意義上來說，也讓她們下定決心『只剩兩天，只要盡全力再拚兩天就行』。

『AUTUMN』隊裡沒有一個人因為意志受挫而自暴自棄（倒是有人不知道心裡在想什

麼）。

反過來說，『SPRING』隊就沒有『AUTUMN』隊這份決心——沒有這份想要盡早一分勝負的決心。雖然先是失去魔法少女『Verify』，隨後又失去魔法少女『Decimation』，但她們還不至於喪失應變能力。只是因為過去一直都忍受著兩隊相持不下的地獄，她們一時之間還擺脫不了打長期戰的習慣。

因為空空和鋼矢不同，完全沒有把『新武器』的消息告訴她們，沒有告知任何和時限有關的事——所以她們『SPRING』隊認為『還有時間』，在研擬戰略的時候當然會抓比較長的時間深思熟慮。

雖然這種情況不可能發生，但如果空空有憑有據地把那個已經不存在『剩餘兩天』的時間限制告訴『SPRING』隊的領隊——魔法少女『Asphalt』的話，她可能就不會胡亂考驗空空，想都不想就借助他的力量，然後傾全隊之力來找『AUTUMN』隊決鬥。

諷刺的是因為鋼矢手上的情報已經過時老舊，早就喪失正確性，才使得先下定決心要傾盡全力——打全面戰爭的是『AUTUMN』隊而不是『SPRING』隊。不過歷史已經明白告訴我們，有時候戰爭的結果就是取決於令人備感諷刺的誤會。

「這樣的話……剩下的兩天應該一天用來結束春秋戰爭，然後另一天要用來蒐集規則囉？」

「不，乾脆同時進行會不會比較好？所以把隊伍兵分二路，一邊負責春秋戰爭，另一邊負責收集規則……」

竿澤藝來與品切衣妳一言我一語議論起來——雙方的意見都有可取之處，可是現在她們連討論的時間都沒有。

鋼矢這時候也暢所欲言，表達自己的意見。

「我是想這麼做——應該說希望大家這麼做。因為實際上要戰鬥的是妳們——」

大家已經知道她把魔法少女服裝留在德島的事情。雖然忘野之前說『沒信心能夠說服大家接受這麼一個怪人』，但隨後她和忘野一起打倒一名『SPRING』隊的魔法少女。這件事似乎成了免罪金牌，所以眾人也沒有對這件事有什麼意見。搞不好還因為『不靠魔法少女服裝與魔杖就打敗魔法少女』，讓眾人對她另眼相看——那是因為有忘野出力幫忙，還有幾分運氣，鋼矢可不希望她們對自己有過度的評價。

鋼矢只是在學空空空那樣，他不靠魔法就把魔法少女接二連三打倒。

沒錯，空空空……

「——等我們泡完溫泉後就放棄這處根據地，進攻高知本部。我們所有人一起上，把春秋戰爭解決掉——立即分個勝負。」

「立即分勝負……」

「沒錯，哪怕只是一天我都覺得太浪費時間。可是我們的人手又不夠，沒辦法分開行動。我不曉得妳們現在收集多少規則，看春秋戰爭僵持不下的狀態，想必應該沒有多少。我想頂多只有一半吧？可是在這個遊戲要收集另外一半可是很困難的喔。」

『SUMMER』隊就是各自分頭集中全隊之力收集規則，也只收集到半數左右而已——就算『AUTUMN』隊是菁英隊伍，鋼矢也不認為她們能夠一邊進行戰爭一邊繼續收集規則。

鋼矢似乎一語中的，忘野果然這麼說道：

「大概收集到四十個左右。」

「好像還不到四十個吧？老實說一部分的原因也是因為收集再多，現在也記不住這許多。要是留下紀錄的話，又可能被『SPRING』隊搶走，所以我們也沒辦法抄寫下來。」

她補充這句話多少有些找藉口開脫的意思，但好像也不完全是說謊，所以鋼矢也不深究。她只是回應道：既然這樣，那就更應該盡早把『SPRING』隊打倒才對。

「我想在天亮之前分出勝負，然後把之後的時間拿來收集規則。這是最理想的狀況。」

「應該不太可能吧。」

竿澤說道。

「要是這樣的計畫表，我們不就連睡覺的時間都沒了？」

五里也跟著附和——竿澤的言論比較現實，而五里說的話則顯得有些悠哉。不過鋼矢只是說說自己理想的狀況而已，也不認為真的能夠達成這個目標——只是以此為目標努力。

實際上如果能在明天中午之前分出勝負就已經謝天謝地了——也就是說從現在算起大約十二個小時。

短短半天就想終結超過十天以上的僵持狀態，沒想到我也變得這麼主動積極了——鋼矢在內心這麼自嘲。

如果是昨天之前的我，肯定會嘲笑現在的我吧。

「……這個總本部什麼都沒有。」

忘野點出的問題和竿澤與五里的意見完全不同角度——這也在鋼矢的意料之內。

「放棄這個不能當作根據地的廢墟，我沒有意見——可是鋼矢，如果我們攻進高知縣，發動全面戰爭的話，妳能保證我們的人不會有任何傷亡嗎？就算能夠善用人數上的優勢……」

所謂人數上的優勢就是指鋼矢和忘野兩人一起把魔法少女『Decimation』打敗之後產生的人數差異吧。

六比四。

現在忘野的內心裡的人數差異應該是六比四——關於這一點，她應該是認為『AUTUMN』隊與『SPRING』隊之間的戰力僵持狀態已經打破了。

但就算如此——

「但就算如此，要是假設兩隊人數互相抵扣，雙方都是兩敗俱傷的話，最後戰爭結束的時候我們這裡就會只剩下兩個人——這樣就算打贏也沒有任何意義。」

「…………」

「如果是和地球作戰光榮戰死也就罷了，我的隊上沒有一條性命能夠浪費在這種無謂的內鬥行為中——這一點妳應該了解吧？」

聽到忘野鄭重的問題——

「是，我當然明白。」

鋼矢立刻回答道——她內心一邊想著，就算是『和地球作戰光榮戰死』，這女孩應該也只願意由自己去死，絕不會允許同伴送命吧。

而且鋼矢也覺得暗暗高興，雖然她沒有開口要求，忘野卻主動用『鋼矢』稱呼她。

「我在考慮的時候並沒有以隊員犧牲為假設前提——至少我在研擬作戰計畫的時候，目的是盡量減少傷亡。」

「……那就好。也就是說妳的計畫還有後續嗎？」

「那當然。」

光是決定打全面戰爭，怎麼可能這樣就滿足了——但如果不介意有人傷亡的話，就算只是這麼粗略的計畫也該立刻執行。

「而且雙方也不見得會有人數上的差異。」

「什麼意思？為什麼人數上不見得有差異？我們兩個——我們齊力把『振動』魔法少女『Decimation』打倒了，兩隊的人數當然會不一樣啊。」

「沒錯，可是我之前應該也講過了——對方的人數不見得一直都不變，不是嗎？就像妳們讓我加入『AUTUMN』隊一樣，很難說對方的人數不會改變……」

鋼矢的措詞說法很抽象。

一部分的原因是因為她的推測只是一種可能性。她不想講得太具體，讓自己的同伴陷入不安。這樣既輕率又毫無意義。而且她怎麼樣都不想把自己內心的想法直截了當說出口，結果還是說得曖昧不清。

事實上她這麼推測也並非真有什麼事實根據，所以當然難以啟齒、不好開口。再說現在時間不多，這件事不需要非得這時候講。

鋼矢的推測就是她的合作夥伴，現在還生死未卜的空空，這時候人說不定就在『SPRING』隊上。

4

空空空加入『SPRING』隊。

在毫無提示條件的狀況下就能猜到『事實』，杵槻鋼矢果然不同凡響。可是問題是一方面她還不確定，而且連她自己都覺得這種推測很莫名其妙。鋼矢認為因為自己希望空空還活著，才會產生這種可能性微乎其微的幻想。就這個意義上來看，她也沒有很認真去思考這個可能性。

可是她的猜測雖然沒有任何提示，卻不盡然毫無根據——這是因為從化為沙漠的鬧區往道後溫泉這裡來的半路上，領隊也告訴她一些事情。鋼矢愈聽愈想到有一個疑點說不過去。

不，與其說想到，其實這個問題打從一開始就存在了——為什麼魔法少女『Decimation』會突然向魔法少女『Cleanup』發動攻擊？

就是這件事。

問得更深一點，為什麼她會那麼大膽，單槍匹馬闖進愛媛縣來——也就是說，為什麼她會跑來打破『AUTUMN』隊與『SPRING』隊之間形成以久的相持狀態。這一點就是鋼矢覺得很奇怪的地方。

她本來就是想問出這個原因，可是問到之前『Decimation』就自斷首級而亡了——對方就在眼前自盡，鋼矢非常懊悔自己沒能阻止她。但如果要解釋『Decimation』為什麼要自盡，就代表她身上有非常重要的情報，讓她不得不選擇自絕性命。

要是說出來就會大大不利於『SPRING』隊的情報——或者是會打破『SPRING』隊目前優勢的情報。她身上有這樣的祕密。

死人不會說話。鋼矢已經無從得知正確答案到底是什麼了，可是如果不打算求證正確答案或是從其他角度思考……如果要天馬行空亂猜的話，她要怎麼推測都行。

而胡亂猜測一陣之後，她想到的就是一個某種程度上必然想到的結果。那就是『SPRING』隊方面出事了——對方那邊發生了什麼事，使得她們被迫不得不打破相持狀態，也有可能這件事讓她們覺得可以打破現在的相持狀態了。

什麼理由讓她們跑來一決勝負。可以想到的理由應該是『時間不足』吧？鋼矢這麼認為——這種『我想到的事情對方應該也想得到』的思考方式是鋼矢的習慣，避免自己太過自大——就如同自己考慮到時間限制而打算打全面戰爭一樣，對方現在應該也是火燒屁股，所以才會有動作吧？這是鋼矢的推測。

『時間限制』。

也就是地球鏖滅軍動用『新武器』的那一瞬間。

如果『SPRING』隊經由某種途徑得到這項情報的話，就能說明為什麼她們會不得不打破目前的相持狀態——這項推理雖然太過硬拗，根本失去推理的意義，實際上也並非事實。

但如果照這樣想的話——

「會不會是空空小弟和『SPRING』隊接觸，把情報洩漏給她們知道？」

光是讓鋼矢想到這件事也算是一大收穫了。不管中間的過程有沒有走對，結果就是一切。鋼矢就是活在這樣的世界裡。

「其實也不算什麼洩漏情報，要是他真的和『SPRING』隊某人接觸，聽說春秋戰爭的事情後，當然非得把這件事說出來吧——當然得告訴人家，如果不能打破相持狀態的話，最後就是大家一起完蛋。這樣的推測和『SPRING』隊的行動就不會有任何矛盾。那麼問題就是他們之間『為何接觸』，又是『如何接觸』——老實說我不認為和空空小弟碰上的魔法少女能夠全身而退……」

這種既有印象真的是無理，幾乎已經算是找碴了。站在空空的角度來看，真是令他感到意外又遺憾。可是一想到他才登上四國就把『SUMMER』隊搞垮，鋼矢這種想法也不盡然是偏見。

事實上『SPRING』隊裡和空空『接觸』的魔法少女『Verify』，和他『接觸』五分鐘之後就被破胸而死了。

鋼矢當然不得而知。

「假如她們和空空小弟接觸的時候打了起來，很可能有一、兩個魔法少女被打倒——因為人數上有了落差，所以她們耐不住性子，為了要進行全面戰爭，所以先派一個人來當先遣部隊。這樣想應該講得通吧。」

鋼矢的發想雖不中亦不遠矣。

既然都想到這裡——

「又或者他們接觸之後相安無事……空空小弟也有可能就這樣和『SPRING』隊一起行動也說不定。」

——鋼矢就不得不做此猜測。

如果是那樣的話，因為『人數增加』的關係，她們勇氣大增，抓準這千載難逢的機會準備進攻愛媛——這種解釋方式也說得過去，如果和上一種假設比起來的話，這種可能性還大一點。

不過這只是兩者比較的結果而已，想到空空少年的個性，鋼矢認為他應該很難融入任何一支隊伍，不是只有『SPRING』隊而已。

不過即便是魔法少女『Pumpkin』這種人，現在也已經和『AUTUMN』隊結交，名副其實是赤裸裸地坦誠相交——就算空空那裡有什麼事情發生也不稀奇。在如今的四國，最好當成什麼事都有可能發生。

話雖如此，鋼矢畢竟不是全知全能，她怎麼也沒想到兩種可能性竟然都發生了——也就是說空空一展特技，『和「SPRING」隊接觸的時候殺了一名魔法少女』，而且還以那名魔法少女的死為藉口，『為了恢復戰力平衡而和「SPRING」隊一起行動』。總而言之，當鋼矢一想到和自己在德島上空分開之後行蹤不明的空空還活著，而且可能還和『SPRING』隊一起行動，即便這種可能性再低——不能隨隨便便和人提起，但還是覺得必須得列入考慮。

這種猜測令人充滿希望，但也帶來絕望——和空空為敵讓人一點都愉快不起來。

一個原因是因為自己的合作對象身在敵營，應付起來很難處理。另一個原因則是他來自外界，思考很有彈性。而魔法少女因為『魔法』的關係，腦袋都已經僵化了，不曉得應不應付得了他。

要是空空真的和『SPRING』隊一起行動，什麼精密的謀劃計策都是白費工夫。

應該說和空空互比計策才是最笨的計策——就是因為這樣，所以才要打全面戰爭。

直接比拳頭大小才是最好的解決辦法。

空空應該是最怕對手用這一招才對。

雖然空空的存在浮上檯面，幸好最終結論不需要改變。即便是此時，要鋼矢下手消滅『SPRING』隊也不會有一絲猶豫。可是空空是她的合作對象，從某種角度來看可以說是他從黑衣魔法少女『Space』的魔掌中救了她（遺憾的是也可以說空空害她更加身陷險境），鋼矢實在不願意把他視為『敵人』打倒。

如果可以的話，希望能夠順利和他會合——可以的話最好把他拉到我方，也就是『AUTUMN』隊這一邊。但鋼矢不認為情況會這麼順利。

應該說就算她有這種心，還是會面臨一個問題，那就是不知道對方是怎麼想的——畢竟對方是空空空。

鋼矢的常識完全沒辦法測度他。

他們兩人有一些相似之處，鋼矢對他也有些同病相憐。可是那只是她自己單方面的感受，她根本不知道空空對自己是怎麼想的——講得誇張一點，要是空空變成『敵人』和鋼矢對峙，他很有可能想都不想就出手攻擊。

要是那樣的話，哪還顧得了鋼矢對他有什麼感受。

那種感受只會礙事而已——什麼條件交換或是算計談判大概都沒得談。

既然想到了，那也莫可奈何——應該說根本無法應對。如果可以的話，鋼矢連想都不敢想這種可能性——竟然要和空空交手。

而且還是在現在這種情況下……

鋼矢根本想不出來面對他的時候應該如何自處——到時候自己又會是什麼樣的心情，她完全想像不出來。

鋼矢能夠把自己想要讓『AUTUMN』隊的領隊魔法少女『Cleanup』獲得最後勝利的心情、這份心情上的變化向空空解釋清楚嗎——就算解釋給他聽，也不知道他能不能夠理解。讓鋼矢感到不安，或者應該說感到微微恐懼的是自己見到他之後，會不會又被迫變回原本的自己。

鋼矢心想——自己想協助忘野勝利的感情，會不會只是因為被她救了一命，所以變得情緒化，或者說變得感情用事而已，根本不是什麼真實的情感，和空空這種與情感無緣的人見了面之後就煙消雲散。

這麼一想，她就變得難以下判斷又猶豫不決。

鋼矢覺得恢復當時的自己——其實也不過是幾小時之前而已——要是打回原型也算是一種解脫，但相反的好像也會喪失某種再也挽救不回來的物事。

她的思緒就這樣不斷打轉。

就只是因為想到空空的事情而已。

真是的，那個女孩也一樣嗎——

「犬个妹妹從前和空空小弟一起生活那時候也是這種心情嗎？」

鋼矢這麼心想。

鋼矢心想當時自己還說了不少話嘲笑她，結果現在卻是這個模樣——無論如何，她總不能老是糾結在這件事情上。

不管『SPRING』隊知不知道，都改變不了時限已經一分一秒逼近的事實（鋼矢自己這麼認為）。

關於空空尚在人間的推論，以及他有可能和『SPRING』隊在一起的推論，在鋼矢走進溫泉之前就已經把那些轉來轉去的思緒暫時拋諸腦後，然後和『AUTUMN』隊的成員一起開會。

因為鋼矢考慮到時間限制的關係才決定要採用全面戰爭，不管空空現在活著還是死了，也不管他現在人在哪裡做什麼，這項計畫都不會改變，也找不到其他替代方案了。

……順帶一提，另一個也可以說是她合作對象的『WINTER』隊魔法少女『Giant

Impact』地濃鑿，鋼矢則是幾乎完全沒想到她。不是對她比較沒感情，而是因為鋼矢覺得地濃這個魔法少女不太好判斷她會做出什麼事來。

空空是看不出他腦袋裡在想什麼、地濃則是不知道她會做什麼——地濃的思考模式完全只出於自私利己，但她的行動卻沒有規律可言（『不利於他人』這一點就要特別注意）。

雖然地濃和空空也一樣，不知道是不是真的還活著。但她很有可能會幹出比加入『SPRING』隊更奇怪的事——鋼矢這麼心想。

而地濃也果真不負鋼矢的期待，奇上加奇，竟然跑去和空空一起，結果也加入了『SPRING』隊（在昏迷不醒的情況下）。不過空空加入『SPRING』隊的話，鋼矢會感到驚訝、不知該如何是好。可是地濃加入『SPRING』隊，鋼矢可能反而會覺得很合乎她的作風。

無論如何，鋼矢沒有提及空空或是地濃的事情——

「所以我們辦事的時候最好假設雙方人數沒有差別——如果期待對方人數比我們少，希望落空的時候對我們傷害就大了。」

她最後用這句話總結。

不管空空或地濃有沒有在『SPRING』隊上都是鋼矢自己的問題，與『AUTUMN』隊的人沒有關係。

這時候她選擇不把這些多餘的事情說出來，固然是為了保護空空他們，但另一方面也是為了保護『AUTUMN』隊的魔法少女。

「會有這種人嗎——我不認為有其他魔法少女存活，還跑去加入『SPRING』隊。」

竿澤雖然不太認同鋼矢的意見，但也沒有強烈反駁。與其聽到持續已久的戰力平衡忽然就這麼崩潰，倒不如保持戒心以防備兩隊人數相同，在心理上或許比較輕鬆吧。

鋼矢這時候當然不會說『加入的人未必是魔法少女』。

「不管對方有幾個人，既然現在時間有限，要一決勝負的話也只能主動進攻了吧——已經沒有時間躲在溫泉裡守城了。」

品切示說道。

品切衣也點頭表示贊同。

鋼矢忽然想到一個問題，這兩個人到底誰才是姊姊、誰是妹妹——可是現在這個場合也不適合問這種問題。

五里恤好像沒有任何意見，應該說看不出來腦袋在想什麼，或許什麼都沒在想吧。竿澤、品切姊妹對主動出擊已經表達贊成的態度，可是意見最重要的領隊卻還神色躊躇不決。

忘野阻。

太過關懷同伴反而可能會讓隊伍步上毀滅一途——這種事情不用人家說，她自己應該也能深刻體會。

既然同伴犧牲性命的可能性不是零——應該說理論上無法完全排除這種可能性，要完全安撫她的不安也是不可能的。但鋼矢還是想盡量減輕她的不安，所以要教導她們在全面戰爭的時候『如何戰鬥』。

說實在的，在這之前她很想先知道她們每個人的固有魔法，結果還是沒機會問到——不過她們彼此總不可能不知道隊友的魔法是什麼，講誇張一點，就算鋼矢完全不知道她們五人的固有魔法，這套作戰計畫還是可以執行。

之後再問也來得及。

鋼矢這麼判斷之後，終於開始說明。

「也不是說百分之百絕對打得贏……單就可能性來說，對方的人數也可能增加到一、兩百人。要是那樣我們就沒勝算了，還不如直接認輸投降比較好。」

「不可能，我們絕不投降。」

忘野用萬分嚴肅的口吻答道——看來她好像非常不願意投降在『SPRING』隊底下。雖然不能當作笑話看待，但鋼矢還是忍不住苦笑。

「春秋戰爭之前一直保持兩隊相持的狀態，有一個很大的原因就是雙方都知道彼此的能耐，所以不敢輕舉妄動。是不是這樣？」

她向忘野再確認一次。

這是鋼矢來道後溫泉的半路上聽說的——自從聽到這個消息之後，她就已經開始思考戰略了，思考如何讓『AUTUMN』隊打贏『SPRING』隊的戰略。

「對，沒錯。」

忘野的回答當中有著幾分防備之意。

「我們兩隊在四國遊戲開始之前就曾經有過交流——說交流還算好聽了，總之就是有一點擦槍走火。」

「而且四國遊戲剛開始的時候，我們彼此都讓對方看到自己的能耐——那應該才是最要命的錯誤。現在回想起來，當時我們進行遊戲的時候應該更謹慎一點才對。」

衣這麼補充說道。

錯就錯在她們打從一開始就知道四國遊戲的規則與背景，所以進行遊戲的時候似乎不夠小心注意。

鋼矢不像空空那樣對四國遊戲的背景細節一無所知，他還需要向『SPRING』隊的領隊魔法少女『Asphalt』打聽情報，鋼矢就可以省下這一段說明了。可是她有一件事誤解，那就是以為『AUTUMN』隊與『SPRING』隊的遊戲進度比『SUMMER』隊、『WINTER』隊更快。

因為一開始就知道四國遊戲不是逃生遊戲，而是蒐集遊戲，所以搶奪規則的競爭更激烈。這可能也是造成現在這個狀況的原因之一。

「就這個意義上來看，我們在遊戲初期階段就是類似在打全面戰爭了，鋼矢。我自己都覺得很不可思議當時竟然沒有人傷亡——」

忘野這麼說道，語氣中流露出一絲懊悔。鋼矢不知道她是懊悔那時候沒能一決勝負，或是懊悔讓同伴身陷險境。

「對，我就想應該是這樣——所以才要再打一次全面戰爭。當然這次不會想都不想就開戰，不會重複之前的錯誤。」

在人家還沒開口問之前，鋼矢就先回答了。

「之前那次全面戰爭，還有對方知道我們能力這件事反而會變成一種伏筆。」

「伏筆？」

「就是因為這樣，所以我們一定要採取全面戰爭的方式——如果不是妳們五人一起上的話，這個計畫就不會有效果，因為這個計畫只能用一次，用過之後就不能再用第二次——如果可以的話，我想用這個計畫一決勝負。我也不是沒有思考第二招、第三招，但因為時間有限，既然要在最短的時間之內了結，就用這個計畫定勝負吧。」

「妳不把細節說出來，我們也不了解啊。首先妳想要我們怎麼做？」

五里恤這麼說道——她好像也不是很急著想知道鋼矢的戰略，但如果有人這麼要求的話，鋼矢也比較好開口。

不懂得看場合果然是一種才能。

這麼說來，別看她現在悠悠哉哉地泡溫泉，之前的相持狀態對她這種個性的女孩來說，搞不好是一種壓力也說不定。

「大洗牌。」

應五里的要求，鋼矢簡潔扼要地說道。

鋼矢心想，雖然事先沒想到會大家一起來泡溫泉，但就結果來看也還不錯，可以省下『換衣服』的時間。

「大家各自交換固有魔法——彼此替換衣服，讓敵人搞不清楚誰用什麼樣的固有魔法。

這就是我的計畫。」

5

「……呃，可以這樣做嗎？」

竿澤不只是呆掉，而且還一臉愕然。不過她似乎認為不能老是這樣瞠目結舌的，向鋼矢問道。

「交換固有魔法……這種事真的有可能嗎？」

「只要替換服裝與魔杖應該就可以了——這些裝備本來就是可以換的。我自己就實際驗證過。」

雖然鋼矢當時沒有刻意要做測試，但是她用這種說法可以讓眾人更安心。她用現在生死不明，最後一名還不知蹤跡的魔法少女『Stroke』的衣服與魔杖，把黑衣魔法少女『Shuttle』從這世上消滅掉。

雖然沒有全面替換，但領隊忘野因為已經有過經驗，並沒有像其他隊員那麼驚訝。幾個小時前她和鋼矢一同對抗魔法少女『Decimation』的時候，就曾經把魔法少女服裝借給鋼矢——用這種方式擾亂敵人的判斷……她或許以為鋼矢的計畫只是之前計策的應用而已。但鋼矢提議的這項戰略和之前的計策迥然不同。

雖然也有擾亂敵人的目的，但主要還是為了改革眾人的意識——鋼矢不打算解釋這麼多，不過就和她要求大家用本名認識彼此一樣，兩者都是一貫的戰略。

藉由使用他人的固有魔法，使用自己不習慣的魔法，使她們更加意識到魔法不是理所當然、天經地義的東西，而是一種特殊的事物。讓她們有這層認識之後再上戰場。

這項戰略當然也有風險。要是拿掉本身的固有魔法，也有可能因為無法善用自己不熟悉的魔法，反而害自己陷入混亂，最後一下子就全軍覆沒。可是鋼矢認為勝算很大。

講得誇張一點，她甚至認為所有人都可以換穿便服、完全放棄魔法也能和『SPRING』隊一拚。放棄飛行技能不用是有點可惜，可是鋼矢這時候心中有一種疑問，自己這群人如果不用魔法的話說不定還比較強。

看到四國被來自外界的空空愛怎麼鬧就怎麼鬧，讓鋼矢學到這一點——自己這些人受到魔法這種既定觀念的束縛，和他比起來真是太僵化了。

再說在空空提起之前，鋼矢根本想都沒想過要互換固有魔法。

就是因為有這些觀念上的改變，所以鋼矢才會把好幾件魔法少女服裝都留在德島縣——她認為如果讓自己更自由的話，思考的自由度可能也會提高。

鋼矢之所以被『AUTUMN』隊的領隊吸引，可能就是起因於心智變得更自由的關係——鋼矢當然可能因此而喪命，但她一點都不認為放棄魔法讓自己變得脆弱無力。

所以她想到最激進的戰略就是『「AUTUMN」隊全隊人員放棄魔法』的做法——她認為如果氣氛適當的話也可以提出來，可惜的是隊上的氣氛最終還是不允許她這麼做。

要是大家都有像五里恤那種不懂得看氣氛的才能，本來或許還可能一試……所以鋼矢才會提出一個有機會實現、經過微調的代替方案，那就是『服裝大洗牌』作戰。

「……妳說要讓對手混淆，可是服裝的設計雖然一樣，配色上還是有差啊。遠遠一看可能看不出來，要是近距離的話，還沒來得及使用固有魔法就被看出來了吧？」

最不會看氣氛說話的五里提出一個最有道理的疑問，可是關於這個問題，鋼矢早就有了答案。

「如果只是顏色的問題，只要把衣服染色就好了。要是找不到染料，那乾脆稍微弄髒一點也行——反正顏色也沒有差那麼多。」

如果是『白夜』隊穿的黑色服裝的話，怎麼樣都瞞不過去。但要是一般的魔法少女服裝，多的是辦法可以唬弄過去——再說除了自己的服裝，誰會連衣服色調的細節都記那麼仔細？

「大概看一下，大家的尺寸差異應該不是什麼問題……我就不同了。」

嚴格說起來，五里的身形比較嬌小一點，但或許是考慮到她還有可能會發育，所以她穿的服裝比較寬鬆，除了鋼矢以外，其他人應該也穿得下。

「妳覺得怎麼樣？我想聽聽領隊的意見。」

聽到鋼矢發問，忘野阻——『AUTUMN』隊的領隊『Cleanup』第一時間沒有回答。但第一時間沒有回答也代表她沒有立刻拒絕。

她沒有立刻拒絕讓鋼矢放下心中大石，但同時也覺得就算她會答應，應該也是煩惱兩、三個小時之後才心不甘情不願地答應吧——依照忘野的個性，兩、三個小時可能還算早了。

鋼矢原本都已經覺得認命。但這種想法卻是對忘野的侮辱。

她只花了不到一分鐘就做出決定——而且即便內心懷著不安，也不是心不甘情不願答應。她不讓同伴感覺到自己任何一絲忐忑的情緒。

「就照這個計畫進行吧。讓我們贏得最後的勝利！」

忘野的舉止言行流露出凜然威嚴，語氣果決地這麼說道。

6

『服裝大洗牌』作戰。

這項計畫對魔法少女而言特別有效，用來終結這場魔法少女的對立所引起的春秋戰爭，可說是絕妙高招，非常恰當的戰略——可是反過來說，對不是魔法少女的人就沒有什麼意義了。

杵槻鋼矢不是沒考慮過空空可能已經加入『SPRING』隊——但她沒有考慮到空空空雖然加入『SPRING』隊，人家卻沒有告訴他『AUTUMN』隊所有魔法少女的固有魔法是什麼。

『SPRING』隊的領隊魔法少女『Asphalt』要是談得夠深入，或許會把『AUTUMN』隊的固有魔法告訴空空。但她不願意把己方人員的固有魔法讓空空知道，空空自己也就不再談下去，所以沒有得到這項情報。

這當然也是因為空空自己的策略使然，但他不只不知道『AUTUMN』隊的固有魔法，就連所有人各自的代號名稱、長相、服裝的色調等等資訊都沒有問——如果要比喻的話，空空的行為彷彿就像在服裝大洗牌作戰擬定之前就已經先一步反制，『AUTUMN』隊根本沒有一個人想得到他竟然會有這種行為。

總而言之言而總之，『AUTUMN』隊與『SPRING』隊兩大陣營為了終結這段僵持的戰局，同時開始行動——一旦有了動作之後，終局只在轉眼之間。

雖然『AUTUMN』隊領隊魔法少女『Cleanup』希望隊上不要有人死傷。可是令人遺憾的是，這場戰爭最後的結局不可能如她期盼的那麼美好。

（第七回）

（終）

第八回

開戰時刻！

少女之間的戰爭

0

你的聰明不但引導你的手，還會絆住你的腳。

1

說到德島縣的河流，一般人都會想起吉野川。同樣的如果說到高知縣的河流，首先應該都會想到四萬十川。可是近年來有一條河急起直追，聲勢直逼四萬十川，那就是仁淀川。仁淀川極為清澈，有『仁淀藍』之稱。現在這條河川之美已經逐漸遠播全國——這麼一來自然也有一般風景區必然會面對的問題，也就是『觀光客造成環境破壞』。諷刺的是因為絕對和平聯盟失控，把四國害成現在這樣，如今仁淀川的水質應該有好一陣子不會再受到汙染——

可是此時此刻在空空在龍河洞與魔法少女進行著毫無意義的討論、就在杵槻鋼矢在道後溫泉與年齡相仿的女孩們袒裎相對的時候，有一個女孩子正在仁淀川的河水裡漂浮。

那個人穿著衣服，靈巧地仰躺浮在水面上——因為她躺在河流裡，正確來說應該是乘波而動、隨波逐流才對。或許是因為手腳輕微的動作控制身體的關係，那個女孩不會溺水，也沒有撞上任何一塊岩石，只是讓河川把她從上游往下游沖。

女孩出神地仰望著天空。

仰望著繁星點點的天空。

「…………」

這個好像睜著眼睛睡覺的女孩就像在穿衣游泳一般，只是她的衣服——她的服裝卻是黑色的。

黑衣魔法少女。

明眼人一看就知道那是『白夜』隊的制服。

「妳在做啥，『Spurt』。」

這時候同樣身穿黑衣的魔法少女『Scrap』出現在隨波漂流的女孩正上方，好像是故意要遮住她的視線。

那個叫作『Spurt』的女孩沒有馬上回應——只是用和仰望星空時相同的眼神看著正上方的同事。

「喂，妳回個話啊。至少應個聲嘛，別不理我啊。」

「我沒有不理妳。」

她緩緩地應了一句。

「內褲看光了。」

『Scrap』穿著裙子飄浮在『Spurt』的正上方，自然掩不住裙下風光——可是就像昨天出現在空空面前那時候一樣，『Scrap』不會在意這種事，何況是在這個同性又同事的怪人面前，更沒什麼好覺得羞恥的。

「那又怎麼樣，內褲走光也不會少一塊肉。」

「我的ＨＰ會減少。」

「哪來什麼ＨＰ啊，妳這個滿腦子只知道遊戲的傢伙。」

『Scrap』好像氣了起來，說完之後朝漂浮在水面上的『Spurt』踢了一腳——魔法少女的服裝也有防禦盾的功能，踢這麼一腳當然不痛。『Scrap』就直接落在『Spurt』的衣服上。

兩個人就這麼被河川載著漂下去。

肚子上明明站著一個人卻還不會沉下去，這也是魔法的力量嗎？

「妳不冷嗎？這種季節泡在水裡可是會感冒的喔。」

『Scrap』向『Spurt』問道——『Spurt』人不如其名，一點都沒有衝刺的樣子，整個人看起來比較像是『Slow』。

「我不會感冒——機會難得，我想再多體會一下這種奢侈的感覺。一個人獨占仁淀川的奢侈享受。」

「泡在水裡哪裡奢侈了。」

不出所料，『Spurt』的回答果然答非所問，『Scrap』都無言了。一部分原因是她聽不懂『Spurt』的回答，再說她的固有魔法是『土』，在水上可是大忌。

就像她先前展示給空空看的那樣，濕潤的土壤她也能操縱自如，但要是完全都是一片水的話又是另一回事——要操控河底的土壤當然不是不能，但她不太想這麼做。

也就是因為這個原因，所以黑衣魔法少女『Scrap』和另一個『控制水』的同事，同樣也是黑衣魔法少女的『Shuttle』處不太好——應該是說單方面覺得和人家處不來。所以

『Shuttle』死後，她雖然不至於覺得『死得好』，但也不太放在心上。

但失去一名同事，『Scrap』還是會有失落感——哪像現在躺在水面上的這傢伙，對隊友的死亡一點感覺都沒有。

這傢伙感覺好像——拋棄了人性一般。

「我啊——」

她的聲音拖得老長，不是很容易聽得清楚——彷彿完全都沒考慮到要『說得更清楚，讓人家容易聽』。

「——每次只要這樣置身在大自然中，就會有一種想法——『地球其實也不是那麼糟糕的壞人』。」

「……這種話可是背信忘義喔。」

饒是『Scrap』也聽得皺起眉頭來。

表情與話語都掩藏不住對同伴的厭惡。

「我會當作沒聽見，以後千萬別再說這種話了。出事的話可不是只有妳倒楣，周遭的人可都會被妳波及，大家一起完蛋。」

她的意思是要暗指『白夜』隊可能全隊都會遭到處分，但『Spurt』聽了這句話，臉上毫無反省之色。

她若無其事地說道。

「我們現在不就已經完蛋了嗎……根本已經殘破不堪、家徒四壁了。我總覺得現在只是在勉力硬撐，死不認輸而已——不過工作就是工作，人家怎麼吩咐，我照辦就是了。」

妳還有臉說。『Scrap』氣到都快翻白眼了——就是因為妳不做事，所以我現在才來找妳的。

『Scrap』自己也是把該做的工作全部扔給空空，就外人的角度來看，她們兩個其實都是一個樣。但至少在她心裡，這一點還是有區別——至少自己有心有氣魄，要把交代下來的任務做完。

肩負四國遊戲營運之責，至少她還有這份氣魄想要讓遊戲順利進行下去——負責挑選破關玩家的『Space』還有負責排除妨礙遊戲者、如今已經不在這世上的『Shuttle』應該也是一樣。

可是眼前這個『Spurt』，該怎麼說她……完全沒有這份心。如果『白夜』隊剩下的另一名魔法少女比誰都辛勤努力工作的話，那眼前這個夜遊仁淀川玩竹筏遊戲的魔法少女應該就是全四國——不，全世界最懶散的魔法少女了。

就算指責她懶散不做事——

「要一個青春年少的少女工作，根本就是一種暴力。少女的工作就是不工作啊。」

『Scrap』猜想她大概也只會拿這種聽起來就可笑的回答來應付而已，所以這種沒內容的對話還是省下吧。如果少女這一行幹起來真的這麼輕鬆，那她也想一輩子都當個少女，更別說什麼魔法少女了。她一邊在對內心假想的對話表達意見，一邊說道：

「集合了。」

魔法少女『Scrap』簡短地陳述工作報告內容。

「『白夜』隊員各自彙整工作狀況，立刻到某處的C地點集合。」

某處這一句話只是『Scrap』帶著嘲諷意味自己加上去的——她想『Spurt』就算再傻，應該也不至於傻到忘記C地點在哪裡，所以也沒有多做說明。

這是給『白夜』隊全員的召集令——正確來說現在會少一個已往生的人。但即使聽到『Scrap』轉述這幾近於緊急情況的命令——

「喔。」

『Spurt』看起來好像也不怎麼驚訝，應該說一點驚訝的表情都沒有——『Scrap』擔任傳令兵，做這份無聊的工作唯一的慰藉，就是或許可以親眼看到這女孩煩惱的表情。但現在卻讓她大失所望。

她感覺自己真是吃大虧了。

「事情嚴重了……那我等一會兒再去行不行？還是說馬上就要去？我本來想就這樣一路漂到海上去的。」

「如果可以的話，希望妳漂多遠是多遠。」

『Scrap』狠狠地回了她一句，可是因為『Spurt』沒有反應，所以只是白罵而已。她接著說道：「不行，現在立刻動身——上面說如果可以的話，天亮之前要開始會議。」

「還開會啊——只希望上面不要把開會與垂死掙扎的意思搞錯了。」

雖然自己的要求被拒絕，『Spurt』好像也絲毫不以為意——應該說『Scrap』從來沒看過這個閒散的同事在意過什麼事。

她的心情好像一直都很好，老是嘻皮笑臉。但『Scrap』甚至認為這個女孩是不是沒有任何感情。

沒有感情。

就這個意義上來看，『Scrap』覺得『Spurt』和她昨天遇到的地球鏖滅軍人員空空有些地方很相似——可是該怎麼說呢，空空身上有一種悲壯的感覺，『Scrap』那張總是散漫的表情上卻沒有這種氛圍。

「每次一有事就被叫來喚去，誰受得了。我的工作就是不做事，拜託他們別來妨礙我的工作。雖然我們會飛，但不是不會累耶。每次都要追著那個會移動的會議室到處跑。」

「……這次似乎不光只是垂死的掙扎而已喔。」

『Scrap』好像無論如何都想刺激『Spurt』的感情（如果她有感情的話），把這項情報搬了出來。

「因為四國遊戲可能就快要結束了。」

「……嗯？要結束了？」

『Spurt』第一次做出像樣的反應。『Scrap』覺得她那對茫茫然的眼眸看向自己——好像吧。

只是不知道那對眼眸裡看著的是自己還是別的什麼東西。

「那個東西現在怎麼樣了？那個——叫作什麼來著？對了，春秋戰爭怎麼樣了？」

「我的意思就是那個春秋戰爭終於有機會畫下句點了。春秋戰爭的戰力平衡因為我順利……」

『Scrap』本來想說說自己的功勞，說自己順利打亂了雙方的戰力平衡，但還是決定不提了。炫耀功勞或是自吹自擂要對方會感到羨慕才有意思——對那個八風吹不動，感覺一拳打在棉花上的黑衣魔法少女『Spurt』講這些也毫無意義。倒不如去對牛羊彈彈琴，搞不好得到的反應還更多一點。

「順利……順利什麼就不說了。總之她們雙方都找了幫手，所以情況已經和過去有些不一樣——只要『AUTUMN』隊與『SPRING』隊的相持狀態結束，其中一隊成為贏家的話，對她們來說要破關四國遊戲已經不算什麼難事了。」

「……這樣啊。」

幫手是嗎？『Spurt』語帶玄機地重複這句話。『Scrap』原本還以為——應該說完全不懷疑她會對『雙方陣營的相持狀態要結束』這一點感興趣，可是水上漂的黑衣魔法少女『Spurt』感興趣卻是『幫手』這句話。

「所謂的幫手就是妳之前提過的空空小弟——是嗎？」

「……對啊，他是其中一個人沒錯。」

另一個則是『SUMMER』隊的問題人物魔法少女『Pumpkin』——『Scrap』這麼說道，可是『Spurt』似乎沒聽進去。或許是心理作用，她原本就掛著笑容的表情好像更雀躍了。

「……說是這樣說，可是戰爭還沒結束對吧？」

「是啊，應該說現在才正要開始——可是一旦開打就會打到其中一方倒下為止。情況會像離弦之箭一樣，一下子就會分出勝負。」

「啊哈哈，只希望兩隊之中有哪一方勝利就好了。」

『Spurt』說道。

正因為她沒有惡意，所以笑起來不像在演戲，彷彿打從心裡嘲笑『Scrap』一般。

「幹麼，那是什麼意思？」

「不是不是，比拚勝負有時候會平手，有時候也會雙方都落敗啊。」

「……別傻了。就算比拚勝負有可能平手，但戰爭當中哪有平手的事。」

「或許吧。戰爭當中可能只有見好就收這回事。」

黑衣魔法少女『Spurt』這麼說道，突然從水面上飛起來——因為她沒有先說一聲，所以站在她肚子上的『Scrap』差點沒跌個狗吃屎——趕緊在空中保持身體平衡。

「既然情況是這樣的話，那就該行動了——我也差不多厭倦這種被囚禁在美麗四國大自然裡的生活了。」

從四國開始後就一直遊手好閒的『Spurt』，臉不紅氣不喘地這麼說道——仔細一看，她剛才半個身子還泡在水裡，現在身上卻連一滴水都沒有。

魔法少女服裝也完全是乾的。

反而是『Scrap』被她飛起來時的水花給濺濕衣服，看到她身上滴水未沾，心中暗暗吃驚——實際上她也真的嘖了一聲。

在隊上能夠像這樣操縱『水』的人應該就只有已逝的『戲水』魔法少女『Shuttle』——還有眼前這個『火』魔法少女『Spurt』而已了。

『戲水』魔法少女之前讓德島的一級河川吉野川氾濫，逆流而上。但這個世界上第一懶散的『玩火』魔法少女不只能夠把沾濕的頭髮和衣服烘乾，她的力量還可以把這條仁淀川瞬間蒸發——當然只是說她有這份能力，『Scrap』很清楚她不可能做這種事。

原因從先前她說的話就看得出來，因為黑衣魔法少女『Spurt』對地球的敵意很低。不對——

她對這世上任何概念可能都沒有一絲敵意。

「那我們就動身吧，『Scrap』。去參加那場什麼會議的——不曉得上頭想在這場會議裡決定什麼事，但偶爾去看看上司的臉色也不是什麼壞事。」

偶爾？

應該是第一次見才對吧。而且妳這次也根本壓根兒不打算和上司見面才對吧。『Scrap』心裡這麼想，沒有說出口。

「好，『Spurt』。」

她只是這麼應道。

聽了之後——

「凡事好歹還是有個體統這回事。只有隊友在場的時候也就算了，在開會場合上妳可要乖乖叫我『領隊』喔。」

『白夜』隊的領隊，位居黑衣魔法少女之首的『Spurt』用和緩的語氣嚴格地糾正道。

2

因為領隊魔法少女『Cleanup』宣布執行服裝大洗牌的作戰計畫——所以其他魔法少女也都接受這項計畫，根本連表決都不用表決，之後便開始實際討論。

也就是說討論要如何交換她們五人的衣服——換言之就是如何交換五人的固有魔法。

鋼矢內心最理想的劇本是隨機挑選或是抽籤決定，這麼做就可以省下很多麻煩。因為她沒有把這項計畫最根本的第一目標，也就是改革魔法少女意識的目標告訴大家，所以接下來的發展必然會變成討論『誰用什麼魔法的戰略價值最高』——要是只有兩個人的話就只有一種換法，根本沒得選。但現在有五個人，交換方式就有五的階乘。

既然要大洗牌，自己想用什麼魔法、什麼魔法好像很難用——這類的個人喜好問題當然就會變成討論主題——因為這不只是單純好惡問題，同時也攸關自己的性命，所以她們不願意完全只依靠自己的手氣。

遺憾的是，鋼矢這時候頂多只能建議『如果最後討論不出個結果的話，就用猜拳決定吧』——要是為了爭搶固有魔法而搞到內部分裂就太愚蠢了。其實應該說她故意不多做表示，只給這麼多建議——鋼矢也不聽所有人的固有魔法是什麼內容，比眾人更早一步離開溫泉來到更衣間，穿上的衣服也不是魔法少女服裝，而是一般浴衣。

鋼矢之所以把打聽所有人固有魔法的時機又更延後，是因為她要是聽到了，就會有建議想提供給大家——之所以離開討論現場，也是因為當有人徵詢她的時候，她只要一聽有人問就一定要回答才行。

可是鋼矢認為此時此刻——前提是如果沒辦法隨機決定的話——唯一的辦法就只好讓她們那些在四國遊戲裡一起打拚到現在的同伴自己去決定了。

實際上要用陌生魔法戰鬥的人也是她們自己。

既然如此，讓她們認為這是『自己挑選』、『自己決定』，心理上有個依靠也比較好吧。

第三者沒有資格干預這部分——特別是現在魔法少女杵槻鋼矢，現在已經放棄魔法少女的身分了。

站在她們的立場，要是有一個新人從頭到尾干預所有事情的話，她們打起來恐怕也不高興吧——鋼矢這麼想一部分也有現實的考量，站在意識改革的角度上來看，無論魔法怎麼對調都沒有什麼差別。

換上浴衣，鋼矢在更衣室內的休息椅上坐下——以前她來愛媛總本部辦事的時候，看到這附近的人都穿著浴衣在街上漫步，驚訝地想著原來這就是溫泉勝地。如今那種充滿溫泉情趣的光景已經不復見，而且要動身前往高知的時候總不能穿著這副浴衣打扮出發。

不過這裡是組織設施的遺址，衣服應該要多少有多少。

「好了……我該怎麼辦呢。」

鋼矢這麼喃喃自語。

雖然聲稱打全面戰爭，但如果真要全面戰爭的話，當然就不得不利用魔法少女的飛行能力——從上空一鼓作氣攻進敵營，一次決勝負。

這場作戰需要高機動力，現在已經不是魔法少女的鋼矢實際上根本無法參加。就算她再怎麼想以『AUTUMN』隊一員的身分在戰場上活躍，也有心想讓領隊成為勝利者，但是第一步她就沒辦法跟著到高知縣去。

空氣力學自行車『戀風號』也已經被『SPRING』隊的魔法少女『Decimation』的魔法『振動』給化為沙塵了——不，就算那輛自行車還存在，也不可能騎著和她們一起去高知。

要是會開車的話，或許還可以所有人一起進攻高知——也就是說不用飛的去高知，找一輛六人座的廂型車過去——之前鋼矢曾經拐著彎確認過，她們沒有一個人懂開車技術。這也沒辦法，魔法少女本來就是這樣。

魔法少女不是使用魔法的少女，而是只懂得使用魔法的少女——鋼矢就是想擺脫那種處境。

不，如果只是陪著一起去高知的話，只要找人背或是所有人輪流背她去就行了，但鋼矢還是沒辦法參與之後的作戰行動。只要有一個人機動力不一樣，整個指揮就會亂掉。如果她們選擇所有人都放棄魔法、放棄魔法少女身分的戰略，鋼矢也就可以一同參戰了——不過就算鋼矢不能參戰，要她在愛媛總本部看家，她也不太願意。

鋼矢不斷思考。

思考自己是不是還能為隊上出一份力——為了這些昨天之前的她從不曾想過的事情傷腦筋。

「……妳一臉愁苦耶，『Pumpkin』。不對，鋼矢。」

就在鋼矢正煩惱的時候，忘野阻從溫泉裡走出來——手上還抱著不知是誰的魔法少女服裝。洗牌會議這麼快就結束了嗎？比鋼矢想像中還更快。

可是之後就沒有人再出來了，離開溫泉的只有她一人而已。

她一邊用溫泉提供的浴巾擦拭身體一邊說明：

「不是啦，我說我根本用不著選——妳看嘛，『Lobby』……五里的衣服尺寸不是比較小一號嗎？討論之後變成她的衣服就給身材第二矮小的我來穿了。」

「……這樣的話，那五里也不用選，直接穿妳的衣服囉？」

「我本來是這樣想，可是輪到那孩子的時候，她說『反正穿起來全部都很寬鬆，哪一件都一樣』。如果穿起來大件一點的話倒還有辦法可想，衣長怎麼塞都行。」

忘野擦乾身子，把內衣穿上之後，準備要把那套服裝——魔法少女『Lobby』的衣服套上。

因為考慮到五里未來還會發育，所以忘野把那件衣服套在身上，看起來也不會很緊繃。

既然這樣的話，那就和鋼矢最初設想的一樣，隊上任何人（除了鋼矢以外）都能穿魔法少女『Lobby』的服裝吧……忘野站在領隊的立場，可能只是拿衣服大小為藉口，『果斷做出選擇』好給其他隊友做榜樣。

真是的。

她的一舉一動都是鋼矢學不來的——要是不久之前，對她這種個性，鋼矢應該還能夠冷笑以對的。

「穿起來果然有些怪怪的。」

忘野穿著不一樣的服裝，站在穿衣鏡前歪著腦袋。鋼矢對她說道：

「因為我的目的就是要大家嘗試不習慣的魔法嘛——」

如果要說好看不好看的話，確實是不太好看。可是鋼矢認為本來就沒有哪個少女適合這身服裝。就連身材比較嬌小的五里，穿起來都還有幾分角色扮演的印象。

「在魔法少女製造課的眼裡看來，魔法少女這種東西本來就像是一種過程……只是邁向真正目標的中間階段而已——與其說是棋子，其實更像是一群吉祥物……」

鋼矢小聲地低語道。

用充滿極度自虐的口吻說道。

「有一種理論說科技愈進步，人類的能力就愈荒廢。照這個道理來說的話，要是得到魔法這種比科技還優越的技術，人類究竟會廢到什麼地步呢——早在四國遊戲開始之前，說不定我們就已經置身在求證那件事實的實驗當中了。」

「嗯？妳說什麼，鋼矢？」

忘野從穿衣鏡前走過來。

「和妳一臉陰沉的原因有什麼關係嗎？」

「不，沒什麼。我只是在想事情而已。」

「想事情……除了洗牌大作戰之外，妳還在幫我們思考戰略嗎？」

「不是的……該說是自我厭惡嗎？因為我只是動一張嘴，就把妳們大家推入激烈的戰場上——也對，就算沒辦法和大家並肩作戰，我還是想和妳們一起到現場去。忘野，妳可不可以背我一程？」

「啊？當然可以啊。」

忘野露出很意外的表情。

她可能打一開始就打算要帶鋼矢一起去，所有事情都是以此為前提思考——既然要打全面戰爭，就絕不可能扔下任何一名隊友趕赴戰場。

能不能派上用場只是其次。

「為什麼要為了這種事自我厭惡？妳不是給了我們希望嗎？讓我們有機會打破春秋戰爭的僵局，說不定還能夠打贏『SPRING』隊的希望——」

「可是就算這樣，也不保證能夠所有人都能活著回來——我認為大家都已經心知肚明了。」

鋼矢說道。

「就算可以確保有勝利的機會，可是最糟糕的情況還是有可能全軍覆沒，和其他作戰計畫根本沒有什麼不同——要是能夠想到其他戰略能夠提高生還機率就好了，可惜我的腦袋不夠聰明。」

至少再給我一點時間的話——鋼矢這麼說道，卻不知道其實她真的還有時間。

「已經夠了。妳已經為我們盡其所能了。我們也終於能夠下定決心，踏出這一步——如果還要求這、要求那的話就太貪心了。」

「聽妳這麼說，我心裡覺得好過一些……還有一些話妳聽了可能會不高興，願意聽我說嗎，忘野？」

如果可以的話，鋼矢本來不想說，就這麼算了。但現在她改變主意，決定還是要說。既然她也決定要上戰場，參加這場全面戰爭，也就同樣有喪命的危險。

死人不會說話。

死了之後就什麼話都不能說了。

「在全面戰爭的當下，如果發生了什麼事，妳要以自己的生命安全為第一優先——千萬不要再像昨天晚上那樣，為了保護同伴奮不顧身了。」

忘野的臉上沒了笑容。

可是她看起來好像並沒有生氣。

鋼矢繼續說道。

「我知道那是妳的優點，正因為妳是這樣的人，我才會想要讓妳獲得勝利——甚至還想讓妳把四國遊戲破關。但是剛才和大家說過話後我有一種感覺，這支隊伍是以妳為中心凝聚在一起的——因為有妳，大家才會這麼團結。如果妳在全面戰爭當中……講得誇張一點，如果妳在一開始就喪命的話，那一刻就註定『AUTUMN』隊穩輸不贏了。」

「…………」

「妳的同伴應該不是那種在妳死後還會自己苟且偷生的人對吧——我就不一樣了。」

可是鋼矢心想如果忘野敗給『SPRING』隊的魔法少女，屆時魔法少女『Pumpkin』心中那『不像平時作風的心血來潮』也會告終，那也就代表此時此刻的杵槻鋼矢一起死了。

「所以就算賭上最後一口氣，妳也一定得拚命活下來——就算戰到只剩最後一人也得活下來，為了大家活下來。妳的死就意味著當時還活著的所有人一起陪葬。我希望妳不要做出為了拯救眼前的性命而放棄其他性命的事情。」

「…………」

「我說這種話，妳可能會覺得我很不知感恩。其實昨天晚上也一樣，妳不應該來保護我的——要是妳為了保護我而死，『AUTUMN』隊不就早就已經崩潰了嗎？妳有想到這一點嗎？」

「……我了解妳的意思。」

忘野有些嚴肅地點頭說道。

可是她好像不是因為接受鋼矢的意見才點頭。

「但我也不是深思熟慮之後才行動，所以也不曉得能不能照妳說的話去做——就算頭腦知道不應該，身體可能還是會擅自行動。因為我怎樣都不認為捨棄眼前的隊友就能拯救其他隊友，我沒辦法把兩件事這樣串在一起。」

她這麼說道。

照忘野的說法來看，應該不是第一次有人這麼勸她吧。而且她也不是沒有因為這個原因而受到挫折——鋼矢心想這件事果然不需要特別交代，但另一方面也覺得幸好這時候有提出來說。

經過一次提醒還不懂的人，只能一遍又一遍地一說再說。

鋼矢和忘野才認識沒多久，不認為自己能夠修正忘野最根本的個性——這麼說好像不太恰當，但忘野那種行為稍嫌輕率。這時候嚴詞叮嚀一番，阻止她做出那種輕率的行動，應該可以防止她的行為矯枉過正。

如果想要徹底矯正她那種心態，就只能花時間慢慢修正了——鋼矢心想，要是四國遊戲結束之後還有時間的話該有多好。

真的。

要是有時間的話該有多好。

「鋼矢，既然妳這樣講，那我們實際上有多少勝算？」

「勝算頂多也只能當作參考而已。剛才我也說過了，因為不知道對方有多少斤兩。」

「是嗎，那我換個問題好了。」

雖然之前忘野以一副領隊的姿態鄭重宣布要和『SPRING』隊開戰，但心中可能多少還是會覺得不放心，才會像這樣再三確認。

鋼矢心想自己能夠解答的問題也不多，但如果能讓她安心的話，還是盡力而為好了——可是忘野這時候問的第二個問題卻出乎鋼矢的意料之外。

「妳知道魔女嗎？」

3

「……只聽過一點傳聞。」

鋼矢裝作一臉無事的表情回答道——她本來沒有打算在這時候提起關於『那個東西』的話題。

可是既然人家問了，她也很難裝作不知情——因為根據今後的發展，『那個東西』、那個名詞是絕對脫不了關係的。

說是名詞也不正確，應該是專用術語。

不管是談論四國遊戲或是談論絕對和平聯盟的魔法少女製造課，都免不了要提到這個名詞。

不對。

不只是這樣，光是身為魔法少女，本來就和魔女有切不斷的關係——只是知道這件事的魔法少女實際上真的很少。

『SUMMER』隊的魔法少女就連領隊層級的『Pathos』都不知道這件事——『WINTER』隊當中也只有『Giant Impact』聽鋼矢說過才知道，其他四個人全都一無所知。鋼矢原本以為即便是四國左半邊這片激戰區，情況應該大概也大同小異——看來魔法少女『Cleanup』

這領隊果然不是當好看的。

鋼矢也沒有看不起人家的意思——不過照這樣子看來，『SPRING』隊那邊應該也知道關於『魔女』的知識吧？

那們她們應該也都知道『白夜』隊的事——鋼矢這麼心想，這時候還是按照往常，先用話探探忘野。

「我有聽說過——好歹我也自認為是個萬事通嘛。該怎麼形容呢……那就像是我們的原點，同時也是目標——好像是這樣。」

鋼矢故意講得曖昧不清，要來看看忘野有什麼反應。

也不對，雖然鋼矢確實有意想看看忘野的反應，但仔細一想，她好像也不知道其他還有什麼其他說法、不一樣的說法用來形容『魔女』才恰當。

就這麼來說，鋼矢說自己只聽過一些傳聞絕非欺騙忘野。

「是嗎，那妳知道的就和我差不多了——不過這件事最好還是別和其他人說喔。要是讓人家發現妳知道的話，不管遊戲成敗與否，魔法少女製造課……他們的殘餘部隊可能會真的來殺妳滅口。」

明明是忘野自己提起這個話題，她卻叫鋼矢嚴守口風——看來被試探的反而是鋼矢自己才對。

「是啊，我也覺得還是不要太深究比較好。」

鋼矢這麼回答道。

其實她曾經在四國遊戲卡關的時候想要把這張王牌打出來——結果就是（可能）失去了一名合作對象。

她把事情想得太簡單，以為只要打出魔女這張王牌就能克服四國遊戲這道難關。可是她打的如意算盤完全落空了。

當時鋼矢還拜託魔法少女『Giant Impact』去『尋找魔女』，雖然對她很過意不去，但現在鋼矢覺得自己的算計落空或許也是好事——要是『Giant Impact』沒成功不就沒事了。不過她在這種事上的運氣出奇得好，說她還活著也有一定的可信度。

「……大家也都知道嗎？『AUTUMN』隊的魔法少女是不是都知道關於魔女的事情呢？」

「不，只有我知道而已……應該吧。說不定『Lobby』……五里她可能……不，應該不會，我可能想太多了。」

忘野往溫泉那兒瞥了一眼，然後壓低聲音說道：

「這件事不能公開來講，而且也不知道是真是假。但是如果魔女真的存在的話——也可以說終極魔法不會只是天方夜譚。別說是春秋戰爭了，就連和地球之間的戰爭都可以三兩下子解決掉——可是這樣也有可能會造成更嚴重的問題，這次搞不好會變成人類與魔女之間的戰爭……」

這個問題不能和大家說，可是一個人擱在心上又太沉重了——忘野這麼說道。

「所以我才想，如果鋼矢知道魔女的話就可以和妳談談看了。」

「這樣啊……可是我知道的其實也沒很多。我也只是把魔女當成一張鬼牌，能夠像洗牌那樣擾亂局勢，但又不至於顛覆一切——而且就算魔女真的存在，說不定也已經被四國遊戲波及而死了。」

「什麼，魔女會死嗎？」

忘野的反應好像頗感意外似的——說奇怪也沒什麼好奇怪的，看來忘野手上掌握的魔女情報和鋼矢知道的魔女情報不一樣。

這應該不是因為鋼矢知道的情報比較接近事實——就忘野的口氣聽來，好像反而是她比較了解魔女的真面目。而且講白一點，說不定她們兩個人的情報都是假的。

很有可能只是自以為萬事通的魔法少女與擺領隊架子的魔法少女，被總本部給的情報耍得團團轉而已。

「不過我們不是魔女，只是普通的魔法少女。這些事情到頭來還是得等打贏春秋戰爭之後才管得著。」

「是啊，妳說得沒錯。想得太遠也沒什麼意思。」

鋼矢對忘野的說法姑且也表示同意，但說了之後她才發現，其實這句話根本算不上什麼安慰。因為這就等於繞著圈子說，就算順利打贏春秋戰爭、順利把四國遊戲破關，在那之後等著她們的也不是什麼安逸的好日子。

不曉得忘野是不是發現這件事——

「唉～～～～～～～～～～～～～～～」

——她嘆了一口好長的氣。

嘆氣的時候還故意帶著誇張的動作，恐怕也不是真的那麼憂鬱。但嘆氣就是嘆氣。

接著她這麼說道：

「打贏春秋戰爭之後，就算四國遊戲破不了關其實也無所謂了。」

這番話不只是本末倒置，根本已經是莫名其妙了。

「嗯，對了。乾脆我們打贏春秋戰爭，然後讓『Asphalt』去破關。這樣妳覺得怎麼樣——就像輸了比賽，卻贏了勝負那樣。」

「不對吧，忘野。那應該算是贏了比賽，但輸了勝負才對吧？」

鋼矢這樣的人竟然像一般人那樣吐槽了。不，因為忘野也不是認真的，所以這時候吐槽她應該才是正確的反應——兩隊的紛爭要是搞到那種地步，那就真的是不知所以然了。

「…………」

『SPRING』隊的領隊人物，魔法少女『Asphalt』的事情鋼矢當然也有耳聞——而且不是像魔女那樣混淆不清、不知是真是假的情報。

身為理性派的『Asphalt』把風氣好武的『SPRING』隊掌管得有條有理，她在絕對和平聯盟裡可是一號有名的人物——用不著花工夫去調查、用不著發揮鋼矢的調查能力，她的情報就會自己傳進鋼矢的耳裡。

從她的領袖魅力還有鋼矢聽說的個性來推測，感覺魔法少女『Asphalt』和魔法少女『Cleanup』的關係可能確實好不到哪裡去……但即便在遊戲中兩隊互相競爭，雙方的裂痕會嚴重到這種地步嗎？

就算個性完全相反、就算兩隊的傳統就是互相看不順眼、彼此的色彩不同，但是遊戲——正確來說應該是實驗已經變成這種局面了，難道她們真的那麼沒得商量，連暫時攜手合作共度難關都不能嗎？

這當然不是忘野一個人的問題，憑她一個人也作不了主——可是鋼矢都已經告訴她們時間有限了，『AUTUMN』隊的其他魔法少女卻沒有一個人提出『兩隊和解』或是『和睦相處』的建議。

人的感情或許就是這樣吧，沒辦法隨心所欲控制——鋼矢自己這麼想，所以之前一直都沒問到現在。可是實際上究竟是怎麼一回事？

在進行四國遊戲的時候是不是發生了什麼事，讓『AUTUMN』隊與『SPRING』隊徹底撕破臉？

發生了一件相當關鍵而且致命的事情，讓她們非得拚到你死我活才行——該怎麼辦呢？

現在該不該問問這件事的真相？

如果問了，忘野會說嗎——或者會含混帶過呢？如果事情真的那麼複雜，不方便告訴最近兩天才剛見面的鋼矢，那她回答不能說就好了，還是問問看吧。

不，鋼矢只是自己憑空推測發生過那種大事，也沒有任何根據，要是問了這種問題而削弱領隊的鬥志，她可過意不去——或者該說沒辦法善後。

再說就算真的發生過這種事——真的有什麼原因造成現在的局面，都已經是過去式了，鋼矢又不會穿越時空，根本改變不了什麼。

如果硬要想個辦法來，也不是完全沒辦法。假如真有那種事情發生，只要針對那件事情做個了斷的話，就能消弭兩隊之間的對立。說不定這也是最好、最和平的解決辦法、挽救辦法——既然忘野不希望隊友有任何傷亡，這個方法對她來說應該是最理想的發展了。可是一切的前提都是需要有足夠的時間。

（鋼矢以為）她們現在就是沒時間。

要在兩天以內——不對，是一天以內，更正確來說應該是半天以內了結春秋戰爭，（鋼矢以為）她們沒有時間這樣慢慢來。

「我知道妳有滿肚子洩氣話，但不管是比賽還是勝負，妳都非贏不可。」

所以鋼矢只能拿那種老套又普通的話來激勵她。忘野聽了之後——

「我了解啊。但是呢——就是因為這樣，所以我才想趁大家還沒出來之前一吐怨氣嘛——」

她無精打采地這麼說道。

「……這樣啊。」

鋼矢心底覺得暗喜，因為忘野只把洩氣話說給自己聽。可是另一方面看到她那麼為四位隊友著想又感到很羨慕，心中著實五味雜陳。

這樣簡直就像在談戀愛一樣。

鋼矢心底都覺得太傻了。

正當她覺得自己太傻的時候，四名魔法少女正巧各自抱著別人的魔法少女服裝走出溫泉——忘野突然肅然起身，看來領隊這種職位真的不好當。

早知道就應該對『Pathos』再好一點了——鋼矢的反省雖說是遲來的正義，但其實一點意義也沒有了。她一邊反省，一邊把女孩們手上拿的魔法少女服裝顏色都看過一遍。

從顏色上看起來，魔法少女『Wire Stripper』的衣服在品切示手上、魔法少女『Curtain Rail』的衣服給五里恤、魔法少女『Curtain Call』的衣服給了竿澤藝來，而魔法少女『Cleanup』的則服裝好像是品切衣拿去了。

唔。

鋼矢很好奇她們是怎麼談的——既然決定要和大家一起去高知，包括眾人的固有魔法在內，這些事情都得問清楚才行——因為現在必須得出發了，所以應該是在半路上、半空中上才能問了。

所有人各自有些彆扭地穿上夥伴們的衣服。等到全員集合之後，忘野說道：

「那各位隊友，我們就出發吧。好讓我們能夠一起回到家園去——」

4

另一方面——

就在杵槻鋼矢和『AUTUMN』隊的成員慢慢建立情感，在『AUTUMN』隊落地生根的同時，空空的狀況則完全相反，有如被趕出門似地離開魔法少女『Asphalt』所指揮的『SPRING』隊根據地龍河洞。

他和『SPRING』隊的成員沒有建立起關係，和無根浮萍沒兩樣——要說一如往常的話確實也沒錯，所以空空也不覺得怎麼樣。

對空空而言，就算事情變成這樣也可以說在他的意料之中、計畫之中——只不過他原本就沒有什麼意料或是計畫可以在事後應驗。

雖然他提出要求只要打倒兩名『AUTUMN』隊的魔法少女，就要『Asphalt』接納他為同伴，但這個要求也不是經過什麼深思熟慮才提出的——這一點常常有人誤會（他的人生根本就是一連串的誤會），空空絕對不是什麼軍師或是軍事策略高手——單論智慧這方面，他和一般人一樣，和一般國中生的智能水平差不多。

這一點和杵槻鋼矢不同。

鋼矢實質上已經以智囊的身分在『AUTUMN』隊裡占有一席之地，空空和她完全不一樣——那麼空空有什麼卓越之處呢？

空空空的異常。

在地球鏖滅軍裡，空空受到高度評價、同時也被高度詬病的不是他的理智，而是他的異常。至於所謂的異常是指什麼，就是他對現實環境的適應能力。

任何事情都能立刻應對、立即適應。

任何事情都能立刻就習慣。

雖然他成就不了任何事——但對任何事都能適應。

用一種比較不好的說法，應該就等於『沒有自我』。如果要講得更正確一點——或者換一種比較偏袒他的說法，或許他就是『沒有心』吧。

因為沒有心，所以有時候空空下的判斷、決斷讓他在生存競爭上占據優勢。就是因為如此，他才能像這樣在四國存活長達五天——就快進入第六天了。

因為沒有意料，所以在意料之中。

因為沒有計畫，所以在計畫之內。

空空就是走在這麼一條險途上——不過在他離開龍河洞之前還是有一件意料之外的事情發生。

對方也不是洋娃娃，雖然對環境的適應能力不像空空那麼迅速，但也慢慢跟上來——特別是魔法少女『Asphalt』一肩扛起高知縣一切和魔法有關的事物，有責任在身。

就算要接受空空的提案，當然也會向空空提出幾個要求。

不過她也不是真的想到『這個少年說不定只是假裝要攻擊「AUTUMN」隊，其實可能打算和對方會合』。

如果真的是『白夜』隊要他來，那他就沒有理由投奔到『AUTUMN』隊那裡去——可是『Asphalt』沒有動腦想這麼多。在她的常識範圍之內想不到竟然有人認為『這裡不行就到那裡去好了』——回顧歷史，戰爭的敵我區別其實是很模糊，而且會變換，甚至『昨天的敵人就是今天的朋友』這句諺語都能照字面直接套用，由此可見一斑。不巧的是魔法少女

『Asphalt』連義務教育都沒受過，她所知唯一的戰爭就只有人類與地球之間的戰爭，也就是說在不是她的職責範圍之內，她的知識其實不夠讓她回顧歷史的教訓。

但就算無法從歷史獲得教訓，她還是知道。

只能說她就是知道，沒辦法解釋出一個所以然。她有一種類似直覺的念頭：『雖然說不出來，但讓空空自由行動好像有點不太妙。』

就因為這個原因──

「好，我就答應你吧。如果你真的成功把『AUTUMN』隊的兩名魔法少女解決掉，我發誓到時候一定會敞開胸懷，把『SPRING』隊的內情告訴你。」

在『Asphalt』許下這個無可挽救的承諾、這個誓言之後──

「不過──」

她確實不簡單，還想到要加這句話。

「我要逐一監視你的行動。」

「監視？」

空空回問一句之後，『Asphalt』點點頭，然後向他探出手來──空空以為她要找自己握手，結果根本不是。她的手往空空的臉上探過來。

不，她要摸的也不是空空的臉部。

而是他的耳朵──耳垂。

魔法少女『Asphalt』用拇指與食指在空空空的左耳耳垂捏了一下。

「……？」

空空不曉得『Asphalt』對自己做了什麼，但好像不是對自己不利，所以不知道該做何反應——這是做什麼？她是想確認看看耳垂有多軟，之後打算要揉麵包嗎？空空曾經聽說過，做麵包的麵糰要像人的耳垂一樣軟……

如果要做的話，空空倒希望她去做烏龍麵，別做什麼麵包……不，烏龍麵文化好像沒有滲透到高知縣這裡的樣子。

「因為多出兩人份——其中一個留下來備用，另一個就用在你身上吧。」

魔法少女留下一句謎樣的臺詞。不知曾幾何時，她的另一隻手上握著魔法杖——萬用魔杖。

當真是『不知曾幾何時』。

她已經把手錶變成魔杖了。

「……」

空空在魔法少女『Asphalt』看不到的角度豎起手掌，要身後的悲戀不要輕舉妄動——這是因為她把空空視為『長官』，只要判斷空空受到攻擊，二話不說就會立即發難。

空空預先制止她做出任何動作。

空空料想『Asphalt』不太可能會在這時候動手殺他，幸好也給他料中了。魔法少女『Asphalt』捏著他的耳垂什麼也沒做，空空什麼感覺也沒有——然後『Asphalt』就這樣放開他的耳垂。

「好，這樣就結束了。」

「這是做什麼？」

「施魔法啊。我是魔法少女嘛，所以當然是在施魔法囉。」

『Asphalt』說著，把萬用魔杖又變回手錶的型態——仔細一想，這種機關多少也讓人覺得有些幼稚，好像玩具一樣。

空空感覺絕對和平聯盟對魔法少女懷有一種惡意——『貶低她們尊嚴』的惡意、堅持只把魔法少女視為『可愛吉祥物』的惡意。但現在這個地點、這個場合都不適合追究這件事。

空空問道：

「妳對我做了什麼？」

「喔，怎麼？你會怕嗎？」

當然怕啊。

自己的身體不知道被設下什麼機關，而且還是魔法這種超越人智又莫名其妙的東西，怎麼可能不怕——有什麼理由要給她像這樣在言詞上占便宜。雖然空空沒有感情，但不代表他不會感到恐懼。他會感到害怕，也會感到恐懼。

同樣的，他好歹也會顧面子。

「我不是怕。因為接下來要和魔法少女作戰，多一個不確定要素總是難以接受。妳剛才該不會在我身上裝上什麼定時炸彈之類的東西吧？」

空空問了一個非常現實的問題回應『Asphalt』。

「妳是不是打算在我和對方隊伍作戰的時候引爆這顆炸彈——」

「啊哈哈，你的想法很勁爆耶——我才不會做那麼殘忍的事情呢。再說如果真的有炸彈這種魔法的話，我一定會選擇更有效率的使用方法。」

「…………」

空空驀然回想起來，『SUMMER』隊就有一個魔法少女的魔法性質和『炸彈』非常相近。可是她還沒來得及有效利用自己的魔法，人就先死了。想到這一點，空空心中湧起一股難以言喻的感受。

那種魔法確實非常厲害，要是她有機會有效利用的話——空空不禁這麼心想。真的很可惜。

可惜空空在還不了解四國遊戲規則的初期階段就遇上了她，所以白白看著她死——白白喪失她的魔法……嗯？

什麼？

空空一瞬之間好像想到什麼事情——是不是錯覺而已？不對……

魔法少女『Asphalt』說的話這時候讓空空產生聯想，在他的腦海裡就快要『發現』一件事。可是『Asphalt』說話不是為了提醒空空，當然只會依照自己的節奏說話，不等空空思考結束就繼續說下去：

「我的魔法是『傳令』。」

「！」

「現在只能告訴你這麼多——不過我的這項魔法還滿有名的。其實你應該至少也知道我的固有魔法吧？」

『Asphalt』忽然說出自己的固有魔法，空空的思考頓時停頓在那裡——不，光是聽到『傳令』兩個字他也不知所以然（根本沒有『其實你應該知道』這回事）。可是光是這兩個字就足以打斷空空的思緒了。

『Asphalt』說話原本不是要幫助空空思考，所以現在同樣也不是要刻意打斷他的思緒，只是無心插柳而已——用命運的捉弄這句話來形容固然稍嫌誇大，但如果這時候空空沒有把注意力轉移到魔法少女『Asphalt』的固有魔法，而是繼續深究他剛才快要發現的事物上，不難想像之後的發展——也就是說『AUTUMN』隊與『SPRING』隊之間這場春秋戰爭之後的演變可能會變得非常不一樣。

雖說這就是空空的宿命，但這個少年真的是每件事都『棋差一著』。這次他幾乎已經觸手可及，甚至可以說是『棋差半著』。

「不，我完全不知道妳的固有魔法是什麼。畢竟我可是一個外地人。『傳令』是什麼意思？那是什麼樣的魔法——剛才妳說過一人份、兩人份之類的話吧？和魔法有什麼關係嗎？」

「別問得這麼急——我明白你很著急……也不對，你的樣子看起來好像也沒多著急。」

「？」

魔法少女『Asphalt』的回應聽起來彷彿她已經看透了空空，讓空空感到很疑惑。可是不等他開口，『Asphalt』就先回答了。

「我的魔法簡單說起來就像是健康管理一樣——可以知道施法對象的血壓、脈搏、體溫。也就是說無論離得多遠，我都能夠知道對方的生理狀況。」

「生理狀況的管理……」

聽她這麼一說，空空聯想到的是有氧健身車或是跑步機——在他的房間裡有這些訓練器材。

就是那種利用裝在耳朵上的小夾子傳送情報，顯示血壓、脈搏與體溫的設計——具體形容起來，『Asphalt』的魔法不需要訊號線，也不需要任何器材也能有同樣的作用是嗎？

「……原來如此，所以妳才能那麼快就知道『Decimation』同學的死訊啊。」

和空空在桂濱交手的魔法少女『Verify』那時候也是一樣——現在回想起來，她死後沒多久『Asphalt』和『Decimation』就到桂濱來了。發生狀況之後她能第一時間知道，所以反應才那麼迅速嗎？『Verify』可以說現在仍是生死未卜，但可能就是因為有那個『傳令』魔法的關係，所以『Asphalt』很早就認定她已經死了——這麼一想，『Asphalt』先前有很多舉動就能說得通了。

因為只要人一死，脈搏與血壓就會歸零，體溫也會慢慢下降——不，是不是只要人一死，魔法就會被取消？

無論如何，如果這項魔法可以像那樣掌握同伴的狀況，在打團體戰的時候還滿方便的。

雖然比炸彈好一百倍，但想到那種魔法施在自己身上，心裡總有些不舒服——她是為了不讓空空任意行動才動這個手腳嗎？

為了在空空離開龍河洞自由行動之後還能隨時掌握他的狀況——可是雖然令人感到不舒服，另一方面空空又覺得有點不如預期。

『SPRING』隊的領隊魔法少女『Asphalt』用的固有魔法竟然「不怎麼樣」——空空內心多少還是有這種印象。

如果是這樣的話，之前和空空交手的魔法少女『Verify』用的『操沙』魔法還更簡單易懂、更像是一般的魔法——依照那句老話『高度發展的科學與魔法無異』來看的話，『Asphalt』的固有魔法『傳令』，感覺還在科學技術勉強可以取而代之的範疇內。

一部分原因是因為空空立刻就聯想到有氧健身車或跑步機的關係……雖然遠距離無線這一點確實讓人有『魔法』的感覺，可是如果要遠距離無線的話，只要拜託地球鎏滅軍的開發室，可能一個月左右就能開發出一樣的系統——講得誇張一點，搞不好用手機的ＡＰＰ就能做出類似的東西了吧？

但是這種事不能當著她的面說出來——應該沒有那個魔法少女喜歡聽到有人說『妳的魔法不過如此而已』吧。

而且還有一點——剛才空空拿來比較的『Verify』和自己交手的時候，他也想過這件事——如果魔法少女使用的魔法『不怎麼樣』就絕不能夠掉以輕心。

如果根據空空自己的統計，有一則法則就是魔法少女使用的魔法愈『不怎麼樣』，那麼本人自身的潛能就愈優秀——可是就算和魔法少女『Pumpkin』的魔法『自然體』相比，空空還是覺得『傳令』魔法太沒『賣點』了。

「……照妳剛才一人份、兩人份的說法來看，『傳令』魔法能『管理』的人數好像有上限是嗎？」

空空也不理會，先從他剛才連珠炮問的問題當中挑一個再問一遍。

「嗯，是啊——上限就是五人份。不過這不是魔法本身的上限，而是我的腦袋一次能掌握的人數上限……我可沒辦法像聖德太子那樣啊。」

要是勉強一點的話，或許可以增加到六、七人吧——魔法少女『Asphalt』雖然這麼答道，可是真正來說應該連五人份的上限說不定都已經超出她能處理的能力了。

人數一旦超出她的處理能力，她就沒辦法知道多餘人數的生理訊號——雖然稱不上是什麼弱點，但空空總覺得這好像在原本就『不怎麼樣』的魔法上又多了功能限制一樣。

不過人類的認知能力本來就有限，這也沒辦法——唯有這一點只能靠訓練來加強，就算是四、五人份，只要能夠一次管理多數人的生理訊號已經夠了不起了。

五人份。

掌握五人份的生理狀況。

她說多出兩人份，雖然不是說得很具體，但多出來的想當然耳是魔法少女『Verify』與魔法少女『Decimation』的份——她目前仍在監控隊友的生理狀況嗎？

剩下兩名魔法少女以及自己的生理狀況……

空空這麼心想，然後也問了。

「不，我沒有管理自己的生理狀況。因為沒有什麼意義啊。」

『Asphalt』回答道——接著她又這麼說：

「之前我的確有在管理所有隊員的生理訊號——」

「剩下三個已經使用的名額當中有兩個是隊友，那剩下一個用在誰身上呢？」

「…………」

『Asphalt』在這時候沉默了一會兒，之後點點頭說：「好吧，這點事告訴你也無妨。」

「是『AUTUMN』隊五名魔法少女當中的一個人。」

她這麼說道。

「至於是哪個人，我現在還不能告訴你——等到你回來之後我再一起說吧。」

「！」

空空吃了一驚，沒想到敵方也有人中了這種魔法。

這招機關應該可以讓戰局對己方相當有利才對——這項機關應該是在春秋戰爭初期階段設下的，但這件事實也凸顯出魔法少女『Asphalt』的不凡之處。

除了捏耳垂幾秒鐘之外，或許還有其他方式可以在對方施展『傳令』魔法。可是空空覺得就算有其他辦法，要在敵方的人身上施法的難度還是沒有什麼差別。

空空剛才中招有一部分是因為『Asphalt』趁亂下手，趁隙下手。可是在戰爭的時候，這種可趁之機可是很難找到的……

空空覺得很佩服。

「你一定覺得很失望吧。」
反倒是魔法少女說出相反的話來。
「『SPRING』隊領隊的魔法比想像中還不起眼。」
「啊，不是──」
雖然空空現在覺得很佩服，但幾分鐘之前他確實認為『傳令』魔法不怎麼樣。因為是事實，所以他也沒辦法反駁。可是『Asphalt』或許是聽習慣人家講這種話，反而露出好勝的笑容。
「可是在我看來，魔法這種東西本來就『不怎麼樣』喔，空空空──就一個外人以及初學者來看，可能會覺得魔法好像是一種夢幻般的能量，但充其量也不過如此而已，『不怎麼樣』。只是用起來很方便而已。」
『Asphalt』說道。
她的想法對空空來說不難理解──因為這種說法和他合作的對象魔法少女『Pumpkin』的思想有異曲同工之妙。
如果是使用強力魔法的魔法少女──好比來說使用『光束砲』的魔法少女『Stroke』就不會有這種念頭或是思想──可能是因為自己用的魔法『不怎麼樣』，才會萌生出這種思考方式。那她為什麼沒有想到呢？
如果魔法只是使用起來很方便的東西。
那魔法少女說不定同樣只是利用起來很方便的一群人而已──像她這麼聰明的人，應該會想得到才對啊。

她可能已經發現這件事，只是不願意去想而已——這世上其實沒有什麼理由非得去面對自己不想面對的事實。

逃避現實，繼續做夢——要一輩子活在夢境中也不是那麼困難。因為人生在世必有一死。

……討論這種生死觀當然一點意義也沒有。再說空空之所以像現在這樣在四國到處晃蕩打拚，原因就是『不想死』——所以沒有資格論什麼生死。

當然也沒有資格論斷魔法少女的價值觀。

「這個嘛，或許沒錯吧。」

所以他出言附和『Asphalt』。

言詞中一點誠意都沒有、一點心意都沒有。

「因為真正的問題在於如何利用手上既有的力量與技術作戰吧。」

「對，就是這樣。而且——」

魔法少女『Asphalt』當然不會因為聽了空空這種毫無誠意、隨口應付的附和就心情大好，但仍然這麼補充說道：

「而且我的『傳令』魔法功能也不只這樣而已——」

「………？」

固有魔法『傳令』除了量測生理訊號之外，其他還有某種功能嗎？不，仔細一想

『Asphalt』現在根本不相信空空，今後大概也不打算相信他，應該不可能把自己的魔法完全據實以告。最好認定她還藏有什麼法寶——除了血壓、脈搏與體溫之外，她還能額外『察知』些什麼嗎？不過就算空空問她，她應該也不會說。

如果她的魔法具有『察知人心』、『知道別人的思考』或是『察知他人的行為』、『知道他人的對話』之類，也就是除了知道生理訊號之外還有更進一步功能的話，空空現在中招就完了……可是『Asphalt』百分之百有對魔法少女『Verify』與魔法少女『Decimation』施法，如果『傳令』魔法真的能夠察知那麼詳盡的個人情報，那『Asphalt』應該老早就知道空空在說謊，根本用不著對他使用『傳令』魔法。所以應該沒有那種功能才對……

那『傳令』魔法究竟還有什麼功能？就目前空空知道的情報，他根本想像不出來——難道是可以察知類似的訊息，像是腦波或是發汗狀況嗎？如果只是這種程度的話，空空認為『Asphalt』根本用不著賣這種關子。

雖然她嘴巴上說得神神祕祕，搞不好根本只是不想讓人覺得自己的魔法『不起眼』，所以才這樣虛張聲勢。

空空認為再怎麼樣，她總不可能把這麼危險的魔法施加在自己的夥伴身上。

那他這時候也不好表現得太過驚訝——可是考慮到今後的行動，他還是有一件事得問清楚。

「『Asphalt』，我可以問妳一件事嗎？妳剛才說對『AUTUMN』隊的其中一人也施了相同的魔法……然後要等我有戰績之後才要告訴我那是誰。這麼一來，我打倒的兩名魔法少女之中，也有可能包括妳施法的對象。這樣好嗎？」

「沒關係啊。」

她回答得很乾脆。

就某種角度來看，這個能夠得知敵方動態的機關有可能會被空空搞砸。沒想到『Asphalt』竟然二話不說就接受了。

「反正我本來就打算把『AUTUMN』隊的魔法少女一個不剩全都殺光——這樣只是順序上的差別而已。老實說雖然我對她們的人施了魔法，但一直知道她們當中某個人還活著也挺讓我火大的，所以我還希望你頭一個先把她做掉呢。」

只要一想到『AUTUMN』隊那五個人還活在世上，我就不高興——從『Asphalt』說這句話的語氣一點都不像在開玩笑或是誇大其詞，隱隱讓空空覺得不好再繼續問下去。

雖然兩者的情況完全不同，但是就如同杵槻鋼矢連問都不敢問魔法少女『Cleanup』發生過什麼事導致春秋戰爭爆發，空空同樣也是連問都不敢問為什麼魔法少女『Asphalt』討厭、憎恨『AUTUMN』隊，甚至還心懷殺意。

空空之所以沒有問，一部分原因也是因為他對這件事其實興趣不大——總之空空就戴著魔法少女『Asphalt』給他這名為『傳令』項圈，成為『SPRING』隊的刺客從龍河洞出發了。

5

魔法少女『Asphalt』的固有魔法『傳令』有人數限制雖然不算是僥倖，但確實是不幸中的大幸——空空在開車前往愛媛縣的半路上這麼心想。聽說『AUTUMN』隊的根據地是在愛媛縣總本部道後溫泉，空空這次是依照導航系統開車，比之前去龍河洞的這段路開起來較為輕鬆。但因為現在還沒日出，他是開夜車，所以還是得小心注意。

『Asphalt』說『傳令』魔法有人數限制可能只是謊話，她暗示自己另有『法寶』可能實際上就是與限制人數有關——總之幸好身中『傳令』魔法的只有空空一個人。

不管是因為人數限制或者其他原因，總之此時坐在空空身旁的那個女孩——自稱魔法少女『New Face』的地球鑿滅軍『新武器』悲戀沒有被魔法少女『Asphalt』捏耳垂施法已經算是很走運了——畢竟她可是一個人造人。

哪裡有什麼脈搏、血壓或是體溫。

要是『傳令』魔法施在悲戀身上的話，魔法少女『Asphalt』立刻就會發現有異，空空過去建立起來的謊言城堡一定也會崩潰於無形。

所以才說這是幸運——反過來說空空本人被箍上項圈雖然倒楣，不過仔細一想也可以說其實無傷大雅。如果只是他的身體狀況，也就是健康狀況讓『Asphalt』知道，反正不會對空空的行動造成任何限制。講得誇張一點，就算空空背叛『SPRING』隊去投靠『AUTUMN』隊，她也不會知道。

只要空空一死——也就是任務失敗的話，『Asphalt』就會知道，可是到時候空空早就不在人世了，所以根本沒有後顧之憂。

死人不會說話，也沒有任何擔憂——不對。

情況也沒有那麼樂觀——那是因為空空在判斷情況的時候還有一項誤判。

其實不是誤判，因為空空不是軍師，說他思慮不周或許比較正確——粗心大意的失誤。

空空的計畫當然是出發前往愛媛的時候，把所謂空空一派的人員全都帶去——也就是說，他打算讓所有人都離開『SPRING』隊的根據地龍河洞。

空空空、悲戀、地濃鑿與酒酒井缶詰。

這些人出身各自不同，用空空一派來稱呼好像不太恰當。

總之空空本來打算等地濃與缶詰醒來之後，四個人一起離開高知前往愛媛——可是悲戀與地濃姑且不論，依照現在空空與『Asphalt』談話的內容，他找不到任何理由把沒有戰力的缶詰一起帶去。

找不到理由帶她一起去，又或者該說找不到藉口帶她一起去。

因為空空現在已經和『SPRING』隊結盟，所以他沒辦法說不放心把缶詰一個人留在這裡——不，就算說了也沒差（應該是沒辦法說『把缶詰留在這裡就不方便背叛了』）。

可是當時空空面對一個問題，如果發生了什麼萬一，他應該把缶詰留在龍河洞還是帶著走比較好？

一般來說，他是想帶著缶詰一起走——可是基本上他之後就會和『AUTUMN』隊的魔法少女拚個你死我活，到時候是不是把沒有戰鬥能力的缶詰留在安全的地方比較好？雖然龍河洞是『SPRING』隊的根據地，算不上多安全；而且空空對缶詰洞燭機先的能力有很高的評價，也不能說她完全沒有戰鬥力——可是一想起之前和魔法少女『Verify』交手的情況，把一個幼童帶到戰場上可能不是什麼明智的選擇。

不難想像要不是有悲戀在場，缶詰被沙子吞沒之後很可能會直接窒息而死（不過如果悲戀沒有出現的話，魔法少女『Verify』可能也不會對他們動手）。

在吉野川大步危峽那時候也一樣——當時就連空空都死於那場一級河川的氾濫當中，缶詰能夠存活下來單純只是偶然而已。

缶詰原本在情況瞬息萬變的四國裡活得好好的，要是因為空空指揮失當害她喪命的話，就算他沒有感情也會覺得過意不去——既然接下來自己要上戰場去，那麼把酒酒井缶詰這個六歲的幼女留在龍河洞也是一個可考慮的選項。

這麼做就等於留下一個人質給對方，如果空空和『AUTUMN』隊交戰不如預期，想要改弦易轍，投靠他們的時候就多了一層顧慮——可是實際模擬這種狀況之後，就算帶著她一起去恐怕也差不多。

因為如果空空反叛加入『AUTUMN』隊的話，之後就要直接攻進『SPRING』隊裡——也就是說，不管是打倒兩名魔法少女或是反叛，他都得回到龍河洞去。

前者的話，就能順利和缶詰會合。

若是後者，只要和『AUTUMN』隊一同打倒『SPRING』隊後，再和缶詰會合就好了。

要是帶她一起去的話，缶詰就會參與愛媛縣道後溫泉的戰鬥（投敵成功的話就不用打了）。如果沒帶她去，缶詰就會參與高知縣龍河洞的戰鬥（沒有投敵的話就不用打了）。

如果真要說的話，空空認為後者的戰鬥可能是人數眾多、敵我不分的大混戰，缶詰會被危險波及——可是這應該也算可接受的誤差範圍。如果要計較的話，前者的戰鬥打起來更是艱辛。

來回糾結一番之後，最後空空還是決定把酒酒井缶詰留在龍河洞，自己離開——既然怎麼選都沒差，他會這麼選擇的主要原因應該還是無法擺脫自己在大步危峽與桂濱的失敗。

大步危峽的河川氾濫雖然是避無可避，但桂濱那次出事的一部分原因，卻是空空身為保護者的不察所造成。

不再重蹈覆轍是他最基本的心態——不過還有一個原因得說清楚，那就是他過去一直偽裝成女性，結果卻因為地濃粗心的一句話而東窗事發，讓他在缶詰面前有些尷尬。

雖然空空老是愛裝酷，又異於常人，但還只是一個具有強烈自我意識的十三歲少年而已。

他選擇不帶缶詰同行，當然也得善盡身為保護者的責任，要避免這個選擇伴隨的可能風險。

就算沒有從黑衣魔法少女『Scrap』口中聽說『魔女』這個名詞，空空同樣也得盡這份責任——這裡所謂的風險是留在龍河洞當人質的缶詰在和戰鬥無關的情況下，有可能會受到『SPRING』隊魔法少女的迫害。

現在『平民生還者』少之又少，如果沒有什麼理由的話，空空認為她們應該不會那麼做才對。可是反過來說，要是有理由的話，絕對和平聯盟百分之百絕對會下手。

因為他們可是一個不用找理由就把四國搞垮的組織——而魔法少女是這個組織的成員，就算對方是一般平民、是個幼兒，空空不認為她們會因此手下留情——也不認為她們會不小心手下留情。

不，就算不是刻意迫害，空空還是會擔心自己不在的時候，『SPRING』隊會不會用魔法對缶詰做出什麼事來，就像他自己被魔法少女『Asphalt』用『傳令』魔法戴上項圈一樣。

即便空空明知魔法無所不有，可是一旦實際目睹有這種拘束他人的『魔法』存在，空空很難認定她們不會沒事生事，選在這時候迫害缶詰。

再說就連像自己這種沒有目的的人，只要還活著都會有某些作為，所以在他的字典裡沒有『無目的行為』這回事——因此空空在酒酒井缶詰醒來之前，做了一個決定。

嚴格來說是在酒酒井缶詰與地濃鑿幾乎同時醒來的前一刻——考慮到這項決定的內容，這個時機點可說是妙到極點。

究竟是什麼決定——

「地濃同學，妳可不可以留在這裡代替我擔任這孩子的保鑣？在我回來之前照顧好她。」

——就是這件事。

簡單來說，空空決定在執行他誇下海口要辦到的任務之時，把自己原本就勢單力薄的人力分得更細。

他自己與悲戀是前往打倒『AUTUMN』隊魔法少女的進攻隊，把地濃與缶詰安排為防守方，留在龍河洞裡。

空空的決定和打算打全面戰爭的鋼矢完全相反，旁人看來完全搞不懂他這麼安排是做什麼，只有像他這種不善軍略的人才會這麼分配。

不過雖然空空不是軍師，他還是有自己的戰略。

說是戰略，講白了也就是和『Asphalt』之前說的一樣，因為地濃的魔法『不死』不適合用來戰鬥——她在桂濱的表現和一個幼童沒兩樣，老實說空空覺得帶她去也沒什麼好處可言。

『死能復生』在戰場上當然是一大優勢，就像空空自己也曾經受過好處一樣。可是這次空空視為主要戰鬥力的『新武器』悲戀根本就是一臺機械。如果要論『不死』，悲戀本來就不會死。就算可能會『損毀』，但是會不會『死亡』就很讓人懷疑了——就算想做心臟按摩，她的體內可能也沒有心臟可按。

就結構上來說，想要讓使用『不死』魔法的地濃本人復活也不容易——由空空穿她的魔法少女服裝來施法當然也是一個辦法，但與其這麼做，打從一開始就別帶她去也一樣。

也就是說，追根究柢，帶地濃去的好處只有讓空空無限接關而已。

那麼，如果放棄這點優勢就能善盡保護缶詰的責任，這麼做對空空來說並沒有什麼好計較的。

雖然空空完全只靠著不想死、想繼續活下去的想法與意念維持自我，但他絕不是想要不老不死。

打倒兩名魔法少女的條件。

原本應該是三打二，現在卻成了二打二的戰局。但地濃從戰場消失究竟有利還是有害，就算詢問有識之士恐怕也沒有一個明確的答案——而且現在四國已經沒有什麼有識之士了。

無論如何，若是把地濃留在龍河洞能解決後顧之憂的話就應該這麼做——話雖如此，局勢在發展的時候地濃一直沉睡不醒，對她而言空空的要求不是平地一聲雷，應該也算是一語驚醒夢中人。

「你說什麼？我是說……這裡是什麼地方？空空同學，我們從桂濱瞬間移動到這裡來了嗎？難不成來了一個會瞬間移動魔法的魔法少女嗎？」

結果就是讓她陷入驚慌狀態。

「我只記得我當時把慢慢陷入沙灘裡的空空同學救出來，之後就沒印象了……」

「妳的記憶力是怎麼回事……」

要是繼續讓地濃說下去，天曉得她會說出什麼話來，所以空空先要她別開口，等到三人離開『SPRING』隊所在的龍河洞之後，大家一起開個會。

缶詰終究是不同凡響，就算剛醒來也不慌不急，閉著嘴靜靜觀察情況——空空的設定說缶詰『因為過度受驚而不會說話』，她的舉動正好暗合空空的說法，對他來說當然是求之不得。

看這樣子應該不是請地濃照顧缶詰，搞不好要缶詰照顧地濃才行了……

空空把之前的來龍去脈簡單向兩人說明一遍——因為情況很複雜，所以他還是說得支離破碎——然後又把之後的計畫與想請兩人幫忙的事情也告訴她們。

要是全盤托出的話會妨礙到今後的行動，所以空空沒有告訴她們『如果有什麼萬一的話，我會叛逃到另一隊』，也沒有直截了當地說『妳們是人質』……有些事情她們還是不要知道比較好。

「喔，原來是這樣啊。在我休息的時候，你也努力做了很多事耶，空空同學。」

空空心想，被一個沉入沙堆之後就只是沉睡不醒的人稱讚也沒什麼意思。接著地濃又繼續說道：

「可是這樣真的好嗎？空空同學。」

「嗯？什麼事。」

「不，我是說這個孩子……」

地濃看向缶詰。

一瞬間她本來想要喊名字稱呼缶詰，可是好像想到自己到現在還不知道這女孩叫什麼名字，也不理會就繼續說道：

「——把這個孩子交給我照顧真的好嗎？」

「嗯？什麼意思？」

「因為空空小弟不是對人性缺乏信心，所以無法相信像我這樣善良又無害的女孩子嗎？可是現在你卻要把自己的同伴交給我照顧，我可沒辦法負責喔。」

「妳沒辦法負責啊……」

空空也在想是不是要重新考慮一下比較好，但還是說道：

「妳到底在說什麼時候的事？」

當時地濃在流沙裡下沉的時候，她因為顧慮到一起下沉的缶詰，所以沒能用飛的逃離流沙。

雖然地濃說她拯救空空是假的，但是她確實有想要拯救缶詰。

……她會這麼做，當然是基於『這時候要是捨棄這孩子飛走，之後應該會挨罵』這種任性又自私的想法，所以才會那麼關心缶詰。說她『想要拯救缶詰』可能有點太好聽。可是空空與地濃鑿的關係或許也差不多已經進入這樣的階段了。

也就是說對空空少年而言，雖然相信與利用的意思大致相同；而現在他和魔法少女『Giant Impact』的關係，已經來到一個不太容易區分清楚的階段，堪堪可以進入這個『大致』的界線外側。

空空本人對魔法少女『Asphalt』講過一句話——那句話現在也印證在自己身上。如果想活下去的話，最終人類還是得在某些事情上選擇相信某些人。

這時候要相信什麼？

如果前提是不相信『SPRING』隊、不能把酒酒井缶詰這個倖存下來的一般民眾交給魔法少女『Asphalt』照顧的話，那麼當空空要選擇信任自己這個沒有自我的人，或是選擇利己主意的結晶與化身的地濃鑿之時——很遺憾的關於這次事件……把現在環境條件列入重點考量之下，他會選擇後者。

這是沒辦法之下的辦法，或者該說是痛苦的決定……

可是。

此一時彼一時。

因為這個原因，所以空空把缶詰交給地濃，和『新武器』悲戀兩個人由龍河洞出發前往戰場——至於他偽裝性別這件事，講得更清楚一點，是他穿著輕飄飄衣服扮成『小姊姊』和缶詰在一起的事情仍然沒有解釋清楚。

不過從缶詰對這件事沒有任何意見這一點看來，說不定她現在已經發覺空空不是女生，搞不好根本打從一開始就知道。不過這樣想可能又太看得起酒酒井缶詰的洞見之明了。

6

因為以上的原因，空空空與悲戀兩人——正確來說應該是一人一機就這樣在路上開車行駛。對空空來說，已經很久沒有像這樣只有地球鏖滅軍的人一起行動了。

這下空空終於有機會能夠和悲戀好好談一談——因為之前『SPRING』隊比預料中更早到達桂濱（『傳令』魔法的關係），他們在桂濱那時候沒機會細談，所以空空計畫在往愛媛的途中把這些事打聽清楚。

雖然有些計畫有了改變，反正旅行本來就會有些意外狀況——比起昨天之前火燒屁股的急困，這種意外狀況只是小意思，所以也不該抱怨什麼。

空空這麼心想，想為他過去的旅程做個總結。可是現在總結還太早了一點——或者該說還差了一點。

還差一步，或是半步。

空空當然不得而知——不知道魔法少女『Pumpkin』已經加入春秋戰爭的愛媛方，所以他當然不得而知，自己正要去對戰的『AUTUMN』隊五名魔法少女……不對，是六名魔法少女正要挑起一場全面戰爭，和他走相反的方向，從愛媛往高知而去。

不過這同時也出乎『AUTUMN』隊的意料之外——不像空空是因為沒計畫所以出乎意料，她們是真的沒有料到。空空空一向最擅長讓人誤解，她們雖然沒有誤解空空，可是卻誤算了他——可以說是一大失誤。

地點就在愛媛縣與高知縣兩邊縣境附近——雙方擦身而過。

擦身而過。

空空空那輛廂型車行駛在一般道路上，就像走在高速公路一般，和在天上暢行無阻的六名魔法少女擦身而過。

如果雙方都沒有察覺彼此的話，空空就會闖進空無一人的愛媛縣去，至少一切還能當作是一場笑話。倒楣的是有人發現了。

空空頭上有車頂，他當然沒注意到——但有一名魔法少女發現如今應該無人的四國竟然有車輛在行駛。

那個人就是六人編隊當中飛在最後頭的魔法少女『Lobby』——本名五里恤。

「欸，妳們大家先等一下。」

（第八回）

（終）

兵器

第九回

悲戀展露本事！

新武器大顯神威

如果事情不如人意，別去想就好了。

0

1

「進入愛媛縣了。」

汽車上配備的導航系統與坐在副駕駛座的『新武器』悲戀同時說出這句話來——同樣是機械語音，悲戀的語調就自然許多。這樣看來，以導航系統為代表的這類機械語音或許是刻意用類似機械人的腔調發音，表現出『機械的感覺』。

相對之下，坐在副駕駛座的悲戀好像就沒有這種機械感。地球鏖滅軍不明室開發的『新武器』悲戀其實不是做得像人一樣，而是把武器盡其所能做得不像機械，這樣講可能反而比較接近事實。

感覺好像因為做得不像機械，結果好巧不巧變得像人類——這樣一想，一直『假扮人類』的人類空空和她有許多共通之處，也算是別有一番滋味。

只是那種滋味嘗起來很苦澀。

「愛媛縣啊——感覺我們好像在高知沒什麼停留就一路衝過來了。」

空空這麼應聲道。

仔細一想，像這樣對著一臺機械而且還是武器說話，就像對著電視機說話一樣，看起來好像不是很像樣。可是空空心想反正沒有人看到，也就不管了。

而且對著電視機說話也沒什麼不好——只要有心，聽說人類也可以和植物溝通。

「對了，悲戀。開打之前有件事我想向妳問清楚。」

空空看準離開龍河洞、即將進入別縣的時候，這麼開口問道。

「好的，空空長官，請您隨意發問——我沒有任何限制。只是昨天我也向您報告過，因為我才剛起動沒多久，所以知道的事情有限。發問的時候請您注意這一點。」

「……那我想一想。」

悲戀在桂濱的時候確實說過她不清楚為什麼會沒依照預定計畫提早發動——這是空空最想搞清楚的事情，但既然人家說不知道，他想問也沒得問。無知既是一種罪惡，同時也是最大的防禦。不過那個『時間限制』本來就有測試運用的含意，姑且權當外面發生了什麼他們意料之外的事情，才會提早發動吧。

空空空的想法難得這麼準確，大致和事實相去不遠。可是這樣就很諷刺了——因為四國遊戲本身就是創造『終極魔法』的實驗失敗所造成，而地球鏖滅軍實驗性地動用『新武器』原本是為了收拾善後，結果同樣也失敗了——如果要說失敗，空空在四國的調查也是看似順利卻又問題重重。真是的，難道這世上沒有什麼事能夠一帆風順進行嗎？

「接下來我們要進行戰鬥，我想問問妳的機能性——實際上妳究竟多能打？」

「這個問題太抽象，我不知道該如何回答。」

她照樣先說了這句完全不像機械會說的話之後——

「可是如果硬要說的話，我超能打。」

接著說出了這句更不像是機械會說的話。

還超能打呢。

「……可以請妳說得再具體一點嗎？」

「打肉搏戰的話，我絕不會輸。」

悲戀帶著自信堅定的口吻這麼斷言道。

「就算是和那些魔法少女打也一樣。」

「聽了真是令人放心。」

悲戀是在有如一張白紙的情況下來到四國，不知道關於『魔法』與『魔法少女』的知識，當然也不知道『魔女』相關的情報。但在桂濱接觸過魔法少女『Verify』以及黑衣魔法少女『Scrap』，之後又和『SPRING』隊魔法少女接觸，她好像也已經慢慢學習到相關的知識。空空一向口拙，如果搭檔能夠自己學習的話當然再好不過。

悲戀這番話要是出自人類口中，搞不好會被認為太過傲慢。但由一件『兵器』說出來單純就只是說明規格而已——只是規格書而已。而且她也有實際戰績擺在眼前，從背後把那個『玩沙』魔法少女一擊斃命。

「打肉搏戰的話，就算對手有一億人，我也不會輸。」

「……」

這就有點誇張了，讓人以為會不會是規格書多寫了好幾個零……不過悲戀是地球鑿滅軍不明室最引以為傲的『新武器』，如果說她沒這點本事說不過去的話，好像也沒錯……

不，先等一等。

所謂的『新武器』照理來說應該是對抗地球的軍備才對——可是肉搏戰的前提是和人類作戰，不管對手是魔法少女或是一般人，用肉搏戰打贏他們又怎麼樣？雖然她這種戰鬥力和地球陣打的話或許很有利……

「只要戰略恰當，就算要對抗全地球的人類，我也——」

「不，已經夠具體了。謝謝妳……那武器呢？」

「您說武器的意思是？」

「我的意思是妳的手臂裡有沒有裝飛彈，或是腿部會不會變成鋼鑽等等的？」

「……」

空空好像問出相當荒唐的問題似的，讓悲戀無言以對——不，應該是表現出無言以對的功能。

「我是依照人類型態而製造出來的，所以沒有打造這些充滿童趣的玩意兒。很抱歉無法滿足長官您的期望。」

她後面說的那句話應該是為了安撫空空的情緒吧——要機械安撫情緒，空空這個人終於也差不多了。還讓機械說出很抱歉，天底下也有這種長官。

「有時候或許會需要用到武器，但基本上只要從當地取得就夠了。就像這套軍服一樣。」

悲戀說著，拉拉自己身上的衣服──那是魔法少女『Metaphor』登瀕證的服裝，直到昨天都還是空空在穿。

雖然這套服裝根本不是軍服，但要是想成是魔法少女的制服，感覺起來和軍服也差不多。

「只是我穿著這套軍服似乎沒有什麼意義。」

「……好像是這樣。那套制服原本的固有魔法可是很厲害的。」

空空原本想說如果用妳的說法就是『超厲害』，但還是打消這個主意──要是又讓悲戀無言以對就糟了。

「只要有那項魔法可用，這次任務的困難度應該也會稍微下降一點──」

「長官，我也有問題想問。可以發言嗎？」

聽到悲戀從副駕駛座這麼問道，空空有些驚訝──接受機械的發問，感覺就像是接受問卷調查一樣。可是也沒什麼理由拒絕，所以他回答說「沒有問題」。

「我接受的任務是破壞四國地區，您打算什麼時候、用什麼方式執行這項任務呢，長官？」

「…………」

這麼說來，最初她好像的確這樣說過。

知道她在一無所知的情況下來到四國，所以空空一直都沒把這件事放在心上。可是說起來，組織本來就是為了把整個四國連同內部的異狀一起破壞，所以才會動用不明室開發的

『新武器』。

雖然悲戀提前發動……或者應該說因為發生某種事故才會出現在四國，但看起來她並沒有忘掉自己最初的目的是什麼。

「只要長官一聲令下，現在就可以開始執行任務。」

「……沒關係，先不用那麼急。」

空空心想如果破壞四國是悲戀腦內優先度最高的命令的話，隨便否認這道命令也不恰當，所以連拐帶騙地說道：

「這項任務畢竟非同小可。為了能百分之百徹底破壞四國，我們不能操之過急，必須把步調慢下來，謹慎小心地一步一步來才行。」

步調慢下來謹慎小心是空空最欠缺的素質。但反過來說，就是因為他的步調很快──只靠著立刻決定就立刻動手的行動力就活到現在，所以這句話由他說出來一點說服力也沒有，但他也只能這麼說敷衍過去了。

但悲戀好像並不會因為是機械的關係就無條件聽從人類說的話、接受控制。

「我覺得您好像在敷衍我，可以相信您嗎？」

接著她又繼續追問空空。

這個反應真是出人意表──要是她這麼纏人的話，倒不如乖乖閉上嘴比較好。

如果對方是一般人，真的把空空視為『長官』的話，這時候應該會有所顧慮，不會問這麼不客氣的問題，或許可以說因為悲戀是人造人，才會這樣『打破沙鍋問到底』吧。

「當然不是敷衍妳。我現在確認妳的機能狀況不是因為要打倒兩名魔法少女，而是為了徹底毀滅四國才會這樣問——」

空空一向不太會說謊，就連敷衍遮掩的技術都一樣差勁。像他這種人為什麼會為了這種滿是謊言的冒險勞心勞神，就連當事人自己都說不出一個所以然來。他不明白為什麼，也不認為真的有什麼理由存在。

追根究柢，對空空而言，地球鏖滅軍把他當成英雄看待才是天大的誤會——總之這個話題最好別再討論下去。

「我有一個問題和開發出妳的『不明室』有關，可以請教一下嗎？」

他換另一個問題問——老實說現在問這個問題也沒什麼作用，可是反正是要轉移話題，趁這個機會問一問也不會有什麼壞處。

「不明室。好的，請您儘管問。」

悲戀點頭說道——看起來開發者相關的情報好像沒有受到封鎖，或是需要什麼密碼才能詢問。從悲戀表現得這麼開放來看，或許她腦內原本就沒有輸入任何不利於『不明室』的情報也說不定。

無知既是一種罪惡，同時也是最大的防禦。

而且還是最有效的控制手段。

不過空空自己對武器開發也沒有什麼專業知識，不懂得任何專業術語——所以就算想問一些專業的問題也問不出來。

因為當初加入地球鏖滅軍那時候的一段往來，空空和『不明室』有一段不算淺的因緣，可是他過去從未和『不明室』有任何直接接觸——雖然過去不只一次有這個機會，但空空自己都不願去和對方接觸。不，他認為對方或許也在迴避自己。

所以就算是非專業性的問題，臨時要他問也問不出來——不過有一件事他想趁這個機會問問看。仔細一想，悲戀腦中有沒有這項情報也很難說。

「那麼悲戀，我問妳。」

這個問題在空空內心早已醞釀許久，此時他終於開口問道：

「左右左危是一個什麼樣的人？」

2

左在存是教導空空空賭博的啟蒙師傅，諷刺的是空空竟把在存的名字設定為魔法少女『New Face』的本名。

雖然兩人相處的時間不長，但空空膽敢這樣對待師傅的名字，說他沒常識也真的挺沒常識。不過要是這樣說的話，左右左危——身為不明室的室長，左博士、左室長對待獨生女的方式也一樣沒常識。不，她對自己女兒的作為已經完全超過『沒常識』的範疇，因為她把自己的獨生女當成實驗品利用。

正如不明室的名稱，她讓自己女兒為了不明就裡的實驗犧牲。

那個實驗真的慘無人道，站在空空的角度來看，她豈止把自己的女兒當成實驗品，說她毀了自己的女兒才比較貼切現實。

當然如果左博士不對女兒做這種實驗的話，空空根本沒有機會和在存見面——但這時候就（隨意地）把邂逅論的前後順序關係擺到一邊去，也因此左右左危這個名字對空空而言會令他感到五味雜陳。

而『新武器』悲戀則號稱是由左右左危所開發出來的。

理所當然這也會讓空空覺得心情複雜——地球鏖滅軍所開發出來，不只能破壞全四國，還能用來當作對抗地球的王牌武器竟然是一副人類的模樣，這種充滿反諷意味的設計雖然令空空意外，但他也覺得不明室就是會幹這種事、左右左危就是會幹這種事。可是老實說，空空對左博士的了解不多，還不夠資格下這種判斷。

空空心裡很不想了解左右左危這個人，但想要了解她的心情也同樣強烈。他也不是要和左右左危見面，問她『為什麼要那樣對待女兒』。但要是說他一點都不好奇什麼樣的人能夠這樣對待女兒，那也是自欺欺人。

其實也不用好奇她是什麼樣的人，因為答案已經擺在眼前了，她就是一個『能夠對女兒做出這種事的人』。所以空空也覺得這個話題根本已經不用再談——他之所以忍不住會這麼想，或許是因為他認為自己對左在存的死有一部分責任。

左右左危確實毀了自己女兒的人生，可是並沒有害死在存——要是左在存沒有遇見空空的話，她應該就不會想要賭一把，最後也不至於送掉一條性命。

不至於慘遭殺害。

殺害她的人物——就是過去號稱第九機動室裡第一號危險人物『火球人』冰上法被。雖然空空和他分出了勝負沒錯，可是當時冰上法被的目標應該是空空，而不是左在存才對。

那麼就如同空空認為『是她害死了師傅』，對左右左危沒什麼好感一般。左右左危對空空或許也有意見也說不定——她可能會認為『你竟然害我女兒慘死街頭』，搞不好還會認為『你害得我嘔心瀝血的實驗毀於一旦』。

無論如何，根據空空從某個管道得到的情報，左右左危一點都不會覺得『感謝你替女兒報仇』——因為這些背景，使得空空看待左右左危的心情愈來愈剪不斷理還亂。

他的心情之所以會愈來愈雜亂，到頭來還是因為左博士是『陌生人』，才會讓想像力不斷增長——這應該才是主要原因。

搞不好兩人見了面之後，至少空空自己心裡的疙瘩就能夠化解，這也是很有可能——雖然這次他差點沒命，就算之後沒有什麼否極泰來的好事，但如果能因此拉近和左博士之間的距離，倒也是一種樂趣。

用樂趣兩個字來形容，聽起來會覺得空空好像樂在其中似的。但既然他想了解左右左危並非為了什麼特定的目的，不可否認是有一點興趣本位的因素存在。

左在存的母親究竟是一個什麼樣的人。

還有一件是空空之後才會聽說，左右左存同時也是當初指引空空走向這條人生道路的始作俑者，那位『醫生』曾經一度選為終身伴侶的對象——空空不惜冒險，也想要認識這個人。

「左博士她——」

悲戀竟然回答、回應了空空的問題。他原本以為悲戀沒有這些情報，竟然猜錯了。

「她是非常熱心於研究的人——可是因為太過熱衷，總是一次又一次和身邊的人起衝突。身為她創造的作品，為了避免日後有什麼萬一，我認為她應該稍微改善一下和下屬之間的關係。」

「……講得還挺不客氣的。」

「左博士有大恩於我，我是為了博士好才這麼說。」

這個人造人類面不改色就能說出這種話來。

這種聽起來充滿溫情卻又無情的發言一如往常，老早已經成為一種慣例。可是悲戀這番話確實切中要點。

因為悲戀提早投放在四國的意外狀況，最初起因就是左右左危的部下對她發動政變的關係。就這個角度來看，也可以說因為她和身邊所有人產生摩擦與爭執，反而替空空解除了時間限制的枷鎖。

「左博士有大恩於妳啊——也就是說，妳很清楚開發出自己的人士左在危室長。」

「是的，開發者的姓名已經烙印下來了。」

已經烙印下來了——烙印在哪裡？

如果是一般人的話就會說烙印在心裡……機械的話是在硬碟嗎？還是記憶體或是中央處

理器上？

「我剛才說的話聽起來好像指責左博士太熱衷於研究，可是就是因為有這份熱衷，我現在才能在這裡活動。有時候有些人會用瘋狂來形容博士的心理，但可以確定的是，因為左博士是這種人，所以才有能力開發出我這個決戰武器。」

「……妳說得也沒錯。」

瘋狂到用那種方式對待女兒。

瘋狂到讓自己的女兒為那種連無心少年空空都無言以對的實驗而犧牲——一個人如果沒有瘋到這種程度，或許也就沒辦法踏出那史無前例的一步。

要是這樣的話，『老是差那一步』的空空就沒有什麼資格說什麼了……

「可是就左博士的說法，我好像還是未完成品。她說過我還有可發展的空間。」

「唔……」

還有可發展的空間——那是什麼意思？

光是悲戀這句話，空空當然想不到左右左危原本全心想要阻止悲戀投放到四國來，只有『未完成品』這個單字縈繞在心頭。

把魔法少女一擊穿體，誇下海口和一億人對打也會贏的人造人還有什麼改良的空間……空空只是這樣想而已。

不管怎麼樣，這是空空第一次聽到某人對左博士最直接的評語，對她的看法——好像有一點改變，又好像沒有什麼改變。

雖然這番話的內容本身讓空空覺得果然不出所料、早就料到，但看到悲戀說左博士『有恩於我』，他又覺得左博士的人性也和其他人一樣，沒辦法三言兩語道盡。

「左博士的話題還要繼續講下去嗎？空空室長。」

「不，這樣就夠了——真是抱歉，問了這麼一個莫名其妙的問題。謝謝妳。多虧有妳這番話，我覺得要是能夠活著從四國回到地球鏖滅軍的話，下次應該可以和左博士談一談，不用畏懼太多。」

『可以和左博士談談』這句話究竟是真心或者只是場面話，就連空空自己都搞不清楚。他的確只是隨口應付悲戀，但隨口應付也不見得就是說謊。而且可想而知，正因為空空不只是口頭上說說『可以和左博士談談』，內心也真的這麼考慮過，所以當他聽到悲戀接下來這句話的時候受到的衝擊才會那麼大。

「空空長官，別說什麼『能夠回到地球鏖滅軍』或是『下次』，如果需要的話現在當場就和左博士談一談如何，就由我來居中牽線。」

3

「……啊？」

「我是說由我用通訊機能牽線，您要不要和左博士談一談？如果長官和博士之間有什麼誤會的話，我認為在生前應該盡早談開比較好。」

「…………」

應該在生前談開這句話真是頗有深意、充滿暗示性——可是通訊機能？

這個人造人身上有這種功能嗎——不對，現在連家電都配備有通訊機能，那一臺決戰用兵器有通訊機能也沒什麼好驚訝的——悲戀是遠距離運作的武器，通訊機能或許反而應該是不可或缺的功能。

「悲戀，有件事我要確認一下。」

「悉聽尊便，長官。」

「妳應該沒有用那項功能和地球鏖滅軍通訊吧？」

「因為沒有接受命令要和地球鏖滅軍聯繫，我沒有這麼做。」

空空鬆了一口氣——說到四國遊戲最具代表性的一項規則，就是『禁止和外界聯絡』。他原本還擔心悲戀是不是在不知情的情況下觸犯這條規則。

如果悲戀真的聯絡的話，現在也不可能安然站在這裡，或許根本不需要多此一舉，特地問這一個問題——嗯？不對。

「可是如果您下令的話，我可以和世界每個角落聯繫，您需要嗎？長官。」

「不，目前暫時還不要和任何地方聯絡……當然也不要和左博士通訊。」

「是嗎？」

悲戀明明之前還強力建議空空和左博士通訊，現在卻輕而易舉就放棄堅持。姑且不管悲戀這種極似人類但又缺乏一點人味的個性——

該如何看待這件事？可以用『要是悲戀自己和外界聯絡的話就危險了』這麼一句話就了結嗎？空空總覺得有什麼事掛在心上——應該說空空甚至覺得說不出的奇怪，怎麼手上突然得到一張想都想不到的有利籌碼。

「…………」

這件事。

要是不實際試試看，也很難說這件事到底是吉是凶——如果空空試圖經由悲戀和地球鏖滅軍聯絡的話，應該會重蹈他當初剛來到四國時的覆轍。這根本想都不用想。

但如果是悲戀憑藉自身功能自主——自動和地球鏖滅軍聯繫上的話又會如何？悲戀也會遭遇空空那時候面臨到的險境、像四國絕大多數居民最終的下場一樣『爆炸而亡』嗎？

一般想來應該會。

空空聽說她有通訊機能之後，第一時間也是這麼想，擔憂她會不會爆炸。但要是繼續深入思考的話又是如何呢？

悲戀不是人類，而是機械。

就算身穿魔法少女服裝，也沒辦法使用魔法——她既不會飛，而且可想而知就算揮動魔杖也沒辦法使用固有魔法。

理論上就好比把魔法少女服裝套在電視機或是電腦上一樣——這樣說大致上能夠了解，能夠接受是因為這個道理的關係。

既然如此，因為四國遊戲是依據魔法來設定規則，或許也可以換個角度這麼思考：悲戀雖然人在『四國之內』，但卻置身於『規則之外』。

觸犯規則之後的『爆炸』處罰，已經確定是某種魔法的力量在背後運作——可是假設只有生命體在違反規則之後會遭到處罰，那會如何呢？

要是悲戀自行運用本身機能報告四國的現況，至少不會引起『爆炸』的現象吧？

空空還記得外界可以接收到監視攝影機拍攝到的影像——就像這個狀況一樣。雖然拍攝到的影像似乎有受到魔法少女『Pumpkin』所說的『防護罩』干擾……但也可以說『通訊』本身還是聯繫上了。

既然這樣……不，就算『凡事都要嘗試』，但是不管怎麼想這個實驗的風險還是太高。失敗的結果可是『爆炸』——空空當初遭到處罰的時候，頭一個炸掉的就是手機。要是隨便試驗的話，到時候遇害的就不是空空而是悲戀了。

如果是這樣的話，絕不能輕而易舉、臨時起意就進行測試——不能隨隨便便說試就試。但要空空完全死了這條心，又覺得太可惜了一點。

不，現在早就不是可惜不可惜的問題。

有機會和外界聯繫就代表有機會從根本顛覆四國遊戲——只有笨蛋才會不去思考這種可能性的價值。就算空空不是什麼軍事智囊，也不能拋諸腦後，置之不理。

為了今後能夠順利進行，說什麼都不能讓『新武器』悲戀像那支手機一樣炸毀——可是重點在於『新武器』這一點。

這個人造人是地球鏖滅軍開發出來的極機密武器，絕對和平聯盟應該完全不知道她的存在才對。

直到魔法少女『Verify』與黑衣魔法少女『Scrap』在桂濱看到她之前，絕對和平聯盟應該沒有人知道悲戀的存在——也就是說，四國遊戲設定的前提條件沒有把她考慮在內。

先前空空只想到悲戀是人造人，穿上魔法少女服裝也沒辦法使用魔法的缺點。不過除了通訊機能之外，說不定悲戀其他機能也能出乎絕對和平聯盟魔法少女製造課的意料之外，鑽到規則的漏洞……要是這樣的話，確實不該問什麼手臂裡有沒有飛彈這種傻問題。

這無疑是一場危險的賭注——但是悲戀冠上了左在存這個假名，要她避免賭博冒險好像有點不太像樣。

到時候如果空空沒能成功讓春秋戰爭終結的話，或許也可以嘗試看看這一招——當然事前得多次檢討才行。

這當然不能空空自己獨斷獨行，如果可以的話他想聽聽絕對和平聯盟相關人物的意見。問問地濃鑿……有點讓人不放心。如果可以的話，還是問問杵槻鋼矢……她是否還活著呢？時隔許久，就在空空又想起自己那個在德島上空被迫分開的合作夥伴的同時——

「長官。」

坐在副駕駛座的悲戀語調一變說道：

「前面有人。」

「什麼？」

空空聞言，往前一看——他在開車，所以其實一直都看著前面——可是卻沒看見什麼人影。

正確來說，是這時候還沒看見人影——隨著車子繼續往前走，空空發現目前行駛的車道前方一個小小的豆粒就是人影。

這個人造人好像連視力都和人類不同——空空猜想她或許還有暗處憑藉一點點光源就能視物的能力、能夠看見紅外線等等機能。

真是的，不明室開發出這個『格鬥戰士』究竟有什麼目的？這根本不是武器——他們根本不是追求機械的極致性能，更像是在強化人體的能力。

「人影……有人在嗎？難道愛媛縣也有一般人生還……」

現在的四國很難想像會有一般人生還。可是空空已經知道有酒酒井缶詰這個先例，所以第一時間會想是不是其他生還者——可是這聲喃喃自語被坐在身旁的機械生命給否定了。

「我認為應該不是，長官。因為那個女的身上穿著魔法少女的衣服。」

雖然還有老遠的距離，但悲戀好像已經連這些細節——連對方是女性都看到了。

「不否認是一般人像我一樣穿著服裝偽裝成魔法少女的樣子，但這種可能性應該很低。」

「…………」

要說先例的話，這倒也是一個先例——雖然不是為了偽裝，但如果只是穿上的話，空空也穿過魔法少女服裝——可是就如同悲戀說的，這種可能性非常低。

如果要代替悲戀用機械式的方式來形容，大概就是『可能性低於百分之五』吧——如果有人穿著魔法少女的服裝，大概就可以判斷對方就是魔法少女了。

不，理所當然得做這種判斷。

因為這裡已經是敵營陣地了。

已經是『AUTUMN』隊掌管的領域了。

「現在最好不要隨便放慢速度——當然最好也不要回頭……」

「是的，對方好像在等我們過去。」

「等我們過去……」

她們的反應速度真是快到令人咋舌。

才剛開過縣境就有人攔路，這不就和『白夜』隊的黑衣魔法少女『Space』不相上下了嗎？

空空這麼心想，為了預防萬一還是問道：

「衣服的顏色是黑色嗎？」

「不是——雖然看起來有點髒兮兮的，但不是黑色。」

悲戀這麼應道。

有點髒兮兮？先不管悲戀的表現方式怎麼這麼直白，為什麼會是髒的——這裡最近應該沒有進行過什麼戰鬥會弄髒衣服才對。是和『SPRING』隊的魔法少女『Decimation』交戰時弄髒的嗎？

不，現在沒有時間去想這些——真的沒有。只要不是黑色服裝就好了——總不會是『SPRING』隊那兩個還沒見過的魔法少女，搶先跑來當『攔路虎』擋空空的路吧？

擋在前面的十之八九是『AUTUMN』隊的人沒錯——原本以為距離愛媛總本部道後溫泉還很遠，哪知道這麼快就發現她們了。不對，被發現的人應該是自己才對。

「只有一個人嗎？」

「只有一個人。」

「對方發現我們了嗎？」

「我剛才說過她好像在等我們過去。」

「不，不是這個意思——對方發現我們是敵人了嗎？」

「這個嘛……」

就在他們說話的時候，雙方的距離已經縮短到連空空都可以清楚看見對方了——那是一個綁著馬尾的女孩子。

對方看著他們，臉上帶著不服輸的傲氣。右手拿著萬用魔杖在頭上轉——看起來好像停車場的帶路員一樣。

空空見狀之後——

4

要是計畫內容太過詳盡，發生意外狀況時就沒辦法應對——因此計畫需要留下一點空間應付意外狀況。

鋼矢當然了解這一點，她在行動的時候一般都會記得要留下一點空間與時間，也不會忘記要先想好備案計畫——可是她卻沒有預備好，在全隊向『SPRING』隊挑起全面戰爭的路上，飛行途中意外發現已經成為無人絕境的馬路上有車輛在行駛的時後要如何反應。

真要說的話，杵槻鋼矢認為要應付這種意外狀況，最好的反應就是『不管它』——如果現在是她一個人單獨行動的話確實可以置之不理。她應該不會變更路線，用最短的距離直接往『SPRING』隊的根據地龍河洞飛過去。

可是『AUTUMN』隊的領隊魔法少女『Cleanup』卻不這麼想——她聽到隊友魔法少女『LOBBY』的報告之後，便停下腳步。

她們人在空中，用停下腳步來形容也不太正確。總之『Cleanup』當場回頭，看了看那輛汽車。

不只是她而已，『AUTUMN』隊所有人都看到那輛在無人四國行駛的廂型車——汽車自動行駛的技術還沒有普及化，看那輛車能夠順著彎路行駛，想必裡面一定有人駕駛。

「糟糕了。」

在鋼矢還來不及暗叫不妙時，背上背負著無法自行飛行的她的魔法少女『Cleanup』——忘野阻說道：

「那輛車不能置之不理。」

她的意見和鋼矢完全相反——這也難怪，她對絕對和平聯盟的歸屬感比鋼矢還強烈，看到一輛車往自己過來的方向——也就是往絕對和平聯盟愛媛總本部駛去，當然沒辦法置之不理。

很難想像現在四國有生還的平民，會前往愛媛總本部的不是絕對和平聯盟的敵人就是朋友。

如果是友方的話就必須接待，就算是敵人也還是得迎戰才行——對方開著車，應該不會是魔法少女，可是也有像鋼矢那樣騎自行車到愛媛來的例子，是不是魔法少女也很難判斷。

如果有時間仔細思考評斷的話，忘野最後的結論可能也會是『不用理會』。不過那是在事後這麼認為，此時此刻就在她思考的同時，車子也會漸行漸遠。魔法少女能夠在天上飛，當然不至於追之不及。但從俯視的角度來看，那輛廂型車明顯愈走愈遠，逼得她不得不立即做出處置。

「我去看看，妳們在這裡等我一下好嗎？」

既然領隊都這麼提議，當然沒有人持反對意見——就連想要『不加理會』的鋼矢也不得不承認，現在還在四國行駛的車輛的確很異常。所以她才想在沒人提起的時候置之不理……

鋼矢很想對五里抱怨兩句，怎麼會發現這種大麻煩。就算她擁有不懂得看場合說話的才能，又何必在大家出征的重要時刻發揮呢？

可是雖然沒有人反對忘野的提議，卻有人更動她的提議——那人就是魔法少女『Wire Stripper』，也就是竿澤藝來。

「不對不對，領隊妳背著杵槻，用不著親自跑這一趟吧——我去看看就來，妳們先走一步，我隨後趕上。」

「嗯……這樣啊，那就麻煩妳跑一趟了。」

忘野點頭說道。

竿澤說得沒錯，自己現在背著鋼矢在飛，確實不適合擔任斥候的角色——鋼矢也覺得深有同感。

如果要說這時候到底哪裡出了差錯，那就是當忘野說要去調查那輛神祕車輛的時候，和竿澤自告奮勇要去的時候，兩者的提議內容有些微妙的差異。

忘野說『妳們在這裡等』，而竿澤則是說『妳們先走一步』——可是沒有人對這一點差異覺得有問題。她們只覺得一個是領隊離群，一個是隊員離群，兩者的應對處理方式不同而已，誰想得到這一點差別會導致之後的悲劇——可是就算之後想到『應該所有人一起去追那輛廂型車』，屆時也為時已晚了。這都是因為有一輛車子行駛在無人的四國固然是令人無法忽視的異常狀況，但她們與『SPRING』隊決戰在即，難免會把這個情況當作是大事之前的小問題。

也就是說，最終還是對『SPRING』隊的敵視心理使得她們沒有做出最恰當的行動。總而言之之而總之，忘野、品切姊妹、五里與鋼矢等五人直接飛越縣境往龍河洞前進，只有竿澤一個人回頭去追那輛廂型車。

竿澤藝來。

魔法少女『Wire Stripper』。

她在空中抄了幾次捷徑，輕易成功繞到廂型車行駛的路徑前方。

在路上降落之後，只要在這裡等那輛車開過來就好了——要是對方放慢速度或是回頭的話，應該就可以當作是敵人。

如果是敵人的話，打倒便是。

如果是友方——如果是絕對和平聯盟的生還者驅車要去總本部遺址的話，只要和對方稍微交換一下情報就可以放行。

竿澤的思考模式非常簡單——應該說她幾乎不會多想，只是依照指示發揮別人給與她的力量——用既定的方式去做既定的事情。

雖然她的舉止輕佻又好勝，但本質上說不定是一個照章辦事的人——她只求自己能夠盡情發揮的『力量』，看在有相同想法的人眼裡，或許她才是最像魔法少女的魔法少女也說不定。

換個角度來看也可以說她沒有自我、欠缺自主性，可是像她這樣的人只要跟到一個好領隊，就能發揮出最大的實力表現。不消說，現在竿澤跟著的就是一名優秀的領隊。

她把萬用魔杖當作指揮棒那樣揮動，讓那輛逐漸靠近的汽車知道自己在這裡——現在的距離已經近到可以看見駕駛者了。副駕駛座好像也有人……魔法少女？那人好像穿著魔法少女的服裝？

她還以為是『SPRING』隊的某個人，一時就準備要動手。可是仔細一看卻是一張生面孔——駕駛者也是一個陌生男子。不，應該說是一個男生……

竿澤並不是因為看到駕駛者是個少年就放鬆戒心，而是因為那個坐在副駕駛座的女性。

因為那個女性穿著魔法少女服裝，一時她還以為是『SPRING』隊的魔法少女，可是隨後發現不是，使得她先是一陣緊張，然後又放鬆下來。

就是在竿澤情緒放鬆的時候——

那輛車二話不說猛衝了過來。

那輛廂型車朝著站在馬路上的魔法少女『Wire Stripper』急駛而來。

「！！」

如果情緒冷靜的話，竿澤想必一定能夠躲得開——因為她會飛。可是即便是魔法少女，遇到意想不到的事情還是會全身僵硬，更別說她不只是照章辦事的人，還是一個照章辦事的魔法少女。她想過那輛車可能會減速，可能會回頭，卻萬萬沒想到竟然會加速。

別說事前沒想到，就算事實擺在眼前，竿澤仍然不敢相信竟然有人會做出這種事——魔法少女『Wire Stripper』就在不敢相信事實的情況下，被廂型車的保險桿撞飛。

就在竿澤被撞上天不斷旋轉的同時，她也理解了對方的身分——是『敵人』。

5

空空空這個人一向想到什麼做什麼，作戰計畫有想跟沒想一樣。可是他少數的優點就是毫不猶豫的執行力——行動力。當他看到有魔法少女擋在前方的時候，第一時間就進入備戰狀態。

在這種狀況下——

他踩的不是剎車，而是油門。

為了預防車禍發生，他早就已經綁好安全帶了——他心想坐在副駕駛座的悲戀應該不用特別吩咐，自己就會應付狀況，自己咬緊牙根，放開握住方向盤的雙手保護好自身安全。

如果要撞的是普通女孩子也就罷了——現在空空要撞的是穿著堅固魔法少女服裝的人，就像是一頭撞上掉在馬路上的大石頭一樣，自己也必須要有點防備才行。即便這裡沒有『小心落石』的告示牌也一樣——他用廂型車最快的速度衝撞，那個『攔路虎』魔法少女沒能躲開，身軀輕盈的她立即被撞飛出去，可是不出所料，空空這輛車的車頭連同保險桿都整個凹了一個大洞，車子本身也一邊打轉一邊橫切過路面，衝上路旁停了下來。

根本連剎車都不用踩。

彷彿撞飛一個女孩子就把最快行駛速度的動能完全耗光——安全氣囊在撞到人的時候爆開，空空自己在車子打轉的時候也沒有受傷，只是之後難免失去平衡感。

但空空沒有時間等待平衡感恢復正常——他不認為那樣一撞就能把穿著特殊服裝的魔法少女打倒。雖然第一次攻擊成功，但他必須盡快離開車子才行——他摸索著想要下車，可是安全帶卻解不開。因為車禍衝擊的關係，好像使得安全帶鎖解不開。正當空空暗叫不妙的時候，從副駕駛座伸過來一隻手幫他解決這個麻煩。

悲戀已經扯斷自己的安全帶，用相同的方式也幫空空扯斷他的安全帶——而且只用一隻手空手就扯斷了。

「長官，要開打了是吧。」

「嗯——要打格鬥戰了。讓我見識見識妳剛才說的規格沒有誇大其詞吧。」

「遵命，長官。」

「可是動手之前我想問那個女孩子幾個問題，先讓我和她談談——我想探聽一下為什麼她會出現在這裡。」

空空原本認為這裡不愧是敵方的地盤，一進入愛媛縣突然就有人守株待兔——可是等到撞了人之後一想，他又覺得有些不對勁。

不對勁。

會不會單純只是巧合而已？

不，說只是巧合也有一點語病——考慮到這裡是縣境，對方可能也正在進行什麼作戰行動，恰巧碰上自己的作戰行動。這樣想比守株待兔更有說服力——因為站在『AUTUMN』隊的角度來看，春秋戰爭的戰力平衡已經崩潰了。

對方就算不知道『SPRING』隊的魔法少女『Verify』已死，但知道自己打倒（疑似）的魔法少女『Decimation』已經陣亡——如果空空等人加入『SPRING』隊（嚴格說起來現在還沒加入）的消息沒有傳進她們耳裡，她們就會以為自己占了人數上的優勢，不太可能會這麼消極，毫無動作。

就這點來說，空空空與魔法少女『Asphalt』之間的約定有一個最根本的大漏洞——他們完全沒設想到敵方會有什麼動作。照現實可能的情況來看，空空選的這條路很有可能在到達愛媛縣道後溫泉的時候，那裡已經人去樓空了——可是事實上並非如此。

現在的情況比撲了個空更糟糕。

只是空空現在還沒發現自己犯了錯、思慮有漏洞，單純只覺得『不太對勁，搞不清楚狀況，所以想找對方問問』而已——當然他不是當真認為能夠問到什麼情報。

自從來到四國之後，空空空對自己缺乏溝通能力這一點已經開始感到厭煩了。

可是他又沒辦法那麼粗魯，二話不說就直接動手——有人可能會說一上來就把擋在面前的女孩子撞飛，還說什麼『沒辦法那麼粗魯』。但這部分在空空內心自有區分，只有他自己才知道。不，連他也看不見這條分界在哪裡。只知道有界線存在而已。

在跨過之後才發現有這條界線存在。

空空與悲戀從那車體框架變形，已經不能稱作廂型車的廂型車裡爬出來。那個被車撞飛的魔法少女好像飛得很遠，附近看不到人影。

「應該是那邊吧？」

為了避免搞錯方向，空空向悲戀詢問魔法少女往哪個方向飛走。

「沒錯……請問我是不是繼續扮演魔法少女『New Face』的角色比較好？」

「什麼？嗯……」

空空倒沒想過這一點。

既然接下來都要開打了，好像不需再繼續扮演下去。但空空有可能會投靠『AUTUMN』隊，這個謊可能還是維持下去比較好——明明開車撞飛人家，還以為有機會能夠和人家合作，這就是空空最與眾不同的地方。
「還是盡可能裝下去吧。」
「什麼程度算是盡可能呢？」
「這就交給妳自己判斷。」
「遵命。」
幸好連長官這種模糊不清的命令，她也能不假思索就點頭接受——空空一邊這麼心想，一邊在馬路上小跑步。因為一路開來的汽車已經嚴重損毀，他必須從別的地方另外找一輛車——可是這條路遠離城鎮，恐怕沒那麼容易找得到。
就在空空這麼想的時候。
他發現魔法少女就躺在前方兩百公尺遠的中央分隔島上——那個馬尾髮型確實是剛才他撞飛的魔法少女。
她躺在地上，看起來好像一動也不動。
「不能靠近她。」
空空原本就打算要停下腳步，悲戀這句話更是加強了這個念頭——悲戀繼續說明她為什麼會這麼要求。
「對方的心跳數增加，可以推測她現在處於輕微的亢奮狀態，但並未到影響的程度——綜合以上條件，我判斷對方躺在那裡只是裝睡。」
「……是嗎？」

空空也認為那個魔法少女是在裝睡——因為她穿著魔法少女服裝，照理來說被車子撞到的衝擊力道以及跌落地上的衝擊力道應該都會降低到最小程度，減輕到小數點以下的程度。可是話雖如此，魔法少女服裝也不是從頭到腳包緊緊，如果撞到要害的話，還是有可能要人性命或是致命重傷。所以空空只是認為那個魔法少女『動也不動』的模樣『很可能是假裝』，才停下腳步。可是悲戀好像在這麼遠的距離就『百分之百』判斷那個人是裝睡。

她剛才說心跳數……難道她聽得到心臟的聲音嗎？

從這麼遠的距離？

如果悲戀真的有這種能力，那『SPRING』隊領隊魔法少女『Asphalt』使用的『傳令魔法就更沒價值了……不，或許是打造出悲戀的『過度進步科學』已經逐漸趕上魔法也說不定——總之空空與悲戀在雙方保持好一段距離，做好準備後，向那個趴在地上的魔法少女喊道：

「我知道妳沒有受傷，別耍那種卑鄙的手段，快起來吧。」

自己開車撞了人，虧他還有臉說別人卑鄙。不過這句話原本就有挑釁的意味，卑鄙一點才好——既然是要挑釁，光是這樣可能還不夠。遺憾的是空空不是那種口出惡言的人，雖然他一向自負自己懂的詞彙很多，但髒話穢語的花樣稍微少了點。

「嘖……沒上當啊。果然沒那麼簡單——」

魔法少女『Wire Stripper』一邊喃喃說道，一邊站起身子來——就如同悲戀說的那樣，她的確毫髮無傷。

不但毫髮無傷，而且還鬥志高昂。

6

鬥志高昂的魔法少女『Wire Stripper』把萬能魔杖『Long Long Ago』的尖端如長劍般直指眼前的兩個人——因為她還用不慣這柄魔杖，所以更加小心謹慎。

這柄魔杖本來應該是屬於魔法少女『Curtain Call』的——但因為珍奇，所以竿澤之前也曾經借來把玩過。

萬能魔杖的構造與設計都不盡相同，當中這柄『Long Long Ago』更是迥異於其他——比起其他人用的魔杖，這柄魔杖實在太長了。

不是比較長——而是太長了。

與其說是魔杖，看起來就像刀劍一般——不消說，它的造型與固有魔法有直接的關係。

這項固有魔法是魔法少女『Wire Stripper』所知最具攻擊性的魔法——也因為這樣，所以很難找到適當的使用時機，可是現在這個狀況——

現在有兩名敵人逐漸逼近自己，這個狀況正是最佳的使用時機——更不客氣說的話，可惜他們沒有直接走近過來，而是停下了腳步。

最好的情況就是裝死引他們靠近過來，然後用固有魔法把兩個人一口氣做掉……聽說杵槻鋼矢就是用這種方式設計她們的領隊，看來這招果然不是每個人都能用的。

撇開空空不提，悲戀具有在遠處就能聽見心跳聲的功能。

就算是魔法少女『Pumpkin』，在她面前也會被看穿在裝睡，可是『Wire Stripper』沒看出悲戀是人造人，當然不知道這一點。

她只是帶著懷疑的眼神瞪著眼前這兩個忽然出現在她們的故事線中，又忽然對自己發動攻擊的人。

其中一個人——是魔法少女。

剛才已經確認過了，這個人不是『SPRING』隊的一員——當然也不會是『AUTUMN』隊的人，所以她判斷應該是『SUMMER』隊或是『WINTER』隊的人。

就如同右半邊的魔法少女對左半邊的隊伍狀況不熟一般，左半邊的魔法少女對右半邊隊伍狀況也一樣生疏，所以『Wire Stripper』沒有察覺其實『SUMMER』隊或是『WINTER』隊上都沒有這號魔法少女。

還有另一個人——就是這個人開車，換句話說，他正是撞人的正犯——該怎麼說呢，就是一個觀光客打扮的小孩子，身上穿著鬥犬T恤，搭配坂本龍馬的連帽外套——看起來完全就是觀光客，甚至讓人奇怪怎麼手上沒提個紙袋。可是一般觀光客開車撞飛魔法少女，這可是聞所未聞的事情。

因為事情發生得太過突然，『Wire Stripper』差點陷入慌張，可是看到那個男孩身上的打扮，讓她萌生一個想法——鬥犬與坂本龍馬，這兩樣東西都是高知名物，和高知有關——也就是說這個男孩子和『SPRING』隊有關嗎？而且他是開車從高知往愛媛的方向駛去——

當然也可以說他要回愛媛去——可是魔法少女『Wire Stripper』的腦袋已經到了說到敵人頭一個想到不是地球而是『SPRING』隊的地步。所以才會像這樣不假思索硬是把撞飛自己的犯人與仇敵『SPRING』隊掛鉤。

雖然她不假思索，又是亂想一通，但因為真相就如她所想的那樣，所以也沒什麼問題。

不過她還是姑且一問，打聽對方的身分來歷：

「你們是何方神聖！」

她因為怒火攻心，就連措詞都變得有些古老——不，或許也是因為她就像劍豪般擎著萬用魔杖的關係。因為她們正舉隊向『SPRING』隊發動全面戰爭，所以現在情緒正亢奮著——可是那個開車的少年似乎不想配合『Wire Stripper』激動的情緒。

「我也不算什麼何方神聖……」

他用一種曖昧不清的態度應道。

「我的名字叫作空空空，有兩、三件事想問妳。我的立場和行動可能會因為妳的答案而改變，希望妳盡可能老實回答我的問題。」

「……嗄？」

對方這段令人難以理解的發言更加激化魔法少女的情緒——她原本想等對方先動手，現在卻有一股衝動想要主動發難。

對了，要是不盡快處理掉他們的話，就會趕不上其他人——她們向『SPRING』隊發動全面戰爭，要是少了一個人就會事倍功半。

可是如果這兩個人是『SPRING』隊的新成員的話……

『AUTUMN』隊的新人，同時也是最年長的魔法少女『Pumpkin』杵槻鋼矢在溫泉會議裡曾經提到『「SPRING」隊的人數有可能會增加』——所以這時候『Wire Stripper』才會想到這個假設。可是當時鋼矢沒有說出『空空空』的名字，所以她聽到空空的名字也沒有任何想法。

關於地球鏖滅軍的『新武器』，鋼矢同樣也只是簡略地告訴隊友是『炸彈』——所以她當然也沒發覺站在空空身旁那名陌生魔法少女，竟然就是那個『炸彈』級的武器。

「你在說什麼——你以為我會乖乖聽你吩咐嗎？」

別說是假設了，『Wire Stripper』回嘴的時候幾乎已經認定對方就是『SPRING』隊的人——像空空這種二話不說就開車撞人的傢伙，就算和『SPRING』隊毫無瓜葛，人家會這樣不假辭色回嘴也是理所當然的。

「我才有話要問你——要是你答得好，或許我會留下你一條命。但你開車撞我，這筆帳我可要徹底討回來……」

「開車撞妳？啊……」

少年空空的反應彷彿已經把剛才發生沒多久的事情忘記了——幹出那種暴行，這種毫無反省之意的態度是什麼意思？

不是先應該說聲對不起嗎？

雖然『Wire Stripper』心裡這樣想，但她對『SPRING』隊的敵愾心比內心的不滿更強烈——

「你們是什麼人？是『SPRING』隊的夥伴嗎？」

這次她放軟語氣，更具體地問道。

「這個嘛，該怎麼回答才好——我對『SPRING』隊也不是一無所知，但要說是不是她們的夥伴……人家可能不把我當夥伴，不肯讓我加入她們，也可以說就是因為這樣，所以我現在才會在這裡……」

雖然空空的說明落落長，但聽的人完全沒聽懂他在說什麼——感覺起來不是在賣弄關子，裝模作樣地裝傻，單純只是口齒不靈光而已。

「我聽不太懂——你的意思是說你被『SPRING』隊趕出來是嗎？」

這麼想的話，雖然對方開車撞了自己，但心情上也稍微多了幾分寬容——如果他們和『SPRING』隊是敵對關係，就算稱不上『敵人的敵人就是朋友』，可以說對他們已經油然產生一些好感。

可是空空搖頭否定了這項推測。

「不是，我是依照我自已的意願到這裡來的。」

「……是嗎？」

『Wire Stripper』的敵對心一下子又重燃起來——因為曾經稍微收斂一些，現在反而伴隨著更大的怒火重新燃起。

「說了一大堆廢話，總之你就是『SPRING』隊的一員對吧——我不曉得你為了什麼原因，又是怎麼投靠『SPRING』隊的，可是你就下地獄去為自己這輕忽的選擇懺悔吧。」

魔法少女重新擎起魔杖，好像表示言盡於此。空空見狀說道：

「我是依照我自己的意願到這裡來的——那妳又是因為誰的意願到這裡來呢？」

「什麼誰的意願……」

「我也可以把問題改成『妳是為了什麼原因，又是怎麼到這裡來的』……」

「當然是我自己的意願。我是為了要等你上門，所以從空中繞到前頭來……」

「不是，我們在這裡遇見不是出於偶然嗎？難道妳是有其他目的，在行動的時候偶然發現我——嗯？」

空空空說到一半好像想起了什麼，閉上了嘴。然後——

「難不成妳正要獨自一人進攻『SPRING』隊嗎？」

雖然帶著疑問的語氣，空空問的問題還是有一半是正確的。雖然她不是獨自一人，但是說她正要進攻『SPRING』隊的猜測則是一語中的——在縣境活動當然也可能是為了其他目的，這傢伙的直覺真是靈敏。

不，這時候該怪的不是他直覺靈敏，而是應該反省對方提出問題探究虛實的時候，自己不該做出錯誤的反應——這時候沉默不語或是結巴支吾的話，不就擺明著告訴對方他猜對了嗎？不，其實他只有猜對一半……

「事情好像愈來愈奇怪，我們彼此都遇到意料外的狀況。啊，這樣一來的話就有點麻煩了……」

「什、什麼事情麻煩了？」

空空彷彿忘了魔法少女『Wire Stripper』的存在，自己喃喃自語起來。『Wire Stripper』一邊往前逼近一步一邊問道——不愧是『AUTUMN』隊的魔法少女，雖然心裡焦急，但還是不忘縮短雙方的距離。

「不，也不是什麼事……我在擔心留在高知那裡的夥伴……就算我成功把妳擋在這裡，說不定還會有其他魔法少女攻過去……」

「夥伴？」

一時之間，『Wire Stripper』竟然聽不懂這個少年究竟在說什麼——剛才他不是才說『SPRING』隊沒把他當夥伴看嗎？

可是她知道空空少年擔心『說不定還會有其他魔法少女攻過去』的事情現在正要發生，已經先一步過去了。所以心中湧起一股使命感，不管這個少年是什麼人，也不管他在說什麼，自己都必須在這裡把他收拾掉。

現在包括魔法少女『Wire Stripper』在內，『AUTUMN』隊傾巢而出發動的全面戰爭要在出其不意的情況下才能發揮最大的效果——可是現在『AUTUMN』隊的行動被這個少年知道了，要是他用什麼手段把消息傳給『SPRING』隊的話，那就不只是事倍功半而已。

因為自己錯誤的反應使得進行中的作戰計畫可能因此出狀況，這個失敗反而讓她冷靜下來——她已經下定決心，不是憑著一股怒氣而是必須利用冷靜的判斷與戰略打倒這兩個人。

即便必須承擔一些風險……

她這麼想，然後又向敵人逼近一步。

現在她手上的固有魔法原本是魔法少女『Curtain Call』的東西——之前在大家互換服裝的時候，『Curtain Call』當然有幫她上過課，解釋過這項固有魔法的細節，所以她現在使用這項魔法不算是趕鴨子上架。

這項魔法如果依照計畫順利擊中敵人的話，要解決現在的困境只是易如反掌——魔法少女『Curtain Call』的固有魔法就是這麼厲害。

問題是攻擊距離……

『Long Long Ago』這柄外型特殊的魔杖攻擊距離很短，只有魔杖的長度這麼遠而已。原本的主人也知道這是最大的弱點所在。

所以『Wire Stripper』最初原本想要裝死，把他們騙到身邊近處的——看來空空與那個第一次見到的魔法少女好像也懷有戒心，不肯再靠近一步。既然這樣就只好她自己靠近過去了。

慢慢逼近。

趁他們沒發覺的時候一點一點逼近。

而且為了避免對方發現她慢慢靠近，她還得繼續和對方說話——就如同之前一再重申，本名竿澤藝來的魔法少女『Wire Stripper』是個照章辦事的魔法少女，雖然個性爽朗，與人溝通沒有什麼問題，但是卻不太擅長這種需要即興演出的對話。

但也只好硬著頭皮上了。

為了隊上的夥伴、為了贏得勝利。

……仔細一想，空空空雖然非常不擅長與人溝通，但是若論即興演出的話甚至可以說人類史上無人能出其右。魔法少女『Wire Stripper』和空空對上或許是四國當中也難得一見的有趣組合──可惜現場觀眾只有一架機械生命，多少欠缺精彩。

「──欸，空空……小弟，看起來你好像有很多難言之隱。願不願意多告訴我一點呢？如果不嫌棄的話，我可以幫得上忙。」

「……那真是感激不盡。」

謝謝妳的好意。

雖然空空嘴巴上這麼說，點頭致意的時候卻是一臉懷疑的表情──魔法少女『Wire Stripper』就是要刻意拉長對話時間，然後趁機縮短雙方距離。雖然這個計策很簡單，對她而言卻是拚命又賭命的作戰計畫。可是自己突然說話這麼親和，好像反而讓他起了疑心。

「你、你突然開車撞我，應該也是有什麼原因對吧？不然一般來說哪有人會做這種事──」

「這個嘛，一般來說我就是會做這種事……」

空空嘴上說得嚇人，這時候反而往後退了一步──這樣一來，她剛才逼上前的距離又泡湯了。

他好像發現魔法少女『Wire Stripper』的氣氛不對勁──或者識破她的攻擊距離了？

從空空的反應與措辭來看，雖然他認為『Wire Stripper』是『AUTUMN』隊的一員，但不知道是『AUTUMN』隊的什麼人——並非具體知道她是魔法少女『Wire Stripper』。

更正確來說，從剛才那句『還會有其他魔法少女』的話判斷，他好像對『AUTUMN』隊的內情並不了解——既然不知道隊員是哪些人的話，就代表他也不知道關於固有魔法的情報了吧。

那麼他當然不知道魔法少女『Curtain Call』的固有魔法是什麼，也對萬能魔杖『Long Long Ago』一無所知。

因此『Wire Stripper』得出的結論就是空空空不可能看得穿她的攻擊距離——他之所以向後退一步，應該單純代表他懷有戒心而已。至少目前還是如此。

攻擊距離沒有被識破固然是好事，但這也表示杵槻鋼矢想出來的服裝大洗牌計畫對眼前的少年一點作用都沒有——魔法少女『Wire Stripper』察覺這一點，心裡多少覺得有些失望。

「……如果不介意的話——」

她努力把失望之情壓下去，說道：

「空空小弟，要不要成為我們的夥伴？」

「…………」

沒有反應。

可是這樣就對了——什麼反應都無所謂。

只要能夠縮短敵我距離，他怎麼反應都無所謂。

哪怕聽起來就像是騙人的謊言、哪怕言詞聽起來很不自然都無所謂，用什麼手段都行——只要是為了隊友、為了領隊，做什麼事都可以。這就是竿澤藝來的價值觀。

「我不曉得你為什麼會幫『SPRING』隊出力，可是和那些人合作百害而無一利喔——那些人很惹人厭，對不對？」

她放下魔杖。

只是暫時放下而已。

然後踩著輕快悠然的步伐靠近空空——臉上甚至還掛著笑容，好像在說緊張的場面已經結束了。

「如果你有什麼目的的話，我也可以幫忙喔——當然前提是你要和我們合作才行。」

「目的……我是沒有什麼目的啦。」

空空回應她的邀請——雖然戒心仍存，但感覺他的態度好像也稍微緩和了些。

計畫成功了嗎？或者他也是在演戲呢——魔法少女『Wire Stripper』心裡疑念叢生，可是不管真的成功或是被人以己之道還施己身，事到如今也不可能改變計畫了。

只能就這樣衝到底。

「我沒有什麼目的——如果妳不介意我沒有目的，也就是說不給我任何回報的話，倒希望妳能讓我加入妳們。」

空空說了這麼一句奇怪至極的話。

『Wire Stripper』連眉頭也不能皺一皺。

只是朝著他慢慢走近。

要走到自己能夠攻擊的距離。

……這時候魔法少女『Wire Stripper』採用的『親近』戰略，要是在平時根本連苦肉計都算不上，但在此時此刻卻可能是最恰當的做法。

雖然空空如果不說明理由的話誰都不知道。但他從高知越境來到愛媛，心裡原本就有想著有可能從『SPRING』隊跳槽到『AUTUMN』隊。不管約好要打倒兩名『AUTUMN』隊的魔法少女，或是和『AUTUMN』隊合作，不管結果如何他都無所謂——這麼形容表面上說得好聽（可能也沒多好聽），其實空空根本就是還拿不定主意就來到愛媛了。

現在的情況早就已經不是備戰狀態，根本已經開打了。要是在平時，這種『加入我們』的話聽在對手耳裡根本就是一種挑釁與侮辱，但是卻可以幫拿不定主意的空空推波助瀾。就這個角度來看，恐怕找不到比這更有效的勸誘手段了。

而且空空還把地濃鑿與酒酒井缶詰留置在龍河洞那邊——要是『AUTUMN』隊不分青紅皂白打進去就傷腦筋了。不，實際上也很難說他到底真的很傷腦筋，但如果加入『AUTUMN』隊能讓攻擊行動緩一緩的話，他也想這麼做。

要說哪裡有問題，那就是魔法少女『Wire Stripper』自己沒有發現自己採用了正確的做法——還有空空那句『不給我任何回報』，這句話聽起來沒有讓他顯得清心寡慾，反而讓人覺得莫名其妙。

「……這是什麼意思？」

問這句話根本是多餘，但她還是忍不住開口問道。

當然她還是沒忘記要繼續『親近』空空，慢慢靠近——而空空也對魔法少女『Wire Stripper』走近一步。

「……什麼叫什麼意思？」

「你是說不需要任何回報嗎？也就是說你願意單方面幫助我們嗎？你剛才到現在說的話，我不是聽得很懂……」

豈止不是聽得很懂，根本是一句都沒聽懂。

空空空說道：

「妳那樣說就對了，就是那個意思。妳很了解我在說什麼。」

「…………」

「真要說的話，我想要和妳們締結不侵犯條約。無論是好心還是惡意，都希望妳們別干涉我們——不，老實說我已經受夠四國遊戲的困難度了，不管走到哪裡都碰壁——」

已經受夠了。

擔任領隊的魔法少女『Cleanup』也說過一樣的話……但『Wire Stripper』總覺得這個少年言語裡的意涵好像完全不一樣。

空空空說她完全說對、很了解他的想法，但她一點都沒有感覺。如果硬要解釋的話，也只能解讀成他不想和『AUTUMN』隊之間有任何類似『關聯性』的默契。

不想有任何條件交換或是利益交涉——不想有共同的利害關係。

或許是之前種種經驗與冒險讓他有這種想法吧——雖然『Wire Stripper』到現在還是搞不清楚他到底是什麼人，這樣一想似乎又覺得這個少年尚有同情的餘地。可是對『Wire Stripper』而言，哪怕是迷途的外地人或是神奇的平民，當他和『SPRING』隊有了合作關係，管他有什麼理由、管他是不是暫時合作，什麼同情的餘地都不值一提。

只要曾經是『SPRING』隊的一分子，就算沒有真正加入，『Wire Stripper』都不想讓他入夥——不是心理因素不願意，而是物理因素上不可能。

換作是『AUTUMN』隊的任何人都不可能。

別說是加入『SPRING』隊了，就算只是和『SPRING』隊說過話，她都可能因此對那個人產生敵意。這一點可能『SPRING』隊也是一樣，現在她們就是這麼對她們深惡痛絕。

所以『Wire Stripper』說要讓空空加入只是嘴巴上說說而已。

只不過是為了要『親近』他的藉口而已。

就算空空沒有開車撞她、就算打從一開始他就禮貌備至地提出請求想『成為夥伴』，『Wire Stripper』也會一概拒絕——光憑他從『SPRING』隊過來這一點，就算他有任何關於『SPRING』隊的情報，問出情報之後恐怕還是不會留他性命。

可是空空，這個年紀好像比自己小個兩、三歲的少年，自己三言兩語就騙到，看到他這麼單純的樣子，『Wire Stripper』多多少少還是有點罪惡感。

她雖然是個只會照章辦事的魔法少女，但並非欠缺人情味，也不是一個薄情的人——和眼前的少年截然不同。

那個少年又主動走上前來——然後還恬不知恥地向自己伸出右手。

伸出右手。

這當然表示他想和自己握手。

「…………」

為了這場戲能繼續演下去，或許最好連這隻手都得握才行——或許最好把雙方的距離縮短到手握手的距離才行。可是『Wire Stripper』本能地，或是說下意識地萌生『不想握這隻手』的念頭。

生理上的厭惡。

或許可以這麼形容。

其實她也不是真的認為就算假裝也不願意和一個與『SPRING』隊扯上關係的人握手——理性上她也覺得這時候應該要和他握手才對，但生理上的反應就是沒辦法這麼做。

到頭來這就成了她成敗的分水嶺。

這時候沒有和空空握手就是她的失手。

如果就結論來看的話——這就是原因。

「這些話就姑且不談了——呃，可以請教妳的名字嗎？」

「……嗯，好啊。我是——我的名字是魔法少女——」

她不要握手。

就算不握手，現在的距離也已經夠近了。
空空空已經進入萬能魔杖『Long Long Ago』的攻擊距離——射程範圍之內了。
「魔法少女『Wire Stripper』——『AUTUMN』隊的『Wire Stripper』。我的固有魔法是——『切斷』！」
她就像是使出居合拔刀術一般揮動已經放下的萬能魔杖——想要從下而上把空空空的身軀斜斜地一刀兩斷。
固有魔法『切斷』。
這項固有魔法原本是賦予魔法少女『Curtain Call』的，效果就如同字面的意思——不管任何物質都能『切斷』，是一種極其鋒利的魔法。
只要像揮舞刀劍般揮動萬能魔杖，只要是『刀身』觸及之物，就算再怎麼堅硬——或者再怎麼柔軟，一律都能一刀兩斷。
只要碰上這種魔法，任何防禦、任何現象都毫無意義——弱點就是射程範圍太短（魔杖的長度本身就是射程範圍，只有一公尺多一點點）。可是只要把短射程當作是魔法具有高精密度，允許細微的操作，這也算是一種優點。
以前『Wire Stripper』看著魔法少女『Curtain Call』，曾經想過矛與盾的故事裡，那個『什麼東西都能刺穿的矛』指的或許就是這柄魔杖——不過固有魔法『切斷』，連那個『什麼武器都能防禦的盾』都可以劈成兩半。
不消說——

就算空空空再怎麼來歷不明、莫名其妙，可以確定他肯定是人類，要把他砍成兩截當然如同斬瓜切菜般容易——既然他已經毫無防備地走進自己的攻擊範圍內，要殺他易如反掌。

對魔法少女『Wire Stripper』而言，重要的是攻擊前的準備行為，實際戰鬥只是和『空揮一下』沒什麼兩樣的迴轉動作而已，眨眼之間就會結束——照理說應該是這樣。

「嘎噗……!?」

這麼一聲響。

真的就連哀嚎的時間都沒有——魔法少女『Wire Stripper』覺得自己好像聽見這麼一聲悶哼，但那只是她的錯覺。這可能不是別人發出的悶哼聲，而是她自己腦袋裡的聲響而已。

但這也不對。

雖然她以為是腦袋裡面的聲音。

可是其實在那一剎那間，她的頭顱已經被倏忽而來的拳頭打個粉碎，裡面的腦漿全都飛濺出來了。

7

雖然空空空來歷不明又莫名其妙，確實活生生的人。固有魔法『切斷』的確可以二話不說就像斬瓜切菜般把他砍成兩段——可是『Wire Stripper』的注意力只放在空空空一個人身上，不知何時竟把那個佇立在他身後的『陌生魔法少女』忽略了。

雖然一部分的原因是因為空空的異常性異常引人注意——可是仔細想想，論『來歷不明又莫名其妙』的話，那名魔法少女和空空比起來也是不遑多讓，魔法少女『Wire Stripper』不應該把目光從她身上移開才對。

可是她卻完全沒注意。

彷彿對方只是一個物體一般。

話說回來，就算『Wire Stripper』再怎麼注意看，那個女孩——地球鏖滅軍的『新武器』也還是一樣『來歷不明又莫名其妙』，而且甚至不會發現她根本『不是人』。

可是魔法少女『Curtain Call』從絕對和平聯盟得到的這招固有魔法『切斷』極為霸道，管他對手是人造人還是機械武器都無所謂，確實能夠一刀兩斷——但前提是發動魔法的條件要樣樣齊備才行。

空空進入射程範圍。

他毫無防備地進入射程範圍。然後正當魔法少女『Wire Stripper』想要如飛箭穿心、飛劍穿心般揮出萬能魔杖『Long Long Ago』的那一瞬間——

就在她的頭腦發出想要揮杖的指令，經過手腕到達指尖的零點零幾秒，比一瞬間還短的一瞬間——勝負便已分曉。

悲戀和空空不一樣，打從一開始就站在原地沒有動過一步，名副其實是『侍立在後』。此時她不但三步併作兩步，甚至五步併作一步，一拳打在魔法少女『Wire Stripper』的臉上。

原本應該如長劍般一揮長虹的萬能魔杖根本連動都來不及動一下，一切就已經結束了。魔法少女喪失了性命。

身軀就倒在自己飛濺一地的頭顱碎片上。

「……老實說，我原本還在懷疑科學武器的力量能否對抗魔法。」

空空把伸出去的手收回來，這麼說道——另一方面他又心想，要是自己和魔法少女『Wire Stripper』真的靠近到能夠手握手的距離內，可能連悲戀都來不及救了。

「如果妳的速度……不，如果妳的反應速度這麼快的話，打近身戰確實連魔法少女都不是妳的對手。」

這麼說來，當初魔法少女『Verify』在桂濱變出流沙的那時候——悲戀在流沙生成之前就把空空救出來了。之後因為空空說明不清的命令才會使她自己都被流沙吞沒——

「雖然妳的力量足以打穿魔法少女的服裝，但這種比魔法啟動更快速就能發動攻擊的速度搞不好還更派得上用場。可是……」

空空低頭看著那個頭部被打碎而死，自稱叫作『Wire Stripper』的魔法少女。

她的屍體狀態和空空來到四國之後第一個遇到的魔法少女『Metaphor』登澱證的屍體很像。

但登澱證的頭部是被炸碎，和她比起來，眼前的魔法少女是被拳頭打爛腦袋，就畫面上而言更加慘不忍睹。

悲戀攻擊魔法少女服裝保護不到的部位，這是她學習之後的效果嗎？

「不曉得她用的是什麼樣的固有魔法？她要用的魔法好像叫作『切斷』，可是光聽名稱也不明就裡。」

「是我唐突了，長官。」

悲戀說道——她在說話的同時，還仔細地把沾黏在拳頭上的毛髮與肉塊，那些原本屬於魔法少女身軀一部分的東西取下來。

「我判斷狀況緊急，不等您吩咐就自行展開攻擊——之後再向您領罰。」

「不，妳救了我一命——我差點就給她騙了。」

空空其實已經九成認真想跳槽當她們的夥伴了，所以悲戀當真是救了他一命——自己原本那麼忌憚『新武器』，誰想到竟然兩次都被她救了性命。

可是如果不客氣的說，雖然得到一件完整的魔法少女服裝，但不知道固有魔法的性質，難免讓感激的心情打了折扣。

空空認為既然名稱叫作『切斷』，應該就是能夠切斷什麼東西的魔法……

總是少了臨門一腳。

這或許是因為他自己本身少了某些東西的關係吧。

「竟然假裝邀我入隊來欺騙我……我也很不想講這種話，但這女生還真是卑鄙。」

空空自己原本也想假裝入夥然後謊騙她們，想必魔法少女『Metaphor』也覺得他沒資格罵人，但現在她已經無法反駁空空這不當的批評了。

總之空空宣稱要打倒兩名魔法少女，現在已經完成這項任務的一半——但他現在已經不能再繼續往愛媛縣前進。

既然知道『AUTUMN』隊正打算進攻『SPRING』隊的根據地，就必須得回頭通知她們才行……『SPRING』隊怎麼樣空空都無所謂，可是他還得考慮到酒酒井缶詰與地濃鑿人還留在龍河洞裡。

真是人算不如天算啊——說到人算不如天算，就算想回龍河洞去，自己開過來的廂型車也已經嚴重損壞了。

空空再次把目光看向魔法少女『Wire Stripper』的屍首——正確來說是看向她身上那件完整無缺的衣服上。

「又得扮成女裝少年了……」

就在他陰鬱地喃喃自語之後，驀然發現魔法少女『Wire Stripper』——這個女孩子穿的魔法少女服裝尺寸大小好像不是很合身？

8

『AUTUMN』隊完全不知道隊友已經喪生，也不知道地球鏖滅軍的調查員將會穿上喪生隊友的衣服，背著人造人折返高知縣。

一行人就在二〇一三年十月三十日天亮之前，到達『SPRING』隊的根據地龍河洞。

這場漫長的春秋戰爭——春秋戰爭這場毫無利益、毫無意義又遲遲不見分曉的膠著狀態轉眼即將連同幾名少女的生命一同杳然消逝。

（第九回）

（終）

第十回

勝負揭曉！歡迎歸隊，魔法少女『Pumpkin』

打破平衡就是引起破壞。

0 1

五分之一。

這就是『AUTUMN』隊在春秋戰爭終結時占有的機率——而且這個五分之一不是戰勝機率，而是戰敗的機率。

也就是說她們趁著敵我戰力平衡崩潰的時機點發動全面戰爭，這個計畫有八成的機率會成功——可是在一般的比拚中有八成勝率，以及在有空空空參與的比拚中有八成勝率，兩者的意義甚至是價值完全不一樣。

一旦悲劇英雄．空空空成為其中一個影響要素，機率的『高低』就只能當作參考而已——那麼什麼事比較可靠？當然就是機率的『好壞』了。

結果顯現出來的當然全都是『不好的機率』。

五分之一。

『AUTUMN』隊戰敗的機率。

就戰敗的機率而言，五分之一是一個不壞的數字——但卻是一個不好的機率。

2

「……結果『Wire Stripper』還是沒跟上來，都快要天亮了。」

這是潛伏在龍河洞附近的『AUTUMN』隊的對話。雖然鋼矢建議用本名稱呼彼此，可是說話的人已經忘了這項提議，一邊依照習慣用代號名稱稱呼，一邊擔心在縣境離隊的隊友。令人意外的是這人竟是五里恤。

在『AUTUMN』隊這支團結的隊伍當中，五里的同儕意識看起來相對是最薄弱的，所以鋼矢很意外竟然是她說出這番話來——至少比竿澤藝來在她們到達龍河洞之前還回不來這件事更令鋼矢感到意外。

一旦進入敵營，接近對方的根據地後，她們就沒辦法在空中飛來飛去——『AUTUMN』隊包括鋼矢在內的五個人，經過某個地點之後就採取低空飛行，此時已經停下腳步。

雖然表面上大家是在等竿澤前來會合——可是鋼矢根據以前的經驗法則，而其他人則是出於一起出生入死的戰友特有的直覺，眾人多多少少都開始覺得竿澤可能已經來不及了。

雖然唯獨只有不懂得看場合的五里把這番話說出口——但鋼矢認為其他三人內心裡應該也是這麼想。

問題是現在的氣氛沉重到所有人都能夠猜出彼此的心裡是這麼想——根本不是接下來要全面戰爭該有的氣氛。情況嚴重到就連不懂得看場合的五里都感覺得出來。

是不是暫時撤退比較好——鋼矢甚至有這種想法。

畢竟竿澤很有可能捲入什麼麻煩事當中——雖然她覺得現在去救可能也已經錯失時機，但憑目前大家這種情緒攻入敵方的根據地，根本和自殺無異。

現在己方的人數原本就比當初設想還更少了——這時候撤退應該才是明智的選擇吧？要是在少一個人的情況下開始全面戰爭，結果打得慘不忍睹的話，到時候萬一竿澤平安擺脫那什麼麻煩事趕到這裡來，搞不好看到的會是所有同伴的屍首——任何人都不希望這種事發生。

撤退的話說不定還可以和竿澤會合——但鋼矢沒有準備撤退之後的計畫。因為要想備案或是要重新進攻，顯然都趕不上最好的襲擊時機，所以想什麼腹案或是重新進攻都是枉然——但該收手的時候就是得收手。

明明已經沒有時間限制，但在整場春秋戰爭當中，杵槻鋼矢的思考直到最後都受制地球鏖滅軍投放『新武器』的時間限制這件事上——不，這當然不會只是她一個人的問題而已。

雖然只是從鋼矢口中聽說一個大概而已，但『AUTUMN』隊的成員——特別是領隊魔法少女『Cleanup』的判斷力也因為時間限制的關係，受到很大的影響。

「不能再等下去了——好吧，就由我們幾個人來執行計畫。之後再來向竿澤炫耀一番，說我們只憑五人之力就打倒了討厭的『SPRING』隊。」

本名忘野阻的魔法少女『Cleanup』帶著不容眾人反駁的強勢語氣，但仍盡可能以詼諧的口吻這麼說道。

包括鋼矢在內，所有成員都倒抽一口涼氣。不，只有一個人——五里恤還想說『可是……』，但最後好像還是把話又吞回肚子裡去。就算再不懂得看場合，她至少還是懂得領隊的決心。

五里想說的話和鋼矢心裡想的應該是同一件事——可是和五里不一樣的是，鋼矢不開口不是因為懾於忘野的氣勢。

該收手的時候就要收手。

不光是四國遊戲，要是該收手的時候不收手，就沒辦法在這世上活下去——可是如果該前進的時候裹足不前，同樣也沒機會求生。

這種想法雖然和鋼矢的思考方式有些偏差——但既然領隊這麼想，她也只好服從了。

況且這種想法也不見得錯……雖然大家總是往不好的方向想像，但就算少了一個人，人數上應該還是我方比較占優勢。

鋼矢是這麼想的，實際上此時『AUTUMN』隊的人數包括她在內是五個人，而『SPRING』隊在龍河洞的人數則是三個人，地濃與缶詰不算在內。甚至比鋼矢設想的『五比四』還占有優勢。

不過就算知道這一點，恐怕還是難以撫平她內心的不安——因為她是為別的事情感到不放心。不放心的原因是她在半路上聽說『SPRING』隊的其中一位魔法少女所擁有的某種固有魔法——可是她還說不出來自己具體到底在擔心什麼。

每次遇上這種說不出來的不安，她最常用的手段就是『撤退』——但她總不能光憑自己覺得說不出來的不安，就向領隊要求撤退。

「其實我覺得最好是夜裡趁她們還在睡覺的時候發動攻擊——但是就算不能夜襲，破曉時分進攻同樣也有出其不意的效果。妳說對嗎，鋼矢？」

「是啊——沒錯。現在即將日出的時間或許反而是最後的機會了……」

在這種情況下不僅領隊不能表現得讓隊友不放心，作戰計畫的策劃人也一樣不能示弱——鋼矢用尚有餘裕的態度這麼回答道。

「我也要進去洞裡面。」

如果真的要表現出游刃有餘的態度，那鋼矢就不能講是『最後的機會』，應該要講『最好的機會』比較好，但她的神經沒辦法那麼大條——她心想只不過短短一、二天，自己竟也變得這麼神經兮兮了。

「妳也要進去嗎，謝謝。」

忘野說完之後，又對眾人問道：

「就算竿澤不在，程序基本上還是一樣——我們要進入龍河洞裡，進入她們的基地裡大鬧一場，然後活著回來。就是這樣而已——可以嗎？」

「可以。」品切衣說道。

「可以啊。」品切示說道。

「……沒問題。」五里恤答道。

鋼矢則是沉默回應——忘野見狀，對所有成員說了一聲謝謝。

「那我們就代替竿澤努力奮戰吧。代替她努力奮戰、代替她獲得勝利，代替她一起回家——然後代替她拚命活下去。示。」

忘野用一番話激勵眾人之後，喚了品切示一聲——因為魔法少女『Wire Stripper』的服裝現在穿在魔法少女『Curtain Call』的身上。

「尤其是妳。讓『SPRING』隊見識見識魔法少女『Wire Stripper』是多麼可怕。」

「是！」

她語氣堅定地應道。

聽起來堅定卻十分空洞的回應。

3

龍河洞是天然的鐘乳石洞，同時也是一個大洞窟——可是好比說美國的著名景點『猛獁洞國家公園』目前仍未探究其全貌，反之龍河洞並非是複雜如迷宮般的洞窟。絕對和平聯盟只是以這個洞窟為象徵，視為高知總部而已——本來就不是什麼有祕密通道或是無數岔路的要塞。

所以她們的計畫是進入龍河洞內，就直接和一直線殺到『SPRING』隊——原本的計畫是這樣。

可是等到進入洞窟後沒多久，她們就發現計畫有變，或者應該說被迫生變。

除了鋼矢以外，『AUTUMN』隊所有人都是出生在愛媛縣，這也是她們第一次進入龍河洞——但就算是第一次進來，這個洞窟還是讓她們覺得『不對勁』。

先不提洞內空間狹小，地勢高低起伏劇烈——岔路更是異常多。最初勉強還是順著鋪了柏油的觀光客用道路前進，可是走沒多久就走到死路，腳底的柏油道路也沒了。

「好像有點奇怪……」

沒多久之後，就聽到身為領隊走在前頭的忘野這麼喃喃自語。

鋼矢也同意『好像有點奇怪』，可是她也對龍河洞的內部構造不熟悉，不曉得具體來說到底是哪裡奇怪——勉強說來，就是如果把這麼一個複雜的洞窟當作根據地的話，應該非常拘束又不方便才對。

電燈設備也只有入口附近一帶才有，愈往裡面就愈少——難道『SPRING』隊在節電嗎？如果她們把龍河洞當作高知本部使用的話，應該會有自助發電裝置才對。

鋼矢放亮照子注意周圍。腳下、石壁、洞頂——試圖想找出究竟哪裡有問題。內心那隻膽小鬼愈來愈有活力，一直想著是不是該撤退比較好——它強烈建議鋼矢趕緊撤退，強勢到讓人懷疑到底算是哪門子膽小鬼。

「……忘野，我記得妳說過『SPRING』隊當中有一個人會使用『融解』的固有魔法對不對？」

一番思量後，鋼矢嘗試和領隊討論可能性最低的狀況。不，不是『可能性最低』。想到之後再比對現在的狀況，那種狀況也很有可能發生——所以真要說的話，那應該是『最不希望發生』的狀況。

如果真是那樣的話——

鋼矢想到的作戰計畫就會從根本出差錯——可是身在敵地，而且還是在洞窟當中，沒有餘地讓她逃避現實。

「……是啊。『融解』魔法少女『Frozen』……她怎麼樣了？」

「『什麼都能融解』的魔法少女——」

春秋戰爭之所以會那樣長時間膠著，其中一個原因就是因為『敵我太熟悉彼此的能力』——雙方都知道哪個魔法少女用什麼固有魔法，反而使自己被這些知識綁手綁腳，陷入不敢放手一搏的窘境。

為了打破這個窘境，鋼矢想出來的妙招就是所有人互換衣服——可是就算知道對方的固有魔法是什麼，能不能應付得來，基本上又是另一個問題。

知道對方的能耐和知道對方的想法是兩回事。

就算知道武器的規格，但卻不知道對方會怎麼使用武器——要是知道對方的個性，或許還可以知道人家會怎麼使用武器。可是『AUTUMN』隊與『SPRING』隊之間沒有什麼相親相愛的關係，而是相仇相恨，對彼此的人格特質沒辦法做出冷靜客觀的判斷。

所以——

她們不曉得對手會如何使用『融解』這項魔法——如果是在戰場上碰到的話也就罷了，但對手平常會如何使用這項魔法，她們就不得而知了。

就使用其他魔法少女的魔法這件事上，魔法少女『Pumpkin』比『AUTUMN』隊的原有成員更多一些經驗，所以才懂得從『如果自己能夠使用這項融解萬物的魔法』、『如果是自己使用會怎麼做』之類的角度去思考——可是思考出來的結果卻一點成就感都沒有。

「有沒有可能她們用那個『融解』魔法——」

鋼矢下定決心，這麼說道：

「把龍河洞融解之後重新塑造？」

「！」

改變洞窟的形狀。

讓洞窟變形。

在場四個人當中只有忘野了解這件事代表什麼意義——這種事當然可能。雖然會是一場大工程，可是魔法少女的能源基本上是用不完的。和那個把一座城市化為沙漠的『振動』魔法少女『Decimation』比起來，融鑄洞窟或許可以算是比較小規模的工程了。

就算是大自然的力量耗費幾百年、幾千年，在岩石表面形成的鍾乳石洞也是一樣——只要用魔法的力量立刻就能做到同樣的效果。

所以這件事本身是『有可能』的。

魔法少女『Frozen』是有可能重塑龍河洞的內部構造——真正的問題是『她為什麼要這麼做』。

問題在於動機。

把自己根據地的『道路』變得複雜難走——光是這樣聽，好像是很一般的防範入侵者措施。可是『SPRING』隊原本並非在龍河洞死守不出。

雖然現在正在打春秋戰爭，但同時也在進行四國遊戲——要是把洞窟變成迷宮，只會讓住在洞裡的自己生活變得更不方便而已。

現在的戰況根本不必為了擔心不知道何時會出現的敵人採取龜縮戰略——現在有好長一段時間不會有觀光客造訪龍河洞，她們或許有可能改造龍河洞，讓自己生活起來更方便（對這些把地球當作敵人看的魔法少女來說，『破壞自然環境』是好事善行），但絕不可能反其道而行。

可是現在她們卻在龍河洞設下重重機關，就代表——

「難、難道我們的行動曝了光!?」

就算不用為了不知何時到來的敵人大費周章——但如果是為了應付絕對會來的敵人就難說了！

如果是魔法少女『Asphalt』就有可能這麼做！

「可、可是為什麼她們會知道我們攻進來了——」

「忘野！」

鋼矢叫了，她大叫一聲——完全不像平時的她。

不，此時此刻是該大叫。

就在她發出一聲尖叫，或者該說一聲悲鳴的同時。

明明沒有地震，整個洞窟卻開始搖晃起來。不，不是搖晃，而是開始融解了。

洞窟就像是塑膠管或是什麼東西似地變得軟綿綿，開始搖晃、變形、扭曲——五名魔法少女彷彿被吞入生物的消化器官一般，腳下連站都沒地方可站。

所有人都陷入洞窟的蠕動運動當中，任憑玩弄。

好像周圍的一切都對她們張開血盆大口一般——

「妳、妳們大家——」

領隊的聲音在已經變了形的洞窟內迴盪——空洞洞地迴盪著。

4

五分之一——機率是五分之一。

如果要仔細計算的話，當然不是那麼單純就是五分之一——在當時那個情況，當她們在愛媛縣與高知縣的縣境發現一輛廂型車行駛在無人道路上的時候，自告奮勇要去查看情況的只有魔法少女『Cleanup』和她兩個人，說機率是二分之一倒也還說得過去——不管有幾個人自願，如果最後都一定是她去的話，那也可以說機率是一分之一。人類的意志和投骰子完全是兩回事，更何況是好幾個人。

無論如何，因為是由魔法少女『Wire Stripper』單身去阻擋空空駕駛的車輛，造成『AUTUMN』隊奇襲行動失敗。

因為早在很久之前，她就中了『SPRING』隊領隊的固有魔法——『傳令』。

這是一種不靠任何道具、從遠距離就能知道諸如血壓、脈搏、體溫等人體生理訊號，更進一步來說就是知道人體健康狀態的魔法——『Wire Stripper』的耳垂上已經中了這項魔法。

換句話說，魔法少女『Asphalt』之前告訴空空說『對「AUTUMN」隊的其中一人施了這項魔法』並非只是虛張聲勢——只不過不是如他所想是在春秋戰爭的初期階段設下的。

如果真是在那時候中了招，『Wire Stripper』自己應該會知道才對——因為『AUTUMN』隊對魔法少女『Asphalt』的固有魔法是什麼完全瞭若指掌。

所以她施法的時間——她中招的時間是在春秋戰爭更早之前，比四國遊戲開始更早的事。

當時兩隊之間的關係還沒糟到現在這種地步，也就是說當時雙方還沒有那麼緊張，彼此尚未有戒心、敵意與害意交織的時候，魔法少女『Wire Stripper』的耳垂就已經在無意間被魔法少女『Asphalt』輕輕摸了一下。

從那之後一直到現在。

魔法少女『Wire Stripper』的生理訊號就一直在『SPRING』隊的掌握之下——當然魔法少女『Asphalt』一直把這件事放在心裡，直到戰爭開打之後才告訴隊友。

這是祕密中的祕密。

不管是『AUTUMN』隊或是『Wire Stripper』本人都萬萬沒想到，竟然有人這麼長時間觀測一個人的生理訊號。就連鋼矢聽說『傳令』之後也沒想到有這種可能性。

鋼矢當然有問『應該沒有人中了這項魔法吧』，可是當她聽到『當然沒有』的回答之後也就沒有任何疑心——因為沒有理由懷疑。

假如那時候去追廂型車不是魔法少女『Wire Stripper』而是其他人的話，就算那人遭到空空空與悲戀這對地球鏖滅軍搭檔反擊而死，損害狀況也只有一條人命而已。同伴喪生固然令人哀傷，又一條年輕的生命香消玉殞也令人可嘆，但至少事態不會繼續發展下去——不會惡化下去。

可是她就是她。

她已經遭到設計，敵人會比同伴更早知道她的死訊——就在她在縣境馬路上被悲戀的拳頭打爆頭顱的幾乎同時間，在龍河洞打盹——雖然是大半夜，但只是打盹——的魔法少女『Asphalt』因為『傳令』的關係，察覺到她的生理訊號出了狀況。

生理訊號出狀況——不對，應該是生理訊號整個消失。

『SPRING』隊的領隊立刻明白魔法少女『Wire Stripper』死亡，整個人清醒過來。

這時候另外還有一個因素對『AUTUMN』隊不利——這就不是五分之一或是二分之一，不管怎麼算都是一分之一，躲都躲不掉、絕對會發生的事情——想當然耳，魔法少女『Asphalt』會以為先前離開龍河洞的空空這麼快就如自己聲稱的，把『AUTUMN』隊的一個魔法少女——也說不定是兩個——做掉了。而且就像空空自己擔心的那樣，他真的殺掉『Asphalt』施了『傳令』魔法的魔法少女。

從前因後果來看，自然會這樣想，而她想的也沒錯——只是有件事很奇怪。

問題在於她施在空空身上的『傳令』魔法——那一邊的數值沒有發現什麼劇烈的變

化。沒有變化？如果他的生理訊號這時候也消失的話，『Asphalt』一點都不會感到意外，可能最多就是認為『兩個一起同歸於盡啊，麻煩的種子帶著一名仇敵一起去死，倒也令人心情愉快』——可是沒有變化就不正常了。

依照她的常識判斷，這代表讓魔法少女『Wire Stripper』脈搏中止的人不是空空——不可能有人和魔法少女交戰到你死我活的地步，生理訊號竟會一點變化都沒有。這就是魔法少女『Asphalt』的常識。

這代表她不知道——人類經過訓練，能夠趕赴死亡戰場而面不改色。而且還有一種人，就算不用經過什麼訓練也能面不改色地開車衝撞魔法少女，眼睜睜看著魔法少女的頭部被打成碎片。

她不曉得這世上竟有這樣的少年存在。

如果她沒有在空空身上施下『傳令』魔法的話，或許會把魔法少女『Wire Stripper』的死和他聯想在一起就了事——可是對她而言，事實已經『擺在眼前』，就是『空空和這件事沒關係』。

這麼一來，『AUTUMN』隊的魔法少女之死就徹底變成謎一般的不確定因素——變成一種人家常說『只知道有事發生，卻不知道發生什麼事』的混亂狀態。

她心想當初四國遊戲剛開始的時候，那些不知道絕對和平聯盟與魔法的平民百姓心裡可能也是像她這種感覺——但就算現在搞不清楚狀況，她也不會任憑自己陷入混亂。

『傳令』魔法是為了應付混亂狀況而存在，而不是為了讓自己陷入混亂。

既然不知道發生什麼事，就應該設想最糟的情況來行動——那麼現在最糟的情況是什麼？

每個人對這個問題的答案可能各自不同，但她認為『在混亂當中遭到敵人攻擊』——於是便想強化防禦機制。

就『SPRING』隊這麼一個武鬥派隊伍來看，這可能是她們能想到最保守的設想了，但她的想法立刻就化為實際行動——她命令負責看守龍河洞的魔法少女『Frozen』用固有魔法『融解』不眠不休改建龍河洞。

『SPRING』隊的領隊雖然身懷『傳令』魔法卻誤解真相，可是在誤解真相的情況下又做出正確的反應，要如何評價她的能力好壞或許不是那麼容易，可是有一件事可以確定，當初在愛媛縣與高知縣的縣境與空空空錯身而過——而且還追上去查看，對『AUTUMN』隊來說是最無可救藥的大錯。

既然災禍都已經自己往無人的愛媛去了，又何必去追看呢——就這個角度來看，或許黑衣魔法少女『Scrap』在找人打破春秋戰爭膠著狀態的時候，確實找了一個最適當的人選也說不定。

無論如何，『AUTUMN』隊的奇襲行動已經宣告失敗——只因為那個根本不在場的少年心臟像節拍器一樣平靜，讓她們的苦心籌劃觸礁。

可是她們雖然失敗，但還沒戰敗。在這彷彿活生生的動物般蠕動的天然洞窟龍河洞之內，已經點燃戰火的戰爭仍在如火如荼地進行中——

5

先不管奇襲作戰已經失敗，『AUTUMN』隊的領隊魔法少女『Cleanup』這時候也不得不承認，這麼一來當初要傾全隊之力打全面戰爭的計畫與戰略似乎也不得不放棄，化為紙上空談。

龍河洞的蠕動終於結束，剛才還『融解』到濃稠無比的岩地現在又恢復原本的樣子，好像什麼事都沒發生過一樣，完全復原。

不同之處就是眼前的景色與先前完全不同，還有她賴以助力的夥伴一個都不在身邊。

「……真是太丟臉了。」

忘野阻獨自喃喃罵道——臉上已經沒有之前在同伴面前那英氣凜然的態度，不再復見。現在在這裡的只是一個孤獨到令人為之心痛的女孩子而已——奇襲攻擊的失敗當然完全不是她的責任，再說她根本不知道為什麼奇襲行動會被識破——但她還是忍不住感到自己有錯。因為無論中間的過程如何，最後允許執行這項計畫的人是她——所以一切責任都該由領隊承擔，這就是她的思考方式。

領隊？

「別傻了……這算是哪門子領隊……我根本就一事無成。而且……」

而且——

此時在她腦海中縈繞不去的不是一直並肩作戰的四名本隊魔法少女，而是昨天才剛成為夥伴的前『SUMMER』隊魔法少女。

杵槻鋼矢。

她不僅剛加入隊伍沒多久，而且當初一見面就拿刀子抵著自己，現在回想起來還真是個不按牌理出牌的怪人——可是在這種情況下，忘野就是沒辦法不為她操心。

她當然不是不擔心本隊的那四個人——就算魔法少女『Wire Stripper』最後還是沒有追上來，她也一點都不認為『Wire Stripper』已經死了。

而且她壓根兒不覺得同行的『Curtain Rail』、『Curtain Call』與『Lobby』會因為岩盤蠕動而喪命——她自己都活得好好的，其他人應該也都不會有事才對。

她相信魔法少女『Wire Stripper』——相信竿澤還活著雖然欠缺根據，但是對於其他三個人，她可是有憑有據才會認為她們還活著。

雖然這麼說很奇怪，但『AUTUMN』隊能和『SPRING』隊僵持不下，可不是浪得虛名。

她們各自的固有魔法都有辦法應付這種程度的『融解』——不對，現在每個人的魔法都已經互換了，但她確信自己隊上沒有那種只因為魔法用不習慣就被岩盤吞沒的傻子。

可是杵槻鋼矢沒有穿魔法少女的服裝——也就是說，她現在的狀態無法使用固有魔法，沒有辦法應付『融解』魔法——她沒有任何辦法可以抵抗蠕動的龍河洞。

不對。

如果是她——那個機靈如鬼的女孩遇到那種狀況，就算沒辦法使用魔法也有能力對抗魔法。這件事實忘野就有親身經歷。杵槻鋼矢光憑一把水果刀就制伏了『AUTUMN』隊的領隊。

這次她應該也能像上回那樣克服困境才對——忘野很想這樣告訴自己。沒錯，鋼矢確實『應該能夠克服困境』。

如果她沒有出手保護我——保護忘野阻的話……

忘野在眾人互換魔法少女服裝之後用的是魔法少女『Lobby』的魔法，唯獨她的魔法不適合應付龍河洞的岩盤蠕動。絕對和平聯盟賦予魔法少女『Lobby』的魔法極為凶惡、極為可怕又無極限——因此在洗牌的時候，忘野確實有刻意主動『接收』她的魔法。她告訴鋼矢說服裝大小的問題當然不是說謊，可是實際上主要的原因還是因為她判斷自己有能力使用那項魔法——可以使用那項魔法的人只有自己一個人而已。

像這樣的魔法……

忘野不想讓品切姊妹或是竿澤使用這種魔法——不，應該說不希望她們使用這種魔法。此時這項魔法就在忘野手上——就某種角度來說，這項魔法是全『AUTUMN』隊最可怕的魔法，也稱得上是『絕對和平聯盟追求的一種型態』，現在就掌握在忘野手上。可是這套魔法實在不能說適合用來迴避『洞窟蠕動』這種現象。

因為這套魔法的用途比較適合用在生物身上——對大小岩石這類的無機物完全沒有效果。

所以在那一瞬間——

整個龍河洞彷彿看穿自己已經發現『SPRING』隊在守株待兔，開始劇烈震動。就在那一瞬間，岩石表面從三百六十度全方位向她們逼近過來，幾乎快把她們夾扁。面對這千鈞一髮的狀況，忘野根本沒辦法反抗。

只好把性命賭在魔法少女的防禦功能上了。

原本應該是這樣，可是這時候有一隻手在她的胸口上推了一把，就是杵槻鋼矢的手——她伸出手把忘野的身子推開。

鋼矢把忘野的身子推開，結果自己反而成了替死鬼，被融解的岩流吞噬——她沒有穿魔法少女服裝，換句話說，就是沒有固有魔法可用，也沒有任何防禦能力，卻把原本應該是忘野承受的傷害全都一身扛下。

「…………」

忘野完全束手無策。

非但束手無策，而且還受到鋼矢的庇護、全身而退。

鋼矢以恩情報答了她的恩情。

關於這一點，忘野在感謝的同時也覺得很生氣——之前鋼矢明明彷彿深怕忘野忘記似的，百般告誡「千萬不要做出什麼傻事，為了同伴而死」。誰知她自己竟然出手救了夥伴。不過或許就如同鋼矢說過「要是因此失去領隊的話，整個隊伍的向心力就會瓦解，士氣大跌」，這項禁令只適用於領隊一人也說不定。

妳明明也是一個聰明人，難道真的不明白嗎？

要是妳不在的話……

我自己的士氣——就會變得這麼低落。

「我可不允許有人這麼不合群——參加隊伍還把自己當成外人看待。」

現在就是這股怒意讓忘野再度振作起來的——讓她覺得不能在這裡一直虛耗下去。

雖然她們中了敵人的計策，所有隊員彼此都被隔絕開來，可是這不代表戰鬥就此結束——而且鋼矢也未必真的死了。就算她陷溺在融化的岩石當中，只要救出來不就得了——之後再把自己內心裡想說的話當面告訴她就好了。

就說「妳是不是腦袋有問題」之類的。

還有「為什麼要做那種不要命的事」。

以及「妳給我差不多一點」。

最後是「不過還是謝謝妳救了我」。

「現在的問題是為什麼『Frozen』為什麼會半途停止讓洞窟『融解』——她明明可以選擇繼續把一切都消融殆盡，可是卻半途收手。」

「因為是我要她收手的，『Cleanup』。」

當忘野把自己的疑問喃喃說出口的時候，有一道人影從洞穴深處出現，用一種俗不可耐、裝模作樣的方式堂堂登場，似乎已經窺視忘野許久了——

不消說、不消問、不消看——出現在眼前的人正是『SPRING』隊的領隊魔法少女『Asphalt』。

「我一直很想這樣當面和妳說說話——反正都是要殺妳，我想最後由我親手了結妳的性命。」

「……」

忘野沉默以對。

這場春秋戰爭就是起因於『AUTUMN』隊與『SPRING』隊之間的對立糾紛——現在兩隊的領隊終於在這個重新改造得迂迴曲折的龍河洞內見面了。

6

魔法少女『Asphalt』向自己的對手說明『為什麼沒有把洞穴徹底融解光』的理由固然是真話，但事實上還有其他更實際的理由。

說不定最大的原因是因為這裡是絕對和平聯盟的總部，所以她不願意造成無可挽救的破壞——次要的理由則是因為和空空同行的地濃鑿、酒酒井缶詰兩人還留在洞穴裡。

也就是說，既然洞裡有『客人』在，她不可能會幹出那種暴行，把敵人連同客人一起消滅掉——她不是想到之後又打消念頭，而是一開始就沒有想到那種會給『客人』造成傷害的戰法——雖然空空對她有相當程度的戒心，而這份戒心也不無道理，因為她對空空的態度就是這麼強硬。可是如果光論這一點的話，魔法少女『Asphalt』還算人道。

在空空回來之前——在他的生理訊號還保持正常的期間，『Asphalt』都不打算做出任何對她們不利的行為。

正因為如此，雖然她還不至於手下留情，吩咐隊友把『融解』洞窟的範圍縮小到最低範圍，但也沒有殃及整個洞窟——這場競爭當然沒有簡單到把整個洞穴全部融光就能一舉獲勝，但她的這個決定當然救了『AUTUMN』隊一命。

追根究柢起來，就是因為空空空和『SPRING』隊接觸，洞窟裡才會多了兩個『局外人』待著，換個角度來看，也可以說空空的存在這時候才真正為『AUTUMN』隊帶來好處——話雖如此，『AUTUMN』隊的成員被迫各自分散而陷入困境也是不爭的事實。

在人數上，『AUTUMN』隊的優勢比她們自己想像的還更大——可是一旦像這樣各自分散開來，就失去原本傾全隊之力發動作戰的意義了。可以料想得到『SPRING』隊接下來一定是打算把各自分散的『AUTUMN』隊成員各個擊破。

可是利用『洞穴蠕動』來隔離整支隊伍的做法稍嫌太隨便了點，用這種方式想把五個人攪和一通，終究還是不夠徹底——雖然超過一半的隊員都各自孤立，但是有兩個人——

魔法少女『Curtain Rail』與魔法少女『Curtain Call』——唯有品切示與品切衣這對雙胞胎姊妹就連洞窟的激烈搖晃都沒辦法拆散她們——說是這樣說，其實她們兩人並沒有手牽著手，也沒有緊緊摟在一起——可是當蠕動停止之後兩人還是在一起。

這只是出於偶然，如果要從這件事去探究雙胞胎的神祕未免太過追求浪漫，可是在這種情況下兩人沒有孤立——同隊的隊友，而且還是有血緣關係的親人就在自己身邊，不用說當然相當令人振奮。

因此她們兩人面對這個情況並不像領隊那麼失落與絕望——身在敵營當中，反而還認為『誰勝誰敗還不知道』。

「別擔心，這種把戲只是唬人的——其他人一定都還平安無事。」

「對，『Frozen』的『融解』魔法頂多就是這點程度——不過要是讓她再攪和一次的話，我們可就麻煩了。還是快點找到她，把她做掉吧。」

示與衣兩人三言兩語討論出之後的行動方針，然後往改頭換面的洞窟深處走去——洞內有風在吹，由此可見她們似乎沒有被封閉起來。

要說魔法少女『Frozen』的『融解』魔法的能耐極限，這也算是一種極限吧——因為『融解』並不是專門用來改變洞窟形狀的魔法，這只是另一種應用方式。所以有可能讓示與衣成為漏網之魚，也沒辦法用融解的岩石把她們兩人關住。

就算成功把她們兩人關起來，因為她們已經互換魔法少女服裝，除了領隊與新加入的隊員以外，其他人都有辦法可以應付……

雙胞胎姊妹明明已經著了魔法少女『Frozen』的道，卻還能對『融解』魔法語出不屑，原因並非因為這裡是洞窟內。這些魔法少女對敵方的能耐都已經知之甚詳，當然也知道『融解』魔法的極限在哪裡——就如同領隊與新隊員在愛媛打倒的『SPRING』隊魔法使、魔法少女『Dimension』的魔法『振動』一樣，魔法少女『Frozen』的『融解』魔法對生物無效。

她能融解的終究只有岩石或是鐵這類無機物——這一點與魔法少女『Lobby』原本擁有，現在則是『Cleanup』持有的魔法可以說完全相反——不過說起來，『AUTUMN』隊與

『SPRING』隊之間本來就有很多地方彼此相反，這也是其中一點。

也就是說，雖然魔法少女『Frozen』出其不意的攻擊讓她們大吃一驚——但要是發動奇襲的一方自己卻反遭奇襲的話，那可就得不償失了——既然魔法少女『Frozen』察覺敵人已經發現自己的存在，就不會有第二波攻擊。

『融解整個洞穴』這種大規模的奇襲雖然的確出乎意料之外，但使用第二次、第三次的話就只是老調重彈，只要冷靜以對，洞窟的蠕動就只不過像遊樂園的遊樂器材一樣而已——這就是姊妹倆的看法。

她們兩人之所以能夠這麼自信滿滿，一部分的原因或許是因為互換服裝的關係。兩人現在擁有的固有魔法適合在這種洞窟內使用。

品切示穿的是魔法少女『Wire Stripper』的服裝——與服裝連動的萬用魔杖能夠讓持有者使用的固有魔法是『消滅』。

那是一種能夠讓施法對象從這個世界『消失』的魔法——這沒有什麼道理，也不是誇大其詞，真的就是『讓對象消滅』。

就像用橡皮擦把字擦掉一樣；就像把電子郵件刪除一樣，只要揮舞魔杖，就能夠『抹消』對方的存在。

既不是讓對方瞬間移動到其他座標，也不是變成其他狀態——當然也不是讓對方變透明，用看不見的方式以假亂真。

名副其實的『抹消』。

徹徹底底的消滅。

消滅了之後就再也變不回來。

僅止如此而已——現在的她就算真的被岩石給斷了去路，只要把周圍擋路的岩石依序消滅的話，輕而易舉就可以脫身到外面去。

雖然只是沒有任何意義的假設，但當初魔法少女『Wire Stripper』在縣境遭遇廂型車時用的魔法不是『切斷』，而是自己熟悉的這招『消滅』魔法的話，或許就不會落得那般慘死的下場。可是也不盡然——

不管她用的是何種魔法，要是在施展魔法之前就遭受攻擊的話，大勢也就已經底定了。就如同示沒有辦法躲過洞穴最初出其不意的蠕動一般。

可是她絕不會再犯同樣的錯誤。

她手上還有一張最終王牌——最糟糕的情況下就把包括洞窟的所有一切全部『消滅』，所以現在沒有理由好喪氣的。而雙胞胎姊妹的另一人，現在手上有的固有魔法雖然不像『切斷』那麼具有攻擊性，但要是說到因時制宜，那也是最適宜的魔法。

那招固有魔法就是『穿透』。

那種魔法的效果就是無論遇到再厚的牆壁、再困難的障礙物，都能像漫畫裡的幽靈一般『穿透』、『通過』——她身懷這種魔法，想要把她關禁閉根本是無謂的嘗試。

這招魔法原本屬於『AUTUMN』隊的領隊魔法少女『Cleanup』——就是因為這樣，使得衣對現在領隊的處境相當憂心，但在憂心同時也對她有很強烈的信心。除此之外，

『Cleanup』是整支隊伍的靈魂人物，她的固有魔法現在就在自己手上，這個念頭不但讓衣的自信倍增，同時也令她打起十二萬分精神，自己絕不能在戰鬥當中丟了領隊的臉。

因此兩人的士氣完全沒有絲毫下降——雖然原本的奇襲計畫落空，戰力也被切斷得七零八落，但她們還是保持強烈的戰意。

現在魔法少女『Frozen』的『融解』魔法已經不足為懼，而『SPRING』隊的領隊魔法少女『Asphalt』的『傳令』魔法在持久戰中尚且具有威脅性，要是打閃電戰、直接對決的話，感覺應該派不上什麼用場。

而『玩沙』魔法少女『Verify』在這個沒有沙子的洞穴裡更是無用武之地——要是『振動』魔法少女『Dimension』人在這裡的話，接下來的局勢應該就是由她用振動地方式破壞岩石好製造出沙子來，這樣演變的話就相當可怕了。可是現在這種局勢下，別說是土佐犬了，她們恐怕連一隻吉娃娃都做不出來。

……姊妹倆當然不知道，其實『玩沙』魔法少女『Verify』已經葬身沙中，在這世上已經連一片肉屑都沒留下來。不過她們知不知道這項情報也沒差，無論如何她們本來就沒把『Verify』放在眼裡。

所以從固有魔法的角度來看，『SPRING』隊中需要注意的只有一個人——只有『SPRING』隊最後一名魔法少女才是她們現在要擔心的對象。

「我們走吧，小衣。」

「嗯，小示。」

雖然兩人是雙胞胎姊妹，但真的已經很久很久沒有像這樣用名字互相稱呼了——光是這件事就讓她們想對新來的同伴鋼矢說一聲謝謝。

雖然身為姊妹卻沒辦法以一般姊妹的方式相處，是鋼矢幫她們解決了這個為難之處。

就如同忘野一樣，她們現在也掛念著沒有穿魔法少女服裝的鋼矢是否安全無恙——可是她們兩人已經決定此時此刻應該要全力打倒敵人，而不是去尋找其他同伴。至於『Lobby』五里恤……她應該會想辦法自己處理問題吧。

於是兩人往洞穴深處前進——其實她們自己也不知道哪裡是洞穴深處，只是感覺自己往洞穴深處走而已。可是假如她們最感謝的新人隊員杵槻鋼矢此時在場的話，即便她不反對兩人繼續深入，但或許會嘗試對她們的想法做幾種改變。

不，鋼矢已經做了最低限度的改變了。

鋼矢已經嘗試用互換服裝的方式從根本改變『AUTUMN』隊的思考方式——不要過度依賴魔法，要善用魔法而不是局限於魔法。用這種心態去進行戰鬥。就是為了讓『AUTUMN』隊成為這樣的魔法少女，鋼矢才會請她們彼此交換魔法少女服裝。

讓這些魔法少女使用各自不熟悉的魔法，逼她們心生警惕——她們對自己慣用的魔法已經太過熟悉，講難聽一點就是用得很隨便。鋼矢希望她們擺脫那種習慣。

可是鋼矢出於經驗法則的教誨，此時並未如她期待的那麼深植在雙胞胎姊妹心中——就這方面來看，鋼矢的教導對深陷自我厭惡情緒的忘野或許還算有某種程度的效果——即使在現在這種情況下，這對雙胞胎仍然認為『我有魔法可用，沒什麼問題』，也就是說太過樂觀。

能夠保持戰意不失固然是好事，但她們依恃的卻是同伴的固有魔法『消滅』與『穿透』——她們深知因為有這些魔法，就算被岩石包圍也不成問題，所以才會這麼樂觀，所以才能保持戰意——換句話說，就是她們完全依賴著魔法。

關於這一點，鋼矢還是想得太天真了——過去不管結交過再多夥伴，她始終保持適當的距離、也不加深同伴之間的感情，好讓自己能夠隨時脫身。就真正的意義上來說，她根本沒有了解到『AUTUMN』隊隊友之間的感情有多深厚。

就算彼此互換魔法少女服裝，新的魔法畢竟還是隊友的魔法。用起來當然不是那麼習慣，但絕對算不上不了解。因為過去她們已經就近看隊友使用魔法看過無數次了。

若非敵方有像悲戀這種超級鬼牌、若非在發動魔法前就遭受攻擊的話，魔法少女『Wire Stripper』應該也能熟用『切斷』魔法，絕不會像第一次使用的新手那樣有任何失誤。

因此到頭來一旦對魔法心生依賴，兩人就再也沒有深思熟慮下去——明明前一秒鐘她們才被自己蔑視『只會融解物體』的『融解』魔法搞得七葷八素，可是現在卻又等閒視之，沒有繼續深入思考『對方會用什麼方式用魔法進攻』。

比方說使用『摩擦』魔法的魔法少女。

她們根本連想都沒有想過魔法少女『Belly Roll』會用什麼方法攻擊自己——說不定她們還沒改變想法，還認為己方是趁敵人不備進行奇襲。可是當奇襲被敵人察覺的時候，遭到奇襲的反而是她們自己。

「小衣，地面很滑，走路的時候要小心腳下。」

這句話——

為了關心雙胞胎姊妹而隨口講出的這句話。

成了品切示——魔法少女『Curtain Rail』生前最後一句話。

她的腳下一滑。

當示想要在這個已經完全變形走樣的龍河洞繼續深入，踏出一步的時候——前一秒鐘才提醒別人別滑倒的她卻腳底一滑跌了跤，頭部重擊而死。

7

魔法少女『Belly Roll』——雖然代號名稱與同隊隊友魔法少女『Verify』有幾分相似，但她們兩人既不是雙胞胎也不是姊妹——的固有魔法『摩擦』，是一種能夠操控物體摩擦係數的魔法。

這招魔法能夠讓摩擦係數下降，使得重物滑動或是在地面上滑行。也可以反過來提高摩擦係數，煞住物體運動，讓物體固定住——這雖然是一種相對強大的魔法，能夠扭曲物理法則，可是簡單來說『也只有這樣而已』。

和『振動』以及『融解』一樣，『摩擦』魔法只對物體有效——就這一點來說，『SPRING』隊的魔法的確不辱武鬥派的名號，可是從使用方便性與應用性來看的話，就不如『AUTUMN』隊來得靈活了。

她們一開始就失去『玩沙』魔法少女『Verify』，甚至可以說春秋戰爭在當下就已經大勢底定——可是『SPRING』隊過去一直都是用這種走偏鋒的戰力戰鬥，而帶領這支隊伍戰鬥到現在的正是魔法少女『Asphalt』。

『傳令』這種魔法不僅用起來不方便，甚至讓人覺得好像沒什麼用途，但魔法少女『Asphalt』就是用這招魔法爬到領隊的位置，利用與忘野阻不同的方式保護自己的隊伍，還贏得隊員們的信賴——之前空空想出來的法則當然不是絕對正確，但當他聽『Asphalt』說到『傳令』魔法時，至少內心對她的看法是正確的。

對那些資質優秀的少女，才要賦予那些乍看之下好像沒啥用途的魔法——思考如何把沒什麼用途的魔法用在多方面上，魔法少女『Asphalt』在這方面的能力可說是出類拔萃。

利用『融解』魔法改建龍河洞也是出自於她的點子——追根究柢一想，把『振動』魔法用共振造成的破壞與『玩沙』魔法整合在一起使用，原本也是她想出來的。叫『玩沙』魔法少女製作沙像嚇人，同樣也是她想出來的主意。

不只如此，設下機關用『摩擦』害死魔法少女『Curtain Rail』，同樣也是魔法少女『Asphalt』出的主意。

通常情況、照一般常識來思考——雖然用一般常識去思考魔法原本就是很不智的行為——如果會用魔法操控摩擦係數的話，通常會做的事情就是『把不容易滑動的東西變得容易滑動』或是『把容易滑動的東西變得不容易滑動』這兩種選擇。事實上魔法少女『Belly

Roll』以前就是用這種方式使用魔法——可是她的領隊有不同的想法。

鐘乳石洞當中的地形原本就崎嶇易滑，而她用魔法變得稍微更滑一點。正確來說，她在洞內各處設下幾個比周圍更加滑溜的地方。

魔法少女『Asphalt』在洞穴各處造成一些變化，可是變化的程度又沒有大到會被人察覺——『SPRING』隊當然都知道，可是對那些不知道的人來說，那些更滑溜的地方就只是比較濕潤的岩石、比較濕潤的地板而已。她們對魔法萬分警戒，對地板卻沒有那麼注意——結果就是魔法少女『Curtain Rail』滑了一跤。

就像一個粗心大意的人在不平坦的地面上跌跤一樣，她就只是跌了一跤——不幸的是沒有受到魔法少女服裝保護的頭部，正好撞上一塊突出的岩石，就這麼沒了意識。

這種結局對『SPRING』隊來說當然是十二萬分的收穫，但對於魔法少女『Curtain Rail』本人來說，她死得毫無痛苦——從不同的角度來看，或許可以說比死在短兵相接的戰鬥中還幸福也說不定。

至少和接下來將會遭到殺害的雙胞胎姊妹比起來，她可能還幸運幾分。因為就算跌倒只是跌斷幾根骨頭，之後她肯定還是會被敵人用殺死姊妹的相同方式殺害。

「小、小示！」

品切衣急忙想要跑到姊妹身旁，可是這時候是品切示生前最後一句話救了她。

走路的時候要小心腳下。

雖然她不是因為知道敵人設下機關才說了這句話，但也讓品切衣在下意識正想要跑過去的時候，在最後關頭打消主意——如果品切示沒有說那句話的話，衣可能早已在兩種不同的意義下踏上與示相同的道路。

可是雙胞胎姊妹的這一跌——看起來非死即傷的這一跌發生之後，雖然讓品切衣直覺發現這裡有魔法少女『Belly Roll』設下的機關，但她確實嚇得不輕。

她驚魂未定這段時間就給了敵人可趁之機對她施法——她沒辦法施展手上魔杖擁有的『穿透』魔法。

為時已晚了。

當品切衣正想要發動魔法的時候，為時已晚了——魔杖從她的手中掉了下來。一瞬間她還以為是因為『穿透』魔法的關係，自己的手穿透了魔杖，可是並非如此——在昏暗的洞窟中，她想撿起掉落在地上的魔杖也沒辦法。就算想用抓的也抓不住，魔杖太滑了。

感覺就像想抓鰻魚一樣，一旦想要抓，魔杖就從她的手中竄逃出去——魔法少女『Curtain Call』四肢趴在地上，在地上邊摸邊追著魔杖找。這個畫面在旁人看起來想必很滑稽好笑，可是對她自己而言可是攸關生死。這個問題很嚴肅，也攸關她的生死。要是不能把萬用魔杖握在手上，當然沒辦法使用固有魔法——這裡可是敵營，她現在深陷敵營當中，不能使用魔法就沒辦法活下去。要是此時此刻『融解』魔法再次引發洞穴蠕動的話，就不可能像剛才那樣保住性命——這個念頭讓她焦急萬分，而焦急起來就讓魔杖變得更滑不溜手。

就是因為她強烈依賴魔法——才會那麼執著於那柄魔杖。如果杵槻鋼矢在現場的話，能夠提供建議的話，肯定會說『別再管那根沒用的魔杖了』——可是事實上杵槻鋼矢人不在這裡，所以也沒有人能夠提出建議。

束手無策。

再說就算聽到鋼矢的建議，品切衣滿腦子只急著想撿起魔杖，搞不好根本也聽不進去——她已經完全失去冷靜，甚至沒有想到自己現在應該防備的不是龍河洞再次開始蠕動，而是那個讓雙胞胎姊妹跌跤、讓她的萬用魔杖失去摩擦係數的魔法少女才對。

品切衣只是一而再再而三地伸出手想去抓住那柄不斷滾來滾去、滑來滑去的魔杖，彷彿相信只要抓住那柄魔杖，一切問題就能迎刃而解、所有人都能獲救、自己已死的姊妹也能重新復生一般——因此她根本沒有注意到有一道人影躡手躡腳來到自己身後。

「啊。」

臨死前最後一句話和魔法少女『Curtain Rail』不一樣，就只有這麼一聲短短的慘叫。

啊。

然後就癱倒在地上。

她的身體並沒有滑動得很厲害——當她正忙著追著魔杖的時候，有一個綁著麻花辮的魔法少女拿著一個不太大的岩石往她的後腦勺砸下去，砸死了她。那個女孩正是『SPRING』隊最後一名成員，使用『摩擦』魔法的魔法少女『Belly Roll』。

8

如果要客觀描述魔法少女『Belly Roll』的長相與給人什麼樣的感覺，她就只是一個相當平凡的國中女生——事實上她的個性就是很一般的中學生。

除了所受的教育教導她與地球作對、除了她是一名魔法少女之外，魔法少女『Belly Roll』與日本全國隨處可見的國中女生沒有什麼兩樣。

所以在這時候——當她面對品切衣與品切示這對再也不會動的雙胞胎姊妹，她採取的行動可以說也非常一般。

那就是『不知道對方是不是真的死了，內心不安而一次又一次地殺害屍體』——她的心理就像用刀在屍體全身亂刺一通，把屍身大卸八塊好避免死人復活一樣——至少就她本人的自覺來說這是第一次殺人，自己又沒有受過什麼特殊鍛鍊的精神，會做出選擇是很天經地義的。

為了預防萬一。

她一次又一次、一次又一次、一次又一次、一次又一次、一次又一次、一次又一次、一次又一次、一次又一次、一次又一次、一次又一次、一次又一次、一次又一次、一次又一次、一次又一次、一次又一次、一次又一次、一次又一次用手中的岩石使勁往兩人的腦袋上砸，繼續殺害她們。

她遲遲不肯停手，虛耗多餘的力氣。

一殺再殺，殺個不停。

這就不得不說，『SPRING』隊的領隊雖然告訴過她要如何防範『AUTUMN』隊的奇襲，卻忽略執行策略的人承受多大的壓力。或許因為她本人的心靈意志堅強，即便是同隊的隊友，也想像不到他人心靈上的弱點。

魔法少女『Belly Roll』獨自一個人打倒兩名敵人，就這一點來說她毫無疑問可說立下了赫赫戰功——完全達成領隊對她的期待，可是之後的行事方法根本就是粗心大意。

不，如果真要講的話——

換個方法來說，這或許也是雙胞胎姊妹的反擊，以自身的死亡帶給敵人莫大的壓力——這裡是洞穴內部，任何人聲物響本來就會發出回音。品切示跌倒的時候，還有品切衣第一次被石頭砸到的時候發出的聲音本來就已經不小——魔法少女『Belly Roll』之後還繼續猛砸屍首的頭部，發出陣陣聲響。

這樣的行為彷彿就像是在敲打太鼓，告訴別人『我就在這裡』似的——現在誰都不知道洞穴變形成什麼樣子，也不知道什麼人會用什麼方式從什麼地方出現，要是平常的話，魔法少女『Belly Roll』也能明白這麼做的風險有多高。可是現在的她不同於平常——因為她殺死了兩名敵人。

這兩個敵人和自己同屬相同的組織，照理來說應該是自己的夥伴才對。

「為什麼會走到這一步……」

實際上無論是『AUTUMN』隊或是『SPRING』隊的魔法少女，每個人都有這個想法——她彷彿代替所有人一般，低聲把這個所有人腦海中縈繞不去的想法喃喃說了出來。

當然這裡沒有人可以為她解答這個問題。死屍不會告訴她什麼，而且——

「…………」

因為她發出來陣陣就某種方面來說相當規律的聲響，那個循聲來到這處殺戮戰場的人物當然也不會對她說任何話。

魔法少女『Belly Roll』的運氣沒特別好，但也不是多倒楣。這時候有一個好消息與一個壞消息同時發生在她身上。

如果從壞消息開始說，那就是循聲而來的人不是『SPRING』隊的魔法少女，而是仇敵『AUTUMN』隊的魔法少女。

好消息則是那名魔法少女不是從她的背後，而是從正面接近過來——如果對方是從後面來的話，她根本不會察覺有人靠近。

「啊……啊……哇啊啊啊啊啊啊啊！」

看到這名新登場角色突然出現，過度歇斯底里的魔法少女『Belly Roll』所採取的行動算不上運氣好或不好、沒有是非對錯——也稱不上什麼時機好壞。因為平時的她恐怕也會做出相同的舉動。

這是因為此時從正面出現的魔法少女『Lobby』所使用的固有魔法，是她所知絕對和平聯盟史上最危險的魔法。

與其說危險，應該用可怕來形容。

換作是其他人，要是在這個距離直接碰上那招魔法，肯定十之八九都會陷入恐慌——絕對和平聯盟賦予這名最年幼魔法少女的萬用魔杖不禁會令人懷疑，為什麼『AUTUMN』隊的那些魔法少女會讓有這種固有魔法的人加入成為隊友。

那招魔法就是『絕命』。

碰觸到的生命絕對會死的魔法。

現在魔法少女『Lobby』的煩惱就是『不知道雙胞胎姊妹到底死透了沒』，可是魔法少女『Lobby』根本不會有這種煩惱——因為絕對和平聯盟賦予她的魔法只要施展出來，她只要一碰就能取對方性命。

站在敵對者的角度來看，光是被碰到一下、只要被碰到一下就意味著失敗、意味著死亡。

『WINTER』隊的魔法少女『Giant Impact』使用的固有魔法『不死』能夠在任何情況下讓人起死回生，而『絕命』可說是和『不死』完全相反的魔法——兩者是兩個極端，就某種方面來說彼此也很類似，可是『絕命』魔法的危險程度非同小可。

深懷那種可怕魔法的人從正面出現，有誰還能保持冷靜——甚至可以說這時候能臨危不亂的人腦袋根本有問題。即便如此，魔法少女『Belly Roll』還是做出了這時候最適當的舉動，一點都不像是剛才犯下『不斷殺害屍體』這種愚蠢行為的人會做出的舉動。

她做的行動就是——

『把手中的石頭往對方扔過去』——她只能趁著敵人繼續縮短距離之前盡快結束戰鬥。

魔法少女『Lobby』的魔法就像死神一樣冷血無情，能夠奪走任何生物的生命，但她的魔法卻沒辦法殺害無機物——『扔石頭』這種極為原始的攻擊其實非常有用。

這時候又有一個好消息與壞消息發生在魔法少女『Belly Roll』身上。這次從好消息開始說起，那就是她扔出去的時候直接砸中魔法少女『Lobby』臉龐。她過去的人生當中從沒扔過石頭，一扔就能打中敵人臉龐對她來說簡直就是奇蹟。

而壞消息呢——

現在的魔法少女『Lobby』和同伴換過服裝，固有魔法已經不是『絕命』了——就算洞窟內再昏暗、魔法少女服裝再骯汙，只要定睛仔細看的話應該就能發現，可是她已經沒有多餘的心力再仔細看上一看了。

不管是時間上的餘裕或是精神上的冷靜。

她現在都沒有了。

簡單來說，就是鋼矢想出來的服裝人洗牌計畫生效了——那麼魔法少女『Lobby』擁有的究竟是什麼魔法呢？

那就是已經倒斃在一旁，死後還在繼續遭到殺害的魔法少女『Curtain Rail』原本從組織那兒得到的魔法——『反射』。

該說這是一種專門用來防禦的魔法嗎——『反射』能夠把自身受到的衝擊或是魔法反彈回去。

要是遭到毆打的話，被毆打受到的傷害就會還諸於加害者身上；要是被踢的話，被踢到受的傷就會反加在加害者身上。就像是一種反彈詛咒的魔法。如同鋼矢之前打的比方，要是有人丟炸彈到四國的話，應該是她要受到的傷害就會反射到扔炸彈的執行者身上。

『SPRING』隊之所以對『AUTUMN』隊久攻不下，很大的理由就是因為這招『反射』魔法——要是用這招魔法進行防禦的話，不管是『振動』、『融解』或是『砂』都拿它沒轍。魔法少女『Curtain Rail』的固有魔法『反射』，彷彿與魔法少女『Curtain Call』的固有魔法『切斷』是成套的。

總而言之，唯獨現在魔法少女『Lobby』使用的魔法不是『絕命』而是『反射』，魔法少女『Belly Roll』卻對她『砸石頭』——而且她的控球還相當精準無比，恐怕這輩子再也扔不出相同的軌道。

結果發生什麼事呢——本來應該是五里恤要受的傷害卻由她的臉龐承受了。

在她喪命的那一瞬間，如果能夠理解自己發生了什麼事——如果能夠察覺那個嵌在額頭上硬邦邦的東西就是自己扔出去的石頭，她一定會這麼想。

搞什麼嘛。

原來只要砸一次就夠了。

9

自己並非出其不意發動攻擊，事先也料想到對方有可能會扔石頭過來，所以魔法少女

『Lobby』五里恤名副其實反射性地使出固有魔法『反射』——而這個舉動也及時救了自己一命。

可是她一點也高興不起來。

這項魔法最大的弱點就是只能保護自己——如果善加利用的話，或許也並非如此，但不管是五里或是原本的持有者品切示都沒有想到有『其他用途』。

總而言之，五里根本不費吹灰之力——她當真是一點都沒使力——殺害魔法少女雙胞胎的凶手就這麼死了。

對方是被自己扔出來的石頭砸死，幾乎和自殺沒兩樣。至少五里本人不覺得是她殺掉的，也不覺得自己替同伴報了仇。

她只是想用魔法保護自身安全而已。

這番情緒讓她感到一陣頭暈目眩。

「……啊！」

她把那個完全沒對自己頭部造成任何傷害就掉落在地上的石頭撿了起來——撿起那顆敵人懷著殺意砸過來的石頭。

為什麼會下意識地施法保護自己呢？

根本沒有必要這麼做。

鋼矢之前提出服裝大洗牌的計畫，而這個計畫到現在唯一最成功的可以說就是五里。最大的原因或許是因為她的年紀最小，身為魔法少女的資歷最淺也說不定。

因為她不像隊上其他成員那麼依賴魔法，或者該說沒有像其他成員那般，把魔法當成理所當然——所以鋼矢的思想改革才能在她身上獲得成功。

思想。

可是五里身為魔法少女的自覺也還不成熟，在她的思想來說，同伴的死亡以及同伴的屍首是不可承受之痛。

就如同魔法少女『Belly Roll』承受不了敵人死亡一樣——魔法少女『Lobby』也承受不了同伴之死。

品切衣死了。

品切示也死了。

竿澤藝來肯定也已經死了吧。

就連沒有穿魔法少女服裝的杵槻鋼矢也一樣。

現在持有五里的固有魔法『絕命』，被關進洞穴裡之後就音訊全無的領隊忘野阻，一定也不在世上了。

先前她還勉強相信其他夥伴一定還活得好好的，可是看到兩具屍首血淋淋地倒在眼前，這點相信頓時消失得無影無蹤。

她的心智還不夠成熟，還沒辦法無憑無據地全心全意相信同伴——而且還認為所有同伴都死光了，自己苟活在世上是一件很奇怪的事。

她想要讓一切回歸正常。

「這就是人生嗎……」

五里用撿起來的那顆石頭又往自己的額頭上砸。萬能魔杖已經恢復成手錶了——所以『反射』魔法沒有發動。

她的死因是還沒真正學到如何當一個稱職的魔法少女。

不——原因可能單純只是因為她的心智就和年齡一樣還不夠成熟也說不定。

最年幼的魔法少女五里恤。

過去同伴老是說不曉得她腦袋裡在想什麼，可是在她的人生最後一刻，內心所想的還是和過去一樣，只有自己的同伴。

10

魔法少女『Frozen』——『SPRING』隊的魔法少女、使用『融解』魔法的『Frozen』現在人站在龍河洞之外。她就是從洞外施展固有魔法，隨意改變鐘乳石洞內部的形狀——因為有可能受到『反射』魔法的映射，所以施法時的輕重很難拿捏——不過現在她的任務第一階段已經完成，開始進行第二階段。

第二階段的任務——也就是『迎擊從洞內出來的敵人』。

雖然她完全無從得知現在洞內究竟發生了什麼事，可是內心不覺得有一絲不安——也沒有任何擔憂。她的個性和魔法少女『Lobby』不同，能夠無憑無據地全心全意相信同伴。

可是領隊魔法少女『Asphalt』也這麼吩咐過她：

『如果遇到任何不測，就把所有的一切全部融解，然後妳趕快逃——妳人在洞外，應該可以逃得掉。』

『就算我和「Belly Roll」最後都戰敗，但只要妳一個人活下來——只要有一個人活下來，「SPRING」隊就絕不會輸。』

妳的工作如果還有第三階段的話，那就是逃跑——領隊是這麼說的，這就是『Frozen』接到的命令。

說起來魔法少女『Asphalt』在昨天晚上就已經提供一條退路，給人數已經不如以往的夥伴——她事先提供一個理由，好讓夥伴在遇到什麼萬一的時候能夠逃生。

這也是『AUTUMN』隊魔法少女『Cleanup』一直疏忽之處——要是她也對魔法少女『Lobby』下達同樣的命令，她的部下應該就不會自絕生路了。

這就是兩人身為領隊在資質上的差異。

『SPRING』隊的領隊魔法少女『Asphalt』在思考的時候，能夠把同伴死亡與自己死亡的情況也列入考慮，而『AUTUMN』隊的領隊魔法少女『Cleanup』卻完全沒能考慮到自己同伴可能會死的狀況。兩者的差異之處以這樣的形式明明白白顯現出來——這個問題本來沒有什麼誰比較好、誰技高一籌，但現在春秋戰爭已經進入最終階段，『SPRING』隊自然就會占上風。

但這一點優勢還不至於決定戰局最後的結果——魔法少女『Cleanup』確實因為思考的

前提，都是盡量讓同伴活下來，特別是魔法少女『Lobby』更是如此，結果反倒疏忽了要用盡各種辦法都要讓同伴存活。可是魔法少女『Asphalt』也不是真的面面俱到。

她為了防範敵人奇襲，謹慎小心下了第三階段的命令固然值得讚許，但第二階段的命令卻有一個漏洞。

『迎擊從洞內出來的敵人』。

這道命令雖然簡潔易懂，但是對魔法少女『Frozen』這種能夠毫無顧忌、毫無想法，全心相信同伴的人來說，這道命令其實應該再加上第二項才對。

『但是，也要小心來自洞外的敵人』。

來自洞外。

以現在的情況來說，敵人是『來自上方』——對於這由正上方向下襲來的攻擊，她可以說絲毫沒有防備。

連一聲悲鳴、一聲呻吟都沒有——魔法少女『Frozen』到死前那一秒都還忠實地遵守領隊下達的命令，監視著洞穴的出入口，然後就這麼被壓成肉塊。

上半身被打成一團爛肉。

她挨了一記機械生命從正上方往下打，經過重力加速度增強威力的自由落體式重拳。雖然身上穿著魔法少女服裝，那道人影卻完全飛不起來。

「確認敵人——死亡已經沒有危險了，空空長官。」

這人面不改色，也沒有任何一處受傷（損傷？），從上半身殘破不堪的魔法少女身上站起來，一邊往自己落下的方向——也就是往正上方說道。這個人正是地球鏖滅軍的『新武器』悲戀。

在她的視線另一端，則是一名穿著女裝的少年浮在半空中——不對，那是穿著魔法少女『Wire Stripper』魔法少女服裝，隸屬於地球鏖滅軍的英雄空空空。

他就是從那個位置把自己抱著運過來的悲戀『投擲』下去的——雖然投擲的不是炸彈，但是這種使用方式卻正好符合鋼矢告訴『AUTUMN』隊隊員的『新武器』使用方法。

一般來說，要把人形物體從那麼高的地方扔下來，任誰應該都會覺得有些不安才對……可是空空自己就曾經有從高空掉下來的經驗，從瞄準目標到放開手，一連串的過程他都沒有一絲猶豫。

「死了嗎?這樣的話我就完成自己許下的承諾，成功打敗兩名魔法少女了。」

空空一邊說一邊降落下來，在悲戀的身旁著地，然後往那具用慘不忍睹還不足以形容的少女屍首看了一眼。

當一個人看到屍首時內心裡會產生的任何情感，在那雙眼眸裡都完全找不到——單純就只是很公式化地進行確認作業的眼神。

「……不過，兩個人都是悲戀妳的拳頭親手打倒的，而且這個女孩子我想應該是『SPRING』隊的魔法少女吧。」

「為什麼你會這麼想呢，長官?」

悲戀雖然沒有受傷，不過她還是很在乎身上的髒汙，一邊檢視一邊問道——之前在縣境的時候，她好像也很在意自己的拳頭沾黏到魔法少女『Wire Stripper』的肉片。空空心想，說不定這具機器還滿愛乾淨的。

「妳看，雖然因為上半身被打爛的關係有點看不出來，可是只要注意下半身，就可以發現腰圍和衣服的尺寸很搭配對吧？這就和『Wire Stripper』不一樣了。」

「好像是這樣沒錯。」

「也就是說，這個人很有可能沒有替換服裝——我猜她應該是『SPRING』隊負責監視的人。」

「那殺了她真的好嗎？」

悲戀自然有此一問。

「除了殺掉，也沒別的辦法了啊。」

空空回答得也很自然。

「龍河洞已經融解到從外面看都能一目了然。假設『融化』就是她的魔法——要是悲戀妳不先下手為強的話，說不定連妳的身體都會被她融掉。只能搶在她還沒使用魔法之前，一出手決定勝負。就像之前和『Wire Stripper』對打的時候一樣。」

「說得沒錯，魔法對我的身體應該也有效，因為我的身體沒有設計對抗魔法的防御系統——可是長官，那是一開始就設想到要和這名魔法少女開戰才要考慮這些吧？我們和『SPRING』隊有合作關係，只要把事情說清楚應該就可以了不是嗎？」

雖然悲戀親手把這名魔法少女打成爛肉，但還是面不改色地提出這個疑問。她既像人類又像機械，可是也不像人又不像機械——而回答她問題的空空本人也是一樣，既不像人類又不像機械。

他心想自己和悲戀真是一對最佳拍檔——帶著幾分自嘲。

「無所謂——其實應該說沒別的選擇了，因為我之前的合作對象魔法少女『Pumpkin』似乎加入了『AUTUMN』隊裡。」

空空說道。

「一般的魔法少女不可能想出替換服裝這種點子……雖然這一招對我們沒用，可是如果有誰會想出這種主意打春秋戰爭，那個人一定就是鋼矢沒錯。」

「這樣啊。」

悲戀曖昧地點點頭——對她來說那個人她既沒見過，也沒有相關資料。就算說什麼『Pumpkin』或是鋼矢之類，她也沒辦法有什麼反應。當然她也不曉得，一開始讓鋼矢想到要替換服裝的人正是空空。

「要是鋼矢在『AUTUMN』隊的話，那我也得投靠那邊才行——不然就違反誠信原則了。」

空空講起這些話臉不紅氣不喘，因為他一點都沒有開玩笑的意思，而且非常認真——他認為自己這麼做是在講道義，事實上也的確合乎道義。

只是因為如果是一般人的話，把魔法少女『Wire Stripper』殺死之後，就算之前的合作對象真的在敵隊，也不太可能會想到要『投靠「AUTUMN」隊』。

「悲戀，接下來我們得進入洞穴裡，把那兩個留下來當人質的人救出來才行。」

空空原本推論魔法少女『Wire Stripper』打算單身勇闖龍河洞，可是後來發覺她身上的魔法少女服裝有替換過，便猜想如果要這麼做的話，『AUTUMN』隊應該是打算傾盡全隊之力挑起全面戰爭才是。她們前往龍河洞半路上發現空空，所以魔法少女『Wire Stripper』才會獨自前來偵查。空空的猜測幾乎完全符合事實。那麼先行來到龍河洞的『AUTUMN』隊本隊此時很可能已經在變形走樣的龍河洞裡和『SPRING』隊打了起來。

空空萬萬也想不到，魔法少女『Wire Stripper』竟然也和自己一樣，身上被施了『傳令』魔法。也就是說，他萬萬也想不到自己害鋼矢的作戰計畫徹底泡湯，只是說道：「萬一地濃真的和鋼矢有合作關係，要是害她死在這裡的話，我可就沒臉去見鋼矢了。」

其實現在他又有什麼臉去見鋼矢，可是本人完全一無所知——他恐怕一輩子都不會知道這件事了。

空空到死都改變不了。

唯獨他的行為值得讚許。空空空就這麼帶著『新武器』悲戀，彷彿一身是膽的英雄般，踏進了已經成為戰場的龍河洞內——雖然已經慢了一步。

11

慢了一步——實際上他已經來遲了。

當空空空踏進龍河洞的時候，春秋戰爭可以說差不多已經結束了。之前停滯那麼久的戰局彷彿過眼雲煙，兩隊的人就像是骨牌一樣一個一個倒下——如今兩支隊伍都只剩下領隊還活著而已。

魔法少女『Asphalt』。

魔法少女『Cleanup』。

只剩下這兩名恩怨糾葛不清的魔法少女，還在龍河洞的深處互相對峙。

恩怨糾葛？

魔法少女『Cleanup』內心想道。

自己對眼前這可恨的敵人究竟有什麼恩怨糾葛——為什麼會這麼恨她，為什麼雙方會這麼仇視彼此呢？如今兩人彼此面對面之後，她反而愈來愈搞不清楚了。

本來她們之間的關係——

應該是要互相攜手合作才對。

為什麼會走到這一步？

魔法少女『Belly Roll』曾經說過這句話，而現在魔法少女『Cleanup』更是深有體會——和她對峙的『SPRING』隊領隊也有同感，可是她的情況有些不同。

與其說是情況，其實是得到的情報不同。

身為『傳令』魔法少女的她在和天敵、宿敵對峙的同時，發現自己的同伴死了——她得知魔法少女『Belly Roll』與魔法少女『Frozen』先後死去。

因為空空空用『新武器』悲戀投入戰場，生理訊號沒有任何變化，所以魔法少女『Asphalt』理所當然會判斷自己的兩名同伴是和『AUTUMN』隊交戰之後戰死的。

這時候她能掌握的只有同伴的生理訊號，無法得知品切衣、品切示與五里恤的動向——她們是生是死都不知道。

她在行動的時候總是會考慮到最糟糕的情況，所以才能成功避免遭到『AUTUMN』隊的奇襲。可是這時候她想到的『最糟糕情況』，就是自己在洞穴中遭到敵隊四人對一人的包圍。

四人對一人。

就算臉上沒有表現出來，但這個數字已經足以讓她在內心承認失敗——不，她早就知道了。『AUTUMN』隊是建立在隊員對領隊的向心力之上，而且這種向心力比『SPRING』隊還強。

所以她知道，只要此時此刻在這裡打贏魔法少女『Cleanup』的話，就算是四人打一人，她也能夠力挽狂瀾、逆轉戰局——她知道只要領隊一死，就代表『AUTUMN』隊整支隊伍會土崩瓦解。

可是……魔法少女『Asphalt』很敏銳，發覺競爭對手身上穿的魔法少女服裝與平時『有所不同』——她自己都覺得這份敏銳的觀察力實在討厭，要是沒有發現的話，自己就能採取更大膽的行動了。沒想到對方竟然會穿著魔法少女『Lobby』的『絕命』服裝——

「……呼。」

真是一大失策。魔法少女『Asphalt』原本的固有魔法『穿透』完全沒有攻擊能力，所以魔法少女『Asphalt』才會粗心地在她眼前現身——她們竟然彼此互換服裝，這是誰想到的主意？那些被殺害的同伴也是因為這一招而吃虧的嗎……

總而言之『絕命』這招魔法『只要被碰一下就會死』，如果給那個幼稚的魔法少女使用也就罷了。她想都不敢想這招魔法在魔法少女『Cleanup』手裡用起來會是什麼樣子。

現在轉身逃跑未免太漏氣——雖然領隊魔法少女之前向在洞外看守出入口的魔法少女『Frozen』下達命令，要她在遇到什麼萬一的話先逃跑，可是等到自己真正遇到情況時，她才知道自己下的命令有多麼強人所難。

強人所難的不是獨自一個人逃跑。

而是同伴一一倒下，只剩下自己一個人——

然後在面對殺害同伴的敵人時還要轉身逃跑這件事——她絕不能在這時候在宿敵的面前逃跑。

身為『SPRING』隊的領隊——

身為『SPRING』隊的最後一名隊員——

就算心中已經承認失敗——不得不承認失敗，但她不能就這樣白白認輸，不能就這樣白白送死。

……但正因為如此，魔法少女『Asphalt』的感受比魔法少女『Cleanup』更加強烈。

「為什麼我們會走到這一步呢……」

「不知道……我們要來討論一下為什麼嗎？」

敵人回應了她這聲喃喃低語。

事到如今，當然已經沒什麼好談了——要是談著談著，說不定一個不小心還會讓對方知道自己的隊友已死。那是萬萬不能發生的事。而且時間一拖久，敵方隊伍的援軍也可能會來——只能在她們來之前使用那招了。

她的固有魔法『傳令』的殺手鐧。

「我真的恨透妳了，阻。」

「我也深有同感，塞。」

雙方都有了動作。

對『SPRING』隊的領隊忘野塞而言，這場戰鬥決定了她的敗局——只要被『絕命』魔法碰到就意味著死亡，自己主動去被摸當然也是同樣的意思。

如果要和使用『絕命』魔法的魔法少女作戰，就只能拉開距離使用遠距離攻擊——當兩人在這麼近的距離面對面的時候，她就已經輸了。

可是這是戰爭。

不是競技比賽——自己戰敗並不代表對方就一定會贏。

就算沒有平手這回事，但有可能雙方都輸。

是有機會可以收手，但就算有，她也能夠視而不見。

沒錯。

長久以來，自己不就是一直懷著這份心情戰鬥的嗎——『SPRING』隊就是懷著這份心情和『AUTUMN』隊打到現在的。『AUTUMN』隊想必也是抱著相同的心情和她們纏鬥至今。

自己當然想贏。

可是說到底，她們更不希望讓對方獲勝——

就在兩名魔法少女錯身而過的同時，忘野塞的手臂彷彿鑽過了對方的手，碰觸到忘野阻的耳垂——在耳垂上捏了一下。

轟然倒地。

就在這一瞬間，『絕命』魔法就和過去一樣，毫不留情奪走了忘野塞的性命——她當場倒斃。可是忘野阻也沒有一絲得到勝利的喜悅或是無力感。

因為就在忘野塞心臟不再跳動的同時，忘野阻的心臟也一起停止——她彷彿與忘野塞連動一般、彷彿像是被忘野塞傳染一般，同樣也當場倒了下來。

忘野阻就這樣『絕命而亡』，根本不曉得發生了什麼事——兩名魔法少女就這樣一同趴倒在洞穴當中。

她的死因當然和她的死因不一樣——忘野塞之所以會死，是因為固有魔法『絕命』的關係。而忘野阻的死則是因為固有魔法『傳令』所導致。

忘野塞之前向空空說明『傳令』魔法是用來測量對方的血壓、脈搏與體溫等等的生理訊號。這番說明並沒有說謊，當然她後來追加一句『功能不只有這樣而已』，同樣也不是唬人的。

這招殺手鐧她從來沒向任何人說過——就連最相信的隊友也沒提起過。這招殺手鐧就是用『傳令』魔法把他人與自己聯繫之後，能夠讓對方的生理訊號配合自己的生理訊號——這是固有魔法『傳令』的額外應用，就連絕對和平聯盟的魔法少女製造課都不知道。

這恐怕是遠距離連接生理訊號所造成的副作用吧——當她發現固有魔法可以這樣用的時候，原本想到可以用在『同伴精神狀態不穩定的時候，可以避免心跳速度上升』或是『同伴身體狀況不好的時候可以進行治療』等等的用途上，但後來就發現這些用途根本毫無意義——同伴精神狀況不穩定的時候，代表自己同樣也會動搖。身體狀況雖然可以暫時治好，但效果最終還是會消失。

她最怕的反而是如果隨隨便便把這件事報告出來，組織會把『傳令』魔法收回——這項讓她能和同伴聯繫在一起的魔法，在外人看來可能很沒用，但對她而言則是無可替代的重要寶物。

所以這招殺手鐧的用途只有一種。

當自己喪命的時候，當自己的心跳、脈搏停止，再也無法維持體溫的時候，把敵人拖下水一起死——要是知道『傳令』魔法有這種用途可選，哪怕是空空空再冷靜，中了魔法之後可能也冷靜不下來。不過此時魔法少女『Asphalt』想要一起拖下水的對象，當然不是那個毫無舉足輕重的外來者少年。

而是那個如同情人般痛恨不已的天敵。

而是那個與自己有血緣關係的——雙胞胎姊妹。

春秋戰爭。

這場發生在絕對和平聯盟的左半邊，由菁英隊伍『AUTUMN』隊與武鬥派隊伍『SPRING』隊這兩支勢如水火的隊伍所引起的鬩牆之爭——

在經過漫長的停滯狀態之後，最後以兩隊全員死亡的淒慘結局收場——就在空空少年和她們扯上關係之後短短第二天。

12

「…………哈！」

杵槻鋼矢醒了過來。

不，嚴格來說應該是——活了過來。

魔法少女『Frozen』的『融解』魔法讓龍河洞如奶油般融解，發生蠕動。她為了保護領隊魔法少女『Cleanup』，自己來不及躲開逼近的岩盤——一時之間陷入假死狀態。

與其說是假死狀態，其實她真的已經死了——但是最後及時復活過來。

藉由魔法少女『Giant Impact』的固有魔法『不死』復活過來。

「謝天謝地，妳醒過來了。『Pumpkin』。」

這抹聲音聽起來很熟悉——鋼矢被這聲她原本以為已經不在這世上的聲音叫醒之後坐起

身來，眼前那人竟是地濃鑿。

「因為妳一直沒醒來，我還以為我的魔法是不是來不及了，害我嚇出一身冷汗。對了，妳怎麼會在這裡？」

聽到這裡，鋼矢一時之間還分不清楚自己身處何地——看來這裡好像是洞穴當中。難道自己這麼走運，洞穴的蠕動把她送到地濃附近嗎——可是說到這個問題，她倒想反過來問問地濃。

妳真的還活著嗎——怎麼會在這個地方？

兩人雖然碰了面，但卻是在一個距離原本約定見面地點燒山寺非常遠的地方見到面。

「『Giant Impact』，妳——」

「那『Pumpkin』、『Pumpkin』，妳再稍微等一下喔——我馬上就讓這邊這個也復活。」

雖然和地濃已經許久未見，可是看她應答的方式，好像一點都沒有成長——說好聽一點就是依然是老樣子。照理來說兩人歷經困難好不容易才再會，應該來個擁抱才對，可是她卻沒說兩句話就撇下鋼矢，移動到鋼矢旁邊。

旁邊？

地濃口中說的『這邊』躺著一個分離之後倒還沒久到令人心生懷念——但因為兩人分開的時候情況太過絕望，就這方面來看，這番重逢的難度可比地濃更困難。

那人正是空空空。

「空、空空小弟？」

鋼矢大吃一驚——能夠和空空再會固然令她驚訝，但更讓她吃驚的是空空好像已經死了。從地濃剛才說的話就聽得出他已經沒了氣息，而且從他仰躺在地的身上確實也感覺不出任何生命反應。

可是就算死了又怎樣。

「萬能魔杖『Living Dead』！」

地濃鑿——魔法少女『Giant Impact』舉起魔杖，朝空空的心臟打了下去。

為空空送進一股生命氣息——這樣說起來好像很詩情畫意，可是實際上就只不過是違反大自然的法則，讓已經死掉的生命硬是重新活過來而已。

「啊嗚——」

發出一聲叫聲。

空空空就像剛才的鋼矢一樣，也活了過來。

完全無視大自然的法則。

「幸好幸好——空空是第二次復活，有兩次經驗應該也已經習慣了吧。真是忙煞我了，『Pumpkin』。空空同學抱著妳的屍體來到這裡之後竟然就斷氣了。感覺好像是突然暴斃一樣——應該是看到我之後忍不住放下心中大石頭的關係吧。」

「…………」

地濃還是老樣子，滿口胡言亂語。鋼矢對她的話左耳進右耳出，一邊想著——從暴斃這個關鍵字來推斷，那應該是原本屬於魔法少女『Lobby』，現在則是『AUTUMN』隊的領隊魔法少女『Cleanup』擁有的固有魔法『絕命』所造成的效果。

然後她也發現另一件事，那就是空空現在身上穿的魔法服裝已經不是當初兩人分開時那件『SUMMER』隊魔法少女『Metaphor』的衣服，而是魔法少女『Wire Stripper』……不，正確來說應該是魔法少女『Curtain Call』的……總之是屬於『AUTUMN』隊魔法少女的衣服。

照這麼說來——

照這麼說來，正如當初鋼矢掛念的那般，空空空真的和春秋戰爭扯上了關係，而那時候和她們在縣境錯身而過——後來魔法少女『Wire Stripper』追去的那輛廂型車就是空空駕駛的。然後……

之後到底發生了什麼事？

遭到魔法少女『Frozen』以『融解』魔法奇襲之後，自己似乎就已經死了，要不然就是瀕死。當時好像不是融化的岩石讓她漂流到這裡來，而是空空撿到她之後送過來的……

可是鋼矢也只能猜測到這裡而已。

空空身旁有一個從未見過的少女侍立在側，登澱證的魔法少女服裝就穿在她身上，鋼矢根本沒有對她的身分多做思考。

「我們終於見面了。」

鋼矢聽到一抹稚嫩的聲音——仔細一看，眼前有一名幼童。

那是一名年紀大約六歲左右的女童。

可是她的言行舉止看起來一點都不像只有六歲——眼神給人一種相當異樣的感覺，靜靜地注視著鋼矢。

「變成這個模樣之後，我們還是第一次見面吧——杵槻鋼矢。」

「……這個模樣。」

難不成。

那個她根本不抱任何期待、老早就完全放棄的廢案又燃起一絲希望了嗎——地濃真的完成鋼矢拜託她做的工作了嗎？

鋼矢想到這裡，帶著滿心驚訝看向地濃。可是地濃本人只是一頭霧水地歪著腦袋——到底是什麼情況。

那名女童好像沒有看見鋼矢與地濃之間的眼神交會。

只是這麼說道：

「如果妳還掛念春秋戰爭的話，那就不用擔心了。春秋戰爭已經徹底結束了。」

「……是嗎。」

聽到這句話便已足夠。

不，如果換做是別人，光是這麼一句話根本不夠滿足鋼矢——可是如果這名幼童當真是鋼矢認為的那個人，有她這句話就夠了。

啊。

她心想：這樣啊，已經結束了。

她知道一切都都已經結束了。

「妳怎麼了，『Pumpkin』——剛死而復生，身體覺得不舒服嗎？我的『不死』魔法只能讓妳復活，沒辦法連妳身上的傷都一起治好——還是說在妳死掉的時候做了什麼噩夢嗎？」

不是的。

地濃鑿這種莫名其妙的說話方式，讓鋼矢覺得備感懷念，她淡淡笑道：

「我做了一場很甜美的美夢。別擔心，我已經清醒過來了。」

（第十回）

（終）

四國事件調查報告書（草稿）

第九機動室室長
空空空

『SUMMER』隊

隸屬於香川本部的魔法少女隊伍
隊上的隊員似乎都是一群怪裡怪氣的人
目前隊上還有 3 號人員與 5 號人員兩名生還
可是 3 號人員行蹤不明

	姓名	拼音	代號名稱	萬能魔杖	固有魔法
1	登澱證	Noboriori Sho	Metaphor	？？？	爆破
2	祕祕木疏	Hibiki Mabara	Pathos	Synecdoche	恰到好處
3	手袋鵬喜	Tebukuro Houki	Stroke	？？？	光束砲
4	？？？	？？？	Collagen	？？？	拷貝
5	杵槻鋼矢	Kinetuki Kouya	Pumpkin	？？？	自然體

『WINTER』隊

隸屬於德島本部的魔法少女隊伍
本人到達德島的時候，該隊幾乎已經全軍覆沒
原本認為 1 號人員已經喪生，實際上該員目前生還
其他四名成員疑似因為違反遊戲規則而死

	姓名	拼音	代號名稱	萬能魔杖	固有魔法
1	地濃鑿	Tinou Nomi	Giant Impact	Living Dead	不死
2	？？？	？？？	？？？	？？？	？？？
3	？？？	？？？	？？？	？？？	？？？
4	？？？	？？？	？？？	？？？	？？？
5	？？？	？？？	？？？	？？？	？？？

『SPRING』隊

隸屬於高知本部的魔法少女隊伍
據說是該隊伍風氣好武，是一支武鬥派團體
聽說成員使用的魔法大多偏向對物質有效

	姓名	拼音	代號名稱	萬能魔杖	固有魔法
1	？？？	？？？	Frozen	？？？	融解
2	鈴賀井緣度	Suzugaie Endo	Verify	Mad Sand	沙
3	？？？	？？？	Belly Roll	？？？	摩擦
4	？？？	？？？	Decimation	Commission	震動
5	忘野塞	Wasureno Fusagi	Asphalt	？？？	傳令

『AUTOMN』隊

隸屬於愛媛總本部的魔法少女隊伍
自稱是一群正統派
聽說成員使用的魔法大多偏向對生物有效
隊伍全滅時，成員之間已經互換過服裝

	姓名	拼音	代號名稱	萬能魔杖	固有魔法
1	五里恤	Gori Jutu	Lobby	？？？	絕死
2	品切示	Shinagiri Shimesu	Curtain Rail	？？？	反射
3	品切衣	Shinagiri Koromo	Curtain Call	Long Long Ago	切斷
4	竿澤藝來	Sawazawa Geirai	Wire Stripper	？？？	消滅
5	忘野阻	Wasureno Habami	Cleanup	？？？	穿透

『白夜』隊

身穿黑衣的魔法少女隊伍。
立場接近組織中樞魔法少女製造課。
2 號人員疑似已經死亡

	姓名	拼音	代號名稱	萬能魔杖	固有魔法
1	???	???	Space	???	風
2	???	???	Shuttle	???	水
3	???	???	Scrap	???	土
4	???	???	???	???	木
5	???	???	???	???	火

合作人員名單

姓名	拼音	相會地點	關係
地濃鑿	Tinou Nomi	德島縣	同行者
酒酒井缶詰	Shisui Kantsume	德島縣	庇護對象
杵槻鋼矢	Kinetuki Kouya	香川縣	同行者
悲戀	Hiren	高知縣	主僕

現場有三名魔法少女。

她們擠在一個空間狹小的房間裡，各自坐在椅子上——房間裡有五張椅子，當中三張有坐人。

現場氣氛很沉重，三個女孩都默不作聲，可是她們自己並不覺得有多沉重——所以沒有任何一個人想要開口改變氣氛。

三個人清一色都穿著黑色的魔法少女服裝。

她們直屬於絕對和平聯盟魔法少女製造課，代號名稱由右而左依序是『Spurt』、『Scrap』與『Space』——也就是說，這三個人擺明就是隊友，可是她們之間不像那四支以四季為名，配置在四國四縣的隊伍那樣，無論內部狀況如何還是有一種『團隊感』。

「…………」

「…………」

「…………」

三個人好像各有心事一般陷入沉思，誰也沒有留意他人的存在——彷彿這裡除了自己以外沒有其他人似的。

幾個小時就這麼飛逝而過。

空空空與杵槻鋼矢行動的時候分分秒秒都不肯浪費，可是這三個女孩卻把寶貴的時間如流水般空耗——過了一會兒之後，房間的門才終於打開。她們等待的最後一人走進房間，打破這片沉默。

最後一名黑衣魔法少女。
勤勞的魔法少女『Standby』。
「讓大家久等了——啊，所有人都在，沒有人缺席喔。」
那名女孩一邊說，一邊在椅子上坐下。
剩下的那張空椅子是已逝的黑衣魔法少女『Shuttle』的座位，從今以後再也不會有人使用了。
「那我就開始報告。春秋戰爭終於結束了。最後是以『AUTUMN』隊與『SPRING』隊雙方全軍覆沒的結局收場！」
魔法少女『Standby』不給先行就座的三個人機會指責她這麼明目張膽地姍姍來遲，刻意用輕鬆的語氣提出這份報告。總計十名魔法少女死去的事實在她口中說來輕描淡寫。
「全軍覆沒……之前早就已經做好心理準備，最終兩支隊伍都有可能癱瘓掉。可是萬萬沒想到竟然連一個人都沒活下來。」
『Space』說道。
當初『Space』現身阻擋杵槻鋼矢離開的時候，給人一種相當奇妙的印象。可是現在她置身在一群黑衣人當中，說出的感想反而是最一般的。
「最大的問題應該是出在妳身上吧，『Scrap』。哪個人不好找，怎麼偏偏去找地球鏖滅軍的空空小弟來調停。」
「他的調停成果確實遠超出我的想像——可是如果要說誰的問題最大，『Space』，應該是妳讓空空小弟和『魔女』碰頭的吧。」

「妳說是我的錯嗎?才不是呢。」

這時候『白夜』隊的領隊魔法少女『Spurt』,出言阻止氣氛漸趨緊張的兩人繼續說下去。

「好了好了,別吵架,別吵架。」

她拍拍手說道。

「這樣的結果也沒什麼不好,也能挽回妳們之前犯下的錯誤。」

「……錯誤這兩個字還真是言重了。」

『Space』一邊說,露出難堪的表情。

「說得沒錯——之前讓『AUTUMN』隊與『SPRING』隊互相仇視的確是我們的一大失策。原本我們的目的只是要挑起她們互相競爭,好讓遊戲破關而已——沒想到『憎恨』魔法會有這麼強的效果。」

「這也是因為她們原本就有嫌隙,彼此看不順眼吧。」

魔法少女『Standby』不再對這件事多做討論,彷彿認為結束的事情就算了。

「空空小弟是很努力,沒有辜負我們的期待,可是我們不能連遊戲破關的事情都交給他去做。我已經把現在還活著的魔法少女列出來了——就是『Pumpkin』、『Giant Impact』還有『Stroke』。我們必須從這三個人當中找一個人去把遊戲破關才行。」

「如果是這三個人的話,那也只能找『Pumpkin』了吧……」

『Spurt』無奈說道。

「現在該怎麼辦？事情演變成這樣，就算我們放著不管，遊戲應該也會破關——還是說要再參一腳進去？」

「應該是不能袖手旁觀——只是我認為不需要主動和她們接觸。就算我們什麼都不做，她們也會找到這裡來的。所以我們只要做好準備，誠心迎接她們的到來就好了。」

『Spurt』用悠哉的語氣說道。雖然身為領隊，但她的言行舉止一點都不像是一個帶隊者。

她的態度完全不像是一個想要誠心招待客人的主人。真要說的話——

感覺更像是等待獵物踩到陷阱的獵人。

「我們就耐心等候吧——等候魔法少女『Pumpkin』到達絕對和平聯盟的香川本部。」

（悲業傳待續）

後記

無論是誰應該都有自己非常厭惡、萬萬無法忍受的事物，就算理性上知道自己這種情緒莫名其妙，但討厭就是討厭，沒有任何道理與理由。甚至如果強加上一個理由解釋的話，不但不會釋懷，反而會更加深惡痛絕。我嘗試過思考這種情緒究竟是怎麼一回事，愈想愈覺得饒富趣味。明知放下的話不但自己輕鬆，大家也能幸福快樂；又或者癥結不在於內心而是利益得失，放下心結比糾纏不清有更多的好處，即便如此還是無法接受。這應該就類似『不管青椒再營養，但就是很苦』──可是用這種理論的話，如果有人反駁表示『那種苦味才是青椒的風味所在不是嗎』，恐怕就無話可說了。我也曾經想過假使忍受痛楚就能過幸福快樂的日子，難道人們就必須得忍痛度日嗎？難道擺脫痛苦就一定比不上幸福快樂嗎？努力打拚可以得到幸福，不努力、不打拚也可以幸福，兩者之間有什麼不同？是人的話，難免認為前者比較重要，可是各位不認為不去努力、不去打拚也滿辛苦的嗎？接受與不接受、喜愛與厭惡、或者各人喜好之類的感情對人類來說其實具有出乎意料的分量，要是每個人都全心全意追求最圓滿的答案，這樣的世界好像也挺有趣的。可是這個世界之所以這麼趣味，或許是因為實際上並非人人都只要最圓滿的答案。人們一心覺得『我討厭、我就是討厭』的人事物，搞不好絕大多數的情況下對方根本不在乎你的好惡，認為『誰在乎你討厭還是喜歡啊』。既然你不喜歡對方，人家又怎麼可能會喜歡你呢？

本書是以『悲鳴傳』為始的傳說系列第四集。繼以香川縣為舞臺的『悲痛傳』、以得島縣為舞臺的『悲慘傳』之後，第四集則是高知愛媛篇。傳說系列雖然是十三歲小英雄空空的故事，不過這次描寫的重點稍微側重在脫隊流浪的魔法少女杵槻鋼矢身上。其他還有『AUTUMN』隊與『SPRING』隊，能寫這麼多魔法少女，寫起來還挺愉快的。故事就這麼在四國繞了一圈，可是四國篇還沒結束，之後將會再度回到香川縣去。看起來四國篇應該會在續集『悲業傳』結束——究竟空空等人與『白夜』隊之間會如何收尾，他們與魔法少女製造課之間又會有什麼樣的糾葛關係呢？而『魔女』與『魔法』又是什麼？傳說『悲報傳』將會照這樣的步調繼續逐漸加溫。

傳說系列每一本書都是大部頭，寫起來是很辛苦沒錯，但我還是要向耐心等候我的講談社文藝圖書第三出版部，之後改為講談社文藝系列出版部的人們致謝（沒想到他們竟然在我寫作這本書的時候變更部門名稱……）。那麼我們就在『悲業傳』再會了。人類與地球的正面對決正一分一秒逼近……

西尾維新

嬉文化

悲報傳

（原名：悲報伝）

作者／西尾維新　譯者／hundreder
執行長／陳君平　榮譽發行人／黃鎮隆
協理／洪琇菁　國際版權／黃令歡
總編輯／呂尚燁　美術編輯／陳聖義
企劃宣傳／陳品萱
發行／英屬蓋曼群島商家庭傳媒股份有限公司城邦分公司　尖端出版
台北市中山區民生東路二段一四一號十樓
電話：（〇二）二五〇〇－七六〇〇（代表號）
傳真：（〇二）二五〇〇－一九七九
中彰投以北經銷／楨彥有限公司
電話：（〇二）八九一九－三三六九
傳真：（〇二）八九一四－五五二四
雲嘉經銷／威信圖書有限公司　嘉義公司
電話：（〇五）二三三－三八五二
傳真：（〇五）二三三－三八六三
南部經銷／威信圖書有限公司　高雄公司
電話：（〇七）三七三－〇〇七九
傳真：（〇七）三七三－〇〇八七
香港總經銷／城邦（香港）出版集團有限公司
香港灣仔駱克道193號東超商業中心1樓
電話：（八五二）二五〇八－六二三一
傳真：（八五二）二五七八－九三三七
E-mail：hkcite@biznetvigator.com
馬新經銷／城邦（馬新）出版集團　Cite(M)Sdn.Bhd.
E-mail：Cite@cite.com.my
法律顧問／王子文律師　元禾法律事務所
台北市羅斯福路三段三十七號十五樓
二〇二三年四月一版一刷

■中文版■

郵購注意事項：
1. 填妥劃撥單資料：帳號：50003021戶名：英屬蓋曼群島商家庭傳媒(股)公司城邦分公司。2. 通信欄內註明訂購書名與冊數。3. 劃撥金額低於500元，請加附掛號郵資50元。如劃撥日起 10～14日，仍未收到書時，請洽劃撥組。劃撥專線TEL：(03) 312-4212 ・ FAX：(03) 322-4621。E-mail：marketing@spp.com.tw

國家圖書館出版品預行編目資料

悲報傳／西尾維新作 ; hundreder譯 著 ;　 --初版.
--臺北市：尖端出版, 2023.04
面 ; 公分.--(嬉文化)
譯自: **悲報伝**
ISBN　978-626-356-426-8(平裝)

861.57　　112002695